文春文庫

マイル 81

わるい夢たちのバザールＩ

スティーヴン・キング
風間賢二・白石朗訳

文藝春秋

著者覚え書き

本書所収の中短編にはすでに活字になっているものもあるが、そのときに完成しているわけではないし、今回これでおしまいというわけでもない。作家が引退するか亡くなるまで、作品は仕上がらない。常に推敲され、いささか手直しされる。新たに付け加えられることもたくさんある。知ってもらいたいことが。実にめでたい、忠実なる愛読者諸氏、わたしたちがまだ健在で。最高、だろ？

――SK

歯に衣着せず、後悔しない。

——ＡＣ／ＤＣ

目次

本書は文春文庫のために訳し下ろされたものです
DTP制作・言語社

マイル81

わるい夢たちのバザールⅠ

序文

ちょっとしたものをいくつかこしらえてきたよ、昔なじみの読者さん。月明かりの下、目の前にそいつらをずらりと並べてやるから見てごらん。だけど、売り物として持参した我がお手製のささやかなお宝を見るまえに、商品についてちょいと能書きを垂れさせてもらうよ、いいだろ？　すぐに終わる。さあ、横にすわってくれ。もっと近くに。嚙みつきやしない。ただし……おたがい長いつきあいだから、あんたはそれが嘘偽りのない真実じゃないってわかってるんじゃないかな。

そうだろ？

I

驚くだろう——少なくとも、そうだと思う——わたしにあいもかわらず短編を執筆する理由をたずねる人が数多くいることに。それに対する答えはいたって単純である。書いていて楽しいし、わたしは人を楽しませるようにできているからだ。ギターはうまく弾けないし、タップダンスはからきしだめだが、短編は創作できる。だから執筆する。

わたしは生来の小説家である。それは認めよう。ことに作家も読者も夢中になれる長い作品を好む。そうした小説は現実とほぼ等しい世界を構築する可能性を有している。長い本は功を奏すと、作家と読者に単なる情事を楽しませるのではなく、結婚生活を営ませる。読者から手紙をもらい、差出人のかれ／彼女が、『ザ・スタンド』や『11／22／63』を読み終えるのが悲しかったと綴っているのを読んだとき、わたしはその作品は功を奏したと感じる。

しかし、より短くて、もっと強烈な経験には利点がある。ワクワクドキドキ、ときにはショックでさえある。まるで、二度と会うことのない見知らぬ人とのワルツ、あるいは暗闇でのキス、それとも蚤の市で安物の毛布の上に置かれて売りに出されている美麗な骨董品との邂逅（かいこう）のように。そう、自作短編を収集したさい、いつも自分を露天商のように感じる。しかも営業するのは真夜中だけ。各種取り合わせ商品を広げながら読者を手招きする――そこのあなた――

寄ってらっしゃい、見てらっしゃい。しかし、常に適正な警告をしている。気をつけなさいよ、お客さん、これら商品のなかには危険なものがあるから。その種の商品には悪い夢が隠されていて、なかなか眠れないときに、どうしてクローゼットのドアが開いているんだろ、たしかに閉めたはずなのに、なんてことを考えずにはいられなくなりますよ。

Ⅱ

短めの小説を創作するうえで課せられる厳しい規律を常に楽しんでいる、とわたしが言う場合、嘘をついているのだ。短編は、やっかいな訓練を山ほど積んだうえでの一種の曲芸的技術を必要とする。読みやすさは勤勉な文章修行の賜物、なんてことを言う教師もいるが、それは真実だ。長編では見過ごされるミスが短編では明々白々となる。厳しい規律は必要である。作家は手綱をしっかり握り、魅力的な脇道にそれたくなる衝動をぐっと抑えて本道を進みつづけなければならない。

短編を書いているときには、自分の才能の限界を切実に感じることはまったくない。だがこれまでずっと、才能不足の感覚、および最高のアイデアとそのアイデアの可能性の実現とのギャップを埋められないのではないかという心の奥底の恐怖と悪戦苦闘してきた。つまりは、平たく言えば、完成した作品はたいしてよくないように思えるのだ。ある日、潜在意識から浮上してきたすばらしいアイデアとくらべると。そのアイデアが閃いたときには、うわっ！　こいつはすぐに書き上げないと！　なんて興奮するのだが。

とはいえ、かなりいい仕上がりになることもある。ときおり、当初の構想よりもよい結果になることさえある。そうなったときがたまらなく好きだ。問題はドツボにはまることである。それが理由にちがいない。卓越したアイデアを思いついた多くの作家がけっして実際にペンをとったりキーをたたき始めたりしないのは。たいていは、凍える日に車を発進させようとするようなものである。最初、エンジンはかからない。うなり声を発するだけだ。だが、あきらめずにくりかえせば（バッテリーがあがってなければ）、エンジンは始動して……回転むらを起こし……じきに円滑に動く。

本書にはインスピレーションの閃きとして現れたストーリー（Ⅱ巻所収「夏の雷鳴」はそうした一作）があり、すぐに執筆された。創作中の長編のさまたげになってもだ。ほかに、「マイル81」のように、機が熟すまで何十年も待機させられたストーリーもある。それでも、徹底した集中力が優れた短編を創作するうえで必要であることは常に変わらない。長編の執筆は野球に少し似ている。試合は決着がつくまでつづく。たとえ二十回になっても。短編の執筆は野球よりフットボールに似ている。他のチームが敵であるのはいうまでもないが、時間との闘いでもある。

フィクションの執筆に関して言えば、長かろうが短かろうが、学習曲線にけっして終わりはない。わたしは国税庁に納税申告書を提出するさいには専業作家かもしれないが、創造にたずさわるものとしては、まだアマチュアであり、いまだに技巧を習得している。わたしたちはみなそうだ。日々ついやす執筆は学習経験であり、なにか新しいことをするための格闘である。おざなりは許されない。才能は拡張できない――もとがなければ無理だ――が、縮小を防ぐことはできる。少なくとも、わたしはそう思っている。

で、ごらんのとおり！　わたしはあいかわらず書くのが大好きだ。

Ⅲ

で、ここに商品を取りそろえましたよ、我が親愛なる昔なじみの忠実な読者諸氏。幅広くいろんなもの――車のように見えるモンスター（『クリスティーン』を想起させる）、死亡記事を書くことで人を殺せる男、パラレルワールドにアクセスできる電子書籍リーダー、そして一番のお気に入り、人類の終末などなど、全部販売しよう。商品は、残りの行商人たちが帰宅してしばらくたってから売ることにする。街路に人気がなくなり、月の冷たい外皮が都市の谷間に浮かぶころに。そのときにこそ、わたしは毛布を広げて自分の商品を並べたい。

前口上はもうじゅうぶん。たぶん、あんたはなにか購入したいと思ってる、だろ？　目にしているものはすべて自家製だ、どの品物も丹精込めて作った。売るのがうれしいよ。だってとくにあんたのために作ったんだから。気がねなく手に取ってくれ、でもどうか用心のほどを。

最良の品には歯がある。

二〇一四年八月六日

（*Introduction*）

（風間賢二・訳）

マイル81

著者の言葉

　メイン大学にかよっていた十九歳のとき、オロノからダラムの小さな町へドライブしたことがある。わたしの作品ではたいていハーロウとして語られている町へ。この小旅行を週末に、三週間かそこいらおきにおこなっていた。ガールフレンドに会うために……それと、たまさか母と会うために。ハンドルを握ったのは61年型フォードのステーションワゴン。直列六気筒、ハンドル横の三段シフトレバー（わからなければ、父親にきこう）。兄のデヴィッドのおさがりだった。

　州間高速道路95号は当時、交通量が少なく、ひとたびレイバー・デーが過ぎて夏季休暇組が日々の仕事に戻ると、果てしなく広がる砂漠並みに閑散としていた。また当時はもちろん、携帯電話はない。車が故障したら、選択肢はふたつ。自力で治すか、善きサマリア人が止まってくれて、最寄りの修理工場に連れて行ってくれるのを待つかだ。

　二百四十キロの距離を運転しているあいだに、特異な恐怖譚「マイル85」を思いついた。ガーディナーとルイストンとの間の実際には存在しない場所が舞台だ。わたしの年代物のステーションワゴンが何か悪さをするとしたら、そこでしかないと確信した。路肩で寂しそうに、見捨てられたようにうずくまっている姿が目に浮かぶ。だれか停車して運転手の安否を確認するだろうか？　もしかすると、心臓発作を起こして、フロントシートに大の字に伸びているのでは？　もちろん、善きサマリア人はそうするだろう。かれらはどこにでもいる。とりわけド田舎に。地方暮らしの人々は面倒見がいい。

しかし、古いステーションワゴンが車になりすました異星人だとしたら？　不用心な人を罠にかける化け物だとしたら？　これは出来のいい話になるだろうと思ったし、実際にそうなった。その作品を「マイル85」と題したが、一度も書き直さなかったし、ましてや出版することもなかった。紛失したからだ。当時は定期的にＬＳＤをやりまくっていたので、いろんなものを失くしていた。短期間だが、自分を喪失したこともある。

四十年ほど早送り。メインの長く続く州間高速道路95号は二十一世紀には車の往来は激しくなっているものの、それでもレイバー・デーのあとは交通量が減り、州の予算削減のせいで数多くのサービスエリアが閉鎖に追いこまれる。ルイストン出口近くのガソリン・スタンドとバーガーキング（そこでワッパーをたくさん食べた）の複合店舗も店じまい組のひとつだった。ランプの出入り口の〈立ち入り禁止〉標識の背後に佇むそうしたサービスエリアは見捨てられ、いっそう悲しみを深め、よりみすぼらしく見える。厳冬が駐車場を崩壊させ、雑草が舗装の割れ目から生えている。

ある日、そこを通過したとき、紛失した昔のストーリーを思い出し、もう一度それを書くことにした。放棄されたサービスエリアは、怖ろしい「マイル85」よりもう少し遠い南側にあったので、タイトルを変更しなければならなかった。それ以外のすべてはほぼ昔に創作されたときのままである、と思う。ターンパイクのオアシスはなくなってしまうかもしれない――昔のフォードワゴンや我がいにしえのガールフレンド、そして我が数多くの悪癖のように——が、ストーリーは消え去らない。本作は自分でも気に入っている一編である。

1　ピート・シモンズ（'07 ハフィー）

「来るな」兄のジョージが言った。

かれは小声で話したとはいえ、友人たち——近隣に住んでいる十二、三歳のグループからなる自称〈へっぴり暴走族（リップ＝アス・レイダース）〉——が待っているのは一ブロック先だった。いらだった口調で言った。「ヤバすぎんだよ」

ピートは言った。「へっちゃらさ」胸を張ってきっぱりと言い返したものの、内心は少しこわかった。ジョージとその友人たちはボウリング場裏の砂場に向かっていた。ノーミー・テリオーが考案したゲームをするためだ。ノーミーは〈リップ＝アス・レイダース〉のリーダーで、ゲームは〈地獄からの落下傘部隊〉と呼ばれていた。砂場にある轍（わだち）が砂利採掘場に続いていた。その轍に沿って自転車を全速力でこぎながら、「レイダース、最高！」と声をかぎりに叫んで自転車から飛び降りる、そんなゲームだ。たいていは三メートルかそこいらの落下で、認定済みの着地点は柔らかい。だが遅かれ早かれ、だれかが砂ではなく砂利に着地して、腕か足首を骨折するだろう。ピートでさえそんなことはわかっていた（だからこそワクワクする、といった様子だったが)。そして両親に見つかり、〈地獄からの落下傘部隊〉はそれっきりになるだろう。しかしいまのところ、ゲームは——当然、ヘルメットもかぶらずに——つづけられていた。ジョージは弟をゲームに参加させるほど愚かではなかった。とはいえ、両親が仕事中はピートの面倒を見ていることになっていた。ピートが自分のハフィーを砂利採掘場でお釈迦にしたら、ジョージは一週間の外出禁止をくらいかねない。腕でも折られたら、ひと月の自宅謹慎だろう。万が一——かんべんしてくれ!——折れたのが首だったら、大学入学まで寝室に幽閉されかねない。

それになにより、ジョージはウザいチビ助を愛していた。

「このへんをブラついてな」ジョージは言った。「二、三時間で戻るよ」

「ブラつくって、だれと?」ピートはきいた。春休みだったし、友だち——母親なら〝年相応の〟と呼びそうな連中は、みんなどこか他のところにいるようだ。何人かはフロリダ州オーランドのディズニーランドに出かけてしまった。ピートはそのことを思うと、羨望と嫉妬——劣悪な品質だが、妙に味わい深い飲み物——で胸がいっぱいになる。

「ただブラついてろよ。店に行くとかなんとかさ」ジョージはポケットをあさって、ワシントン大統領のしわくちゃになった紙幣を数枚取り出した。「ほらカネをやる」

ピートはそれを眺めた。「すげー。シボレーを買おう。たぶん二台」

「早くしろ、シモンズ、置いていくぞ!」ノーミーが大声を張りあげた。

「いま行く!」ジョージは叫び返した。ついで声を落として、ピートに言った。「金をとれ、すねるなよ」

ピートは金を受けとった。「虫眼鏡だって持ってきたんだ。みんなに見せてやるつもりだった——」

「そんな子どもだましのトリックは見飽きてる」ジョージは言ったが、ピートの口元が引き締まるのを目にして、態度を少しやわらげた。「それにさ、空を見ろよ、ボンヤリ小僧。曇りの日には虫眼鏡で火はつけられない。うろうろしてな。おれが戻ったら、ヴィデオ・ゲームか何かしてやるからさ」

「よし、お別れだな、弱虫野郎！」ノーミーが叫んだ。「餞別やろう、センズリ野郎！」

「行かなくっちゃ」ジョージは言った。「頼むから困らせるな。このあたりにいろよ」

「たぶん背骨を折って一生寝たきりになるよ」ピートは言った……そのあと急いでV字型にした指の間に唾を吐いた。縁起でもない言葉を取り消すためだ。「がんばって！」かれは兄の背中に向かって叫んだ。「一番遠くまで飛んで！」

ジョージは応えて片手をふったが、振り返らなかった。兄は自分の自転車のペダルに足をかけた。シュウィン製の大きくて年季の入った代物。ピートの憧れの的だが、乗れなかった（一度挑戦して、私道を半分進んだところで転倒した）。ピートは、兄が仲間たちを追いながらスピードを増してオーバーンの郊外住宅地区を去っていくのを見送った。

かくてピートは、ひとりきりになった。

ピートはサドルバッグから虫眼鏡をとりだして前腕にかざしたが、日光の点も熱も生じなかった。そして低くたれこめた雲をにがにがしく見つめると、虫眼鏡を戻した。リッチフォース製の上等品。去年のクリスマスに手に入れた。理科の実習で蟻の巣を研究するのに役立つと思われたからだ。

「けっきょく、ガレージで埃をかぶることになる」ピートの父親は言ったが、蟻の巣の研究課題は二月に終了したものの（ピートとその相棒のタミー・ウィザムはA評価を得た）、ピートはいまだに虫眼鏡に飽きることがなかった。とりわけ、裏庭で紙に焦げ穴を開けて楽しんでいた。

だが、今日は楽しくない。今日は、砂漠のような午後が待ち受けているだけだ。その気があれば帰宅してテレビを見ることはできるが、父親がおもしろい番組を放送している局にブロックをかけている。昔のギャングともろだしのオッパイでいっぱいのドラマ『ボードウォーク・エンパイア　欲望の街』をジョージが録画しているのを発見したからだ。ピートのコンピュータも同様にブロックされている。いまだに解除方法がわからない。だが、そのうち対処できるだろう。時間の問題にすぎない。

で？

「だからなんだよ」ピートは声を低めて言い、マーフィー・ストリートのはずれに向かって、ゆっくりとペダルをこぎだした。「だから……なにが……いけないんだ？」

自分は〈地獄からの落下傘部隊〉をするには小さすぎる。危険すぎるからだ。ツマンねー。ピートは、ジョージやノーミーや他のレイダースたちになにか見せてやれることがあればいいのにと思った。ちび助でさえヤバいことに立ち向かえる――

やがて名案が浮かんだ。放棄されたサービスエリアを探検するのだ。ピートは年長の子どもたちがあそこのことを知っているとは思わなかった。というのも、自分とおない年の少年、クレイグ・ガニョンに教えてもらったからだ。どうやら去年の秋、他の十歳の子どもたちとそこに行ったらしい。もちろん、まったくの嘘かもしれないが、ピートはそう思わなかった。クレイグは事細かに話してくれたし、それに作り話が得意な子ではない。実は、どちらかと言えばウスノロだ。

目的ができたので、ピートはペダルをより速くこぎ始めた。マーフィー・ストリートのはずれで、自転車を左に傾けてヒヤシンス・ストリートに入った。歩道にはだれもいなかったし、車の往来もなかった。ロシニョール家で掃除機をかけている音が聞こえたが、そのほかの点では、だれもが寝ているか死んでいるらしかった。実際には、みんなは自分の両親と同じように仕事に出ているのだ、とピート思った。

ピートは素早く右折してローズウッド・テラスに進入しながら、〈行き止まり〉と記された標識を通過した。ローズウッドには一ダースかそこらの家しか建っていなかった。通りのはずれは金網フェンスで封じられている。その向こう側は、低木と不揃いな二番生え木からなる雑木林だった。ピートは金網（およびそこには言わずもがなの標識〈通行禁止〉がかけられている）に接近すると、ペダルをこぐのをやめて自転車がそのまま進むにまかせた。

ピートは理解した――なんとなく――ジョージとその仲間のレイダースたちを〈大人びた子ども〉と思っていたけれど（かれらが自分たちをそうみなしているのは確実だ）、実際には〈大人びた子ども〉じゃない。ほんとうの〈大人びた子ども〉は、運転免許証を持っていてガールフレンドのいるヤンチャでイケてるティーンエイジャーだ。正真正銘の〈大人びた子ども〉は高校にかよっている。かれらは酒を飲み、マリファナを吸い、メタルかヒップ・ホップを聴き、ガールフレンドとディープキスをするのが好きだ。

といったわけで、放棄されたサービスエリア。

ピートはハフィーを降りて、だれかに観察されていないかどうかあたりをうかがった。だれもいない。学校がないとき、近隣のいたるところで縄跳びをしている（縦に並んで）クロスキル家のウザい双子さえ見あたらない。これは奇跡だ、とピートは思った。

耳をすませば、さほど遠くないところで、州間高速道95号を南方面のポートランドか北方面のオーガスタへ猛スピードで向かうたえまない車の音を聞くことができただろう。

クレイグがほんとうのことを言っていたとしても、フェンスが設置されているだろう、とピートは思った。そういうもんだ。

しかし接近してかがむと、フェンスは完璧のように見えたけれど、実際にはそうではないことが見てとれた。だれか（おそらく、ヤング・アダルトというつまらない階級に参入して幾歳（いくとし）月（つき）の〈大人びた子ども〉）が金網のリンクを天辺から最下層まで切り裂いていた。ピートはもう一度あたりを見まわしてから、両手をダイヤ型の金網に組み合わせて押した。押し返されるだろうと思ったが、そんなことはなかった。金網の切れ端は農場構内の門のように開いた。

〈ほんものの大人びた子ども〉がここを利用していたんだ、ぜったいにそうさ。やったぜ。

そう考えると、筋が通る。連中は運転免許証を持っているかもしれないが、マイル81サービスエリアの出入り口は道路整備係が使用する大きなオレンジ色の樽（バレル）で封鎖されている。見捨てられた駐車場のひび割れた舗道には雑草が生えている。ピートはそんな光景を数えきれないほど目にしてきた。というのも、スクールバスは州間高速95号を通ってローレルウッドから三番出口に行き、そこでピートを乗せ、サバッタス・ストリートに出て、オーバーン第三小学校、またの名をアルカトラズ刑務所に向かうからだ。

ピートは、サービスエリアがまだ営業していたときのことを思い出した。当時はガソリン・スタンド、バーガーキング、フローズンヨーグルトの専門店TCBY、そしてピザのスバーロの店舗があった。やがて営業停止になった。ピートの父親に言わせれば、ターンパイクには同種のサービスエリアがありすぎて、国はすべてを営業させておくほどの余裕がなかった。

ピートは金網フェンスの切れ目から自転車をころがしてから、即席のゲートをもとの一見完璧なダイヤ型に見えるようになるまで慎重に押し戻した。それから草木の生い茂る奥地に向かって歩いた。そのさい、ハフィーのタイヤが割れたガラスの上を通らないように注意した(フェンスの内側にはたくさん散らばっていた)。そしてお目当てのものを探し始めた。この場所にちがいない。切られたフェンスが物語っている。

そして、あった。踏みつぶされたタバコの吸い殻と捨てられたビールやソーダの瓶が目印となっている道が。それはさらに藪の奥へつづいている。あいかわらず自転車を押しながら、ピートは道をたどった。丈のある茂みがかれを飲みこむ。背後ではローズウッド・テラスが、いまことは別のどんよりとして陰鬱な春の日を夢見ていた。

まるでピート・シモンズなどこれまでまったく存在していなかったような一日を。

金網フェンスからマイル81サービスエリアまで、ピートの見積もりでは八百メートルぐらいあり、行く先々に〈大人びた子ども〉の道標が見つかった。半ダースの茶色い小瓶（二個にはまだコーク・スプーンが突っ込まれていた）、スナックの空袋、有刺低木に引っかかっているレースの縁取りのあるパンティーが二枚（ピートには、それらは五十年ぐらいそこにぶら下がっているように見えた）、それと――やった！――まだキャップが閉まっていて中身も半分残っているポポフ・ウォッカのボトル。ピートは思い悩んだすえに、そのボトルを虫眼鏡やコミック『ロック&キー』の最新号、それとビニールの食糧保存袋に入ったオレオ・ダブル・スタッフが収納されているサドルバッグに押し込んだ。

ピートは自転車を押して、ゆるやかな流れの小川を横切ると、ズバリ予想的中、サービスエリアの裏側に到着した。別の金網フェンスがあったが、それもまた切断されていたので、ピートはすりぬけた。道は丈のある草をぬけて駐車場裏へつづいていた。そこは、ピートが思うに、以前はよく配達用トラックが停められていた。建物の近く、かつて大型ゴミ収納器が設置されていた舗道の上に、黒ずんだ長方形の跡を見ることができた。ピートはハフィーのスタンドを下げて、その跡のひとつに駐輪させた。

これから実行することを考えると心臓がバクバクした。器物損壊・住居侵入だぞ、シュガーベアー。それで刑務所行き。でも、ドアが開いていたり、窓に打ちつけられた板の一枚がはがれていたりしたら、器物損壊・住居侵入になる？　それでも侵入することに変わりはないだろうけど、入ることそれ自体は犯罪なの？

内心はそうだとわかっていたが、器物損壊がなければ、懲役をくらうことはないだろうと思った。そもそも、ここには危険を冒しに来たのでは？　あとでノーミーやジョージ、それと他の〈リップ＝アス・レイダース〉たちに自慢できるようなことをしでかしに来たのでは？

それにもちろん、こわかったが、少なくとももう退屈ではない。

ピートは、薄れかけている〈従業員以外立ち入り禁止〉と記されたドアから入ろうとしたが、それは単にロックされているばかりか厳重に施錠されていると判明した——どうにもならない。その脇に窓がふたつあったが、いずれも徹底的に板でふさがれていることは一目瞭然。やがて金網フェンスのことを思い出した。無傷のように見えて、実はそうではなかった。ということで、とにかく板を動かそうとしてみる。だめだ。ある意味、ホッとした。しょうがない、帰ろう、と決断できるわけだ。

ただし……〈ほんものの大人びた子ども〉は中に入った。それは確実だ。では、どうやって？　表から？　ターンパイクから丸見えなのに？　たぶんそうだろう、夜に入ったのなら。だが、ピートは白昼にそれを調べる気はなかった。通りすがりのドライバーがケイタイで911に電話をして、「マイル81のサービスエリアでうろつきまわっている小さな子がいるのを知りたいかなと思ってね。例のバーガーキングがあったとこだ、知ってるだろ？」と通報するかもしれないからだ。

両親がメイン州グレーの州警察から呼び出しをくらうより、〈地獄からの落下傘部隊〉ごっこをして片腕を骨折したほうがマシ。実際の話、両腕を折ったり、チンコをジーンズのジッパーに挟んだりしたほうがいい。

まあ、それはいやかな。

ピートは、トラックの荷物の積み下ろし場所になにげなく向かい、そこでまたもや——大当たり！　プラットホームの足元には踏み消されたタバコの吸い殻が一ダースほど落ちていて、それればかりか、さらなる例の茶色の小瓶がぐるりと取り囲んでいる中央には、かれらの王様が鎮座している。深緑色のボトル、風邪の特効薬ナイキルだ。プラットホームの表面は――そこに大型セミトラクターがバックして荷下ろしする――ピートの目の高さにあった。セメントはもろくなっていたが、チャック・テイラー・ハイ・トップスを履いている機敏な子どもにとっては足場がたくさんあった。ピートは両腕を頭上に差し伸ばすと、プラットホームの窪みのできた表面にしっかりと指を引っかけて……あとの話は、まあ俗に言う、知ってのとおりだ。

プラットホームには、赤いスプレーの落書が薄く残っていた。「エドワード・リトル・ロックス、レッド・エディーズが最高」。ちがうね、とピートは思った。〈リップ＝アス・レイダースが最高〉。ついでいまいる高い位置からあたりを見まわし、ニヤリとして言った。「実際には、ぼくが最高」そして、サービスエリア裏の人影のない駐車場を見下ろしながら、やったぜ、と思った。いまのところは、とにかく。

ピートは下に戻った――問題がないことを確認するためだけに――が、そこでサドルバッグの中身を思い出した。必需品。ここで探検やヤバイことをして午後を過ごすことにした場合にそなえての物資だ。何を持っていこうかじっくり考えたあげく、サドルバッグを自転車からはずして全部持っていくことにした。虫眼鏡でさえ役に立つかもしれない。頭の中で、とりとめのない夢想が形作られだした。少年探偵が放棄されたサービスエリアで他殺死体を発見し、警察が犯罪の起こったことを知る由もないうちに事件を解決する。そして、開いた口がふさがらないといった感じの〈レイダース〉たちに事件はものすごく簡単だったと説明する自分の姿がありありと目に浮かんだ。初歩的なことだよ、木偶の坊くんたち。

もちろん、たわごとだが、空想するのは楽しい。

ピートはバッグをプラットホームに持ちあげて置き（ウォッカが半分残っているボトルが入っているのでとりわけ慎重におこなった）、それからもう一度よじ登った。建物内に通じているトタンのドアは少なくとも三メートル以上あり、底部はひとつどころかふたつもドでかい南京錠がかかっていたが、人の背丈ほどのドアもあった。ピートはドアノブに手をかけた。回らなかった。押しても引いてもドアは開こうとしなかったが、少したわんだ。いや、かなりだ、実際には。足元を見ると、ドアの底部に木製の楔が押し込まれているのが目に入った。こんな最高におマヌケな予防措置にお目にかかったことがなかった。と言っても、コークと風邪薬でハイになったガキたちにこれ以上の何が期待できる？

ピートは楔を引き抜き、ドアをきちんと閉めた。それから押したら、今度はきしみながら開いた。

かつてはバーガーキングだった店舗の大きなフロントウィンドウは、板ではなく金網で保護されていた。だからピートは内部を苦もなく見られた。食卓とボックス席はレストラン区域から撤去されている。キッチン区域はただの薄暗い穴と化し、壁からいくつかケーブルが突き出ていたり、天井のタイルが何カ所か垂れ下がっていたりしたが、店内にまったく備品がないわけではなかった。

中央に、二つの古びたカード・テーブルがひとつに押し寄せられ、折りたたみ椅子に囲まれていた。二倍の広さになった表面には半ダースの汚い灰皿と〈バイシクル〉のトランプが数枚、そしてポーカー・チップの容器がのっていた。壁は二十から三十の雑誌見開きページで飾られていた。ピートはそれらに大いに関心をそそられて調べた。かれは女性器を知っていた。HBOやシネマスパンクで何回かチラッと見たことがあったのだ（両親が察知して、そうした有料のケーブル・テレビ局をブロックする以前に）。ピートには何がいいのかよくわからない――ウギー・ブギーの口のようにしか見えない――が、もっと年をとればわかるのだろうと思った。ただし、剝き出しの乳首は別だ。もろ見えのオッパイは最高。

隅には、みっつの汚れたマットレスがカード・テーブルと同じく押し寄せられていた。だが、ピートはそこで行われたのがポーカーではないのがわかるほどの年齢には達していた。

「おまえのアソコを見せろ！」ピートは壁に貼られた『ハスラー』ガールのひとりに命じてほほ笑んだ。ついで、「ツルツルのマンコを！」と言って、さらにクスクス笑った。クレイグ・ガニョンがいっしょでなくて残念だった。たとえ、バカで弱虫だとしても。恥毛を剃った女性器を眺め、ふたりで大笑いできたのに。

ピートはあたりをぶらつき始めた。あいかわらずクスクス笑いの気泡が鼻をついて漏れている。サービスエリアの内部は暗かったが、意外と寒くなかった。最悪なのは匂いで、タバコとマリファナの煙と古いアルコール、そして壁内部でじょじょに進行している腐食がいりまざっている。腐りかけた肉の匂いもしているような気がする。たぶん、ロゼリーかサブウェイで買ったサンドイッチだろう。

かつて客がワッパーやチキン＆フィッシュを注文したカウンター脇の壁に、ピートは別のポスターを発見した。それは十六歳ぐらいのころのジャスティン・ビーバーだった。ビーブの歯は真っ黒に塗りつぶされ、片方の頬には鉤十字のタトゥーが落書きされている。モップじみた髪型の上には赤ペンで悪魔の角が描かれている。何本かダーツが顔に突き刺さっている。そのポスターの上の壁にはマジックでこう記されている。口15点、鼻25点、目30点。

ピートはダーツを引き抜くと、大きながらんとした店内を横切り、黒い線のついている床のところまで戻った。そこには〈ビーバー・ライン〉と記されている。ピートは線のうしろに立って、六投ワンラウンドで十回ないしは十二回行った。最後の回で百二十五点を出し、われながらかなりの好成績だと思った。そしてジョージとノーミー・テリオーが拍手喝采している姿を想像した。

ピートは金網でカバーされた窓のひとつに行き、かつてガソリン・スタンドがあったがいまやもぬけの殻のコンクリート・アイランドを、ついでその向こう側の車の往来を眺めた。少ない交通量を。夏になれば、観光客や夏を過ごす人々の車で数珠つなぎになる。父親の言ってることが正しくて、ガソリンが一ガロン七ドルになり、だれも外出しないというのでなければ。で、どうする？ ダーツをやり、ツルツルの女性器をじゅうぶん鑑賞した……まあ、一生分じゃないかもしれないけど、少なくとも数か月分は。解明すべき殺人事件はなかった。じゃあ、何をする？

ウォッカだ。それに決定。自分は飲めるんだぞということを証明するために、ちょっとすすってみれば、あとで自慢するときに話がほんとうらしくきこえる。ついで思った。こんなバカらしいことはさっさとやめてマーフィー・ストリートに戻ろう。自分の冒険譚が興味深く――スリリングにさえ――感じられるように最善をつくそうとしたが、実のところ、この場所はそれほどのものではない。〈ほんものの大人びた子ども〉がポーカーをしたりガールフレンドといちゃついたり、雨宿りに来るだけのところだ。

でも、酒を飲む……これはスゴい。

ピートはサドルバッグをマットレスのところまで持ってきてすわった（細心の注意を払って、いたるところにある染みを避けた）。ウォッカのボトルを取り出して、魅入られたように興味津々と観察した。じきに十一歳になる時点で、大人の快楽を特に味見したいと思っていなかった。一年前、祖父のタバコをかすめとって、セブン-イレブンの裏で吸ったことがある。半分は、どうにか。そして前かがみになって、スニーカーのあいだに昼ご飯を吐いた。その結果、興味深いがまったく役に立たない情報を得た。豆とフランクフルト・ソーセージはひとたび口の中に入ると見た目はよくなくなるが、少なくともうまい。それらが口の外に出ると、見た目はおぞましいし、味もまずい。

アメリカン・スピリッツに対する身体の瞬時にして強烈な拒絶反応は、酒はタバコよりよくないし、もっとひどい目にあうぞ、とほのめかしていた。しかし、せめていくらかなりとも味見しなかったら、自慢話はホラ話になる。しかも兄のジョージは嘘に敏感だ。少なくともピートに関しては。

また吐くだろうな、ピートはそう思ってから言った。「いいニュースは、ゲロっちゃう人間はぼくが最初ってわけじゃないこと」

その言葉にふたたび声をあげて笑った。あいかわらずかすかに笑いながら、キャップをゆるめると、ボトルの口を鼻の高さに持って行った。いくらか香りがしたが、さほどでもない。実はウォッカではなく水であり、香りは抜けたのかもしれない。ボトルの口を自分の口に持っていく。ほんものであればいいなといった感じと、そうでなければいいといった気持ちが相半ばした。たいして期待していなかった。ほんとうに飲みたいと思っていたわけではなかったし、プラットホームから下に降りるときに首を折るかもしれない。だけど、好奇心があった。両親がこの飲み物を大好きだったから。

「先手必勝」ピートはわけもなく言って、少しすすった。

水ではなかった。それは確実だった。熱い軽油のような味がした。飲みこんだのは、主として驚いたためだ。ウォッカは咽喉(のど)を焼きながら下っていき、胃で爆発した。

「うひゃ、スッゲー!」ピートは大声をあげた。

涙が出てきた。ピートはボトルを前に突き出した。まるでそれに嚙みつかれたかのように。だが、胃の中の熱はすでにおさまり始めていたし、気分は上々だった。酔っぱらっていないし、吐き気もない。そこでもうひと口すすってみることにした。今度はどんなことになるかわかっている。熱が口の中に広がり……熱が咽喉を下り……それから胃でドカーンとなる。実は、ちょっとイケてる。

いまや両腕と両手がジンジンしている。たぶん、首も。眠りに落ちるとき手脚に感じる痺れる感じとはちがうが、目覚めるときのそれに近い。

ピートはふたたびボトルを唇にあてた。プラットホームから落下したり帰る途中で自転車をだいなしにしてしまったりすること以上に不安だった（自転車の酔っぱらい運転で捕まるかどうか、ちょっと思案して、たぶん逮捕されるだろうと思った）。ウォッカを二、三回あおって自慢するのはいいとしても、ぐでんぐでんに酔っぱらったら、帰宅した両親にバレるだろう。一発で。素面のふりをしたって無駄。両親は酒を飲む、かれらの友人も飲む、そして飲みすぎることもある。だから気配でわかる。

それにまた、ひどい二日酔いの問題もある。ピートとジョージは、かなり多くの土曜と日曜の午前中に両親が充血した目に青白い顔をしてのろのろと家の中を動いているのを目撃したことがある。両親はヴィタミン剤を飲み、テレビの音をさげろと命じ、音楽は絶対にご法度だった。二日酔いは断じて愉快なしろものではない。

それでも、もうひと口ぐらい平気だろう。

ピートはそれまでより少し多めに飲んで、叫んだ。「ブーン、急上昇！」自分が口にした言葉に大笑いした。ちょっとクラクラしたが、めっちゃ心地よかった。タバコは不快だった。酒は、これは気持ちいい。

ピートは立ちあがると、少しふらついたのでバランスをとってから、さらに声に出して笑った。「好きなだけクソ砂場に飛びこめよ、シュガーベアども」人気のないレストランに向かって言った。「オラは酔っぱらっちまった、ぐでんぐでんになるのはいいもんだ」これがものすごくおかしかったので、腹がよじれるほど笑った。

マジで酔っぱらったのか？　三回すすっただけで？

酔ってるとは思わなかったが、明らかにハイになっていた。おしまい。もうたくさん。「酒は飲んでも飲まれるな」ピートはがらんどうのレストランに向かって言ってから笑った。

ピートはしばらくぶらついて、酔いが醒めるのを待った。一時間、あるいは二時間かかるかも。三時まで待つことにした。腕時計をしていなかったが、三時になれば、そこから一キロ半かそこらしか離れていないセント・ジョゼフス病院のチャイム音でわかる。それからその場をあとにした。まずウォッカを隠し（さらなる調査を行う場合に備えて）、それからドアの下に楔を戻した。自宅界隈に戻ったら、まずセブン‐イレブンに寄って、辛口のティーベリーガムを購入して酒臭い息を消そう。子どもが両親のリカーキャビネットからくすねる酒はウォッカだと聞いたことがある。匂いがしないからだ。しかし、いまやピートは一時間前より賢い子どもになっていた。

「さらには」ピートは空洞化したレストランに向かって講義口調で言った。「ぜったいに目が真っ赤である。マティーニをたっぷりいただいたときのとうさんのように」一瞬黙りこんだ。いまいちどころか、クソだな。

ピートはダーツを回収すると、ビーバー・ラインのうしろに立って投げた。一本しかジャスティンに命中しなかった。それが何よりも愉快だった。ピートは、「おれのベイビーはアソコをパイパンにするぜ」という歌をビーバーがヒットさせることができるだろうかと思った。これがまた猛烈におもしろかったので、両膝に両手をつくほど腰をまげて大笑いした。

笑いの発作がおさまると、両方の鼻の穴から垂れている鼻水を拭って床に振り払い（ごめんよ、バーガーキング、〈優良レストラン評価〉を取り消されちゃうね）、それから重い足取りでビーバー・ラインに戻った。二回目はさらにひどかった。酔っぱらっているわけではなかった。単にビーバーを仕留めることができなかったのだ。

おまけに、けっきょく、少し気分が悪くなった。たいした量ではなかったが、飲むのを三回でやめておいて心底よかったと思った。「それ以上飲んだらウォッカ中毒になっただろう」と言って笑った。すると胸焼けがして、ゲップが出た。オエッ。ピートはダーツをそのまま残して、マットレスのところに戻った。そして何かマジで小さなものが這いまわっていないかどうか虫眼鏡で調べようとしたが、そんなことは知りたくもないと思いなおした。ついでオレオを食べることを考えたが、胃に与える影響を恐れた。押してみると、正直言って、ちょっと痛かったのだ。

ピートは横になり、両手を頭の後ろで組んだ。ほんとうに酔ったときには、すべてがぐるぐる回り始めるということを聞いて知っていた。そんな状態にはなっていなかったので、少しハイになっているだけだと推測したが、昼寝をする気は毛頭なかった。

「すぐにおさまる」

そう、長くはかからない。そうじゃなければヤバい。両親が帰宅するまでに戻っていなければ、自分の姿が見あたらなければ、めんどうなことになる。ジョージもまた困ったことになる。弟を連れずに遊びに出かけたことで。問題は、セント・ジョゼフス病院のチャイムが鳴ったときに、起きられるだろうか？

ピートは、まだ目覚めている最後の数秒のうちに思った。起きられると期待するしかないと。というのも、意識を失いかけていたからだ。

ピートは目を閉じた。
そして廃墟のレストランで眠った。

外では州間高速道95号の下り車線に、製造年代と型の不詳なステーションワゴンが現れた。それはターンパイクに表示されている最低速度以下で走行していた。スピードを出しているセミトレーラーがうしろから接近してきて、追い越し車線に入りながらエアホーンをやかましく鳴らした。

ステーションワゴンは、いまや惰力走行に近かったが、サービスエリアの入り口車線に方向を転じた。〈営業停止　次のガソリン・スタンドとレストランは43キロ先〉と記された大きな表示は無視された。ワゴンは車線を閉鎖している四個のオレンジ色のバレルを突破して、見捨てられたサービスエリアの建物から六十メートルほどのところで停車した。ついで運転席側のサイドドアが開いたが、だれも出てこない。おい、アホンダラ、ドアが開けっぱなしだぞ、と告げるチャイムもなし。静かに半開きのまま。

ピート・シモンズがいびきをかいていないでこれを目撃していたとしても、運転者の姿は見ることができなかっただろう。ステーションワゴンは泥のはねが付着していて、フロントガラスがそれで汚れていた。奇妙だ。この一週間、ニューイングランド北部では雨が降っておらず、ターンパイクはカラカラに乾いていたからだ。

車は、四月の曇り空の下、進入路から少し離れた場所で止まっていた。衝突されたバレルが転がるのをやめた。ドアは開いたままだった。

2　ダグ・クレイトン（'09プリウス）

保険勧誘員のダグ・クレイトンはバンゴアからポートランドへ向かっていた。そこのシェラトン・ホテルに予約をとってあった。遅くとも二時までには到着するつもりだった。そうすればたっぷり昼寝ができる（めったにできない贅沢だ）。そのあとで食事のできる店を、コングレス・ストリートで探す。明日の早朝、かれはポートランド会議センターに顔を出し、ネームプレートを受け取り、二十一世紀の災害のための保険――〈火災と台風と洪水〉と銘うたれた会議に出席する四百人の仲間入りをする。マイル82の標識を通過したさい、ダグは自身の個人的な災害に接近しつつあったが、それはポートランド会議での保険対象にはならないだろう。

ブリーフケースとスーツケースは後部座席にあった。助手席には聖書（ジェームズ王訳欽定聖書で、ダグは他の版を所有する気はなかった）が置かれている。ダグは、カトリックのレデンプトール会における四人の信徒伝道者のひとりで、説教をする番になると、自分の聖書を「究極の保険マニュアル書」と称するのが好きだった。

ダグはイエス・キリストを個人的な救い主とみなしていた。十代後半から二十代の大半にわたる十年の飲酒癖から解放してくれたのだ。この長期の酒宴は、廃車とペネブスコット郡刑務所での三十日間の逗留でお開きになった。臭くて棺ほどの空間しかない独房での最初の晩、かれはひざまずいて祈った。以来、毎晩そうしている。

「よくなりますように力を貸してください」ダグは初めてそう祈ったが、以来、毎回そう祈っている。単純な祈りだったが、最初は二倍、ついで十倍、やがて百倍にもなって願いがかなえられた。さらに数年のうちには、千倍に達するのではないかと思っていた。で、何が最高か？最終的には天国が待っているのだ。

ダグの聖書は手垢がついていた。毎日読んでいるからだ。聖書で物語られている話が大好きだった。一番好きな話――ほぼいつも念頭にある話――は、「善きサマリア人」のたとえだった。かれは説教でルカの福音書から何度も引用したことがあり、会衆はあとで常におしみない賛辞を表するのだった。かれらに神のご加護がありますように。

ダグは、そのたとえ話は自分個人に向けられた話だと思っていた。追いはぎ強盗に襲われて道端に倒れている旅人のそばを、まず祭司が通り過ぎてしまう。つぎにレビ人も同じく通り過ぎる。ついでだれがやってきたか？　汚らわしいユダヤ人として嫌われているサマリア人だ。だが、その人物が旅人を救う。汚らわしいユダヤ人として軽蔑されていようがいまいが。サマリア人は旅人の傷口を清潔にしてから縫い合わせる。そして旅人を自分のロバに乗せ、最寄りの旅籠（はたご）に連れて行って介抱した。

「この三人のうち、だれが強盗に襲われた人の隣人になったと思うか？」イエスは、永遠の生命を受けるために何をすべきかと問う有能な若き律法学者に対して、逆にたずね返す。すると、有能でバカではない律法学者は答える。「慈悲深い行いをした人です」

ダグ・クレイトンが何かを嫌悪するとしたら、そのたとえ話に登場するレビ人のようなふるまいだった。助けを必要としているときにそれを拒みながら道の向こう側を通り過ぎていくことだ。だから、泥だらけのステーションワゴンが放棄されたサービスエリアの進入路近くに停車している――その前方にオレンジ色のバリア・バレルが吹っ飛ばされて転がっている――のを見かけ、一瞬だけ躊躇(ちゅうちょ)したものの、すぐにウィンカーを点滅させて車を片側に寄せた。そしてワゴンのうしろに駐車すると、ハザードランプを点灯してから車外に出ようとした。そして気づいた。ワゴンのうしろにナンバープレートがついていない……かなり泥が付着しているので確信は得がたかったが。ダグはプリウスのセンター・コンソールから携帯電話を取り出すと、電波が通じているかたしかめた。〈善きサマリア人〉と言っても、現実となると話は別である。ナンバープレートのない得体の知れない車に不用心に近づくのは、まったくの大バカ者だ。

ダグは携帯電話を左手に軽く握った状態でワゴンに向かって歩いた。うん、ナンバープレートがない。それに関しては正しかった。後部ウィンドウから内部をすかし見ようとしたが、何も見えなかった。泥で汚れすぎている。運転席側のドアへ歩いて行き、そこで立ち止まって、車全体を眺めながら眉をひそめた。このワゴンはフォードかシボレーか？　それがわかったらビックリシャックリだ。でも、それまた奇妙なことだった。というのも、ダグはこれまで何千台ものワゴンの保険を引き受けてきたからだ。

カスタマイズしたのか？　ダグは自問した。まあ、かもな……けれど、なんの特色もない無個性のステーションワゴンに、わざわざカスタマイズしたいと思うやつなんているか？

「やあ、だれかいる？　だいじょうぶ？」

ダグは、無意識のうちに携帯電話を先ほどより少しきつく握りながら、ドアに近づいた。気がつくと、子どものころ死ぬほどこわかった映画のことを考えていた。幽霊屋敷ものだった。

たくさんのティーンエイジャーたちが古い廃屋に近づいていく。そして若者たちのひとりが半開きになっているドアを目にして、「見ろよ、開いてる！」と仲間に囁く。観客は若者たちにそこに行くなと言いたいのだが、もちろん、かれらは中に入る。

バカらしい。車内にだれかいるとしたら、怪我人にちがいない。

もちろん、その人物はレストランに行ったのかもしれない、公衆電話を探しているのかもしれない、でもほんとうに怪我をしていたら――

「こんにちは？」

ダグはドアハンドルに手を伸ばしかけたが、考え直し、前かがみになって、開きかけたドア越しに車内を覗きこんだ。そして目にした光景にうろたえた。座席が泥に覆われていた。ダッシュボードとハンドルも。ラジオの旧式のつまみから軟泥がどろりと垂れ下がっていて、ハンドルについている跡は、正確には人間の手に見えない。というのも、手のひらがとてつもなくでかいのに、指の跡は鉛筆ぐらいの太さしかないのだ。

「だれかいますか？」ダグは携帯電話を右手に持ちかえて、左手で運転席側のドアをつかんだ。もっと開けば後部座席を見ることができる。「だれか怪我を――」

一瞬、鼻がまがりそうな悪臭がした。ついで左手に激痛が炸裂した。あまりにも強烈なその衝撃は体内に飛びこみ、まるで火車のように駆けめぐってあますところなく苦痛で満たした。ダグは悲鳴をあげなかった、できなかった。咽喉が急激なショックのせいでつまったのだ。見おろすと、ドアハンドルが手のひらに突き刺さっているようだ。

指はほとんど失われていた。根元しか見えない。第三関節がわずかに残っているばかり。他の部分はどういうわけかドアに飲みこまれてしまった。見ていると、薬指がなくなった。結婚指輪が落ちて、歩道にカチンと音を立てた。

なにか感じた、ああ、ヤバイ、嘘だろ、何か歯のようなものを。咀嚼（そしゃく）している。車が手を食べている。

ダグは手をひっこめようとした。血が飛び散った。いくらかは泥まみれのドアに、いくらかは自分のズボンに。ドアにかかった血しぶきはたちまち消えた。かすかにすする音が聞こえた。ズズッ。一瞬、ダグは逃げ出しかけた。吸い取られた肉から指のつややかな骨が見えた。そしてケンタッキーフライドチキンにしゃぶりついているおぞましいイメージがちらりと浮かんだ。きれいに食べなさいよ、母親によく言われたものだ、骨に近い部分が一番おいしいんだから。

ついでダグはふたたび前方にぐいと引かれた。運転席側のドアが開いてかれを歓迎した。やあ、ダグ、ずっと待ってたぜ、入れよ。かれの頭はドアの最上部とつながり、額を一筋の冷たさが横切ったが、それはステーションワゴンのルーフラインが皮膚に食いこんでくるにしたがって熱くなっていった。

ダグは逃げようとして、もう一度もがきながら携帯電話を手放し、リアウィンドウを押した。ウィンドウはその手を支えるどころかへこんだ。目玉をぐるりとまわして見ると、それまでガラスと思われていたものが、いまやそよ風を受けている池の水面のように小波（さざなみ）だっている。なんでそうなってる？　食べてるからだ。食事中。

これが報いなのだ、善きサマリア人でいると――

やがて運転席側のドアの最上部がダグの頭蓋骨を切断し、脳みそにやすやすと素早く侵入した。ダグ・クレイトンは、あざやかなパキッという大きな音を聞いた。まるで燃やされた松の節が弾けたようだった。ついで闇が舞い降りた。

下り車線を走行していた配送運転手がちらりと見ると、ハザードランプを点滅させて緑色の小型車が泥だらけのステーションワゴンのうしろに駐車しているのが目に入った。男――おそらく、緑色の小型車の持ち主――がステーションワゴンのドアにもたれかかって、運転者に話しかけているように見えた。故障か、と配送運転手は思って、注意を前方の道路に戻した。かれは〈善きサマリア人〉ではなかった。

ダグ・クレイトンは車内に急に引っ張り込まれた。さながら両手――大きな手のひらに鉛筆ほどの太さの指がついているやつ――にシャツをつかまれて引きずりこまれたようだった。ステーションワゴンはその形をくずして、内側にクシャッとなった。まるでなにか特別まずいものを……あるいは特別おいしいものを味わっている口のようだった。内部からはバリバリボリボリとかみ砕く音がする――ごついブーツで枯れ枝を踏みしだくような音だ。ワゴンは十秒かそこら顔をしかめたようなかっこうのままで、車というよりごつごつした握りこぶしのように見えた。やがて、ラケットで勢いよく打たれたテニスボールのような小気味よい音をたて、それは弾けてステーションワゴンの形に戻った。

太陽が雲間からちらっと姿を現し、地面に落ちている携帯電話に反射して、ダグの結婚指輪の上につかのまの素晴らしい光の輪を作った。だが、太陽はふたたび雲間に隠れてしまった。

ワゴンの背後では、プリウスがハザードランプを点滅している。時計のように規則正しい単調な音をたてている。チッカ……チッカ……チッカ。

数台の車が通り過ぎた。交通量は多くなかった。復活祭周辺の二週間は、有料道路上では年間でもっとも活気に乏しい時期だし、ましてや午後は一日のうちで二番目に閑散としている。一番交通量の少ないのは真夜中から午前五時の間である。

チッカ……チッカ……チッカ。

廃屋と化しているレストランの店内では、ピート・シモンズが眠りこけていた。

3 ジュリアン・ヴァーノン（'05 ラム・ヴァン）

ジュリー・ヴァーノンはジェームズ王訳欽定聖書などなくとも、どのようにしたら〈善きサマリア人〉になるのか知っていた。彼女はメイン州リードフィールドのスモールタウン（人口二四〇〇）で育った。そこではご近所付き合いが人生のありかたで、見知らぬよそ者もまたわが隣人だった。そのことをだれかから言葉をつくして教えられたわけではない。母親と父親、兄さんたちから学んだのである。かれらはその件に関してとやかく言ったわけではない。実例を示したのである。体験を通しての学びこそが、常にもっとも説得力のある教えである。道端に男が倒れているのを見かけたら、サマリア人だろうが火星人だろうが問題ではない。立ち止まって救助しなさい。

またジュリーは、助けが必要なふりをしていただけの相手に物を盗まれたり、レイプされたり、あるいは殺されたりすることについて心配していなかった。五年生のとき、保健室の先生に体重をきかれたことがあったが、ジュリーは誇らしげにこう答えた。「お父さんが言うには、もう少しやせれば、八十キロじゃなくなるそうです」三十五歳の今、彼女は百三十キロに手が届きそうなありさまで、良き妻になることについて何の関心も抱いていなかった。彼女は陽気で明るく元気な同性愛者だった。そのことに誇りを持っていた。彼女のラム・ヴァンのうしろには二枚のバンパー・ステッカーが貼られている。ひとつはこう読める。「男女平等を支援」。もうひとつはあざやかなピンク色で見解が記されている。「同性愛はハッピーワード！」

いまはそのステッカーは見えない。彼女が馬ならぬ〝ホス・トレーラー〟と称する馬運車を牽引しているからだ。クリントンの町で二歳のスペイン産の雌馬を購入し、レッドフィールドへ帰る途中だった。生家から三キロあまり道を下ったところにある農場でパートナーといっしょに暮らしているのだ。

ジュリーは、例によって考えごとをしていた。女子泥レスリングのチーム〈ツインクラーズ〉の一員として過ごした五年の巡業のことだ。あのころは良いことも嫌なこともあった。嫌だったのは、〈ツインクラーズ〉がたいていゲテモノ見世物とみなされていたこと（まあ、どちらかといえばそうだね、と彼女は思った）。良かったのは、世界をたっぷり見てまわれたこと。大半のアメリカ世界を。また、ほんとうのことだが、〈ツインクラーズ〉はイギリスとフランス、ドイツに三か月滞在し、各地で薄気味悪いほどに敬われ、思いやりのある待遇を受けた。実際のところ、令嬢のように。

まだパスポートを持っていて、去年更新した。二度と海外に行くことはないだろうと思っていたが。それでほとんどかまわなかった。パートナーのアメリアと犬と猫、そして家畜たちといった雑多な動物と暮らしていて、おおかたは幸せだった。しかし、かつての巡業の日々が懐かしくなることがある——一夜だけの興行、照明を浴びての試合、同僚の女の子たちとの素朴な友愛。観衆とのひと悶着でさえ、ときには懐かしい。

「マンコをつかめ、そいつはレズだ、よろこぶぜ！」ある晩、泥酔したおのぼりさんが叫んだ——オクラホマ州タルサでのことだ、彼女の記憶が正しければ。

ジュリーとメリッサ——泥まみれのリングでジュリーが対戦していた相手——は、互いに顔を見かわすと、うなずき、ヤジが飛んできたほうの観客席に向かって立ちあがった。ふたりはビショ濡れのビキニパンツ一丁の姿で立ち、髪と乳房から泥をしたたらせながら、やじった相手に向かって、ふたりそろって中指を立てた。観客席がドッとわいて拍手が起こった……それがスタンディングオベーションに変わったのは、最初にジュリーが、ついでメリッサがうしろを向いて前かがみになり、ビキニパンツを脱いで、見事な桃尻を披露したからだった。

彼女は長じて、倒れて立ちあがることのできない人を介護するということを知った。同様に長じて、悪口を言わないということを知った——馬について、体形について、職種について、あるいは性癖について。ひとたび悪口を言ったら、それが口癖になる。

聴いていたCDが終わったので、取り出しボタンを押そうとしたそのとき、前方に、マイル81の見捨てられたサービスエリアへつづくランプを少し上がったところに、車が駐車しているのが目に入った。ハザードランプが点滅していた。その車の前にもう一台、泥だらけのステーションワゴンが停まっている。おそらくは、フォードかシボレー。見分けがつけがたい。

ジュリーは意思決定をくださなかった。迷うまでもなかったからだ。ウィンカーを点滅させたが、ランプに自分の車が入る余地はないことを見てとった。トレーラーを牽引していては無理。路肩を脇の地盤の柔らかいところに乗り上げずに進むことはできそうもない。千八百ドルしたホス・トレーラーをひっくり返すのだけはごめんだ。

たいしたことじゃないのだろうけど、確認しても害はない。女の人が州間高速道路で突然産気づいたのかもしれないし、助けを求めて駐車した男の人が興奮して失神しているのかもしれない。ジュリーはハザードランプを点滅させたが、外からはたいして見えないだろう。ホス・トレーラーが邪魔をしているから。

ジュリーは外に出て、二台の車のほうを眺めたが、人影は見あたらなかった。すでにだれかが運転者たちを拾ったのかもしれないが、レストランに行ってしまったことのほうがありそうだった。そんなことをしても、かれらは無駄足を運ぶだけではなかろうか。去年の九月から閉店しているのだから。これまでジュリー自身は、TCBYのフローズンヨーグルトを求めてマイル81にときおり停車したことがあったが、最近では軽い食事をとるのに三十キロほど北にあるオーガスタのデイモンズに行っていた。

トレーラー後部に回って行くと、購入したての雌馬――名前はディディ――が鼻面を突き出した。それをジュリーは撫でた。「いい子ね、ベイビー、おとなしくしていてね、ちょっとしかかからないから」

ジュリーはドアを開けて、トレーラーの左側に作りつけられているロッカーに行った。ディディは、これは車の外に出られる絶好の機会だと判断した。しかしジュリーは筋骨たくましい肩で馬を制して、もう一度言った。「いい子ね、ベイビー、おとなしくしていてね」

ジュリーはロッカーを開けた。中には、道具の上に数本の緊急保安発炎筒と二個の小型トラフィックコーンが置かれていた。彼女はコーンの頭の穴に指を引っかけた（ゆっくりと明るくなりだした昼間に発炎筒は必要ない）。ロッカーを閉めて掛け金をかけた。ディディが蹄を入れて怪我をしたらかわいそうだ。ついで後部ドアを閉じた。ディディがふたたび鼻面を突き出した。馬に心配そうな表情ができるとは思えなかったが、ディディはそんな感じの表情をしていた。

「すぐだから」ジュリーは言って、トラフィックコーンをトレーラーの背後に置くと、二台の車に向かった。

プリウスに人影はなかったが、ロックされていなかった。ジュリーはとくにそのことは気にしなかった。スーツケースとかなり高価そうに見えるブリーフケースが後部座席にあったからだ。古いステーションワゴンの運転席側のドアは開けっ放しになっている。ジュリーはそちらに向かい始めたが、顔をしかめて立ち止まった。開かれたドア脇の舗道に携帯電話と結婚指輪らしきものがある。携帯電話には大きなひび割れがあり、まるで落としたかのようだ。そして番号が表示される画面には――血が滴っている？

たぶんそうじゃない、ただの泥だろう――ワゴンは泥だらけだ――が、ジュリーはいよいよ気に入らなかった。ジュリーは、トレーラーに積む前のディディに乗って走ったのだが、実用的なスプリット・ライディングスカートを帰宅するためにわざわざ着替えることはしなかった。いま、その右側のポケットから携帯電話を取り出し、911にかけようかどうかじっくり考えた。

いや、まだいい、ジュリーは判断した。でも、泥のはねだらけのワゴンが緑色の小型車と同じようにもぬけの殻だったら、あるいは携帯電話の画面に付着していた十セント硬貨ほどの染みがほんとうに血の滴だったら、通報しよう。そして、この場でパトカーの到着を待つ。廃墟になった建物には歩いて行かない。ジュリーは勇気があり、優しい心の持ち主だったが、バカではなかった。

ジュリーは落ちている指輪と携帯電話をかがんで調べた。ライディングスカートのスライトフレアがステーションワゴンの泥まみれの側面をこすると、そこに溶けこんだように見えた。ジュリーは右側にぐいっと強く引っ張られたので、とてつもなく大きい尻の片側をワゴンの側面に打ちつけた。表面がへこんだ。ついでスカートと下着、そしてその下の肉を巻き込んだ。痛みは直接的でものすごかった。彼女は絶叫して、自分の携帯電話を落とし、ワゴンを押しのけようとした。前腕がウィンドウのように見えていた柔らかな被膜の中に消えた。その向こう側に見えたのは、泥の薄い膜を通してぼんやりと見えるだけだが、大柄で健康的な女性乗馬者の筋骨たくましい腕ではなく、肉がズタズタに裂けて垂れ下がったみすぼらしい骨だった。

ステーションワゴンは車体をすぼめ始めた。

車が一台、下り車線を通過した。ついでもう一台。双方ともにトレーラーのおかげで、女性が歪んだステーションワゴンに飲みこまれていくのを見ないですんだ。その様子はアニメのうさぎどんがベタベタくっつくタール・ベイビーから抜け出せないでもがくさまそっくりだった。二台とも彼女の悲鳴を聞かなかった。一台の運転手はトビー・キースを聴いていたし、もう一台はレッド・ツェッペリンだった。両者ともに特にお気に入りのポップ・ミュージックは大音量でかけた。レストランでは、ピート・シモンズが女性の叫び声を耳にしたが、あまりに遠く離れていたので、しだいに消えていく残響のようでしかなかった。ピートのまぶたがひくついた。ついで悲鳴がとだえた。

ピートは汚れたマットレスで寝返りをうち、眠りに戻った。

車のように見えるものはジュリアン・ヴァーノンを、衣服を、ブーツを、そしてすべてを食べた。唯一食べそこねたのは彼女の携帯電話だった。それはいま、ダグ・クレイトンの携帯電話の横にある。ついで正体不明の人食いは、ラケットがボールを打つ時のような小気味よい音とともにステーションワゴンの形に弾け戻った。

ホス・トレーラーの中では、ディディがいななき、イライラと足を踏み鳴らしていた。腹が減っていたのだ。

4　ルシア一家（'11エクスペディション）

六歳のレイチェル・ルシアが叫んだ。「見て、ママ！　ねえ、パパ！　馬に乗る女の人だ！彼女のトレーラーが見える？　見える？」

カーラは、レイチェルが最初にトレーラーに気づいたことに驚かなかった。後部座席にすわっていたにもかかわらずだ。レイチェルが家族のなかで一番目がよかった。ほかのだれも足元にもおよばなかった。X線視力、父親にそう言われることもあった。それはいわゆるまったく冗談ではない類の冗談だった。

ジョニーとカーラ、そして四歳のブレイクはみなメガネをかけていた。父親と母親の両家の一族もみなメガネをかけていた。飼い犬のビンゴでさえ、たぶんメガネが必要だった。ビンゴは外に出たいとき、ともすればスクリーンドアに突進しがちだった。レイチェルだけが近視の呪いから逃れていた。最近、検眼医のところに行ったさい、あのいまいましい視力検査表が全部見えた。上から下まで。ドクター・ストラットンは驚愕した。そして、「ジェット戦闘機の訓練を受けられる資格がありますね」とジョニーとカーラに言った。

ジョニーは言った。「いつかはそうするかもしれません。弟のこととなると、たしかに情け容赦ない闘争本能を発揮しますから」

その場にいたカーラは夫を肘で小突いた。が、ジョニーの話はほんとうだった。カーラは、性別が異なる場合、親の愛情をめぐる兄弟喧嘩は少ないと聞いたことがあった。ならば、レイチェルとブレイクという例外が、かえってその原則があることを証明している。カーラはこう思うこともあった。自分が最近ひんぱんに耳にするセリフは、「あいつが悪い」だと。そのときどきで、「あいつ」のところに相手の名前が入るだけの変化はあるが。

レイチェルとブレイクの姉弟関係は、この旅の最初の百六十キロぐらいまではかなり調子よかった。あるていどは父親ジョニーの両親への訪問がふたりをよい雰囲気にさせていたせいもあるが、大半は母親カーラがレイチェルのジュニアシートとブレイクのチャイルドシートとの中間地帯(ノーマンズランド)に玩具や塗り絵などをぬかりなくてんこ盛りにしておいたためである。しかし、オーガスタで軽食とトイレのために休息をしたあと、くだらない口げんかがまたもや始まった。おそらく理由はアイスクリーム。車での長旅で子どもに甘いものを与えることは火に油を注ぐようなもの。カーラはそのことを承知していたが、なんでもかんでもダメと拒絶するわけにはいかなかった。

必死の思いで、すでにカーラは「プラスティック・ファンタスティック」のゲームを始めていて、審判を務めながら、ガーデンノームや願い事をかなえてくれる井戸、聖母像などを賞品として授与していた。問題は高速道路沿いにあった。木が多くて、下品でくだらない看板広告がきわめて少ないのだ。視力の鋭い六歳の娘と舌の鋭い四歳の男の子は遺恨を新たにしはじめだしたとき、レイチェルが古びたマイル81のサービスエリアまであと少しの場所にホース・トレーラーが停車しているのを目撃した。

「またおウマさんをなでたい！」ブレイクが声を張りあげた。そしてチャイルドシートの上でのたうちだした。世界一小さなブレイクダンサー。その両脚はいまでは成長し、運転席の背中を蹴ることができるほどになっている。ジョニーはそれが滅法ウザくてたまらない。

なんで子どもをほしいと思ったのか、だれかもう一度教えてくれ、とジョニーは思った。自分はいったい何を考えていたのか、だれか思い出させてくれ。わかってるさ、そのときはそれがとうぜんだと思ったんだ。

「ブレイキー、パパの座席を蹴るな」ジョニーは言った。

「なでたい、おウマさーん！」ブレイクはわめいた。そして運転席の背中にとりわけ強烈な一発をお見舞いした。

「ほんと赤ちゃんなんだから」レイチェルは、弟のキックが届かない後部座席の非武装地帯（DMZ）から言った。寛大なお姉ちゃんぶった口調だった。それがいつもブレイキーを確実に激怒させる。

「ぼくは赤ちゃんじゃない！」

「ブレイキー」ジョニーが口を開いた。「パパの座席を蹴るのをやめないと、パパは頼みの肉切り包丁を取り出して、ブレイキーの可愛いアンヨをくるぶしのところから——」

「故障したのよ」カーラが言った。「トラフィックコーンを見た？　車を寄せて」

「路肩だぞ。そいつはまずいな」

「そこじゃなくて、その先へぐるりと進んでほかの二台の横に駐車するの、ランプに。停められる場所はあるし、ほかの車の通行の邪魔にはならない。だってサービスエリアは閉鎖されているから」

「きみがよければ、ファルマウスに戻りたいんだ、暗くなる——」

「寄せなさい」カーラは自分が国家総力戦体制時（デフコン1）のような口調になっていることに気づいた。いっさい拒否は許さないといった感じ。悪い手本を示しているということは承知していたが。最近、レイチェルがまったく同じ口調をブレイクに対して使っているのを何回耳にしたことか。しかも年端もいかない男の子が泣きだすまでやめなかったのでは？

しおらしい声に変更し、より物柔らかな口調で、カーラは話した。「あの女性は子どもたちに優しくしてくれたから」

かれらルシア一家は、ホース・トレーラーのうしろを走ってデイモンズに寄ってアイスクリームを購入した。ホース・レディー（ほぼ馬と同じぐらいの体格）はトレーラーに寄りかかってアイスクリーム・コーンを食べながら、とても素敵な動物になにかを与えていた。カーラには、そのご褒美はカシ社のグラノーラ・バーのように見えた。

ジョニーは左右にひとりずつ子どもを連れて通過させようとしたが、ブレイクの目はごまかせなかった。「おばちゃんのウマをなでてもいい？」

「料金は二十五セント」茶色のライディングスカートをはいた大柄の女性が言った。ついでブレイクのがっかりした表情に向かってニヤリとした。「いや、冗談だよ。ほら、これ持って て」ポタポタ溶けているアイスクリーム・コーンを突き出されたブレイクは、あまりにも驚いたので、それを受け取るしかなかった。すると馬の鼻面をなでることのできる高さまで身体を持ちあげられた。ディディは目をまん丸に見開いた子どもをおとなしく見つめると、ホース・レディーの溶けだしているアイスクリーム・コーンを嗅ぎ、それは自分のほしいものではないと判断し、あとは鼻面をなでられるままにしていた。

「ワーッ、やわらかい！」ブレイクは言った。これまでカーラは、息子がそんな率直な驚きをこめてしゃべったのを聞いたことがなかった。どうしていままでふれあい動物園に連れて行ってあげなかったんだろ？　そう思い、即座に彼女はそれを頭の中にある〈すべきリスト〉に付け加えた。

「わたし、わたし、わたしも！」レイチェルがもどかしそうに飛び跳ねながら吠えた。

巨体の女性はブレイクをおろした。「アイスクリームをなめてて、お姉ちゃんを持ちあげているあいだ。でも、バイキンまでいっしょに食べないでね、いい？」

人が、特に見知らぬ人が食べたものを口にしてはいけない、とカーラはブレイクに言いかけた。が、ジョニーが苦笑いをしているのを目にして、たいしたことはないと思った。学校に通わせれば、そこは基本的にバイキンの巣窟だ。子どもたちを乗せて数百キロも走行していたら、中央分離帯を横切ってきた酔っぱらいやスマホに夢中になっているティーンエイジャーをはねる可能性もある。それなのに人の食べかけのアイスクリームをなめてはいけないとたしなめる？　それはチャイルドシートにすわれとか自転車に乗るときはヘルメットをかぶれ的なメンタリティーで、度が過ぎる、たぶん。

ホース・レディーはレイチェルを馬の鼻面をなでられる高さに抱きあげた。「ワーイ！　かわいい！」とレイチェル。「名前は？」

「ディディ」

「素敵な名前！　大好きよ、ディディ！」

「大好きよ、わたしもね、ディディ」ホース・レディーは言って、ディディの鼻に例の大きな音をたてるキスをした。これにはみんなが大笑いした。

「ママ、ウマを飼ってもいい？」

「いいわよ！」カーラは熱のこもった口調で言った。「二十六歳になったらね！」

これを聞いて、レイチェルはムッとした顔をした（眉をひそめて、頰をふくらませ、口をすぼめた）が、ホース・レディーが笑ったので、あきらめていっしょに笑った。

大柄の女性はブレイクにかがみこみ、ライディングスカートに覆われた膝に手をついた。

「わたしのアイスクリームを返してくれるかしら、お若い方？」

ブレイクはそれを差し出した。相手が受け取ると、彼は自分の指をなめはじめた。溶けたピスタチオ・アイスクリームでベトベトになっていたのだ。

「ありがとうございました」カーラはホース・レディーに言った。「親切にしていただいて」ついでブレイクに言った。「車に戻ってきれいにしましょう。そのあとで、アイスクリームを買ってあげるわ」

「おばちゃんと同じやつがいいな」ブレイクが言ったその言葉を聞いて、ホース・レディーはさらに笑った。

ジョニーは店内で食べることを主張した。エクスペディションの車内をピスタチオ・アイスクリームで装飾されたくなかったのだ。一家が食べ終わって店の外に出ると、ホース・レディーはいなくなっていた。

たんなる通りすがりのひとりで——不快な人もいるが、たいていはいい人で、素晴らしい人さえいる——二度と会うことはない。


ところが彼女はいた。もしくは少なくとも彼女のトラックは、トレーラーの背後にきちんとトラフィックコーンを置いて路肩に駐車していた。そしてカーラの言ったことは正しかった。ホース・レディーは先だって子どもたちにやさしかった。そう考えたことが、ジョニー・ルシアの一生の——そして最後の——不覚だった。

ジョニーはウィンカーを点滅させると、カーラに言われたようにランプに入り、ダグ・クレイトンのプリウス——まだハザードランプが点滅していた——の前方に進んでから、ワゴンの横に停車した。トランスミッションはパーキングに入れたが、エンジンはかけたままにしておいた。

「おウマさんをいい子いい子したい」ブレイクが言った。

「わたしもおウマさんをなでたいわ」レイチェルは横柄な貴婦人然とした口調で言った。そんな声音をどこで身に着けたのかは神のみぞ知る。それでカーラは怒り狂ったが、レイチェルは口を割らなかった。打ち明けたとしたら、カーラはなおいっそうその口調を耳にすることになっただろう。

「勝手に動くな」とジョニー。「子どもたちはそのままじっとすわっていなさい。きみもだ、カーラ」

「はい、ご主人さま」カーラは、きまって子どもたちが笑うゾンビじみた声で言った。

「実に笑えるよ、イースター・バニー」

「車内に人影はないわね」カーラが言った。「もぬけの殻みたい。事故だと思う？」

「わからないけど、怪我をしたようには見えないな。ちょっと待ってて」

ジョニー・ルシアは車を降りると、今後決して月々のローンを支払うことのないエクスペディションの背後に回り、それからダッジ・ラムの運転手席に向かった。カーラはホース・レディーの姿を見ていなかったが、ジョニーは彼女が運転席に倒れていないことを確認したかった。心臓発作がおさまるのを耐えているのかもしれない（生涯にわたってジョギングをしているジョニーには内心ひそかに信じていることがあって、つまり心臓発作は健康サイトが定めた目標体重を三キロ近くオーバーしたら遅くとも四十五歳までにはだれにでも起こるのだ）。

ホース・レディーは運転手席にのびていなかった（それもとうぜんで、あれほどの巨体の女性がいくら横たわっていようと、カーラの目に入らないはずがない）。そればかりか、トレーラーの中にさえいなかった。馬だけがいて、鼻面を突き出してジョニーの顔を嗅いだ。

「やあ……」一瞬、名前が出てこなかったが、すぐに思い出した。「……ディディ。調子はどうだい？」

ジョニーは鼻面を軽くたたいてから、ランプに戻って、ほかの二台の車を調べた。事故らしきものがあったのを目にした。たいしたことのないものだったが。ステーションワゴンがランプを封鎖しているオレンジ色のバレルのいくつかを吹っ飛ばしていた。

カーラがウィンドウを下ろしたが、それは後部座席のいずれの子どもたちにもできなかった。ロックされていたからだ。「あの人は？」

「いない」

「だれも？」

「カーラ、少し黙って——」ジョニーは二台の携帯電話と結婚指輪がステーションワゴンの少し開きかけているドアのかたわらに落ちているのを見た。

「なに？」カーラは見ようとして首を伸ばした。

「ちょっと待って」ジョニーはカーラにドアをロックするように言おうと思ったが、やめておいた。ここは昼間の州間高速95号だ、冗談じゃない。車が二十秒から三十秒ごとに通過する。そのときには二台か三台並んで。

ジョニーはかがむと、片手に一台ずつ携帯電話を拾った。そしてカーラに向き直った。そのために、ワゴンのドアが口のようにさらに大きく開かれたのが目に入らなかった。「カーラ、これに血痕がある」ジョニーはダグ・クレイトンのひびの入った携帯電話をかかげた。

「ママ？」レイチェルがたずねた。「あの汚い車にはだれかいるの？　ドアが開いていくよ」

「戻って」カーラは言った。口の中が突然カラカラに乾いた。本当は大声で言いたかったのだが、胸に重石(おもし)が載っているようだった。目には見えないが、かなり大きな石が。「誰かがその車にいる！」

戻るかわりに、ジョニーはふりかえり、前かがみになって車内を覗きこんだ。そのとたん、ドアがかれの頭を挟んで閉じた。バタンというとてつもない衝撃音が起こった。カーラの胸にのしかかっていた石が不意に消えた。彼女は息を吸いこみ、夫の名前を絶叫した。

「どうしたの、パパは？」レイチェルが叫んだ。その声は高くて、葦(あし)のように細かった。「なにがあったの？」

「パパ！」ブレイクが大声で呼んだ。それまで最新のトランスフォーマーをいじくっていたが、いまや問題のパパがいるかもしれないところに目をむけようとして闇雲にあたりを見まわした。

カーラは考えなかった。夫の身体は外にあったが、頭部は汚いステーションワゴンの中だった。かれはまだ生きていた。けれど、四肢は激しくバタついている。彼女はエクスペディションの外にいた。ドアを開けた記憶がない。身体が自由意志を持って勝手に動いているようで、麻痺した脳はそれに乗っかかっているにすぎない。

「ママ、だめ！」レイチェルが金切り声をあげた。

「ママ、やめて!」ブレイクは何が起こっているのかさっぱりだったが、よくないことだというのはわかった。そして泣き出し、チャイルドシートに固定された安全ベルトから逃れようとしてもがいた。

カーラはジョニーの腰のあたりをつかむと、火事場のバカ力もかくやの勢いで引っぱった。ステーションワゴンのドアがいくぶん開いて、血が小さな滝となって流れ落ちた。ついで彼女は恐ろしいものを目にした。ステーションワゴンの泥だらけのシートの上で夫の頭部がありえない角度でかしいでいたのだ。夫はまだカーラの腕の中で震えていたが、彼女は悟った(パニックの嵐の最中にあってさえ、雷に打たれたように閃いた)。夫のその動きは絞首刑を執行されたさいの受刑者の痙攣と同じなのだ。双方ともに首が破壊されたからだ。その短時間のうちに、残酷な——ちらっと垣間見えた——瞬間に、カーラは思った。夫の顔はバカみたいで、驚いていて、醜かった。ジョニーのあらゆる本質的な要素は叩き出されてしまったのだ。そしてすでに死んでいることがわかった。震えていようがいまいが。まるで飛びこんだら水面ではなく岩に激突したあとの子どものように見えた。自分で運転していた車が橋台に激突して、その結果、ハンドルに押しつぶされている女性のようでもある。あるいは、醜い跡を残す死が歓迎するように両腕を広げて、気どった足どりでどこからともなくこっちに向かってきたときの感じだ。

車のドアが激しい音をたてて閉まった。カーラはまだ夫の腰に両腕をまわしていた。そしてぐいっと引っぱったとき、またもや天啓に打たれた。

車だ、車から離れろ!

ジョニーの胴体の中央部を放すのが一瞬遅れた。一束の髪がドアにかかり、吸いこまれた。額が車体にぶちあたり、涙が出た。突然、頭のてっぺんが燃えているように感じた。頭皮が喰われたのだ。

逃げて！　カーラは、問題児のときもあるが明らかに頭のいい娘に向かって金切り声をあげようとした。逃げて、ブレイクを連れて！

しかし、その考えをはっきりと言葉にするより先に口がなくなってしまった。

レイチェルだけが、ステーションワゴンが父親の頭部に向かってハエトリソウが虫を捕獲するときのようにドアをバタンと閉じた光景を目撃した。しかし、母親がカーテンのような泥まみれのドアにどういうわけか引きずり込まれていくところは、レイチェルとブレイクの双方が見た。ついでふたりの目には、母親の鹿革の靴(モク)の片方が脱げて、ピンク色のペディキュアがちらっと映った。つぎの瞬間には、彼女は消えていた。一瞬後、白い車は形を失い、こぶしを固めたようになった。母親がおろしたウィンドウ越しに、バリバリかみ砕く音が聞こえた。

「なに、あれ？」ブレイクが甲高い声で叫んだ。涙が頰を伝い、下唇が鼻水で泡立っている。

「なに、あれ？　レイチ、なに、あれ、なんなの？」

両親の骨だ、とレイチェルは思った。まだ六歳にしかすぎず、PG13指定の映画を見に行ったり、あるいはその種のものをテレビで鑑賞したりすることは許されていない（R指定はいうまでもない。母親によれば、Rは不潔で卑猥(ラウンチー)の略）が、レイチェルはそれが両親の骨が折れる音だということはわかった。

車は車ではなかった。一種の怪物だった。

「ママとパパはどこ?」ブレイクがききながら、大きな目――今や涙のせいでさらに大きい――をレイチェルに向けた。「ママとパパはどこ、レイチ?」

二歳児に戻ったみたいな口調だ、とレイチェルは思った。そしてこれまでの人生で初めてかもしれないが、いらだち(もしくは、弟のせいで堪忍袋の緒が切れたときの、むきだしの憎悪)とは異なるなにかを幼いブレイクに感じた。その新たな感情が愛とは思わなかった。より大きなものだと思った。母親はけっきょくなにも言うことができなかったが、もしその時間があったら、こんなことを言っただろう、とレイチェルは考えた。ブレイクを頼むわ。

弟はチャイルドシートの上でのたうちまわっていた。安全ベルトのはずし方は知っているのに、パニックに陥って忘れてしまったのだ。

レイチェルは自分のシートベルトをはずすと、ジュニアシートから滑り出て、弟のベルトを解除しようとした。すると、ふりまわしている弟の片手が頬にあたってピシャリと音をたてた。普段なら、お返しに肩に一発お見舞いするところだ(そしてレイチェルは罰として自室に隔離され、怒り心頭に発して壁をにらむことになる)が、いまは弟の手をつかんで押さえつけただけだった。

「やめて!　じっとしていて!　出してあげるから。でも、あばれるならダメ!」

ブレイクはじたばたするのをやめたが、泣きつづけた。「パパはどこ?　ママは?　ママがいい!」

わたしもよ、アホタレ、とレイチェルは思いながら、チャイルドシートの安全ベルトをはずした。「車から出るよ、そして……」

どうする？　ふたりでどうする？　レストランに逃げる？　店は閉鎖されている。だからオレンジ色のバレルがあったんだ。だから給油所の前には計量器がなく、車が一台もない駐車場に雑草が生えていたんだ。

「ここから逃げる」レイチェルは言い終えた。

ついで車を降りて、ブレイクがすわっている側にまわった。そしてドアを開いたが、弟は涙のあふれている目で姉を見つめるばかり。「出られないよ、レイチ、落ちちゃう」

弱虫泣きべそ赤ちゃんぶってんじゃないよ、とレイチェルは言いそうになったが、ぐっと飲みこんだ。ブレイクは甘えているわけじゃない。マジで動揺している。レイチェルは両手を広げて言った。「すべって、受け止めるから」

ブレイクはいぶかしげに彼女を見た。そしてすべり出た。レイチェルは受け止めたが、弟は見た目以上に重たかったので、ふたりはそろって大の字に倒れた。彼女のほうが最悪だった。弟の下敷きになったからだ。しかしブレイクも頭を打ち、片手を擦りむき、大声で泣きだした。今回は恐怖ではなく痛みのせいで。

「やめて」レイチェルは言って、弟の下から身をよじって出た。「肝っ玉をみせな、ブレイク」

「えっ、なに？」

レイチェルは答えなかった。おぞましいステーションワゴンの横に落ちている二台の携帯電話を見ていた。一台は壊れているようだが、もう一台は――

レイチェルはそちらのほうに四つん這いでにじり寄りながら、父親と母親が恐ろしいほど突然消滅した車から片時も目を離さなかった。壊れてなさそうなほうの携帯電話に手を伸ばしかけたとき、ブレイクが擦りむいた片手を差し伸べながら、ステーションワゴンに向かって彼女の脇を歩きすぎた。

「ママ？　マミー？　出てきて！　ぼく、けがしちゃった。こっちにきて、キスを――」

「そこから動かない、ブレイク・ルシア」

カーラが耳にしたら誇らしかっただろう。その声は彼女のものだったからだ。子どもたちに言うことをきかせるさいに発するもっとも険しい口調だ。そしてそれは功を奏した。ブレイクはステーションワゴンの車体から一メートルあまりのところで立ち止まった。

「でも、ママがいい！　ママに会いたい、レイチ」

レイチェルは弟の片手をつかんで車から引き離した。「いまはだめ。これを手伝って」彼女は携帯電話の使い方をよく知っていたが、弟の気をそらす必要があった。

「貸して、ぼくがやる！　貸してよ、レイチ！」

レイチェルは携帯電話をブレイクに手わたすと、弟がボタンをいじくっているあいだに立ちあがり、弟のウルヴァリンがプリントされているTシャツをつかみ、三歩うしろに引き戻した。ブレイクはほとんど気がつかなかった。かれはジュリアン・ヴァーノンの携帯電話の電源ボタンを探しあてて押した。携帯電話が鳴った。レイチェルはそれを取りあげた。おバカな幼児期にはめったにないことだが、ブレイクは反抗しなかった。

　レイチェルは、防犯犬マックグラフが学校に防犯教育に来たとき（それがマックグラフの着ぐるみをかぶった男性だということはじゅうぶん承知のうえだったが）、講演内容をよく聞いていたので、いまためらうことはなかった。911の番号を押して、携帯電話を耳にあてた。一度呼び出し音が鳴り、ついで受話器がとられた。

「もしもし？　レイチェル・アン・ルシアと言います。それで——」

「この通話は録音されます」男性の声がレイチェルをさえぎった。「緊急の場合は1を押してください。危険な路面状況の通報は2を押してください。自動車が立ち往生している場合は——」

「レイチ？　レイチェル？　ママは？　パパはどこに——」

「シーッ！」レイチェルはきつい調子で言い、1のボタンを押した。手間取った。手が震え、焦点がぼやけていたからだ。自分が泣いているのがわかった。いつからだろう？　思い出せなかった。

「もしもし、こちら911です」女性が答えた。

「これ、また録音ですか？」レイチェルはきいた。

「いいえ、人間です」女性は答えた。いささかおもしろがっている。「緊急の用件ですか？」

「はい。悪い車がママとパパを食べちゃったんです。それは——」

「はいそこまで」911の女性は忠告した。さらにおもしろがっている。「あなた、いくつ？」

「六歳、もうすぐ七歳。レイチェル・アン・ルシアです。で、車が、悪い車で——」

「ねえ、レイチェル・アンだろうとなんだろうと、この通話先を突き止められるのよ。知ってた？　きっと知らなかったのよね。さあ、切りなさい、さもないと警官をあなたの家に送ってお仕置きを——」

「両親が死んじゃったのよ、バカ電話女！」レイチェルは携帯電話に金切り声をあげた。そして罵り言葉を口にしたとき、ブレイクがふたたび泣きだした。

９１１の女性は一瞬黙った。やがて、もはや楽しんではいない口調で言った。「どこにいるの、レイチェル・アン？」

「だれもいないレストラン！　オレンジ色のバレルがあるところ！」

ブレイクはすわると、両膝のあいだに顔を伏せて両腕で頭を抱えた。その姿にレイチェルはまいった。かつてないほどの打撃。心底こたえた。

「それだけでは情報不足ね」９１１のご婦人は言った。「もう少し具体的に言えないかな、レイチェル・アン？」

レイチェルは〝具体的に〟の意味がわからなかったが、自分に見えているものはわかった。ステーションワゴンの後輪が、自分たちに近いほうが少し溶けだしている。液状ゴムのように見える触手がゆっくりと舗道を横切ってブレイクに向かってきた。

「切るね」レイチェルは言った。「悪い車から逃げないと」

レイチェルはブレイクを立たせると、もう少しうしろに引きずりながら、溶けていくタイヤを見つめた。ゴムの触手はもとあった場所に戻り始め（こっちに届かないとわかったからだ、とレイチェルは考えた）、タイヤはふたたびタイヤのような形になりだしたが、レイチェルにしてみればそれだけではじゅうぶんではなかった。彼女はブレイクをランプの入り口へ、そして高速道路に向かって引きずりつづけた。

「どこに行くの、レイチ？」

わからない。「車から離れるの」

「トランスフォーマーがほしい!」

「いまはダメ、あとにして」レイチェルはブレイクをしっかりつかんだまま、あとずさりつづけた。高速道路へ向かって。そこではときおり車が時速百キロや百二十キロでヒューヒューと通過していた。


子供の悲鳴ほど耳をつんざくものはない。それはより効果的な生存機能のひとつである。ピート・シモンズの眠りはすでにまどろみよりも浅くなっていた。したがって、レイチェルが911の女性交換手に金切り声をあげたとき、それを耳にして、ピートはついに目覚めた。

上半身を起こすと、顔をしかめ、片手を頭にあてた。痛かった。どんな種類の痛みかわかっていた。おぞましい〝二日酔い〟。舌は苔で覆いつくされているような感じで、胃は胃炎にかかったようだった。でも、なんで胃炎になったのかだれにも言えん。

あれ以上飲まないでよかった、とピートは思った。そして立ちあがった。金網でふさがれている窓に行き、だれが叫んでいるのか見た。自分の目にした光景が気に入らなかった。サービスエリアへの進入ランプを封鎖していたオレンジ色のバレルがいくつか倒され、車が停止していた。それもかなりの数が。

ついでふたりの子どもが見えた――ピンク色のスラックスをはいた女の子と半ズボンにTシャツ姿の小さな男の子。ちらっと見ただけだが、ふたりの子どもはあとずさり――まるでなにかにおびえているかのように――しているのがわかったし、ついでふたりはピートにはホース・トレーラーのように見えた車の背後に消えてしまった。

なにかヤバい。事故かなにかが起こったんだ。事故のようには見えないけど。ピートはとっさに思った。ここからいそいで逃げよう、なんだかわからないけど巻きこまれないうちに。サドルバッグをつかむと、キッチンとその向こうのローディングドックめがけて進み始めた。そこで足を止めた。外の向こう側に子どもたちがいる。小さな子どもたちが。州間高速道路95号のような高速道路に自分たちだけで近づくには幼すぎる。大人の姿は見あたらなかった。

いいかげん、成長しろよ、車が何台も駐車しているのが目に入らなかったのか？　いいや、車は見たよ。それとホース・トレーラーをつないでいるトラックも。でも、大人の姿は見ていない。

あそこに行かなくっちゃ。めんどうなことに巻きこまれるとしても、あほだらガキンチョたちが高速道路じゅうに内臓をぶちまけないかどうか確認しないと。

ピートはバーガーキングのフロントドアにいそいだが、ロックされていた。そこで自問した。ノーミー・テリオーならこう問いかけるだろう。おい、クソッカス、おまえのかあちゃんは脳みそのあるガキを産んだことがあるのかよ？

ピートは踵(きびす)を返して、ローディングドックに突進した。走ると頭痛がひどくなったが、無視した。サドルバッグをコンクリート製プラットホームの端に置いてぶら下がり、落下した。そしてぶざまにも尾骶骨(びていこつ)を打った。痛かったが、それも無視した。立ちあがり、森にあこがれのまなざしをちらっと送った。とんずらできるぞ。そうすれば将来悲痛な思いをすることがないかもしれない。その考えは、ひどく誘惑的だった。これは映画じゃない。映画の場合、善人は常に迷うことなく正しい選択をする。もしウォッカ臭い息のやつを見つけたら――

「ったく」ピートは言った。「ああ、なんてこったのナタ・デ・ココだ」

なんでここに来たんだ？　あほだらガキンチョのことを言いふらすためさ！

レイチェルは片手をしっかりつかんで、ブレイクをランプの入り口まで歩かせた。ふたりがちょうどそこに着いたとき、大型トレーラーが時速百二十キロで突風のように通過した。ふたりの髪はうしろにたなびき、服が小波立った。ブレイクなど倒れそうになったほどだ。

「レイチ、こわい！　道路に出ちゃいけないんだよ！」

そんなこと知ってるよ、とレイチェルは思った。

自宅にいるとき、ふたりは私道の先より遠くへ行ってはいけないことになっていた。しかもファルマウスのフレッシュ・ウィンズ・ウエイは交通量がほとんどなかった。高速道路の車の往来もとぎれなくあったわけではなく、そもそも通過するスピードがちがう。さらには、ここからどこに行けばいい？　ふたりは路肩を進めたかもしれないが、とてつもなく危険だ。しかも出口がない。あたりは森に囲まれている。レストランに行くことはできたが、悪い車のそばを通らなければならない。

赤いスポーツカーが疾風のごとく通り過ぎた。ハンドルを握っている男はクラクションを鳴らしつづけていて、そのけたたましい音にレイチェルは耳をふさぎたくなった。

ブレイクはレイチェルを強く引っぱっていて、彼女はそうされるままになっていた。ランプの片側にはガードレールの支柱が並んでいた。ブレイクはそれらに張りわたされている頑丈なケーブルに腰をおろして、まるまると太った両手で目を覆った。レイチェルは弟の横にすわった。とほうにくれながら。

5　ジミー・ゴールディング（'11クラウン・ヴィクトリア）

子どもの悲鳴は〈母なる自然〉のより効果的な生存機能のひとつかもしれないが、高速道路を旅行しているときは、駐車中のパトカーほど効果的なものはない。とりわけ、黒くてうつろな表情のレーダー探知機が往来する車に向けられている場合は。百二十キロ出していたドライバーはなにげなく百十キロに減速するし、百三十キロで走行していたらブレーキを踏み、背後でブルーライトが点灯したさいには、運転免許証は何点減点されただろうかと心の中で算定する（効果はバツグンだが効力はすぐにきれる。十キロか二十キロ先までしかつづかない。そのあとで暴走族はふたたび爆走する）。

駐車中のパトカーの取り得は、少なくともメイン州警察官ジミー・ゴールディングの意見では、何かをする必要がほんとうにないということだ。車を寄せて、本性（この場合、人間性ということだ）のおもむくままに罪なる道を歩ませればいい。この四月の曇り空の午後、ジミーのシモンズ社製〈スピードチェック〉スピードガンさえ作動していなかった。州間高速95号の下り車線を走行する車は単なる背後の通過音でしかなかった。かれはハンドルの下部にもたせかけたｉＰａｄに全神経を集中させていた。

ジミー・ゴールディング州警察官は、言葉遊びゲームのスクラブルに似た〈ワーズ・ウィズ・フレンズ〉をしている最中だった。ネットのプロバイダーはベライゾンを使用している。対戦相手は警察学校時代の旧友でニック・アヴェリー。現在はオクラホマ州警察に勤務している。ジミーはメイン州のかわりにオクラホマ州に行きたがるやつの気が知れなかった。そんなことは悪い選択のように思えたが、ニックが〈ワーズ・ウィズ・フレンズ〉の卓越したプレイヤーであることはまちがいなかった。ニックは十回のうち九回は毎回ジミーを打ち負かすが、今回もリードしていた。しかし、めずらしいことに目下のリードは少なく、しかも手持ちのすべての文字はつきていた。かたやジミーは、残り四文字使用できる状態にあり、めったにありつけない勝利を手に入れられるかもしれなかった。現在、かれはＦＩＸに固執していた。手元に残っている四文字は、ＡとＥとＳ、それともうひとつのＦ。どうにかしてＦＩＸを修正変更できれば、単に勝利するだけではなく、旧友の鼻を明かしてやれる。だが、望みは薄そうだった。

ジミーはボードのあいている個所を吟味しながら、勝利の見込みはさらになさそうだと思った。そのとき、無線が高音を放った。ウエストブルックの９１１からの全部署に対する警報だ。ジミーはｉＰａｄを脇に放り出して、ボリュームをあげた。

「全部署にお知らせします。だれかマイル81のサービスエリア付近にいませんか？　だれか？」

ジミーはマイクを引き寄せた。「９１１通信指令、こちらは17。現在マイル85に駐在。リスボン＝サバッタス出口の南付近」

レイチェル・ルシアが９１１のご婦人とみなした女性は、ほかにもだれか近くにいるかどうかわざわざきかなかった。ニュー・クラウン・ヴィクトリアに乗っているジミーは、問題の現場から三分、もしくはそれほどかからない距離にいたからだ。

「17、三分前に小さな女の子から両親が死んだという電話があって、そのあとで複数の人から保護者のいないふたりの幼い子どもをサービスエリアの入り口で見かけたという通報が入りました」

ジミーは、なぜその複数の通報者たちのひとりも停車しなかったのか、といったことはあえてきかなかった。そうしたケースは以前にも目撃したことがある。法的な厄介ごとに巻きこまれるのを懸念してのことだ。たいていは重度の知ったこっちゃない病のせいだ。それは蔓延している。それでも……子どもたちなのだ。ったく、みんなどういう神経を——

「911、了解、17が向かう」

ジミーは青色警告灯を点灯させ、他の車が背後から迫っていないことをバックミラーで確認すると、急発進して、〈Uターン禁止、公用車のみ可〉と記された標識を猛スピードで通過した。クラウン・ヴィクトリアのV8エンジンの排気量が増大した。デジタル・スピードメーターが一気に上昇して、百五十キロあたりで落ち着いた。車道の両側で木々がめまぐるしく後退していく。ガタのきている古いビュイックに追いついたが、かたくなに車を片寄せしないので、ジミーはその脇を疾風のごとく抜き去った。そして走行車線に戻ると、サービスエリアが目に入った。ほかにもなにかが見えた。ふたりの小さな子ども——半ズボンの男の子とピンク色のスラックスの女の子——がランプ入り口脇のガードレール・ケーブルに腰かけている。ふたりは世界一小さな放浪者のように見えた。その光景に心臓が痛くなるほど絞めつけられた。ジミーにも子どもがいたのだ。

ふたりの子供は青い警告灯が見えると立ちあがった。その一瞬、ジミーはぞっとした。自分の運転するパトカーの前に小さな男の子が飛び出してくるのではないかと思ったのだ。ありがたいことに、女の子が男の子の片腕をつかんで引き戻した。

急ブレーキを踏んだので、引用判例集と業務日誌、そしてiPadが座席から床に雪崩落ちた。車の先端が横滑りしたが、ジミーはハンドルを切って元に戻してから、閉鎖されているランプに駐車した。すでに数台の車が駐車している。ここでいったいなにが？

そのとき太陽が顔を出し、この状況とはまったく関係ない言葉が警察官ジミー・ゴールディングの頭に閃いた。付着物、できた、おれの勝ち！

小さな女の子がパトカーの運転席側に向かって走ってくる。泣きながらよろめいている幼い弟を引きずるようにして。女の子の顔は真っ青で恐怖におののいていて、年より老けて見える。男の子の半ズボンの前部には黒い染みが広がっていた。

ジミーは、子どもたちにぶつからないように気をつけながらドアを開けて、車から降りた。片膝をついて子どもと同じぐらいの背丈になると、ふたりは広げられた両腕の中に飛びこんできた。あやうく倒されそうになるほどの勢いだった。「おい、おい、落ち着いて、もうだいじょう――」

「悪い車がママとパパを食べちゃった」幼い男の子が言って、指さした。「悪い車はあそこにいる。あいつがすっかり食べちゃったんだ。大きくて悪いオオカミが赤ずきんちゃんを食べちゃったみたいに。ママとパパを取り出してよ！」

ポッチャリした指がどの車を指さしているのか判別するのはむずかしかった。ジミーの目には四台の車が映っていた。森の中の道を二十キロ近く走行してきたように見えるステーションワゴン、小綺麗なプリウス、ホース・トレーラーを牽引しているダッジ・ラム・トラック、そしてフォード・エクスペディション。

「お嬢ちゃん、名前は？　おじさんはジミー巡査」

「レイチェル・アン・ルシア」女の子は言った。「こっちはブレイク。弟。住所はメイン州ファルマウスのフレッシュ・ウィンズ・ウエイ19の０４１０５。近づいちゃだめ、ジミー巡査。あれ、車みたいだけど、そうじゃない。人を食べるの」

「どの車かな、レイチェル？」

「前のほうにあるやつ。パパの車の横。泥だらけのやつ」

「泥んこ車がパパとママを食べちゃったんだ！」幼い男の子――ブレイク――が声高に言った。「パパとママを取り戻してよ、おまわりさんでしょ、銃を持ってるし！」

あいかわらず片膝をついたまま、ジミーは両腕に子どもたちを抱いた状態で、泥だらけのステーションワゴンをまじまじと見つめた。太陽がふたたび雲に隠れたので、かれらの影が消えた。高速道路上では車がビュンビュン通り過ぎていたが、いまや速度を落として走行している。点灯している青い警光灯を気にしてのことだ。

エクスペディションやプリウス、トラックにはだれもいない。ホース・トレーラーにもだれもいないのにちがいない。しゃがみこんでいないとしたらだが。そうしている場合、たぶん馬はもっと気が高ぶっているだろう。ジミーから内部の見えない車は、両親を食べたと子どもたちが主張している一台だけだ。すべての窓に泥がべっとりと付着しているのが気にいらない。なにやら意図的に塗られている気がする。運転席側のドアのそばに落ちているひび割れた携帯電話も気にいらなかった。あるいはその脇の指輪も。指輪は見るからに薄気味悪い。

ほかの物よりきわだって。

運転席のドアが不意にギーッと音をたてて開いて、不気味指数を少なくとも三十パーセントあげた。ジミーは緊張してグロックに手をかけたが、だれも出てこなかった。ドアは二十センチほど開いた状態で静止している。

「ああやって誘いこもうとしてる」小さな女の子が囁くように言った。「化け物自動車なんだよ」

ジミー・ゴールディングは子どものころに映画『クリスティーン』を見て以来、化け物自動車など信じていなかったが、ときには化け物が車に隠れ潜んでいるということは信じていた。しかし、眼前の車の中にいるのは人間だ。そうでなければ、どうしてドアが開く？　子どもたちの両親のひとりにちがいない。負傷していて大声を出せないのだ。同時に、座席に横になっていて、泥まみれの後部ウィンドウ越しに外から姿が見えないようにしている可能性もある。おそらく銃を持った男が。

「だれです、ステーションワゴンにいるのは？」ジミーは呼ばわった。「こちらは州警察官、名前を言ってもらいたい」

だれも名のらなかった。

「出てきなさい。両手を前にして。何も持っていないことを見たい」

出てきたのは太陽だけだった。一、二秒のあいだ舗装にドアの影を焼きつけただけで雲の合間に引き返して身を潜めてしまった。その結果、そこには開きかけのドアしか残っていなかった。

「ついてきなさい、子どもたち」ジミーはそう言って、ふたりをパトカーに先導した。そして後部ドアを開けた。子どもたちは、書類、ジミーのフリースのジャケット（今日は着る必要はなかった）、それと銃身を切り詰めたショットガンなどでとっちらかっている後部座席を眺め、ついで運転席との間にあるプラスチック製の仕切りをじっと見つめた。とくにそれを。

「見知らぬ人の車にはぜったいに乗らないこと、そうパパとママに言われてる」ブレイクという名の少年が言った。「学校でも言ってるよ。知らない人、危ない人」

「このおじちゃんは警察の車に乗ってるおまわりさんよ」とレイチェル。「だいじょうぶ。乗って。それと銃にさわったら、ぶつよ」

「銃に関するいい忠告だね、でも安全装置がかかってるし、引き金はロックされている」ジミーは言った。

ブレイクは乗ると、座席越しに覗きこんだ。「おじさん、iPadを持ってるんだ！」

「黙って」レイチェルは言った。そして彼女も乗りこみ始めながら、ジミー・ゴールディングの疲れておびえている目を見た。「さわらないでね。ベトベトでキモいから」

ジミーは笑いそうになった。かれにはいま相手にしている女の子より一歳かそこらわずか年下の娘がいて、いかにも同じようなことを口にしそうだったからだ。小さな女の子はふたつのグループに分かれる、とジミーは推測している。男勝り系とお嬢様系。自分の娘エレンのように、眼前の女の子はお姫様系だ。

レイチェル・ルシアが口にしたキモいの意味を取り損ねるという致命的な失態のせいで、ジミーはふたりのこどもをユニット17の後部座席に閉じこめることになる。かれはパトカーのフロントガラスにもたれかかるようにしてマイクを手探りでつかんだ。ステーションワゴンの半開きドアから片時も目を離さなかった。そのために、サービスエリアのレストラン脇に少年が立っていることに気づかなかった。少年は偽革製のサドルバッグをしっかりと胸に押しあてている。さながら赤ん坊を抱きかかえるように。一瞬ののち、太陽がまたもや出現し、ピート・シモンズはレストランの影に飲みこまれてしまった。

ジミー州警察官はグレイ・バラックに通信した。

「17、どうぞ」

「現在、例のマイル81サービスエリア。四台の乗り捨てられた車と一台のホース・トレーラー、およびふたりの子どもを発見。四台のうち一台はステーションワゴン。子どもたちによれば……」ジミーは口を閉じて、マジか、と思った。「その車が両親を食べたそうだ」

「どうぞ?」

「つまり車内にいるだれかが両親を引きずりこんだようだ。ここに向かえるすべてのユニットの援護を頼む、聞こえるか?」

「聞こえます、そこに向かえる全ユニットとのことですが、一番早いユニットでも十分はかかります。12ユニットです。現在地はウォータービルのコード73です」

アル・アンドリューズは、まちがいなくボブズ・バーガーで食事をしながら政治について話をしている。「了解」

「そのワゴンのメーカーと型式とナンバーを教えて、17、こちらで調べる」

「全部だめだ。ナンバープレートはない。メーカーや型式もわからない。なにしろ泥だらけではっきりしない。ただし、アメリカ産というのはわかる」と思う。「たぶんフォードかシボレー。子どもたちはわたしの車の中だ。名前はレイチェルとブレイク・ルシア。住所はファルマウスのフレッシュ・ウィンズ・ウエイ。通りの番号は忘れた」

「19！」レイチェルとブレイクが声を合わせて叫んだ。

「子どもたちが言うには――」

「聞こえたわよ、17。で、その子たちはどの車から出てきたの？」

「パパのエクスパンディション！」ブレイクが声を張りあげた。助け舟を出せてご満悦の様子。

「フォード・エクスペディション」ジミーが言い直した。「ナンバープレートは3-7-7-2　IY。これから問題のステーションワゴンに接近する」

「了解。気をつけて、ジミー」

「了解。あっ、そうだ、911の通信指令係に連絡をとって、子どもたちは無事だ（キッズ・アー・オールライト）と告げてくれないか？」

「あなた、もしやザ・フーのピート・タウンゼント？」

かなり笑える。「17、わたしは六十二歳だ」

ジミーはマイクを元の場所に戻そうとしたが、思い直してレイチェルに手渡した。「なにかあったら――なにか悪いことが――横のボタンを押して、〝30〟と叫ぶんだ。〝助けが必要〟という意味だからね。わかったかい？」

「うん、でも、あの車に近づかないほうがいいよ、ジミー巡査。あいつは嚙みつくし食べるし、キモベタだから」

ブレイクは、自分がほんもののパトカーに乗っているということにびっくりして、両親がどうなったのか一時的に忘れていたが、いま思い出してふたたび泣き叫びだした。「ママとパパがいいよう！」

奇怪かつ危険な状況であるにもかかわらず、レイチェル・ルシアは両目をぐるりと回転させた「ねっ、あたしの苦労がわかるでしょ」的な表情に、ジミーは笑いそうになった。これまで何度それとまったく同じ表情を五歳の娘エレン・ゴールディングの顔に目にしてきたことか。

「よく聞いて、レイチェル」とジミー。「こわいのはわかるけど、きみたちはここにいれば安全だし、おじさんは仕事をしなければいけない。ご両親があの車の中にいるのなら、ケガをしていてほしくないよね？」

「ママとパパを連れてきて、ジミーおまわりさん！」ブレイクが大声で言った。「ケガなんかしていてほしくない！」

ジミーは女の子の瞳に希望のきらめきを見たが、期待されたほどではなかった。昔の『X-ファイル』シリーズのモルダー特別捜査官のように、彼女は信じたがっている……が、モルダーの相棒のスカリーのように、完全には信じることができないのだ。いったいこの子たちは何を目撃したのだろう？

「気をつけて、ジミー巡査」レイチェルは指を一本立てた。それは学校の先生がよくするしぐさだが、かすかに震えているところが、女の子をより愛おしく思わせた。「さわっちゃだめだよ」

　ジミーはステーションワゴンに近づきながら、グロック自動拳銃を抜いたが、引鉄には指をかけずにおいた。いましばらくは。開きかけているドアの少し南側に立ちながら、もう一度、車内にいる人物に両手を広げて前に差し出しながら外に出てくるよう勧告した。だれも現れなかった。ジミーはドアに手を伸ばしたが、女の子が口にした別れ際の忠告を思い出してためらった。そこでドアを開けるのに銃身を使った。ドアは開かなかったばかりか、銃身がくっついて離れない。さながら強力な接着剤だった。

　突然、勢いよく引き寄せられた。あたかも力のこもった手にグロックの銃身をつかまれてグイッと引っぱられたかのように。一瞬、手を離すこともできたが、そのような考えは微塵も念頭をかすめなかった。警察学校で武器に関して最初に習ったことは、ぜったいにピストルを手放すなということだった。なにがなんでも。

　だから銃を握ったままだった。すでに銃を食べ終えた車は、今度はジミーの手に食らいついた。ついで腕に。太陽がふたたび現れ、しだいに消えていくかれの影を舗装道路に投げかけている。どこかで、子どもたちが悲鳴をあげていた。

　ステーションワゴンが警察官に付着（AFFIXES）している、とジミーは思った。いまになって、女の子の言っていた意味がわかった。キモベタ――

　やがて激痛が爆発してすべての思考がふっ飛んだ。絶叫する余裕はあった。一度だけ。

6 子どもたち（'10 リッチフォース）

自分が立っているところ、六十メートルほど離れたところから、ピートはすべてを目撃した。州警察官がステーションワゴンの開きかけたドアに銃身を差し伸べたのを見た。そして銃身がドアの中に消えたのを。まるで車全体が目の錯覚にほかならないかのようだった。警察官が勢いよく引っぱられ、大きな灰色の帽子が頭から転がり落ちた。ついで警察官がドアの中に引きずりこまれて帽子だけが残った。だれかの携帯電話の横に。一瞬動きが止まったかと思ったら、車は自身をくるみこんだ。五本の指が拳を作るように。つぎにテニスラケットがボールを弾くときのような音がして――ポン！――泥だらけの握り拳がふたたび車になった。

幼い男の子が泣き叫び始めた。小さな女の子がなんらかの理由から、「30」と繰り返し金切り声で叫んでいる。「30」はJ・K・ローリングが『ハリー・ポッター』シリーズからなぜか除外した魔法の言葉だ、とでも女の子は思っているようだ。

パトカーの後部ドアが開いた。子どもたちが出てきた。ふたりとも必死に泣きわめいている。ピートは無理もないと思った。自分が目撃したことでショック状態になっていなかったら、自分も泣き叫んでいただろう。バカらしい考えが浮かんだ。ウォッカをもう一口か二口ガブ飲みしたら、この状況は改善されるかもしれない。ちょっとは恐怖心をやわらげてくれるかもしれないし、少しこわくなくなれば、どうしたらいいか考えられるかもしれない。

かたや子どもたちはふたたびあとずさっていた。パニックに陥って、いつ何時走り出すかもしれない、とピートは思った。そんなことはさせたくなかった。車道に飛び出し、高速で突進してくる車にはねられて血だるまになってしまう。

「おい！」ピートは叫んだ。「おい、そこの子どもたち！」

ふたりがふりかえってこちらを見たので――青ざめた顔に発狂寸前の大きく見開かれた目で――ピートは手をふりながらふたりに向かって歩きだした。そのとき、太陽がまたもや出現した。今回は威風堂々と。

幼い男の子が前方に飛び出した。それを女の子が力をいっぱい引き戻した。女の子はぼくのことをこわがってる、と最初ピートは思ったが、ついで彼女が恐れたのは車だと気づいた。

ピートは片手で円を描いた。「よけて！　その車を横に避けてここに来な！」

ふたりはランプ左側のガードレールをくぐりぬけた。ステーションワゴンが道幅いっぱいに広がってくる可能性を考えてのことだ。ついで駐車場を横切った。ふたりがピートのところにたどり着いたとき、女の子は弟の手を離し、すわりこみ、両手で顔を覆った。彼女はお下げ髪だった。たぶん、母親がしてくれたのだろう。その髪を見て、彼女はもう二度と母親にそれをしてもらえないという事実に、ピートはゾッとした。

幼い男の子が落ち着いたようすで顔をあげた。「あいつがママとパパを食べた。お馬のおばちゃんとジミーおまわりさんも。みんなを食べちゃうんだよ。世界を食べるつもりなんだ」

ピート・シモンズが二十歳だったら、どうでもいい戯言をどっさりたずねたかもしれない。しかしかれはその半分の年齢だったので、自分の見たことを受け入れられたし、もっと単刀直入により適切なことをきいた。「ねえ、女の子。もっと警官は来る？　それで〝30〟って叫んでたの？」

女の子は両手をおろして顔をあげた。両目が真っ赤で痛々しかった。「うん。ブレイクの言うとおり。あいつはみんなを食べちゃう。ジミー巡査に言ったんだけど、信じてくれなかった」

ピートは信じた。実際に目撃したからだ。女の子は正しかった。それなのに警官は信じようとしなかった。かれらも最終的には信じるだろう。そうせざるをえない。だが、おそらくは化け物車がもっとひとわたりたいらげたあとに。

「宇宙からやってきたんじゃないかな」ピートは言った。「『ドクター・フー』に出てくるみたいな」

「それ、ママとパパが見させてくれないんだ」幼い男の子がピートに言った。「こわいからって。でも、あいつはもっとこわいよ」

「生きてるんだ」ピートはふたりに向かってよりむしろ自分に言いきかせた。

「だね」レイチェルは応えて、ひとしきり痛々しくすすり泣いた。

ほぐれていく雲の背後に太陽がひょいと隠れた。ふたたび顔を出したとき、妙案が浮かんだ。これまでずっとピートは、ノーミー・テリオーと〈リップ＝アス・レイダース〉の連中がびっくりして自分を仲間に入れてくれるようなことを見せられたらいいなと思っていた。そうしたら兄貴のジョージに現実を直視させられた。「そんな子どもだましのトリックは見飽きてる」そうかもしれないが、いまあそこで起こってることは、見飽きた子どもだましのトリックじゃないかもしれない。あるいは、これまで一度だってお目にかかったことがないことかも。やつらの惑星には虫眼鏡がないかもしれない。もしくは太陽が。『ドクター・フー』のエピソードで始終真っ暗な惑星の話があったことを、ピートは思い出した。

遠くでサイレンの音が聞こえた。警官がやってくる。警官は、小さな子どもたちの言うことなんて信じないだろう。大人の考えでは、小さな子どもというのは大嘘つきだからだ。

「きみたちはここにいな。ぼくはあることをためしてみる」

「やめて！」女の子がピートの手首をつかんだ。その指が鉤爪のように感じられた。「あんたも食べられちゃう！」

「やつは動きまわれないいんじゃないかな」と言いながら、ピートは女の子の指をはずした。手首には血が滲むほどの爪痕が残ったが、女の子のことを怒らず、叱りもしなかった。たぶん同じことをしただろう。自分の両親が行こうとしたら。「一カ所に張りついてるんだと思う」

「伸びるんだよ」女の子が言った。「タイヤが。溶けて」

「気をつけるよ」とピート。「でも、ためしてみないと。だって、きみの言ってることは正しいから。警官たちがやってくる。そして奴が食べちゃう。そこから動いちゃだめだよ」

ピートはステーションワゴンに向かって歩いた。近づくと（だが、接近しすぎずに）、サドルバッグのジッパーを開いた。ためしてみないと、と子どもたちに言ったが、実際のところは少しちがった。ためしたかった、のだ。実験のようなもの。奇妙に聞こえるかもしれない。人に話したとしたら。だが、その必要はなかった。ただ実行あるのみ。すごく……かなり……慎重に。

汗をかいた。太陽が出て気温が上昇していたが、それだけが理由ではないことはわかっていた。ピートは顔をあげながら、まばゆい日の光に目を細めた。二日酔いの頭にこたえたが、それどころじゃない。雲隠れしないでよ。やめてよ。必要なんだから。

ピートはリッチフォース社の虫眼鏡をサドルバッグから取り出すと、かがんでサドルバッグを舗装道路に置いた。膝の関節が鳴った。するとステーションワゴンのドアが数センチ開いた。

ぼくがここにいるのがわかるんだ。見えているのかどうかわからないけど、たったいまぼくがたてた音を聞いた。匂いもわかるのかも。

ピートはもう一歩踏み出した。いまやステーションワゴンの車体に触れられるほど接近している。そんなことをするほどのバカだったらの話だが。

「あぶないよ！」小さな女の子が呼ばわった。彼女とその弟はいまやふたりとも立ちあがっていた。腕を互いの身体にまわしている。「気をつけて！」

慎重に——ライオンの檻に手を突っこむ子どものように——ピートは虫眼鏡を持った手を伸ばした。光の輪がステーションワゴンの車体に現れたが、大きすぎた。それにぼんやりとだった。ピートは虫眼鏡をさらに近づけた。

「タイヤ！」幼い男の子が金切り声をあげた。「気をつけて、タァァーイィィーヤャャーに！」

ピートが目線を落とすと、タイヤの一本が溶けていくのが見えた。灰色の触手がかれのスニーカーに向かって舗道をとろけ出てくる。ピートは実験をあきらめて戻るわけにはいかなかったので、片脚をあげて、コウノトリのようにして立った。灰色のネバネバした触手はすぐさま方向を転じて、ピートのもう片方の脚に向かった。

あまり時間がない。

ピートは虫眼鏡をさらに接近させた。光の輪がきらめく白い点にまで縮小する。少しのあいだなにも起こらない。やがて煙が巻きひげ状に立ち昇り始めた。ついで光が焦点を結んでいる泥まみれの白い表面が黒くなった。

ステーションワゴンの車内から人ならぬうめき声があがった。ピートは身体と脳の内部で生じる逃走本能と戦いつづけなければならなかった。唇を開き、歯を剝いて必死にうなった。そしてリッチフォース社製の虫眼鏡をしっかり差し伸べながら、頭の中で数秒数えた。七秒まで数えたとき、車内のうめき声がピートの頭が割れそうなほどの絹を裂くような悲鳴に変わった。背後では、レイチェルとブレイクがつないでいた手を離して、各自の両耳をふさいだ。

サービスエリアの入り口ランプのふもとで、アル・アンドリューズがユニット12を急停止させた。かれは車から降りながら、恐ろしい悲鳴を耳にしてたじろいだ。メタル・バンド用のアンプを通して流した空襲警報サイレンさながらだった、とかれはのちに語る。子どもが泥だらけのフォードかシボレーの年代物のステーションワゴンの表面に触れそうなほど近くまで何かを差し伸べているのを目撃した。少年は苦痛か決意、あるいはその両方のせいで顔をゆがめている。

ステーションワゴンの側面で煙を出している黒点が広がりだした。そこから螺旋を描いて立ち昇る白煙が太くなり始めた。それは灰色に変わり、ついで黒くなった。つぎの展開は速かった。黒点のまわりに青白い炎がパッとあがった。炎は広がり、車じみたものの表面で踊っているようだった。黒点は、裏庭でバーベキューをするさいに父親がライターオイルをかけてから着火した豆炭さながらに見えた。

ねばねばした灰色の触手は、舗道上のスニーカーを履いた足に届きそうになっていたが、急にもとに戻った。車がふたたび握り拳のようにギュッと丸まった。しかし今回は、広がっていく青白い炎がコロナのように見える。車はより固く、さらに我が身を圧縮して、火の玉になっていく。やがて、ピートとルシア家の子どもたちとアンドリューズ州警察官が見守っていると、それは春の青空に向かって急発進した。一瞬のあいだ、そいつは消し炭のような感じで光を発しながら宙にとどまっていたが、すぐにいなくなった。ピートは、地球の大気圏の上に広がる冷たい暗黒——どんな得体の知れないものが隠れ潜んでいるかしれたものではない果てしない空間——を思った。

ぼくはあいつを退治したわけじゃない。退散させただけだ。燃えている棒を水でいっぱいのバケツに突っこむように、あいつは我が身を鎮火させるために去らなければならなかったんだ。

アンドリューズ州警察官は空を見つめていた。茫然自失の体で。かれの数少ない思考回路のひとつは、たったいま目撃したことを報告書にどのように書いたらいいのだろうかと考えていた。

遠くからさらにいくつものサイレンが接近してきた。

ピートはサドルバッグを片手に、もういっぽうにはリッチフォース社製の虫眼鏡を持って、ふたりの小さな子どもたちのところに歩いて戻った。ジョージとノーミーがここにいたらよかったのにとちょっと思ったが、だからなんだっていうんだ？　兄貴たちがいなくとも、自分にとってはすごく充実した午後だったし、外出禁止になるかどうかなんてどうでもよかった。今回の体験は、チンケな砂場の端を自転車で飛び越えることなんて『セサミストリート』のように思わせた。

わかるよね？　おれ、すっげーロックしてるぜ！

ピートは、ふたりの子どもたちに見られていなかったら、笑い声をあげたかもしれなかった。両親が一種の異星人に食べられる――生きたまま――ところを目撃したばかりの子どもたちに楽しそうな様子を見せるのは完璧にマズい。

幼い男の子がポッチャリした両腕を差し伸べてきたので、ピートは抱きあげてやった。そして頬にキスをされたときも声を出して笑わなかったが、ほほ笑んだ。「あんがと」とブレイク。

「おにいちゃん、すごいね」

ピートはブレイクをおろした。すると小さな女の子にもキスをされた。ちょっといい気分だった。相手が同い年ぐらいの少女だったらもっとよかったのに。

州警察官がかれらに向かって走ってきた。その光景がピートに重大なことを思い出させた。かれは小さな女の子にかがみこんで、顔に息を吹きかけた。

「なにか匂う？」

レイチェル・ルシアはちょっとピートを見つめた。年齢のわりにはだいぶ賢そうな表情だ。

「だいじょうぶ」と言って、彼女は現に微笑んでみせた。たいしたことないけど、うん、匂うよ――という笑み。「でも、警察官には息を吐きかけないでね。家に帰る前にミントかなにか食べたほうがいいよ」
「ティーベリーガムなんてどうかな」ピートは言った。
「うん」とレイチェル。「それがいい」

ナイ・ウィルデンとダグ・アレンへ、
ふたりはわたしの最初の短編を買ってくれた。

（*Mile 81*）

（風間賢二・訳）

プレミアム・ハーモニー

著者の言葉

母はあらゆる出来事に対して格言を持っていた（「スティーヴ、ぜんぶ覚えておきなさいよ」妻のタビサが目玉をぐるりとまわしながら言うのが聞こえる）。

母のお気に入りのひとつは、「ミルクをアイスボックスにいれると、その横にあるものは常に風味を損なう」これがミルクに関する真説かどうかは知らないが、若い作家の文体模索についての格言だとしたら、たしかにそのとおり。自分が若者だった頃、H・P・ラヴクラフトを読めばラヴクラフトのように執筆し、私立探偵リュー・アーチャーものを読めばロス・マクドナルドのように書いた。

文体の模倣はいつか終わる。少しずつ、作家は自分の文体を指紋にも等しい独自のものへと開拓していく。文体形成期に読んだ作家の痕跡は残るが、各作家の思考リズム――思うに、かれ／彼女の脳波のまさに発現――がのちに支配的になる。つまるところ、だれもエルモア・レナードのように書けないし、本人以外はマーク・トウェインのように表現できない。それでもときおり、文体の模倣はぶりかえされる。これまでにない見解や発現方法を教えてくれるなにか新しくて驚くべき表現方法に出会ったときには常に。『呪われた町』はジェームズ・ディッキーの詩の影響下に執筆され、コーマック・マッカーシーが書いたような個所が『ローズ・マダー』にあるとしたら、その長編を創作しながら、わたしが当時入手できるマッカーシーの全作品を読んでいたからだ。

二〇〇九年に、「ニューヨーク・タイムズ・ブックレビュー」誌の編集者から依頼があった。キャロル・スクレナカ著『レイモンド・カーヴァー 作家としての人生』とライブラリー・オブ・アメリカ刊行のカーヴァー自身の作品集とをいっしょに書評してほしいと。わたしは承諾した。新たな領域を開拓することができると思ったからだ。自分は乱読家だが、どういうわけかそれまでカーヴァーを読んだことがなかった。カーヴァーとほぼ同時期に成功した作家としては、それは大きな盲点だと言われるかもしれないが、実にそのとおり。唯一可能な自己弁護は、「クオト・リブロス、クワム・ブレブ・テンプス」――読むべき本は多く、人生は短い（まさにそのとおり、わたしはそのロゴ入りTシャツを持っている）。

とにかく、カーヴァーの文体の明晰さ、それと散文の美しい緊密さに愕然とした。すべては表層にあるが、その表層があまりにも透き通っているので、読者はその下の生き生きとした宇宙まで目にすることができる。わたしは収録作品を大いに気に入ったし、カーヴァーがたしかな知見と優しさとで綴ったアメリカの負け犬たちを愛した。そう、かれは酔いどれだったが、才能と思いやりがあった。

「プレミアム・ハーモニー」は、カーヴァーの作品を二ダース以上読んだあとすぐに創作された。したがってカーヴァー風味があるのは至極当然のこと。これを二十代のときに執筆したとしたら、より優れた作家に対するピントのずれたコピーにしかならなかっただろう。六十二歳の作家が書いたので、良くも悪くも自分の文章スタイルがにじみ出ている。多くの偉大なるアメリカ作家（フィリップ・ロスやジョナサン・フランゼンが頭をかすめる）のように、カーヴァーはユーモア感覚に乏しいようだ。かたやわたしは、ほとんどの物事にユーモアを見出す。ただし、黒い笑いだ。個人的意見では、おおかたはそれこそが最良の笑いである。それというのも——わかるかな——死ぬときは、笑うしかないだろ？

結婚して十年、ふたりは長いあいだ万事順調だった――素晴らしい――が、いまでは口論をする。それも頻繁に。実は、いつも同じ口喧嘩だ。堂々巡り。ふたりの言い争いはドッグレースさながらだ、とレイは思うことがある。口論を始めると、ふたりは機械仕掛けのウサギを追うグレイハウンドになる。同じ風景を何度も何度も通り過ぎるが、景色など目に入らない。ウサギしか見ていない。

子どもがいたらちがうかもしれない、とレイは考える。だが、妻には子どもができない。最終的にふたりは検査を受け、医師にそう言われた。問題は彼女にあった。彼女の体内に。一年かそこいらあとで、レイは彼女に犬を買ってやった。ジャック・ラッセル・テリア犬で、彼女はビズネズと名づけた。スペルをたずねられれば、メアリーは Biznezz と綴って見せた。みんなに冗談をわかってほしいのだ。彼女はその犬を愛している。にもかかわらず、夫婦喧嘩はたえない。

ふたりはウォルマートに芝生の種を買いに行く。自宅を売却することに決めたのだ――経済的に維持できなくなった――が、メアリーが言うには、配管設備を修理して、芝をきれいに整えないと高く売れないらしい。地肌の露出している部分がみすぼらしく見える。たいして雨の降らなかった暑い夏だった。どんなにいい種を購入しても、雨が降らないと芝は成長しない、とレイは彼女に言う。空模様を見たほうがいいと。

「で、また一年が過ぎて、わたしたちはまだあの家にいるってわけ。また一年も待てないわよ、レイ。破産しちゃう」

メアリーが話しているとき、ビズは後部座席の自分の場所から彼女を見ている。レイを見ることもある。それはかれが話すときだが、まれだ。したがって、ビズはたいていメアリーを眺めている。

「なあ、どうかな？ 雨が降れば、破産の心配をしなくてもすむんじゃない？」

「わたしたちふたりの問題なのよ、あなたが忘れてなければね」メアリーは言う。ふたりを乗せた車はキャッスル・ロックを通過中。人気がなくみごとに寂れている。いわゆるレイの言う〝経済〟がメイン州のこの地域から消滅している。ウォルマートは町の向こう側、レイが用務員をしている高校の近くにある。ウォルマートには専用の信号機がある。人はそれを冗談の種にしている。

「安物買いの銭失い。聞いたことあるだろ？」

「百万回も、あなたから」

レイはうなる。バックミラーに犬の姿が見える。メアリーを眺めている。ビズのその仕種が憎たらしいことがある。おれたちはどっちも話の論点がわかっていない、と思う。気がめいる。

「クイック・ピックに寄ってよ。キックボールを買いたいの、タリーの誕生日用に」タリーとは、メアリーの兄の小さな娘だ。自分の姪にあたると思うが、そうじゃない気がする。メアリー側の血縁だから。

「ボールはウォルマートにもある。それにそこのほうがなんだって安い」

「クィック・ピックのは紫色なの。タリーが大好きな色。ウォルマートにそれがあるかどうかわからないし」

「なければ、帰りがけに寄る」頭に重い石がのしかかっている気分になる。メアリーは言い出したらあとにひかない。常にそうだ。結婚はさながらフットボール。自分は勝ち目のないチームのクォーターバックを務めている。自分のスポットを決めなければならない。ショートパスを供給しなければいけない。

「戻りは反対車線側になるわよ」メアリーは言う——まるでふたりは都会の交通の激流につかまっているような口ぶり。実際には、ほとんどの店がシャッターを下ろしている荒廃したスモールタウンを通っているのに。「猛ダッシュで店に入ってボールを買ったら猛ダッシュで戻ってくるだけよ」

九十キロの体重だ、レイは思う、猛ダッシュなんて過去の話だね、ハニー。

「たったの九十九セントよ」メアリーは言う。「安物買い」

銭失い、とレイは思うが、こう言う。「ついでにタバコを買ってきてくれ。おれは行かない」

「禁煙すれば、週四十ドル浮くわよ」

レイは自分で貯めた金を払って、サウスカロライナ州にいる友人から十二カートンまとめて船で送ってもらっている。サウスカロライナ州では一カートンあたり二十ドル安い。二十ドルは大金だ、今日(こんにち)でさえ。節約する気がないわけではない。喫煙に関しては以前話し合ったし、またするつもりだが、どうせ無駄だ。相手は馬耳東風。おかげでこっちは話しているうちにだんだんヒートアップする。そして暴走状態となる。

「前は一日二箱吸ってた。いまは十本たらずだ」実際には、もっと吸っている。そのことを妻は知っている。そしてレイは彼女が知っていることを知っている。結婚してしばらくたてばそんなもんだ。レイの頭にのしかかっている石の重さが少し増す。同時に、ビズがあいかわらずメアリーを眺めているのが目に入る。レイはその憎たらしいやつを養っていて、餌代を払う金を稼いでいる。それなのに、そいつが見つめるのはメアリーだ。さらには、ジャック・ラッセル・テリア犬は賢いと思われている。

レイはクイック・ピックに向かって車を走らせる。

「インディアン・アイランドで買いなさいよ、ほしければ」

「先住民保留地で非課税タバコが売られていたのは十年前の話だ。前にも言ったろ。例によって聞いてない」そしてガソリンスタンドの給油ポンプを過ぎて、店のコンクリート壁の横に駐車する。日陰がない。太陽は真上にある。車のクーラーは少ししかきかない。ふたりとも汗をかいている。後部座席ではビズがあえでいる。ニヤニヤ笑いのように見える。

「じゃあ、禁煙しなさいよ」

「なら、ダイエットしろよ、〈リトル・デビー〉を食うな」そんなことは言いたくない。妻が自分の体重に関して傷つきやすいことを知っているから。だが、つい口から出てしまう。抑えることができない。不思議だ。

「この一年、ひとつも食べてないわよ」

「メアリー。箱が棚の一番上にある。二十四個入り。小麦粉のうしろに」

「こっそり調べたの?」メアリーは声を張りあげる。頰が赤く染まる。彼女がまだ美人だったころの面影がふと現れる。美人ではある、ともあれ。だれもが彼女は器量よしだと言った。レイの母親でさえも。母親は、その他の点ではメアリーのことを気にいっていなかった。

「栓抜きを探していたんだ。クリームソーダを飲もうと思って。昔ながらのキャップだった」

「栓抜きを探すのに食器棚の一番上をあさるなんて!」

「いいから店に入ってボールを買えよ。ついでにタバコも。頼む」

「家に帰るまで我慢できないの? そのぐらい待てない?」

「安いのが買えるんだ。無印商品、〈プレミアム・ハーモニー〉と呼ばれてる」そのタバコはウシの糞みたいなムッとする匂いがするが、かまわない。メアリーが文句さえ言わなければ。暑くて言い争っていられない。

「どこで吸うつもり? 車の中でしょうけど、わたしも煙を吸いこんじゃうわよ」

「窓を開ける。いつもそうしてる」

「わたしはボールを買いに行く。そして戻ってくる。なにがなんでも四ドル五十セントを費やして肺を汚染したいと思うなら、自分で買いに行きなさいよ。わたしはベイビーとここにすわってる」

　レイは妻がビズをベイビーと呼ぶのが気にくわない。相手は犬だ。それにメアリーが自慢するように聡明かもしれないが、あいかわらず外で糞をする。しかも、かつて自分の睾丸のついていたところをなめる。

「ついでに、〈トゥインキー〉をいくつか買えよ。あるいは、〈ホーホース〉の特売をしているかもな」

「あなたって、すごい意地悪」と言って、メアリーは車から降り、ドアを勢いよく音をたてて閉める。建物のコンクリート壁に接近しすぎて駐車したので、彼女はトランクまでカニ歩きで進まなければならず、その姿を夫が見ているということに気づいている。かたやレイは、いまやカニ歩きをしなければならないほど巨体になっている妻を見ながら、自分が見ているということを彼女は気づいているということに気づいている。わざと建物の近くに駐車して自分にぶざまなカニ歩きをさせているのだ、と妻が思っていることをレイはわかっている。そのとおりかもしれない。

　レイはタバコがほしいと思う。

「さてと、ビズ、なあ、おまえとおれだけになったな」

　ビズは後部座席に伏せて目を閉じている。メアリーがレコードをかけて、踊りなさいと言えば、ビズは後ろ脚で立ちあがり、数秒のあいだ足を引きずって歩きまわるだろう。もし彼女に、「悪い子ね」と（陽気な声音で）言われれば、部屋の隅に行って壁に面と向かってすわっているだろうが、それでも糞は外でする。

　しばらくたってもメアリーは店から出てこない。レイはグローヴボックスを開ける。紙屑の巣窟に手を突っ込んで、置き忘れているかもしれないタバコを探すが、成果はない。かわりに未開封の〈ホステス・スノーボール〉を見つける。つついてみる。死体のように硬い。千年は経過しているのにちがいない。もっと古いかも。ノアの箱舟に積まれていた代物かもしれない。

「だれしもみなそれぞれの悪癖がある」レイは言う。そして〈スノーボール〉を開封して、後部座席に放り投げる。「食いたいか、ビズ？　いいよ、好きにしな」

ビズは〈スノーボール〉をふた口で食べる。それから座席に落ちたココナッツの粉末をなめとる作業にとりかかる。

燃料計を見ると、半分に減っている。メアリーならカンカンに怒るだろうが、いまはここにいない。

蒸し暑くてたまらない。直射日光に照らされてすわったまま、九十九セントの紫色のビニールのキックボールを妻が購入するのを待つ。エンジンを切って窓を開ければいいのだが、それではいるのに。ただし、色は黄色か赤かもしれないが。ウォルマートでは七十九セントで買えるとわかっているのに。それではタリーはお気に召さない。お姫さまは紫色をご所望なのだ。

レイは車内にすわっているが、メアリーは戻ってこない。「なにやってんだか！」冷気が顔を軽くなでる。エンジンを切ってガソリンを節約しようかと、ふたたび考えるが、くそくらえと思う。妻にはタバコを買う気がない。安物の無印品でさえ。わかっている。だからこそ、〈リトル・デビー〉について皮肉を言わなければならなかったのだ。

バックミラーに若い女性が見える。こちらに向かってゆっくり走ってくる。メアリーより太っている。青いスモックの下で巨乳が上下に揺れる。接近しながら大声をだしはじめるのが目に入る。

レイはウィンドウを下げる。

「奥さんの髪、ブロンド？」巨乳があえぎながら言葉を吐き出す。「ブロンドで、スニーカー履いてます？」顔が汗でテカっている。

「ええ。妻は姪のためにボールを買いに行きました」

「そうですか、奥さん、具合が悪いみたいです。倒れました。意識がありません。ミスター・ゴーシュが言うには、心臓発作を起こしたのかもしれません。救急車を呼びました。来たほうがいいですよ」

レイは車をロックし、若い女のあとについて店内に入る。車の中にいたので店内はひんやりしている。メアリーが床に両脚を広げて投げ出し、両腕を脇につけて横たわっている。横にはボールで満杯のワイヤメッシュのカゴがある。そのカゴにはこう記されている。〈暑い夏にはこれで熱く燃えあがれ〉。メアリーの目は閉じられている。リノリウムの床で眠っているのかもしれない。三人が彼女を見下ろしている。ひとりは浅黒い肌の男で、カーキのパンツに白いシャツ姿。シャツのポケットに付けている名札には、〈店長ミスター・ゴーシュ〉とある。他の二人は買い物客だ。ひとりは痩せた老人で、ほとんど髪がない。少なくとも七十代。もうひとりは太った女性。メアリーよりでっぷりしている。青いスモックの若い女性よりも。レイは、床に倒れているべきなのはその女性だ、と自然に思う。

「このご婦人の旦那ですか？」ミスター・ゴーシュがきく。

「ええ」レイは言う。それだけの返事ではものたりないようだ。「まちがいありません」

「申しあげにくいのですが、奥さんは亡くなられたかもしれません。人工呼吸をおこないましたが……」店長は肩をすくめる。

レイは浅黒い肌の男が口をメアリーの口にあてているところを思う。ある意味、ディープキスだ。ボールで満杯のワイヤメッシュのカゴの横に倒れている妻の咽喉に吹きこまれる男の息。

やがてレイはひざまずく。

「メアリー、メアリー！」激しい一夜の営みのあとでぐっすり寝込んでいる妻を起こそうとしている感じだ。

メアリーは息をしていないようだが、そんなことは普段でも見わけがつかない。そこで耳を彼女の口にあてるが、なにも聞こえない。皮膚に空気の動きを感じるが、おそらくそれは冷房の風だ。

「この殿方が911に電話をしたの」太った女性が言う。〈とんがりコーン〉の袋を持っている。

「メアリー！」レイは言う。今度はもっと大きな声で。だが、叫ぶまでにはいたらない。ひざまずき、他人に囲まれていて、そのうちのひとりが浅黒い肌の男だからだ。レイは顔をあげると、言い訳がましく言う。「妻は病気にかかったことが一度もない。馬並みに頑丈なんだ」

「一寸先は闇だね」老人が言う。そしてかぶりをふる。

「急に倒れたんです」青いスモックを着た若い女性が言う。「なにも言わずに」

「胸を押さえた？」〈とんがりコーン〉を持った女性がきく。

「わかりません」若い女性は言う。「押さえなかったと思う。見なかった。倒れただけです」

土産用Tシャツの棚がボールのカゴの近くにある。こんなロゴが入っている。〈両親はキャッスル・ロックで王侯貴族のように歓待されたのに、わたしにはこのひどいTシャツだけ〉。ミスター・ゴーシュはそのTシャツを取って言う。「これで顔を覆いましょうか？」

「とんでもない！」レイは驚いて言う。「気絶しているだけかもしれない。わたしたちは医者じゃないんだぞ」ミスター・ゴーシュの向こうで、三人の子ども、ティーンエイジャーたちがウィンドウ越しに店内を覗きこんでいるのが見える。そのひとりが携帯電話で写真を撮っている。

　ミスター・ゴーシュはレイの視線を追って、両手を上げ下げしながらドアに駆け寄る。「おまえたち、ここから出ていきなさい！　子どもは出ていけ！」

　笑いながら、ティーンエイジャーたちはすり足であとずさると、くるりと踵（きびす）を返し、ゆっくり走って給油ポンプを抜けて歩道に向かう。その向こう側に、ほとんど人気（ひとけ）のないダウンタウンがゆらめいている。威勢のいいラップを流しながら車が通過する。そのベース音がレイにはメアリーの奪われた鼓動のように聞こえる。

「救急車は？」老人が言う。「どうしてまだ来ない？」

　レイが妻のかたわらにひざまずいているあいだに時は過ぎていく。背中と膝が痛んだが、立ちあがれば、見物人のひとりに見えてしまう。

　救急車はシボレー・サバーバンで、白い車体にオレンジのストライプが入っている。赤色灯（ジャックポット・ライト）を点滅させている。〈キャッスル郡レスキュー〉とフロントに記されているが、綴りが左右反転させられている。そうすることで、バックミラーで読めるわけだ。レイは、すごく頭がいいと思う。

　店内に入って来たふたりの男は白装束だ。ウェイターのように見える。ひとりが台車に酸素ボンベを乗せて運んでいる。緑色のボンベで、アメリカ国旗のデカールが貼ってある。

「すみません」酸素ボンベを運んできた男が言う。「オックスフォードで車の事故を処理してたんです」

もうひとりの男は床に横たわっているメアリーを眺めて、こう言う。「ヤバッ、まいったね」レイは我が耳を疑う。

「生きてますか?」レイがたずねる。「意識を失っているだけ? 息があるなら、酸素吸入したほうがいいよね、じゃないと脳にダメージが残るから」

ミスター・ゴーシュがかぶりをふる。青いスモックを着た若い女性が泣きだす。レイは彼女に、なんで泣いているのかききたいと思うが、やがてわかる。自分がいま発した言葉から、彼女はひとつの悲しい物語をでっちあげたのだ。そうだ、もし一週間かそのぐらいあとでここにきて、うまくたちまわったら、彼女はお情けで一発やらせてくれるかもしれない。かれにその気があるわけではないが、ヤレるかもしれない。したければ。

メアリーの目はペンライトに反応しない。ひとりの救急救命士が彼女のもはや存在しない鼓動に耳を澄まし、もうひとりが彼女のもはや存在しない血圧を計る。しばらく事態はそんな感じで進む。ティーンエイジャーたちが友だちを何人か連れて戻ってくる。ほかの野次馬も集まってくる。救急車の点滅する赤色灯に引き寄せられてきたのだろう、ちょうど虫がポーチライトに集まってくるように、とレイは推測する。ミスター・ゴーシュがふたたびかれらのところへ、両腕を上下にパタパタふりながら駆け寄る。かれらはふたたびあとずさる。やがて、ミスター・ゴーシュがメアリーとレイを囲む円陣に戻ると、野次馬たちは戻って来て、またもや覗きこむ。

救急救命士のひとりがレイに言う。「あなたの奥さんですか?」

「そうです」

「えーと、あのう、申しあげにくいのですが、奥さんは亡くなってます」

「ああ」レイは立ちあがる。両膝がポキポキ鳴る。「ここにいる人たちにさっきそう言われたけど、確信が持てなかった」

「聖母マリアさま、彼女の魂にお恵みを」〈とんがりコーン〉を持っている太った女性が言う。そして十字を切る。

ミスター・ゴーシュが救急救命士のひとりに土産用Tシャツを差し出す。メアリーの顔を覆うためだ。しかし、救急救命士はかぶりをふって外に出て行く。ついでそこにいる野次馬たちに、見世物じゃない、と告げる。そう言えば、クィック・ピックの店内で死んでいる女性に興味を示す者はいなくなる、と思っているようだ。

救急救命士はレスキュー車の後部から車輪付き担架を引っぱり出す。その作業を片手の手首をひとひねりするだけでやってのける。折り畳まれていた脚はひとりでに開く。髪のほとんど残っていない老人がドアを押さえて閉まらないようにし、救急救命士が移動式の死の寝台を店内に引き入れる。

「フーッ、暑い」救急救命士が言って、額の汗をぬぐう。

「これは見たくないかもしれませんね」もうひとりの救急救命士が言うが、レイはかれらが妻を持ちあげて車輪付き担架に乗せるのを観察する。シートが担架の端にきちんと折り畳まれている。それを救急救命士ふたりで広げて、メアリーの身体全体を、そして顔まで覆い隠す。いまやメアリーは映画に出てくる死体のように見える。救急救命士たちは彼女を熱気の中へ押し出す。今度は、〈とんがりコーン〉を持った太った女性がドアを押さえて閉まらないようにしている。野次馬たちは歩道へ撤退している。三ダースはいるにちがいない。うだるような熱い八月の太陽に照らされて突っ立っている。

メアリーをレスキュー車に載せると、救急救命士たちは戻ってくる。ひとりがクリップボードを持っている。そしてレイに二十五項目の質問をする。レイはすべてに答えることができる、ひとつを除いて。妻の年齢だ。やがて自分より三歳若いことを思い出し、三十四歳です、と答える。

「奥さんを聖スティーヴィ病院に運びます」クリップボードを持った救急救命士が言う。「ついてきてもいいですよ、場所がわからなければ」

「知ってます」レイは言う。「えっ？　検死解剖をするんですか？　妻を切り開く？」

青いスモックを着た女の子がハッと息をのむ。ミスター・ゴーシュが片腕を彼女にまわすと、彼女は店長の白いシャツに顔を埋める。ミスター・ゴーシュは彼女とヤッているのかな、とレイは思う。そうじゃなければいいのに。ミスター・ゴーシュの肌が浅黒いからではない。そんなことはどうでもいいが、年齢が彼女の倍も離れているのが気にくわない。年を経た男は年下の相手につけこむことができる。ことに上司の地位にあると。

「ええと、それはこっちで決めることではありません」救急救命士が言う。「けれど、たぶん、しないでしょう。亡くなったときまわりにだれもいなかったわけじゃないし――」

「そうよ」〈とんがりコーン〉を持った女性が口を挟む。

「――それに心臓発作なのははっきりしているし。たぶんすぐにでも遺体安置所に移せます」

遺体安置所？　一時間前は車の中で言い争っていたのに。

「安置所には移さない」かれは言う。「安置所も埋葬もなしだ。なにもしない。なんでそんなことをする？　妻は三十四歳なんだ」

ふたりの救急救命士は視線を交わす。「ミスター・バーケット、聖スティーヴィにはこうしたことについてなんでも相談にのってくれる人がいます。心配しないでください」

「心配するな？　なんだと！」

救急救命士のワゴンがまだライトを点滅させながら、しかしサイレンは消した状態で引きあげる。歩道の小集団が散り散りになりだす。店員の女の子、老人、太った女性、そしてミスター・ゴーシュがレイのことをなにやら特別な人物であるかのように見つめる。有名人であるかのように。

「妻は姪のために紫色のボールを買いたかったんだ。誕生会がある。八歳になる。姪はタリーという名前だ。俳優にちなんでつけられた」

ミスター・ゴーシュはワイヤメッシュのカゴからボールを取り、レイに両手で差し出す。

「代金はいりません」かれは言う。

「ありがとうございます」レイは言う。

〈とんがりコーン〉の女性がワッと泣く。そして、「聖母マリアさま」と言う。

かれらはしばらく話しながらたたずんでいる。ミスター・ゴーシュがアイスボックスからソーダを出す。それもまた店のおごりだ。かれらは各自のソーダを飲み、レイがメアリーにまつわることをみんなにいくつか語る。言い争いの件は内緒にして。メアリーがキャッスル郡フェアーで三等賞をとったキルトをどのようにして作ったかを語る。二〇〇二年の出来事だ。あるいは〇三年だったかも。

「それって、とっても悲しい」〈とんがりコーン〉の女性が言う。すでに袋を開けていて、中身をみんなにまわしている。かれらは食べて飲んだ。

「わしの妻はすでに眠りについている」髪の薄い老人が言う。「ソファーに横になって、それっきり目覚めなかった。結婚して三十七年だった。ずっとわしが最初に逝くもんだと思っていたが、そんなふうに神さまは望んでいなかったんだな。いまでも妻がソファーに横になっているのが見える」かれはかぶりをふる。「信じられなかったよ」

ついにレイは語ることがなくなり、かれらはかれに話すことがなくなる。ふたたび客が来店する。ミスター・ゴーシュは接客し、青いスモックの女の子は他の客の応対をする。やがて太った女性が自分は帰らないといけないと言う。そして立ち去る前にレイの頬にキスをする。

「あなたもこれからすることがあるでしょ、ミスター・バーケット」太った女性はかれに言う。その口調には叱責と誘惑とがいりまざっている。レイは思う。この女もまた同情心から一発やらせてくれるかもしれない。

レイはカウンターの上の時計を見る。ビールの広告をかねている代物。メアリーが車とクィック・ピックのコンクリートブロック壁のすきまをカニ歩きで進んでからもうすぐ二時間が経過する。そのとき初めて、ビズのことを思う。

ドアを開けると、熱い空気が襲いかかってくる。中に入ろうとしてハンドルをつかんだが、叫び声をあげて手を引っこめる。目が白くにごっている。車内は五十度以上あるにちがいない。ビズは仰向けになって死んでいる。目が白くにごっている。舌が口の端からだらりと垂れている。歯がキラリときらめく。髭にココナッツの粉が少しついている。笑い事じゃないのに、おかしい。声に出して笑うほどではないが、おかしい。ある意味、それ以外の適切な言葉を思いつけない。

「ビズ、なあ、ごめんよ。おまえのことすっかり忘れてた」

蒸し焼きになったジャック・ラッセル・テリア犬を見ているうちに悲しみとおかしみに圧倒される。ものすごく悲しいのにそれでも愉快というのは、とても残念だ。

「じゃあ、おまえはいま彼女といっしょなんだ、だろ?」そんな考えはとても悲しい——けれどとても素敵だ——なので、レイは泣きだす。号泣する。泣いているうちに、こんなことを思いつく。これからはタバコを吸いたいだけ吸える、家じゅうどこででも。ダイニングルームのテーブルででも吸える。

「いま彼女といっしょなんだよな、ビズ、なあ」レイは涙ながらに言う。その声はのどにつまってくぐもっている。この状況にふさわしい声音であることにほっとする。「気の毒なメアリー、かわいそうなビズ。ちくしょう!」

泣きながら、そして紫色のボールを脇に抱えこんだまま、レイはクイック・ピック店内に戻って行く。そしてミスター・ゴーシュにタバコを買うのを忘れてたと言う。同時に、〈プレミアム・ハーモニー〉ひと箱を、やはり店のおごりでくれるかもしれないと思うが、ミスター・ゴーシュはそこまで太っ腹ではない。レイは病院までの道行を、窓をしめたままタバコを吸い、ビズを後部座席にほったらかしのままで、冷房をハイにしておく。

レイモンド・カーヴァーを偲びながら

(*Premium Harmony*)

(風間賢二・訳)

バットマンとロビン、激論を交わす

著者の言葉

ときにストーリーは勝手にやってくる——完璧に仕上がった形で。しかしながら、通常はふたつの部分として姿を現す。最初にカップ本体、ついで把手(とって)として。把手は何週間も、何か月も、あるいは何年にもわたって出現しないかもしれない。そこでわたしは、意識の裏側に小箱を用意し、そこに未完成の数多くのカップを収納して、ひとつひとつ記憶と呼ばれるユニークな心のパッキングを施して破損から保護している。カップ本体がいかに美しくとも、把手を探すことはできない。現れるのを待たなければならない。この比喩は自分でもいささか陳腐だとはわかっている。だが、クリエイティブ・ライティングと称されるプロセスについて語るときには、その比喩は有効だ。わたしはこれまでの人生を通してずっと小説を執筆してきた。にもかかわらず、創作過程が皆目わからない。それを言うなら、もちろん自分の肝臓がどのような働きをしているのかもわかっていない。しかし、それがきちんと機能しているかぎり、わたしは肝臓とうまくつきあっていると言える。

六年ぐらい前に、サラソタの混雑している交差点でニアミス事故を目撃した。カウボーイハットをかぶったドライバーが自分のビッグフット・トラック——でかいタイヤを装着しているやつ——をほかのビッグフット・トラックがすでに走行している左折車線に割り込ませた。侵入されたほうの男がクラクションを鳴らした。予想どおりにブレーキの金切り声がして、二匹のガソリン喰い巨大怪獣はたがいに数センチ離れたところで止まった。左折車線側にいた男がウィンドウを下げると、フロリダの青空に向かって指を一本立てた。野球とおなじぐらいアメリカ的な会釈だ。割り込んで衝突しかけたほうの男はターザンばりに胸をたたいて挨拶を返した。察するところ、おれと一戦を交えたいのか？といった意味らしい。そのとき信号が青に変わり、ほかの運転者たちがクラクションを鳴らしはじめたので、かれらふたりは肉弾戦を交えずにそれぞれの道を去って行った。

その出来事のせいでわたしは、もしふたりのドライバーが各自の車から降りて、タミアミ・トレイルで殴り合いを始めたら、どうなっただろうと思った。とほうもない想像ではない。運転中にカッとなることはよくある。まずいことに、〝よくあること〟は良いストーリー向けのレシピではない。それでも、わたしはそのニアミス事故にいつまでもこだわっていた。それは把手のないカップだった。

一年かそこいらのち、ファミレスの〈アップルビーズ〉で妻と昼食をとっているさいに、五十がらみの男性が白髪の老紳士のハンバーグステーキを細かく切り分けているのを目にした。かれはそれを細心の注意を払って行っていて、かたや白髪の老紳士はその男性の頭上をぼんやり見つめていた。ある時点で、その老人は少し意識を取り戻したようで、食器をつかもうとした。おそらく、自分の食事にとりかかるためと思われた。若いほうの男性が微笑んでうなずいた。すると白髪の老紳士は皿から手を離し、虚空(こくう)を凝視することを再開した。私は、ふたりは親子だということに勝手に決めこんだ。かくて出現したしだい——運転中の激怒カップの把手が。

サンダースンは父親に週二度会う。水曜の晩、両親が昔オープンした宝石店を閉めたあと、五キロの道のりを運転してクラッカージャック・マナーでパパに会う。たいていは談話室で。パパの〝特別室(スイート)〟で会うこともあるが、それはパパの気分がすぐれない場合だ。そして日曜はたいがい、サンダースンは父親を昼食に連れ出す。パパが意識もうろうとした余生を送っている施設は、実際にはハーヴェスト・ヒルズ特別養護老人ホームと呼ばれているが、サンダースンにとっては、優れた領主館(クラッカージャック・マナー)のほうがより適切な名称のように思える。

ふたりいっしょの時間は実際、それほど悪くない。父親がベッドで粗相(そそう)をしても、もはやサンダースンがシーツを取り換えなくてもいい。父親がスクランブルエッグを作ってもらうために妻の名を呼びながら、あるいはフレデリックス家の少年たちが裏庭で酔っぱらって怒鳴りあっていると言いながら真夜中に家の中を徘徊(はいかい)するのを止めるために、サンダースンが起きなければならない。そういったいっさいがっさいが必要なくなったからではない（妻のドリー・サンダースンは十五年前に亡くなり、フレデリックス家の三人の少年たちは、もう少年ではないが、だいぶ前に引っ越している）。アルツハイマー病に関する古いジョークがある。「ありがたいことに毎日新しい人と出会える」。サンダースンはほんとうにありがたいことを発見した。

めったに変更されない脚本だ。つまり、アドリブはいっさい必要なしということ。
たとえば、〈アップルビーズ〉の件。いまやふたりは三年間も同じ店で日曜の昼食をとっているが、パパはたいてい同じことを言う。「この店は悪くない。また来よう」パパはいつもハンバーグステーキを注文する。ミディアム・レアで。そしてブレッドプディングがくると、サンダースンにこう言う。妻のブレッドプディングのほうがましだな。昨年、コマース・ウエイの〈アップルビーズ〉のメニューからプディングが削除された。だからパパは――サンダースンにデザート・メニューを四回読みあげさせながら、そして果てしなくつづくかと思われる二分間考えたあとで――アップルコブラーを注文した。それが持ってこられると、パパはこう言った。妻のドリーは自分の分にはヘビークリームをのせるんだ。そして窓の外のハイウエイを見つめたまま、まんじりともせずにすわっていた。二度目にも、同じ所見を述べたが、今度はコブラーをぺろりとたいらげた。

パパはたいていサンダースンの名前と自分との関係を覚えているようだ。しかし、ときにはサンダースンのことをレジーと呼ぶことがある。兄さんの名前だ。レジーは四十年前に亡くなっている。サンダースンが水曜日に〝特別室（スイート）〟を出る準備をすると――あるいは、日曜日にクラッカージャック・マナーに連れ戻すと――パパは必ず謝意を表し、この次はもっと調子がよくなっていると約束する。

若い時代には――ドリー・レヴィンと出会って文明人になる以前――サンダースンの未来のパパは、テキサス州の油田で働く無骨者で、ときおりその手の人間に戻ることがあるが、自分がある日サンアントニオで宝石商として成功するとは夢にも思っていなかった。〝特別室〟に閉じ込められたときのことである。パパはベッドをひっくり返したが、その努力の代償として手首を骨折した。雑役係――パパのお気に入りのホセ――が勤務中に、どうしてそんなことをしたのかたずねると、パパはこう答えた。くそったれのガントンがラジオのボリュームをさげないからだ。もちろん、いまはもうガントンはいない。過去のいつかの時点で、たぶん。おそらくは。

のちにパパは手癖が悪い兆候を披露した。雑役係や看護師、そして医師たちがパパの部屋であらゆる類の物を発見した。食堂から花瓶やプラスチック製の食器、休息室からＴＶのコントローラーといったぐあいに。ホセは〈エル・プロダクト〉の葉巻を入れる箱を見つけたことがあった。中にはさまざまなジグソーパズルのピースと八十ないしは九十の多彩なトランプがぎっしりつまっていた。その箱はパパのベッドの下にあった。パパはだれにも説明することができない。自分の息子にも。どうしてそれらのものを持ち去るのかを。したがってたいていは、自分が盗んだことを否定する。かつてサンダースンにこう言った。ガンダースンがわしを困らせようとしてるんだ。

「ガントンのこと？」サンダースンはきいた。

パパは瘦せて骨ばった流木のような手をふった。「あいつがほしいのはマンコだけだ。やつはマンコ村生まれの元祖マンコ狩人さ」

窃盗癖の時期は過ぎ去ったように思われるので――ともあれ、ホセがそう言う――この日曜日は、パパはかなり落ち着いている。意識がはっきりしている日ではないが、深刻に悪い日でもない。〈アップルビーズ〉に出かけるにはじゅうぶんだ。お漏らしをしないで食事をすませられたら、万々歳。尿漏れパンツをはいているが、もちろん匂いは防げない。そのために、サンダースンは常に店内の隅のテーブルを選ぶ。迷惑にはならない。というのも、ふたりは二時に昼食をとるからだ。そのときまでには、ミサ帰りの人々は家に戻って、TVで野球かフットボールを観戦している。

「あんた、だれだ?」パパが車の中でたずねる。よく晴れた日だが、肌寒い。特大のサングラスにウールのトップコートといったいでたちのせいで、アンクル・ジュニアに実にそっくりだ。TVドラマ『ザ・ソプラノズ　哀愁のマフィア』に出てくる年老いたギャングである。

「ダジーだよ」とサンダースン。「あんたの息子」

「ダジーは覚えてる」パパは言う。「でも、あいつは死んだ」

「いや、パパ、うーん、あのう、死んだのは兄貴のレジーなんだ。あれは……」サンダースンは、パパがあとをつづけてくれるかどうか待って尻すぼみになる。パパは黙ったままだ。「事故だった」

「酔っぱらってたんだ、そうだな?」パパはたずねる。心が痛む。何年経っても。いまだに父親が、わざとではなくとも、相手をひどく傷つけることができるなんて実にいやだ。

「いや」サンダースンは言った。「ティーンエイジャーに殴られたんだ。その若造はかすり傷を負っただけで歩き去った」

そいつはいまでは五十代になっているだろう。たぶん、こめかみに白いものが生えている年齢。兄貴を殺したガキは長じて脊椎側彎症(せきついそくわんしょう)になり、その妻は卵巣癌で亡くなり、そして当人自身はおたふくに罹(かか)って失明して無精子症になっていればいいのにと思うが、たぶんピンピンしている。どこかで食料雑貨を商っているだろう。神の思し召し(おぼしめ)で、ひょっとしたら、〈アップルビーズ〉の店長になっていたりして。ありえる。当時そいつは十六歳だった。覆水盆に返らず。若気(わかげ)のいたり。記録は封印されているだろう。で、レジーは？　同様に封印されている。ミッション・ヒルの墓石の下でスーツを着た骨となって。日によっては、サンダースンはかれがどんな容貌だったのか思い出すことさえできない。

「ダジーとわしでバットマンとロビンごっこをよくやった」パパは言う。「やつが好きな遊びだった」

コマース・ウエイとエアライン・ロードとの交差点の信号で停まる。やがてそこで厄介ごとが起こることになる。サンダースンは父親を見て微笑む。「そうだね、パパ、すごい！　ある年のハロウィンのとき、そのコスプレで出かけたことさえあった、覚えてる？　ぼくがそうするように説得したんだ。〈ケープをまとった十字軍騎士(バットマン)〉と〈驚異の少年(ロビン)〉」

パパはサンダースンのスバルのフロントガラスの外を眺めたきりひと言も口にしない。なにを考えているのか？　あるいは、思考は単なる搬送波としてしか機能していないのか？　サンダースンは脳波が水平になっているムムムムといった音を想像することがある。ケーブルや衛星放送以前のＴＶの古いテストパターンのハム音。

サンダースンはトップコートに包まれた痩せた片腕に手を置くと、親しみをこめてぎゅっと力を入れた。「パパはぐでんぐでんに酔っぱらって、ママはおかんむりだったけど、ぼくは楽しかった。最高のハロウィンだった」

「わしは妻の前ではぜったいに酔っぱらわなかった」パパは言う。

いや、とサンダースンは信号が青に変わったときに思う。一度ならず母は父に酒をやめさせようとした。

「メニューを見てほしい、パパ?」

「自分で読める」父親は言う。いまではそれはできないのだが、ふたりの陣取った隅の席は明るいので、マフィアのアンクル・ジュニア風サングラスをしていてもサンプル写真は見ることができる。それにサンダースンは父親が何を注文するかわかっている。

ウェイターがふたりのアイスティーを持ってくると、パパはハンバーグをミディアム・レアで注文する。「ピンク色がいい、赤くなく」かれは言う。「赤かったら、つっかえす」

ウェイターはうなずく。「いつもどおりですね」

パパは疑わしそうにウェイターを見る。

「サヤインゲンとコールスローとどちらにします?」

パパは鼻で笑う。「からかってるのか? 豆はぜんぶしなびてたぞ。その年は模造装身具を売ることはできなかった。ましてや本物などとんでもない」

「コールスローを頼む」とサンダースン。「で、ぼくは——」

「豆はすべてしなびてたんだ」パパは断固として言い張り、わしに挑戦しようってか? といった傲慢なまなざしをウェイターに投げかける。

ウェイターは、これまで何度もふたりに給仕してきたので、ただうなずいて、こう応じる。「はい、しなびてました」それからサンダースンに向き直る。「で、お客様はなんにしましょう？」

ふたりは食べる。パパはトップコートを脱がないので、サンダースンは首にプラスチック製のビブをつけてくれるように頼む。パパはこれに関しては異を唱えない。まったく気づいていないのかもしれない。コールスローがいくつかズボンに落ちるが、きのこソースのおおかたはビブが受け止める。ふたりが食べ終わりかけると、パパは客のまばらな店内に向かって報告する。小便をしないと漏れちまう。

サンダースンは男子トイレに連れていく。父親はズボンのジッパーを息子がおろすのを許すが、サンダースンが伸縮性のある失禁パンツの前をずりおろそうとすると、その手をピシャリと叩いて払いのける。「他人のイチモツをいじくるもんじゃない、サニー・ジム」パパは腹立たしげに言う。「知らないのか？」

その言葉が太古の記憶を刺激する。ダジー・サンダースンはトイレの前に立っている。パンツを足首にずりおろした格好で。そのかたわらでは父親がひざまずいて指図している。当時のかれは何歳だった？　三歳？　二歳たらず？　そう、ほんの二歳だったかもしれないが、その回想はあざやかだった。道端で見かけたまばゆいガラスの光の斑点にも似て、残像が残るほど完璧に記憶のなかに配置されている。「力をぬいて、位置を定め、準備できたら発射しろ」父親は言う。

パパはかれに疑心暗鬼のまなざしを向けてから、ニヤリと笑ってサンダースンの心をくじく。「息子たちの排便のしつけをするときには、よくそう言ったもんだ」父親は言う。「ドリーに言わせれば、これはおれの仕事だ。だからやってんだ、ったくもう」

パパは奔流を解き放つ。実際、おおかたは小便器にぶちあたる。匂いが甘酸っぱい。糖尿病なのだ。そんなことは問題ではない、とにかく早く終わればいい、とサンダースンは思うことがある。


テーブルに戻ると、まだビブをつけたままの格好で、パパは評決を申しわたす。「この店は悪くない。また来よう」

「デザートはどうする、パパ?」

パパはウインドウの外を眺めながら、口をポカンと開いた状態で思案する。あるいは、単なる搬送波か? いや、今回はちがう。「もちろん食うぞ。別腹だ」

ふたりはともにアップルコブラーを注文する。パパはパイの上に添えられているひとすくいのヴァニラアイスを、眉をひそめてじっと見つめる。「妻はこれにはへビークリームをよく添えたもんだ。妻の名はドリー。ドリーンの愛称だ。〈ミッキー・マウス・クラブ〉の歌みたいなもんだ。ハイ、ホー、ヘイ、きみを大歓迎」

「知ってるよ、パパ。食べて」

「あんたダジーか?」

「そう」

「ほんとか? かついでるんじゃないのか?」

「いいや、パパ。ぼくはダジーだ」

父親はひとすくいのしたたるアイスクリームとアップルを乗せたスプーンを掲げる。「わしたちはやったよな?」

「なにを?」

「バットマンとロビンの格好でトリック・オア・トリートをやりに出かけた」

サンダースンは驚いて笑う。「たしかに! ぼくは生まれつきのバカだけど、とうさんは弁明の余地はない、とかあさんは言った。そしてレジーはぼくたちに近寄ろうとしなかった。ぼくたちにウンザリしていた」

「わしは酔っていた」パパはそう言ってから、デザートを食べ始めた。たいらげるとゲップをして、ウインドウの外を指さして言う。「あの鳥たち。なんだっけ?」

サンダースンは目を向ける。鳥たちが駐車場のごみ箱の上に群がっている。その背後のフェンスにはさらに数羽とまっている。「カラスだよ、パパ」

「ったく、わかってるさ。あの当時、カラスは二度とわしらを悩ませなかった。こっちには空気銃があったからな。いいか、よく聞け」パパは前かがみになり、真顔で言う。「わしたちここに来たことがあるのか?」

サンダースンは、この問いに内在する形而上学的可能性を少しのあいだ考えてから答える。

「うん。日曜日はほぼ毎回来ている」

「なら、いい店なんだな。だが、帰ろう。疲れた。いまはほかのことをしたい」

「昼寝」

「そいつだ」パパは言いながら、かれに例の横柄なまなざしを向ける。

サンダースンは勘定書を請求し、支払いをレジでしているあいだ、パパはコートのポケットに両手を深々と突っ込んだ格好で船出する。サンダースンはいそいで釣銭をつかむと、パパが駐車場に、あるいは交通量の激しい四車線のコマース・ウエイにさまよい出ないうちにドアをつかむべく走らなければならない。

「あれはいい夜だった」パパはサンダースンがシートベルトを締めているときに言う。

「どの夜?」

「ハロウィンだよ、アホか? おまえが八歳のときだから、一九五九年のことだ。おまえは五一年に生まれた」

サンダースンは驚いて父親を見るが、老人は前方の車の往来を凝視している。サンダースンは助手席側のドアを閉めると、スバルのボンネットを迂回して、運転席に乗りこむ。ふたりは二、三ブロック進むあいだ何も言わない。サンダースンは確信する。父親は話のつづきをすっかり忘れてしまったのだと。が、そうではない。

「フォレスター家に到着したとき、丘のふもとにあった家だ──おまえは丘のことを覚えてるよな?」

「チャーチ・ストリート・ヒル、だと思う」

「そのとおり! ノーマ・フォレスターがドアを開けて、おまえに言う──おまえが言うまえに──彼女は言う、〝トリック・オア・トリート?〟ついで彼女はわしを見て言う、〝トリック・オア・ドリンク?〟と」パパは錆びついた蝶番の音をたてた。サンダースンがそれを耳にするのは一年ぶりかそこいらだ。パパは自分の大腿を叩きさえする。「トリック・オア・ドリンク！　なんておもしろい人なんだ！　覚えてるよな？」

　サンダースンはがんばるが、思い出せない。覚えているのは、とうさんといっしょでうれしかったことだけ。とうさんのバットマンのコスチューム――即席の寄せ集め――は、かなりダサかったけど。灰色のパジャマにマジックペンで描かれた胸のコウモリのエンブレム。使い古したベッドシーツを切って作ったケープ。バットマンのユーティリティベルトは、ガレージの工具箱に入っていたスクリュードライバーや鑿――モンキーレンチまで――など各種取りそろえて挟んだ自前の革ベルトだった。マスクは虫食い状態のバラクラバで、とうさんは口の部分が見えるように鼻のところまでめくりあげた。出かける前に玄関の鏡に姿を映し、両端をつまんでグイッと引きあげてトンガリ耳に見えるようにしたが、長くはもたなかった。

「彼女はわしにシャイナーのボトルを差し出した」パパは言う。目下ふたりを乗せた車はコマース・ウエイを九ブロック進み、エアライン・ロードの交差点に接近している。

「おまえが受け取ったんだよな？」パパは絶好調だ。サンダースンはこれがクラッカージャック・マナーまでの帰り道ずっとつづけばいいなと思った。

「たしかそうだった」パパは黙りこんだ。コマース・ウエイは交差点にさしかかるにつれて二車線が三車線になる。左端は左折車線だ。前方の信号は赤だが、その下の左折矢印灯器は青だ。

「あの女のオッパイは枕に最適だったな。最高の愛人だったよ」

　そう、かれらは人を傷つける。サンダースンはそのことを自身の経験からではなく、マナーに親戚のいる他の人たちとの話から聞き知った。ほとんどの場合、その気はないのだが、傷つけてしまうのだ。かれらに残っている記憶は混沌としたごっちゃまぜ状態――ホセがパパのベッドの下で見つけたシガー・ボックスのなかのくすねられたパズルのピースさながら――で、それらを統括する総督が不在であるために、口にしていいこととそうじゃないことの判別がつかない。サンダースンは父親が四十何年かの結婚生活を通して妻一筋だったと考える理由をまったく持ちあわせていなかったが、両親の夫婦関係が波風ひとつ立たない仲睦まじいものであったとしたら、成長した子どもたちはだれしも、父親が浮気をしていたなんて憶測をたくましくしないのでは？

サンダースンは父親を見ようとして道路から目を離し、そのせいで事故になった。コマース・ウエイのような交通量の激しい道路では四六時中起こっているニアミスではなく。とはいえ、大事ではない。サンダースンは自分が前方から注意をそらしたのは一、二秒だというのはわかっているし、同時に事故は自分のせいではないとわかっている。

オーバーサイズ・タイヤと運転席にルーフライトを装着した改造ピックアップ・トラックが、信号の青い矢印が消えないうちに左折したいと思って、サンダースンのいる車線に急に侵入してくる。テールライトの方向指示器を点滅させていない。サンダースンがそのことに気づくのは、スバルの左フロントがピックアップ・トラックの後部と衝突したからだ。かれと父親はシートベルトをした格好で前方に放り出される。ついで先ほどまでは美しかったボンネットの鼻筋が中央で突然めくれあがるが、エアバッグは開かない。そしてガラス片の落ちる小気味よいほど爽快な音。

「バカ野郎！」サンダースンは叫ぶ。「ったく！」ついで過ちを犯す。ボタンを押して自分の側のウインドウを下げると、片腕を突き出し、トラックに向けて立てた中指を上下に動かす。あとで思い返すと、自分がそんなことをしたのは、車内にパパといっしょにいて、しかもパパが絶好調だったからだ。

パパ。サンダースンは父親に向き直る。「だいじょうぶ？」

「どうした？　なんでとまってる？」

パパは混乱しているが、そのほかは無事だ。幸い、シートベルトをしていた。昨今では、それを締め忘れるのは困難だが。そもそも車が許してくれない。ベルトをしないで十五メートルも進めば、車が憤慨して金切り声をあげ始める。サンダースンはパパの膝に覆いかぶさるようにして親指でグローヴボックスを開けると、自動車の登録証と保険証を取り出す。サンダースンがふたたび身体を起こしたとき、ピックアップ・トラックのドアが開き放しになっていて、運転者が自分に向かって歩いてくる。後続の車のクラクションやいま起こったばかりの軽度の衝突事故現場を迂回していく他の車のことなどまったく意に介していない様子だ。平日とちがって交通量は激しくない。だが、サンダースンはありがたいと思わない。というのも、接近してくる運転者を見ながら、こう考えるからだ。これは厄介なことになりそうだ。

サンダースンは相手を知っている。個人的にではないが、そいつは典型的な南部テキサス野郎だ。ジーンズにTシャツ、それも袖が肩のところで引き裂かれている。切り取られているのではなく、引き千切られているのだ。そのために上腕の筋肉の日焼けした分厚い塊に気まぐれな繊維が垂れている。ジーンズは腰骨のところまで下げられていて、そのために下着のブランドネームが見える。ベルトをしていないジーンズのループのひとつからバックポケットにチェインが走っていて、まちがいなくそこには大きな財布があり、それにはヘビメタのバンドのロゴが浮き彫りにされている。両腕と両手に大量の墨が投じられていて、それは首のところまで這いあがっている。ようするにその男は、サンダースンが自分の宝石店の外の歩道にそいつがいるのを防犯カメラのモニター越しに見かけたら、すぐさまボタンを押してドアをロックするような手合いだ。いまはすぐさまボタンを押して車のドアをロックしたいところだが、もちろんできない。中指を突き立てて刺激すべきではなかったし、そもそものためにはウインドウを下げなければならなかったわけで、となると自分の行動を再考する時間はあったわけだ。が、いまやあとの祭り。

　サンダースンはドアを開けて外に出て、穏便に事をすまそうと、謝罪をする必要がないのに——車線に割り込んできたのは相手だ——あやまろうと心の準備をする。そこでさらに最悪なことに気づく。そのせいで両方の前腕とうなじの皮膚がチクチクと刺激される。いまやエアコンの外にいるので首のうしろに汗がふき出てくる。男のタトゥーは粗雑でまとまりがない。上腕二頭筋を囲む鎖、前腕を取り巻く棘、片方の手首のナイフは刃先から血を滴らせている。タトゥー・スタジオの仕事ではない。つまり刑務所内でやったのだ。その刺青野郎は少なくとも百九十センチはあり、軽く見積もって九十キロはある。百キロかもしれない。サンダースンは百八十センチ、七十キロだ。

「なあ、悪かったよ、中指を立てたりして」サンダースンは言う。「つい、カッとなったんだ。でも、あんたが急に車線を——」

「おれのトラックを見ろよ」刺青野郎は言う。「三か月しか乗ってないんだぞ」

「互いの保険情報を取りかわしましょう」それに警察に連絡しないと。サンダースンはあたりを見まわしたが、せんさく好きな一般人しかいず、かれらは車をゆっくり走らせて事故の損傷具合を評定すると、ふたたびスピードをあげて去っていく。

「このじゃじゃ馬をなけなしの金で買ったのに、保険に入る余裕なんてあるわけねえだろ？」

保険には入るべきだろ、とサンダースンは思う。法律だ。この手の男だけがなにかに加入すべきだとは思わない。かれのナンバープレートにぶら下げられているゴム製の睾丸が最終証明書というわけだ。

「なんで入れてくれなかったんだ、バカ野郎？」

「まにあわなかった」とサンダースン。「そっちが割りこんできた、ウィンカーをつけないで――」

「つけてたよ！」

「ならどうして点滅していない？」サンダースンは指さす。

「おまえがテールライトに衝突したからだよ、バカタレ！　ガールフレンドになんて言えばいい？　彼女が頭金を払ったんだぞ！　それにそんな紙屑をチラつかせんじゃねえよ」

男はサンダースンが手にしている保険証と登録証を払い落とす。サンダースンはそれらを見て愕然とする。証書が道路に横たわっている。

「じゃあな」刺青男は言う。「おれの車の破損はこっちでもつ。おまえも自分で修理しな。それで一件落着」

スバルの損害はバカでかいピックアップ・トラックよりはるかに大きい。おそらく修理代は千五百ドルか二千ドル以上かかるが、サンダースンが反撃を口にしたのはそのせいではない。このバカ野郎をみすみす見逃すわけにはいかないと思ったせいでもない――ゴム製の睾丸を戴くナンバープレートを書き留めればすむ。くそ暑いけれどそのせいでもない。父のことを思ったからだ。助手席にすわり、何が起こっているのかわからず、昼寝を必要としている意識のぶっ飛んだ父親のことを。いまごろふたりはクラッカージャック・マナーへの帰路半ばを通過しているべきなのに、そうではない。実際はちがう。能天気なバカ野郎がこちらの前方を横断したからだ。そいつは信号の青の矢印が消えないうちに走り去ればよかったのだ。あるいは世界が闇に包まれ、最後の審判の風が吹かないうちに。

「そうは問屋が卸さない」サンダースンは言う。「あんたの過失だ。信号を無視してこっちの車の前を横切った。停止する余裕はなかった。あんたの登録証を見せてもらいたい。それと免許証も」

「ふざけんな」巨体の男は言って、サンダースンの腹を殴った。サンダースンは前かがみになりながら、大きなヒューという音とともに肺の空気をすべて吐き出す。うかつなことをした。ピックアップ・トラックのドライバーを挑発するなんて。わかっていたのだ。素人のタトゥーをひと目見れば、だれだってそのぐらいのことはわかる。だがそれでも、バカなことをしたのは、真昼のコマース・ウエイとエアライン・ロードとの交差点でいきなりパンチを食らうなんてことがあるはずないと思っていたからだ。かれは模範的市民たる米国青年会議所の一員だ。小学三年生のときにベースボール・カードで口論になったとき以降殴られたことがない。

「それがおれの登録証だ」刺青男は言う。汗が大きな筋となって両頬を流れている。「お気に召すといいな。免許証はない、いいか？　持ってねえんだよ。いろいろとめんどくさいことになる。それもぜんぶおまえのせいだ。前方不注意で突っ込んできたからだ。糞尻野郎！」

ついで刺青男は完全に自制心を失う。それは事故のせいかもしれないし、あるいは暑さのせいかもしれないいし、はたまた所有していない証書を見せろとサンダースンが言いはるせいかもしれない。自分自身の声音のせいである可能性さえある。サンダースンは、〝平静を失う〟という言いまわしをこれまで何度も聞いたことはあったが、そのときになって初めてその十全の意味に気づく。刺青男はかれの先生、しかも優れた教師だ。男は左右の拳を打ち合わせる。サンダースンは、そのふたつの拳に青い目の刺青があるのを見る余裕はあるものの、そのあとすぐに横っ面を殴られる。そのスレッジハンマーなみの威力に、かれは自分の車の損傷を受けたばかりの個所によろめきあとずさる。ついで破損した個所に沿って倒れながら、金属の尖った先がシャツとその下の皮膚を切り裂くのを感じる。血がわき腹を流れ落ちる。燃えるように熱い。ついで倒れこんで地面に膝をつく。両手を見下ろしながらも、それらが自分の手だとは信じられない。右頬は熱くて、パン生地のようにふくらんでくる。右目は涙があふれている。

つぎにくりだされたのは、傷ついたわき腹へのキック。ちょうどへそまわりの上。頭がスバルのフロント・ハブキャップにあたってはねかえる。かれは刺青男の影から這い出ようとする。刺青男は怒鳴っているが、サンダースンはなにをわめかれているのかわからない。単にワーワーワーとしか聞こえない。さながらアニメーションの『ピーナッツ』で子どもに向かって話す大人の声の音だ。かれは刺青男に言いたい。わかった、わかったよ、きみはトメイトと言い、ぼくはトマートと言う、もう言い争いはやめようよ。かれは刺青男に言いたい。たいしたことないから、いいよ（実に卑劣な行為を受けた気がするが）、きみは自分の道を行きなよ、ぼくも自分の道を行く、気をつけてね、また明日、かわいいネズミくん。ただし、かれは息がつけない。心臓発作を起こしそうだと思う。いや、すでに起こしているのかもしれない。頭をあげたい――死にかけているなら、コマース・ウエイの舗道や自分の損傷を受けた車のフロントより興味深いものを眺めたい――が、それは無理のようだ。首がバカになっている。

　新たな蹴りをくらう。今回は左の大腿上部。ついで刺青男が喉の裏で叫び声をあげると、車道の表面に赤い滴が飛び散る。サンダースンは最初、それは自分の鼻――あるいは横っ面を殴られた際の唇――の血かと思うが、ついで首のうしろにもっと激しく降りかかる。さながら熱帯のスコールのごとく。かれは少し遠くまで這い進み、自分の車のボンネットを過ぎてから、どうにか寝返りをうって上体を起こす。空のまぶしさに目を細めながら見あげると、パパが刺青男の横に立っているのが見える。刺青男はひどい胃痙攣に苦しんでいる人のように体を二つ折りにしている。同時に首の脇を手探りしているが、そこからは木片が突き出ている。

　最初アンダースンは何が起きているのか理解できないが、じきにわかる。木片はナイフの柄で、以前目にしたことがあるものだ。ほぼ毎週見ている。パパが日曜のランチに食べるハンバーグステーキはナイフを使う必要はなく、フォークだけでみごとにことたりるのだが、とにかくナイフはいっしょに持ってこられる。〈アップルビーズ〉のサービスの一環として。パパはもはや自分に会いに来るのがどの息子なのか、あるいは妻が亡くなっていることを覚えていないのかもしれないし、たぶん自分のミドルネームさえ記憶にないのかもしれないが、学歴のない荒くれ下層労働者からサンアントニオのアッパー・ミドル・クラスの宝石商にまで成りあがらせた小賢しくて冷酷な感情をすべて失っているわけではないらしい。

パパはぼくに鳥を見るようにしむけた、とサンダースンは思う。ゴミ箱に群れているカラス。あのときにナイフをかすめ取ったのだ。

刺青男は道路にすわっている男に興味を失ってしまい、自分の脇に立っている年寄りには一瞥も与えない。そして咳きこみ始めた。そうするごとに鮮血が口から吹き出る。片手は首のナイフの柄をつかんで抜き取ろうとしている。血がTシャツの脇に降り注ぎ、ジーンズに飛び散る。男はコマースとエアラインの交差点（いまやすべての交通はストップしている）に向かって歩き始める。あいかわらず前かがみになって咳きこんでいる。ナイフを握っていないほうの片手で陽気に小さく手をふる。やあ、かあちゃん！

サンダースンは立ちあがる。両脚は震えているが、体を支えられないほどではない。サイレンが接近してくるのが聞こえる。ようやく警察官のお出ましだ。時すでに遅し。

「あの男はおまえを殴っていた」パパはことをなげに言う。「だいじょうぶかい、パパ？」

「知らない」涙がサンダースンの頰を伝い落ちる。「だれだ？」

刺青男は両膝をついている。もう咳はしていない。いまは低いうめき声を発している。多くの人は腰が引けているが、肝っ玉のあるふたりが男に近づき、助けようとする。サンダースンは、刺青男はたぶん手遅れだろうと思うが、かれらふたりの健闘を祈る。

「わしらは飯を食ったか、レジー？」

「うん、パパ、食べたよ。それにぼくはダジーだ」

「レジーは死んだ。おまえはそう言ったな?」

「うん、パパ」

「あの男はおまえを殴っていた」サンダースンの父親の顔がゆがんで、ものすごく疲れて眠たくてたまらない子どもの顔になる。「頭が痛い。帰ろう。横になりたい」

「警官が来るのを待たないといけない」

「なんで? 警官だと? その男はだれだ?」

糞の臭いがする。父親が漏らしていたのだ。

「車の中に戻ろう、パパ」

父親はサンダースンに手を引かれるがままにスバルの破損したボンネットを迂回する。パパは言う。「あれはすごいハロウィンだった、そうじゃないか?」

「うん、パパ、そうだね」かれは八十三歳の〈ケープを纏った十字軍騎士〉を車の中に導き、落ち着かせるためにドアを閉める。最初の警察の車が止まり、警官たちがなにか身分証明となるものを見たがる。六十一歳の〈驚異の少年〉は、両手で痛む脇腹を押さえながら、足を引きずって運転席側に戻り、地面から登録証と保険証を拾いあげる。

ジョン・アーヴィングへ

(*Batman and Robin Have an Altercation*)

(風間賢二・訳)

砂丘

著者の言葉

「バットマンとロビン、激論を交わす」の序文で述べたように、ときどき——ごくたまに——すでに把手のついているカップを入手することがある。ああ、最高だ。ただワープロに向かえばいい。特になにも考えずに。すると、ドサッ、とストーリーが特別配達される。文句のつけようもないほど完成された形で。あとはただそれを書き写すだけ。

わたしはフロリダにいて、浜辺で飼い犬の散歩をしていた。一月で寒かったので、そこにはわたし一人しかいなかった。行く先の砂に何かが書かれているように見えた。近づくにしたがって、光と影の単なるいたずらだとわかったが、作家の精神は風変わりな知識のごみ溜めであるため、その自然の戯れをなにか古い言葉の引用とみなした（のちに中世ペルシアの学者・詩人ウマール・ハイヤームの言葉と判明）。「動く指が書きて、終われば、動き行く」（『ルバイヤート』）。同様にこんな思いにもとらわれた。不可視の動く指が砂に恐ろしい出来事を記述する不思議な場所があると。その結果、得たのがこのストーリーである。わたしのもっともお気に入りの結末が用意されている。W・F・ハーヴィーの「炎天」——古典的名作だ——の域には達していないかもしれないが、かなりいい線いっていると思う。

まばゆい朝の空の下、裁判官はカヤックに乗りこもうとするが、もたついてぎこちない動作のために五分ほどついやされる。老人の身体は痛みと屈辱を持ち運ぶ袋にすぎない、とかれは思う。八十年前の十歳のとき、かれは木製のカヌーに飛び乗ると、綱をほどいて出発した。厚くてかさばるライフ・ジャケットをつけず、下着にお漏らしをすることもなく。湾から百八十メートル沖に、なかば沈んでいる潜水艦のように横たわっている名もなき小島へ向かうときは、いつも不安と興奮で胸が高鳴った。いまでは不安しかない。しかも痛みは内臓の奥深くの中心に居座っていて、そこから四方八方に広がっているようだ。だがそれでも、かれは出かける。ほとんどのものがかすんでぼやけた昨今、多くの物事が魅力を失ってしまったが、島の向こう側の砂丘はちがう。断じてその砂丘は。

かれは、探険を始めた最初のころ、激しい嵐が到来するたびに、その島はなくなるだろうと思った。そして、駆逐艦ウォリントンをベロビーチに沈めた一九四四年のハリケーンのあと、島はさすがに消滅しているだろうと心底思った。しかし空が晴れわたると、島はあいかわらずあった。砂丘も残っていた。ただし風速百六十キロのハリケーンは砂をすべて吹き飛ばしてしまった。残っていたのは岩肌とサンゴの小さなかたまりだけ。長年にわたってかれは、魔法は自分自身の中にあるのか、それとも島にあるのかを思案している。たぶん双方にあるのだろうが、確実に魔法のおおかたは砂丘に潜んでいる。

一九三二年以来、かれはその短い一筋の水路を数えきれないほど横断している。たいていは岩と低木の茂みと砂しか見あたらないが、ときにはほかのものを発見する。

ようやくカヤックに落ち着くと、裁判官は浜辺から島へゆっくりと漕ぎ出す。ほとんど禿げあがっている頭に白髪の縮れ毛が風に吹かれてまとわりつく。ハゲタカの一種が何羽か頭上を旋回している。かつてかれは、フロリダ湾岸で富豪の息子だった。やがて法律家になり、ついでピネラス郡巡回裁判区の裁判官になり、それから最高裁判所裁判官になった。レーガン大統領時代には、合衆国最高裁判所長官に任命されるという話があったが、まったくの噂で終わり、アホのクリントンが大統領に就任した一週間後、ハーヴィー・ビーチャー裁判官——単にサラソータ、オスプレイ、ノコミス、そしてベニスにいる知人たち（かれに親友はいない）にとっての裁判官——は引退した。どのみち、かれはタラハシーが好きだったためしはない。あそこは寒い。

しかも島から遠すぎる。そこの奇妙な砂丘から。早朝にカヤックに乗りこみ、穏やかな水面上の短い距離を漕ぎながら、自分はこの魅力にすっかりハマっている、とかれはよろこんで認める。だれしもこの種のことには夢中になるのではないか？

岩だらけの東側では、まがりくねった低木が海鳥の糞化石の割れ目から突き出ている。その場所にカヤックを繋ぎとめる。常に細心の注意をもってそれを行う。ここなら座礁（ざしょう）して立ち往生することはない。父親の所有地（いまだにかれはそのように見なしているが、すでに父親のビーチャーは四十年前に亡くなっている）は、すばらしいフロリダ湾岸沿いのほぼ三百キロ以上におよぶが、屋敷は内陸のサラソータ・ベイサイドにある。したがって、ここでかれがわめいてもだれにも聞こえない。管理人のトミー・カーチスはかれが出かけたことに気づいていて、探しに来るかもしれない。それよりも管理人は、裁判官は自分の書斎に閉じこもっている、と思うほうが可能性は高い。かれはよく書斎で丸一日過ごすことがあり、回顧録を執筆していると思われている。

昔あるとき、ミセス・ライリーは、かれが昼食に現れなかったので気が気でなかったことがあるが、いまではかれは昼にほとんど食べない（ミセス・ライリーはかれのことを、〝骨皮筋衛門〟と呼ぶが、もちろん、面と向かってではない）。ほかに使用人はいない。カーチスとミセス・ライリーの双方は、かれは邪魔をされると不機嫌になるということを承知している。といっても、実際に邪魔をされることがそれほどあるわけではない。この二年、かれは回顧録を一行も書いていないし、けっして仕上がらないことは内心わかっている。フロリダ州裁判官の未完の回想録？　それには悲劇は含まれない。かれが書ける〝可能性のある〟悲話があるが、それはぜったいに書く気にならない。

かれはゆっくりとカヤックを降りる。乗りこんだときよりも時間がかかる。しかも一度転倒して、岸の砂利石に寄せてくる小波にシャツとズボンを濡らす。ビーチャーは気にしない。なにも今回が初めてではないし、人に見られるわけでもない。この年になってもまだこんな外出をつづけているなんて、本土にかなり近いといっても、狂気の沙汰だと思う。だが、これをやめるという選択肢はない。中毒は中毒であって、他の何物でもない。

ビーチャーは奮闘努力して立ち上がり、痛みがおさまるまで腹部をぐいっとつかむ。そして砂と小さな貝殻をズボンから払い落し、係留索を念入りにチェックしてから、島の一番大きな岩にとまっているヒメコンドルがこちらを見おろしているのが目に入る。

「イーッ！」かれは、いまでは自分でも嫌いな声で叫ぶ——黒服をまとった口やかましい老女の割れて震えがちな声。「イーッ、イーッ、むかつく野郎だ！　自分の仕事をしろ！」

みすぼらしい翼を少し動かしてバサバサ音をたてただけで、ヒメコンドルは岩の上にいすわったままだ。キラキラ輝くビーズに似た小さな目がこう言っているようだ。でも、裁判官——今日の仕事はあんたなのさ。

ビーチャーはかがむと、大きめの貝殻を拾いあげて、鳥に素早く投げつける。ようやく鳥は飛び立つ。布を引き裂くような羽ばたき音。そいつはわずかな水面の広がりをやすやすと飛翔して、裁判官の係船地に舞い降りる。いつもと変わらぬ不吉な前兆。かれは、かつてフロリダ州警察官ジミー・キャスローに言われたことを覚えている。ヒメコンドルはどこに腐乱死体があるのかわかるのではなく、どこでこれから腐乱死体が出るのかがわかるのさ。

「何度目にしたかわかりゃしない」キャスロー警察官は言った。「あの醜怪なやつらがタミアミの上空を旋回すると、そこでは一日か二日後に必ず死傷者が出る。バカらしいのはわかっているが、フロリダの交通巡査ならだれもが同じことを言うでしょう」

ほぼいつもヒメコンドルは、この小さな島のここにいる。裁判官ビーチャーは、ここは死の匂いがするのだろうと推測する。当然だ。

裁判官は何年にもわたって踏みしだいてきた小道を進みだす。じきに片側の砂丘を調べることになる。そこは砂利や貝殻ではない砂だけの美しい海岸だ。それからカヤックに戻り、小瓶のアイスティーを飲む。朝の陽を浴びてしばらくうとうとするかもしれない（近ごろは、よくうたた寝をするが、九十歳代の人にはありがちなことだろう）。ついで目覚めると（〝もし〟目覚めたら）、本土へ帰還するだろう。砂丘はおおかたの日々と変わらず、凹凸のないなだらかな砂の斜面だったと自分に言い聞かせることになる。だが、かれはそれ以上のことを知っている。

いまいましいコンドルもよく知っている。

裁判官は砂の斜面を前にして長い時間を過ごす。腰に両手をまわし、加齢でねじまがった指をしっかり結び合わせている。背中が痛む、両肩が痛む、臀部（でんぶ）が痛む、両膝が痛む。とりわけ、胃が痛む。しかしかれは、それらの痛みを気にしない。たぶん、あとになったら苦しむだろうが、今は屁でもない。

かれは砂丘を見つめる。そしてそこに書かれているものを。

アンソニー・ウェイランドはビーチャー家のペリカン・ポイント地所に午後七時ドンピシャに到着した。約束どおりに。裁判官が常に称賛することのひとつ――法廷の内でも外でも――は時間厳守であり、その少年は時間を守る。裁判官ビーチャーはウェイランドを面と向かって〝少年〟と呼ばないように肝に銘じていた（といっても、南部なので、〝息子〟と呼びかけるのはかまわない）。ウェイランドには理解できないだろう。九十歳ともなると、六十歳以下はだれであろうと少年のようなものだということを。

「来てくれてごくろう」裁判官は言いながら、ウェイランドを書斎に先導する。かれらふたりしかいない。カーチスとミセス・ライリーはノコミス・ヴィレッジの実家に帰郷して久しい。

「必要な書類を持ってきた？」

「ええ、まちがいなく、裁判官」ウェイランドは事務弁護士の大きな四角いブリーフケースを開け、大量のクリップで留められた厚い書類の束を取り出す。上質皮紙ではない。昔はそれに書き記すのが慣習だったが、とにかく高価で重い。一枚目の上段には、重厚で厳めしいタイプ（それを裁判官はこれまで常に墓地タイプと見なしてきた）で、こう打たれている。「ハーヴィー・L・ビーチャーの遺産分割協議書」。

「あのう、この書類をご自分で草案しなかったとは驚きです。あなたはわたしが学んできたよりも多くのフロリダ遺言検認権を忘れてしまわれたようですね」

「そのとおりかも」裁判官はそっけない口調で言う。「わしの年齢では、人は非常に多くのことを忘れがちだ」

ウェイランドは髪の根元まで真っ赤になる。「そういうつもりで――」

「わかっておる、息子よ」裁判官は言う。「別にかまわん。だが、おまえが言うから……こんな格言を知っているだろ？　熟練の弁護士に依頼せずに自己弁護をするのは愚かなこと」

ウェイランドはニヤリとする。「存じていますし、何度も口にしたことがあります。たとえばわたしが公選弁護人の役割を担い、どじなDV男あるいは轢き逃げ野郎が自分は法廷で自己代理人になると言ったときに」

「たしかにそうだろうが、その格言には完全版がある。弁護士が熟練の弁護士に依頼せずに自己弁護をするのはとほうもなく愚かなこと、とね。それは刑事、民事、そして遺言検認権法にあてはまる。ということで、本題に入ろうか。人生は短く、時は過ぎ去る」

ふたりは本題に入る。ミセス・ライリーはデカフェコーヒーを置いていったが、ウェイランドはことわってコカコーラにする。裁判官は法廷におけるそっけない口調で、以前の遺産贈与を調整したり新しく付け加えたりしながら変更を口述する。それをウェイランドは詳細に記録する。新しい項目で額の大きい贈与先——四百万ドル——として、サラソータ・ビーチと鳥獣保護協会が付け加えられる。その資格を得るためには、ペリカン・ポイントの海岸沖のある島を所有して永久に野生の地とすることを、州議会に首尾よく申請しなければならない。

「かれらがそうすることになんの支障もなかろう」裁判官は言う。「法的な手続きはおまえがやってあげればいい。わしはプロボノが好きだが、もちろん、どうするかはおまえしだいだ。タラハシーへ足を運ばなければならない。細長くて海面に突き出した場所で、生えているのは低木の茂みぐらいだ。しかし、スコット知事とかれの茶話会仲間はよろこぶだろう」

「なぜ行くのです、裁判官?」

「次回、サラソータ・ビーチと鳥獣保護協会がタラハシーに行って寄付を乞うたときに、『老裁判官ビーチャーがおまえたちに四百万ドルくれたばかりじゃないのか? 出ていけ、とっとと帰りやがれ』とかれらが言えるようにするためだ」

ウェイランドは、それはことの成り行きしだいということで同意し、ふたりはもっと額の少ない贈与にとりかかる。

「訂正された草案の清書ができたら、証人がふたりと公証人がひとり必要です」ひととおり終わったところで、ウェイランドは言う。

「この草案が仕上がったら、金庫に保管しておくだけでいい」裁判官は言う。「そのあいだに、わしになにか起こったら、それが正式なものとして認められるべきだ。異議を唱える親族はいない。わしが一番長く生きてるから」

「壁に耳あり、裁判官。今晩は用心されたほうがいいです。そんなことはないでしょうが、あなたの世話人や家政婦が――」

「明日の八時まで戻らん」裁判官ビーチャーは言う。「が、最優先事項としてとりかかろう。バーモ・ロードの公証人ハリー・ステインが自分のオフィスに出勤する前によろこんでここに来るだろう。かれはわしに六つほど借りがある。その書類をわたしなさい、息子よ。わしが金庫にしまう」

「少なくともわたしがしたほうが……」ウェイランドは、節くれだった手が広げられたのを見て、しだいに声を小さくして黙る。州の最高裁判所裁判官（たとえ引退していても）が片手を差し出すとき、異議申し立てはやめなければならない。しかたない、ただの注釈付きの草案だし、どのみち、すぐに清書された完全版に換えられる。かれは無署名の遺言書を手わたすと、ビーチャーが立ちあがって（苦労して）、フロリダ州エバーグレーズ国立公園の写真を隠し蝶番の上で回転させるのを見守る。裁判官は正しい番号を入力する。そのさい、タッチパッド画面を見られないように気づかうこともない。そして遺言書をきちんと置く。ウェイランドには束ねられていない現金のように見える大きな山の頂に。ワオッ！

「よし！」ビーチャーは言う。「これで万事かたづいた！　署名はしていないが。祝杯をあげないか？　上等なスコッチがある」

「ええ、まあ……悪くないと思います」

「悪かったためしがない。といっても、いまのわしには悪いので、あんたとつきあって飲めないことは許してもらわんとな。近ごろのわしには、デカフェコーヒーと少し甘味料の入ったティーがもっとも刺激の強い飲み物だ。胃が悲鳴をあげる。氷は？」

ウェイランドは二本の指を立てる。ビーチャーは老齢のゆったりとした威厳ある身振りで、飲み物に二個のアイスキューブを加える。一口飲むと、たちまちウェイランドの頬がピンク色に染まっていく。酒を堪能している証だ、と裁判官ビーチャーは思う。ウェイランドはグラスを置きながら言う。「どうしていそぐのかきいてもかまいませんか？　お見受けしたところ、まだまだお元気ですよね？　胃が痛むのは別として」

裁判官は、若きウェイランドが言葉どおりに思っているかどうか不審に思う。かれの目は節穴ではない。

「農産物品評会」かれは言うと、片手を宙で上下に動かし、うめき声をあげて痛みにひるみながら腰をおろす。ついで思案してから言う。「ほんとうに知りたいのか、いそいでいる理由を？」

ウェイランドはその問いかけをじっくり考える。ビーチャーはかれのそんなところが好きだ。

やがてかれはうなずく。

「つい先ほど検討した島と関係がある。そんな島があるなんて、まったく気づいておらんよな？」

「知っていたとは言えませんね」

「おおかたの人がそうだ。水面にほとんど出ていないからな。ウミガメでさえ、その古い島には関心をもたん。にもかかわらず、そこは特別だ。わしの祖父が米西戦争で戦ったのを知ってたか？」

「いえ、存じあげませんでした」ウェイランドは不自然なほどの敬意をこめて応え、その結果、ビーチャーは自分の心が迷走していると少年に思われていることを知る。少年はまちがっている。ビーチャーの精神はかつてないほど明晰だ。いまやかれは、その話を語っておきたいと思う。少なくとも一度は……

　まあ、手遅れにならないうちに。

「そう。サン・ファン・ヒルの頂に立つ祖父の写真がある。このあたりのどこかにある。じいさまは南北戦争でも戦ったと主張したが、わしの調査――回想録のためだぞ、いいか――では、結果的にそれはありえなかったことが証明された。生まれていたとしても、まだよちよち歩きの幼児だったろう。だが、じいさまは実に想像力に富む殿方で、わしに絵空事を信じこませるやり方を心得ていた。当然だろ？　わしはほんの子どもで、サンタクロースや歯の妖精を信じて疑わない年ごろだったし」

「おじいさまはあなたやあなたの父上とおなじように法律家だったのですか？」

「いや、息子よ、じいさまは盗人だった。元祖〝かっぱらいのハリー〟。たしかなことはわからんが。ただ、逮捕されないおおかたの盗人とおなじく――現在の政府が格好の例だろう――じいさまは自分のことをビジネスマンと称していた。おもな商品や盗品は土地だ。フロリダの虫やワニがはびこっている地所を安く購入し、子どものわしとおなじぐらいだまされやすい人々に高値で売りつけた。文豪バルザックがかつて語っている。『すべての大いなる遺産の背後に犯罪あり』その名言はビーチャー一族に正確にあてはまる。そしておまえはそんな一族の末裔であるわしの弁護士だということを忘れないように。わしがおまえに言うことはなんであれ極秘あつかいだぞ」

「はい、裁判官」ウェイランドはグラスからもうひと口飲んだ。これまで口にしたスコッチのなかで最高に美味い。

「ビーチャーじいさまがその島に目を向けさせたのだ。わしが十歳のときに。その日、じいさまがわしのめんどうをみていた。思うに、じいさまは安らぎがほしかったのだ。あるいは、空騒ぎかもしれない。美人の家政婦がいたのだが、じいさまは、その娘のペティコートの中を捜査したかったのかもしれない。それでじいさまはわしに、エドワード・ティーチ――海賊〈黒髭〉として有名――がどうやらあそこに莫大な財宝を隠したらしい、という話をした。『これまでだれも発見できなかったんだ、ハーヴィー』じいさまは言った――わしはじいさんにそう呼ばれていた――『だが、おまえが見つけるかもしれん。宝石や古い金貨などがザックザク』で、わしがどうしたかわかるだろうが」

「あなたはその島にでかけ、おじいさまが美人の家政婦をよろこばせるがままにした」

裁判官は微笑みながらうなずく。「わしは桟橋につながれていた古い木製のカヌーでくり出した。尻に火がついたかのように進んだ。その島に漕いで到着するまでに五分しかかからなかった。最近ではその三倍の時間を要する。それも波が穏やかな場合だ。その島は陸に向いている側は岩や低木しかないが、湾の側はみごとな砂丘になっている。ぜったいになくならない。この八十年のあいだ、わしはそこに出かけているが、それはまったく形を変えないようだ」

「宝物は発見しなかったんですよね？」

「見つけた、ある意味では。しかし、宝石や古い金貨ではない。名前だった。その砂丘の砂に書かれていた。まるで棒で書かれたように見えたが、あたりに棒は見あたらなかった。文字は深く掘られていて、太陽がその中に影を突き刺しているので浮彫のようになっていた。ほとんど浮きあがっているかと思えた」

「その名前は、裁判官？」

「実際に書いて見せたほうがわかりやすいだろう」

裁判官はデスクの一番上の抽斗(ひきだし)から紙を一枚取ると、苦心して活字体で書いてから、その紙を半回転させてウェイランドが読めるようにする。〈ロビー・ラドゥーシュ〉。

「そうですか……」ウェイランドは慎重に言う。

「その日ではなく、他の日に、わしはまさにその名前の少年と宝探しによく出かけたものだった。かれは親友だったからな。親友同士の少年がどんな感じかは知ってのとおりだ」

「一心同体」ウェイランドは微笑みながら言う。たぶん、過ぎ去りし日の自分の親友を想起しているのだろう。

「新品の鍵と錠のようにぴったりだし」ウェイランドがうなずく。「しかし、夏のことだったが、かれは両親とともに母方の親戚を訪問するためにいなくなった。ヴァージニアとかメリーランドとかその手の北の地方に行ってしまった。で、ひとりで遊ぶことになった。だが、よく聞けよ、法廷弁護士さん。その親友の実際の名前はロバート・ラドゥセットだった」

　ふたたびウェイランドは言う。「そうですか……」こういったまだるっこしいものの言い方はくり返されるとイラつくが、自分のほんとうのねらいはそれではないので、裁判官は無視して先を語ることにする。

「かれはわしの親友で、わしはかれの親友だったが、ほかの少年たちと徒党を組んでいて、みんなはかれのことをロビー・ラドゥーシュと呼んでいた。わかるか？」

「と思います」ウェイランドは言う。だが、こいつわかっていないな、と裁判官は思う。まあ、しょうがない。なにしろウェイランドとちがって、ビーチャーはその一件について何度も考えぬいてきたのだから。多くの場合、眠れぬ夜に。

「思い出してくれ、わしは十歳だった。当時、親友のニックネームを書いてくれとたのまれたら、わしはこんなふうに書いただろう」裁判官は、〈ロビー・ラドゥーシュ〉をたたく。そして、ひとり言のようにつけくわえる。「いくばくかの魔法がわしから生じている。まちがいない。問題は、どれぐらいか？」

「あなたが砂にその名前を書いたのではないとおっしゃっている？」

「そうだ。はっきりとそう言ったと思ったが」

「では、ほかのご友人のひとりのしわざでは？」

「かれらはみなノコミス・ヴィレッジ出身だから、その島のことは知りもしなかった。つまらんちっぽけな岩に漕ぎ出すことはまったくなかった。ロビーは知っていた。かれもまた岬の出身だったからな。だが、何百キロも北だ」

「そうですか……」

「わが仲良しのロビーは、その休暇旅行から二度と戻らなかった。一週間かそこいらのちに知ったのだが、かれは乗馬をしていて落下したらしい。首の骨を折って即死した。かれの両親は嘆き悲しんだ。同様にわしも」

　沈黙がつづく。ウェイランドがその一件を考えているあいだ。両者が熟考しているあいだ。どこか遠方、湾岸上空をヘリコプターが羽ばたいている。麻薬取締局が売人を探している、と裁判官は推測する。毎晩耳にする音。それが現代だ。ある点で――いろいろと――その音を漏れ聞くことができてありがたい。

　ようやくウェイランドが言う。「あなたが言っているとわたしが思っていることをあなたは言っているのでしょうか？」

「さて、どうかな」裁判官は言う。「わしが何を言っていると思う？」

　しかしアンソニー・ウェイランドは法律家であり、相手側に引きこまれるのを拒絶するのが身に染みついた習性となっている。「自分の祖父のことを話していたのでは？」

「ロビーに関する電報がきたとき、祖父はその場にいなかった。けっして一カ所に長く滞在しないのだ。半年かそこら姿を見かけなかった。いや、わしは内緒にしておいた。神のひとり子を宿したあとのマリアのように、わしはそれらのことを心のうちに秘めておいた」

「で、どのような結論に達したのですか？」

「カヌーを漕いで島に出かけつづけた。砂丘を見るために。それがおまえの問いに対する答えだろうな。そこにはなにもなかった……なにも……なにも。それに関するすべてを忘却する瀬戸際にあったのだと思うが、やがてある日の放課後に出かけたら、砂に別の名前が記されていた。砂に活字体で、正確な法廷文書のように。そのときも棒は見あたらなかった。棒は海に投げ捨てられたのかもしれないが。そのときの名前はピーター・アルダースンだった。数日後まで、その名前はわしにとって何の意味もなかった。わしの日課の雑用は家の道路端まで新聞を取りに行くことだった。そして私道を戻りがてら第一面にさっと目を通すのが習慣になっていた。おまえもそこを通って来ているから知ってのとおり、四百メートルほどのけっこうな道のりだ。その夏、わしはワシントン・セネタースの動向をチェックしていた。というのも当時、その球団はわしら南部のチームと近いものがあったからだ。

その特別な日、第一面の最後の見出しに目を奪われた。『窓ふき職人、不慮の落下事故で死亡』。サラソータ公共図書館の三階の窓を清掃していたさいに足場がはずれたのだ。その気の毒な男の名前がピーター・アルダースンだった」

裁判官は、ウェイランドがこれは悪ふざけか裁判官が紡ぎだしている巧みな空想譚の類だろうと思っているのが、その表情から見てとる。同様に、スコッチを堪能していることもわかる。つぎたしてやろうとすると、ウェイランドはことわらない。実際、青年弁護士が信じようが信じまいが関係ない。語ることのできる悦楽。

「わしが魔法のありかを定めがたい理由がわかるかもしれない」ビーチャーは言う。「わしはロビーを知っていたし、かれの名前のスペルがまちがっていたのは、わしがそのように綴りまちがえていたからだ。だが、アダムに住んでいた窓ふき職人のことは知らなかった。とにかく、そのときからだ。砂丘が事実上わしをとらえて離さなくなったのは。わしはほぼ毎日かよい始めた。その習慣はこの年になるまでつづいている。わしはあの場所を尊敬し、あの場所を恐れているが、なによりも、あの場所に病みつきになっているのだ。

長年にわたって、多くの名前が砂丘に現れ、その名前の人物が常に亡くなった。ときには一週間のうちに、あるいは二週間のうちにそれは起こるが、ひと月以上かかることはけっしてない。名前がわしの知り合いだったこともある。ニックネームで知っている場合は、わしが砂丘でお目にかかるのはそのニックネームだ。一九四〇年のある日、カヌーを漕いでその島に出かけ、ビーチャーじいさまの名前を砂に見た。かれはキー・ウエストで三日後に亡くなった。心臓発作だった」

精神的に不安定だが実際には危険ではない男の機嫌をとっている男の態度で、ウェイランドはたずねる。「あなたは一度も介入をしようと思ったことがないのですか……その自然過程に？　おじいさまに電話をして、たとえばですが、医者に診てもらうように告げるとか？」

ビーチャーはかぶりをふる。「心臓発作だとわかったのは、モンロー郡の検視官から報せを受けたからだ、そうだろ？　死亡原因は事故の可能性もある。殺されるということさえも。確実に祖父を憎む理由のある人間はいた。かれの売買は清廉潔白ではなかったし」

「それでも……」

「それに、こわかった。わしは感じたし、いまだに感じている。まるであの島には、開きかけているハッチがあるようだ。こちら側にはわしらが好んで称している〝現実世界〟があり、向こう側には機械仕掛けの宇宙があって、全速力で駆動している。たわけ者だけがそれを止めようとして片手を突っこむのだ」

「裁判官ビーチャー、あなたが先ほどの書類をとどこおりなく検認済にしたいのなら、いまわたしの聞いた話はすべてオフレコにしておきます。あなたの遺言に異を唱える者はいないと思っているようですが、巨万の富が問題になっているので、みいとこやそのまたいとこたちが奇術師の帽子から飛び出すウサギさながらに現れます。そして、あなたは昔ながらの基準をご存知です。〝健全な精神状態にある〟です」

「わしはそのことについて八十年間口をつぐんできた」ビーチャーは言うが、その声にウェイランドは〝異議申し立て却下〟を聞きとる。「いまのいままで一言も。それに――もう一度指摘する必要があるようだ、しないほうがいいのだろうが――わしがおまえに話したことはなんであれ、権利の保護下にある」

「そうですか」ウェイランドは言う。「けっこうです」

「いつだって興奮した。名前が砂に現れた日はいつだって興奮した――不健全な興奮だ、たしかに――が、たった一度だけ、その現象に震えあがったことがある。その一回、わしはひどくおびえて、カヌーを漕いで岬まで飛んで戻った。まるで悪魔に追いかけられているかのように。話して聞かそうか？」

「お願いします」ウェイランドはグラスを口に持っていき、またひと口飲んだ。いいじゃないか？　これも支払い請求可能な業務時間の一部にすればいい。

「一九五九年のこと。わしはまだポイントにいた。ずっとここに住んでいる。タラハシーにいた数年をのぞけば。その年月については口にしないほうがいいだろう……いま思うと、その町を毛嫌いしていた理由の一端は、島および砂丘に対する熱望を覆い隠すためだった。自分は何が恋しいのだろう、だれに会いたいのだろうと考えつづけていた。前もって死亡記事を読めるということが人にとほうもない権力意識を与える。そんなことは不快だと思うだろうが、残念ながらそういうことだ。

　で、一九五九年。ハービィー・ビーチャーはサラソータで弁護士業務についていて、ペリカン・ポイントに住んでいた。どしゃぶりでなければ、わしは帰宅するといつも古着に着替えて、夕食前にカヌーで島へ出かけてさっと視察する。その特別な日、わしは遅くまでオフィスにいたので、島に出かけてカヌーを繋ぎ、砂丘の側まで歩いていったときには、太陽は大きく真っ赤になって沈んでいくところだった。湾岸の上にしばしば見かける光景だ。そして目にしたものに度肝を抜かれた。文字どおり身動きできなかった。

　その夕刻の砂に刻まれていた名前はひとつだけではなく、数多く、夕陽に照らされ、それらはさながら血で記されているようだった。それらは隙間なくいっぱいに詰まった状態で、ジグザグに、上下左右に、何度も重ね書きされていた。砂丘の全体くまなく、名前のタペストリーで覆われていた。波に洗われてなかば消えている名前もあった。

　わしは悲鳴をあげたらしい。たしかなことは覚えていないが、うん、そうしたと思う。覚えているのは、麻痺状態を脱すると、できるだけ早く逃げ出し、カヌーをつなぎとめてあるところまで道を走りぬけたということだ。結び目を解くのに延々と時間がかかるかと思われたが、ようやくほどけると、乗らないうちからカヌーを海面に押し出した。頭のてっぺんからつま先までビショ濡れになりながら、不思議なことに、カヌーをひっくり返さずにすんだ。当時のわしは、岸まで苦もなく泳げたし、それに押しているカヌーがビート板の役割をしてくれた。いまはカヤックをひっくり返したら、はい、一巻の終わり」かれはニヤリとする。「そして我が一家の終わり」

「なら、陸から離れないほうがいいですよ。少なくとも、遺書にサインがされて、証人がそろい、認証されるまでは」

裁判官ビーチャーは青年に冷淡な微笑を向ける。「それに関して心配は無用だ、息子よ」そう言って、かれは窓に目をやり、その向こうにある湾岸を見る。その顔は思慮に富んでいる。

「あのたくさんの名前……いまでも目に浮かぶ。鮮血色に染まった砂丘の上で場所を取り合っているのが。二日後、マイアミ空港に向かっているTWA機がグレーズ上空で墜落した。搭乗者百十九人全員の魂が亡くなった。乗客名簿が新聞に載った。そのうち何人かの名前に見覚えがあった。多くの名前に」

「見たのですね。それらの名前を」

「そのとおり。その後の数か月のあいだ、わしは島から遠ざかっていた。そしてこれを最後に島には近寄らないと自分に約束した。ドラッグ依存症患者も同じような約束を自分にするのじゃないか？　そして御多分に漏れず、わしもけっきょく、意志が弱くて悪癖を再開し始めた。さて、法廷弁護士。なぜおまえをここに呼んで遺書を仕上げるのか、しかもどうして今夜でなければいけないのかわかるか？」

ウェイランドは裁判官の語った話を信じていないが、多くのファンタジー同様に、その話にはそれ自身の内部論理がある。理解するのはたやすい。裁判官は九十歳で、かつての血色の良い顔色は土気色になり、以前の確固たる足取りは引きずりよろめくようになった。明らかに痛みを抱えており、もはや失うほどの体重もない。

「今日、砂にご自分の名前を見たのでしょう」ウェイランドは言う。

裁判官ビーチャーは一瞬驚いたように見えるが、すぐに微笑む。それは恐ろしい笑みで、かれの痩せて青ざめた顔がしゃれこうべのニヤニヤ笑いに変わる。

「いや、ちがう」かれは言う。「わしの名前ではない」

W・F・ハーヴィーを想って

（*The Dune*）

（風間賢二・訳）

悪ガキ

著者の言葉

人生は〈ビッグ・クエスチョンズ〉に満ちている、そうじゃないか？　宿命か運命か？　天国か地獄か？　愛か誘惑か？　理性か衝動か？

ビートルズかストーンズか？

わたしにとっては常にストーンズだった――ビートルズはヤワすぎた。ポップ・ミュージック太陽系内の木星になってからは（妻はポール・マッカートニー卿を〝老犬の目〟と呼ぶが、わたしの気持ちを一言で見事に表している）。だが、初期のビートルズ……ああ、かれらはまっとうなロックを演奏していたし、わたしはいまだにそれら古い楽曲――ほとんどがカバー曲――を聴いている、愛情を持って。立ちあがって、少し踊ることさえある。

わたしのお気に入りの一曲は、ラリー・ウィリアムスの名盤「バッドボーイ」のビートルズ版だ。ジョン・レノンがしゃがれて、うるさくせがむような声でリードボーカルをとっている。とりわけ、聞かせどころの歌詞が好きだった。「なあ、坊主、行儀よくしてな！」いつかそのうち、わたしは近所に引っ越してきた悪ガキの話を書きたいと思った。悪魔の子どもではなく、古（いにしえ）の魔物に憑依（ひょうい）された『エクソシスト』風の子どもでもなく、悪のための悪、骨の髄まで染みこんだ悪、これまで存在したすべての悪ガキの権化を。わたしにはわかっていた。その子は半ズボン姿で、頭にプロペラ・ビーニー帽をかぶっている。そして常にトラブルを引き起こし、なにがなんでもぜったいに行儀よくしないことが。

これはそのガキを中心とした話である。漫画〈ナンシー〉に出てくる主人公の仲良しスラッゴーの邪悪版だ。電子版はすでにフランスとドイツで出ている。「バッドボーイ」はドイツのスター・クラブでビートルズがおこなったライブでのレパートリー曲だったことにうたがいはない。本編は英語で初めて刊行される。

1

刑務所は最寄りの小都市から三十キロ離れており、周囲には住人のいない草原が広がってい て、四六時中風が吹いている。本館は不気味にそびえる石で、二十世紀初頭に恐怖が風景にし でかしたいたずらだった。両側から伸びているのはコンクリート造りの独房棟で、過去四十五 年にわたってひとつずつ作られたが、そのほとんどがニクソン時代のあいだに流出し始めてと どまることのなかった連邦予算の産物だった。

刑務所本体からいくらか離れて、より小さな建物がある。囚人たちは、その付属建物を〈針の館(ニードル・マナー)〉と呼んでいた。その建物の片側から突き出ているのは全長三十六メートル、幅六メートルの屋外廊下で、金網のフェンスで囲まれている。これが〈鶏囲い(チキン・ラン)〉。各〈針の館〉の収監者――その時は七人だった――は毎日二時間〈鶏囲い〉に出ることが許されていた。散歩をする者がいれば、ジョギングをする者もいた。大半は単に金網に背中をもたせかけてすわりながら、空を凝視しているか東に四百メートルのところで風景を遮断している低い草の分水嶺を見つめているかのいずれかだ。ときにはなにか見るべきものがあった。たいていはなにもなかった。ほとんどいつも風が吹いていた。一年のうち三か月のあいだ、〈鶏囲い〉は暑かった。残りの月は寒かった。冬は極寒だった。受刑者は、そんな気候でもたいてい外に出ることを選んだ。つまるところ、見つめる空がある。鳥もいる。低い草の分水嶺の頂を食みながら、自由に好きな場所に行く鹿もいたりする。

〈針の館〉の中央には、Y字型テーブルと基本的な医療器具をいくつか備えたタイル張りの部屋がある。ひとつの壁にカーテンの引かれた窓が据え付けられている。カーテンが開けられると、壁の向こう側が観察室であることがわかる。そこは郊外の住宅団地のリビングほどの広さがあり、プラスチック製の椅子が一ダース置いてあって、訪問者たちはすわってY字型テーブルを見ることができる。壁に表示がある。「治療のさいの言動を禁じる」

〈針の館〉には一ダースの独房さえあった。それらの向こう側に看守室がある。その向こうは監視室で、二十四時間体制で要員が配置されている。さらにその向こうは面会室だ。そこのテーブルは服役囚側と来訪者側とが厚いアクリル板で仕切られている。電話はない。服役囚は愛する人ないしは法定代理人と、古めかしい電話の送話口のような丸い縁取りの通声穴を通して対話する。

その通信ポートの来訪者側にレオナード・ブラッドリーはすわって、ブリーフケースを開いた。ついで黄色いリーガルパッドとボールペンを出してテーブルに置いた。そして待機した。腕時計の秒針が三回転し、四回転をし始めてから、〈針の館〉の内部施設に通じるドアが掛金の引かれる大きな音をたてて開かれた。いまやブラッドリーはすべての刑務官を知っていた。今回はマグレガーだ。悪いやつではない。かれはジョージ・ハラスの腕をつかんでいる。ハラスの両手は自由だが、鎖のスチール製の蛇がかれの両足首のあいだの床でとぐろを巻いている。オレンジ色の囚人服のウエストまわりには幅広の革ベルトが装着されていて、ハラスがアクリル板の受刑者側に腰をおろすと、マグレガーがベルトに付いているスチール製の輪と椅子の背のスチール製の輪とを別の鎖で繋いだ。それをロックし、強く引いてから、ブラッドリーに二指の敬礼をした。

「こんにちは、先生」

「こんにちは、ミスター・マグレガー」

囚人のハラスは無言だった。

「決まりはわかってますね」マグレガーは言った。「今日はあなたの好きなだけ。あるいは、かれの関心を引くことができるあいだだけは、少なくとも」

「承知している」

通常は、弁護士と依頼人との協議は一時間とかぎられている。依頼人がY字型テーブルのある部屋に移動する予定の一か月前、協議時間は九十分まで許されている。州が義務づけているこの死のワルツの時間内に、件の期日が迫るにつれてしだいに取り乱していく依頼人と弁護士は、もはや意味のない不愉快な面接の回数を減らす論議をかわすことになる。最後の週のあいだは時間制限がない。それは法廷弁護士ばかりか受刑者の近親者にも適用されるが、ハラスの妻はかれが有罪判決を受けたわずか数週間後には離婚しており、ふたりのあいだに子どもはなかった。天涯孤独の身、知り合いはレン・ブラッドリーしかいなかった。ハラスはそのブラッドリーが提案したどんな不服申し立て——その結果生じる猶予——にも関心がないようだった。

今日までは、そうだった。

このつぎはたっぷり話しますよ、マグレガーがひと月前のわずか十分だった協議のあとで言っていた。そのときのハラスの会話の最後はほとんどノーに終始していたが。

そのときが近づくと、あなたにいろいろと言いますよ。こわいんです、わかるでしょ？　顔をあげ、胸を張って死刑執行室に歩いて行きたいということをすっかり忘れている。これは映画じゃない、自分はほんとうに死ぬんだ、ということに気づきだしてから、本に載っているすべての上訴を起こしたいと思うのです。

けれども、ハラスはおびえているように見えなかった。これまでと様子は変わらなかった。小柄な男で、姿勢が悪く、憂鬱そうな表情をしていて、髪が薄く、絵に描いたような目をしている。まるで会計士のようだ——前世ではそうだった——が、それも以前はとても重要だったように思えた数字にまったく興味を失ってしまった会計士に。

「面会をたのしみな、おふたかた」マグレガーは言って、隅に置いてある椅子のところに行った。そこにすわると、自分のｉＰｏｄをつけ、イヤフォーンで音楽を聴いた。とはいえ、ふたりから視線をそらさない。丸い縁取りの通声穴は小さすぎて鉛筆は通過できないが、針ならまったく不可能でもない。

「なにか力になれるか、ジョージ？」

少しのあいだ、ハラスは答えなかった。両手を調べていた。小さくて弱々しくて——殺人犯の手には少しも見えない、と知らなければ言うだろう。やがてかれは顔をあげた。

「あんたはすごくいいやつだ、ミスター・ブラッドリー」

ブラッドリーは驚き、なんと応えていいかわからなかった。

ハラスはうなずいた。まるで相手が否定しようとするのを制するかのように。「うん。いいやつだよ。おれの弁護なんかやめて法の裁きにまかせてくれとはっきり言ったあとでさえ、あんたはやめない。そんな国選弁護人はあまりいない。やつらはただ、そうかい、好きにしな、と言って、裁判所が与えるお次の落伍者のところに行くもんさ。あんたはそんなことはしなかった。あんたが対策を講じようと言ったとき、おれはなにもしないと答えたが、それでもとにかくあんたはつづけた。あんたがいなけりゃ、おれは一年前に土の中さ」

「いつも思いどおりになるとはかぎらないさ、ジョージ」

ハラスは少し微笑んだ。「おれが一番よくわかってるよ。でも、それがまるでよくないってことでもない。いまならそういえる。あらかたは〈鶏囲い〉のおかげだ。そこに出るのが好きだ。顔に風を感じるのが好きだ。凍てつくような風でも。草原の乾いた草の香りや満月のときの昼の月を見るのが好きだ。鹿を見るのも。やつらは草原の尾根を飛び跳ねて追いかけっこをしていることがある。おれのお気に入りの光景だ。声をあげて笑わせてもらってる、ときどきな」

「人生はいいもんだよ。勝ち取る価値がある」

「たしかにそういう人生はある。おれのとは違う。でも、認める、あんたがこれまで勝ち取ってきたやり方をね、とにかく。献身的なあんたに感謝している。だから、法廷では言おうとしなかったことを、これからあんたに話す。それと、通常おこなわれるどんな不服申し立てもこばんできた理由も……あんたが訴えをおこすのを阻止することはできなかったけれど」

「上訴人の関与なしで起こされた訴えは効力がない、ここの州立裁判所では。あるいは、上級裁判所でも」

「それに面会しに来つづけるなんていい人だよ。そのことにも感謝してる。子ども殺しの有罪判決を受けた男に親切にするやつなんてめったにいないが、あんたは好意を示してくれた」

またもやブラッドリーは返答を思いつけなかった。ハラスはすでにこの十分間で、これまでの三十四か月にわたるすべての訪問を合わせたより多くを語っていた。

「なんのお返しもできないが、あの子どもを殺したわけを打ち明けることはできる。信じないだろうが、とにかく話すつもりだ。あんたが聞きたいのなら」

ハラスは引っかき傷だらけのアクリル板の穴からじっと見つめて微笑んだ。

「聞くよな？　だってあんたはあることに頭を悩ましてるから。検察側はそうじゃなかったが、あんたはちがう」

「まあ……そうだな、あるていどの疑問は浮かんだ」

「だけど、おれはやったんだ。四十五口径リボルバーが空になるまで少年の身体に撃ちこんだ。目撃者はたくさんいたが、たしかに知ってのとおり、上訴手続きは単純に三年――あるいは四年、それとも六年――不可避な判決を長引かせるだろう。たとえおれが本格的に関与していたとしても。計画的な殺人という赤裸々な事実を前にして、あんたの抱いている疑問は弱い。そうじゃないか？」

「しようと思えば、責任能力の有無について議論できる」ブラッドリーは上半身を乗り出した。「それはまだ可能性がある。遅すぎない、いまでも。まだまだ」

「精神異常抗弁は事実のあとではめったに成功しない、ミスター・ブラッドリー」

かれはわたしのことをレンと呼ぼうとしない、とブラッドリーは思った。長い歳月を経たいまでも。かれは、わたしのことをミスター・ブラッドリーと呼びながら死に赴くつもりだ。

「〝めったに〟と〝ぜったいに〟とはちがうよ、ジョージ」

「そう、だがおれは今も昔も狂っていない。あのときほど健全だったことはない。あんた、おれが法廷でしようとしなかった証言をほんとうに聞きたいのか？　その気がないのなら、それでいいけど、おれにはそれしかできない」

「もちろん、聞きたい」ブラッドリーは言った。ボールペンを手にしたが、結局、メモはとらなかった。ただ耳を傾けるだけで、ジョージ・ハラスが中南部訛りのある低く静かな声で語っているあいだ、身動きができなかった。

2

母親は、短い一生のあいだずっと健康だったが、おれを産んだ六時間後に肺塞栓症（そくせん）で亡くなった。一九六九年のことだ。遺伝子異常だったにちがいない。というのも、母親はわずか二十二歳だったから。父親は八歳年上だった。善良な人間でいいとうさんだった。鉱山技師で、おれが八歳までたいていは南西部で働いていた。

家政婦がいっしょに転々とした。名前はノーナ・マッカーシー。おれはママ・ノーニーと呼んだ。黒人だった。父親は彼女と寝ていたと思う。ただし、おれが彼女のベッドにもぐりこんだとき——数多くの朝に——彼女はひとりだった。どのみち、どうでもよかったが。黒人がどういうことなのか知らなかった。彼女はおれにやさしかったし、メシを作ってくれ、夜寝るさい父親が留守のときはかわりにおとぎ話を読み聞かせてくれた。おれにはそうしたことが重要だった。ふつうの関係ではないということはわかっていたが、おれはじゅうぶん満足していた。

一九七七年のこと、おれたち一家は東方のタルボットに引っ越した。アラバマ州バーミンガムからそう遠くない。そこはフォート・ジョン・ヒューイという軍需産業の町だったが、炭鉱産業の田舎でもあった。父親は〈グッド・ラック〉鉱山——ひとつ、ふたつ、そしてみっつ——を再開するために、そしてそれら鉱山が環境基準を満たすように雇われた。つまり新しい穴を掘り、同時に処理システムを考案して廃棄物が地元の小川を汚染しないようにするということだ。

おれたちはちょっとした感じのいい郊外近辺に〈グッド・ラック・カンパニー〉が用意してくれた家に住んだ。ママ・ノーニーがそこを気にいったのは、父親がガレージを彼女のために二部屋のアパートに改造したからだ。それは妙な噂話が広まらないようにするためだったのではないかと思う。おれは週末に改修工事を手伝った。板を手わたしたりして。楽しいひとときだった。二年間おなじ学校にかよえた。それだけの時間があればじゅうぶん、友だちを作ったり情緒を安定させたりできる。

どこにでもいそうな気立ての良い女の子が友人のひとりだった。TVドラマや雑誌では、ふたりは樹上の家(ツリーハウス)で最終的にはファーストキッスをかわして恋に落ち、なんとか高校に進学すると、ジュニアー・プロムにいっしょに行くことになる。だが、そんなことはおれとマーリー・ジェイコブズのあいだにはまったく起こらなかった。

親父はおれに信じこませるようなことはしなかった。自分たちはタルボットに住みつづけるなんて。親父に言わせれば、子どもに偽りの希望を抱かせることほど質の悪いことはない。ああ、おれはメアリー・デイ小学校の五年生を終えたかもしれないし、六年生でさえ修了したかもしれないが、けっきょく、〈グッド・ラック〉がダメになって、おれたち一家は引っ越すことになった。テキサスかニューメキシコに戻るかもしれないし、ウエスト・ヴァージニアかケンタッキーに行くかもしれない。おれは状況を受け入れ、ママ・ノーニーもそうした。親父がボスだった。いいボスで、おれたちを愛していた。単なる個人的な意見だが、愛こそすべて。

ふたつ目は当のマーリーと関係があった。彼女は……まあ、昨今の人なら、〝精神的に困難を背負っている〟と言うだろうが、当時の近所の連中はただこう言った。彼女のおつむはフニャフニャスベスベ。それはひどい言い方だとあんたは言うだろうが、ミスター・ブラッドリー、おれはうまい言い方だと思う。詩的でさえある。彼女はそのように世界を見ていたんだ。すべてがフニャフニャしていてぼんやりしているように。そのほうがときには――いや、しばしば――いい。これまた、おれの個人的な意見だ。

おれたちはたがいに三年生のときに出会ったが、マーリーはすでに十一歳だった。ふたりとも翌年に四年生になったが、彼女の場合、単にシステムに沿って進級させられただけだった。当時、タルボットのような場所では物事はそんな具合だった。それに彼女は大バカ者だったわけじゃない。少し読むことができたし、簡単な足し算もできたが、引き算は理解がおよばなかった。おれは自分の知っているあらゆる方法で引き算を教えたが、彼女がそれを習得することはけっしてなかった。

おれたちふたりは樹上の家でキスをけっしてしなかった――そもそもキスをまったくしなかった――が、朝、いつも手をつないで歩いて学校に行き、午後もおなじようにして帰った。さぞや滑稽なふたりに見えたことだろう。おれはチビでマーリーは大女だったから。少なくともおれより十センチはでかく、すでに胸がふくらみだしていた。彼女が手をつなぎたがったのだ。おれじゃない。でも、おれはかまわなかった。同様に気にしなかった、彼女の頭が弱かろうと。ゆくゆくは気にしただろうが、おれが九歳のときに彼女は死んだ。まだ目の前に置かれたものはすべてすっかり受け入れてしまう年ごろの子どものときに。幸福な生き方だったと思う。みんなの頭の中身がフニャフニャしていてぼんやりしていたら、それでも戦争は起こるか？　愚か者はおれたちさ。

あと一キロほど遠く離れた場所に住んでいたら、マーリーとおれはバス通学をしていただろう。だが、メアリー・デイ小学校に近かったので――六ないし八ブロック――歩いて通った。ママ・ノーニーはおれに弁当を持たせ、立ち毛を撫でおろしながら、いい子でいるのよ、ジョージ、と言い、玄関先まで見送ってくれた。マーリーは自宅ドアの外で待っている。ドレスかジャンパーを着ていて、髪はピッグテイルにしてリボンをつけ、手にはランチボックスを持っている。いまだにそのランチボックスが目に浮かぶ。それには、〈600万ドルの男〉で知られたスティーヴ・オースティンがプリントされていた。彼女のママは戸口に立っていて、こう挨拶してくる。あら、ジョージ。で、おれはこう返事する。やあ、ミセス・ジェイコブ。すると彼女が、あなたたちはいい子ね、と言うと、マーリーが、わたしたちはこれからもいい子よ、ママ、と言ってから、おれの手を握って歩道を進みだす。最初の数ブロックはふたりだけだが、やがてほかの子どもたちがルドルフ・エイカーからぞろぞろ登場する。そのあたりは軍関係の家族が多く住んでいる。というのも、その地区は家賃が安くて、フォート・ヒューイまでハイウエイ78で北にほんの八キロほどしか離れていなかったからだ。

おれたちふたりは滑稽に見えたにちがいない——ランチ袋をぶら下げたチビ助がスティーヴ・オースティンのランチボックスをかさぶたのある膝に打ち付けているノッポ女と手をつないでいる——が、おれには笑われたりからかわれたりした記憶はない。ときどきそうされていたのにちがいない、しょせんガキはガキだし。でも、そうであっても、悪意があってのことではないと思う。歩道が子どもたちでいっぱいになると、男の子たちは、やあ、ジョージ、放課後、野球しようぜ、と言い、女の子たちは、あら、マーリー、そのリボン、かわいいわね、といったようなことを言う。ひどい仕打ちを受けた覚えはない。あの悪ガキが現れるまでは。

ある日の放課後、なかなかマーリーは出てこなかった。おれの九歳の誕生日からさほど日にちが経っていないときのことにちがいない。ボロ・バウンサーを持っていたからだ。ママ・ノーニーにもらったのだが、長くもたなかった——強く打ちつけすぎたので、ゴムがはがれてしまったのだ——が、その日、おれは彼女を待ちながら、そのボロ・バウンサーで遊んでいた。彼女を待っているようにとだれに言われたわけでもなかったが、おれはそうした。

ようやくマーリーが出てきた。泣いていた。真っ赤な顔をして、鼻水を垂らしていた。どうしたのかとたずねたら、自分のランチボックスが見つからないと言う。いつものようにランチを食べてから、クロークルームの棚の上、いつもそうするようにキャシー・モースのピンク色のバービー・ランチボックスの隣に置いたが、終業のベルが鳴ったときにはなくなっていたらしい。だれかが盗んだんだ、と彼女は言った。

いや、そうじゃない、だれかが移動させたんだ、明日には戻っているよ、とおれは言った。騒がないで、おとなしくしなよ。取り乱してるよ。

ママ・ノーニーはいつも、おれが出かけるとき、ハンカチを持ったかどうかたしかめるが、おれはほかの少年たちのように袖で鼻水を拭った。ハンカチを使うなんて女々しいような気がしたからだ。だからハンカチはまだ清潔で、ポケットから取り出したとき、折りたたまれたままだった。おれはそれで彼女の鼻水を拭ってやった。マーリーは泣くのをやめて微笑み、くすぐったいと言った。それからおれの手を取って、いっしょに帰った。いつものように、彼女はマシンガン・トークを始めた。おれはそれでかまわなかった。少なくともランチボックスのことは忘れたようだったから。

すでにほかの子どもたちの姿は見えなくなっていた。ルドルフ・エイカーに向かうかれらの笑い声やバカ騒ぎする声は聞こえていたが。マーリーは、例のごとくずっとペチャクチャ早口でしゃべっていた。頭に浮かんだことはなんでも。おれは聞き流していた。うんとかそうかとかおいおいとか適当に返事をしながら、帰宅したらすぐに着古したコーデュロイに着替え、ママ・ノーニーに雑用を言いつけられなかったら、グローブを持ってオークストリートの遊び場に一目散に駆けつけ、母親たちが、夕ご飯だよ、と大声を張りあげるまで毎日そこでやっている寄せ集めメンバーの野球試合に加わろうと考えていた。

そのとき、通学路の向こう側からだれかがおれたちにわめいているのが聞こえた。ただし、それは人の声というより、ほとんどロバのいななきのようだった。

ジョージとマーリーは樹の上で！　キ‐ッ‐ス‐し‐て‐る！

おれたちは立ち止まった。子どもが向こう側にいた。エノキの低木のそばに立っていた。初めて見る顔だった。メアリー・デイ小学校であろうとどこであろうと。百三十センチほどのずんぐりした体格だった。グレイの半ズボンを膝まで下げ、オレンジ色のストライプの入ったグリーンのセーターを着ている。そのセーターはまくりあげられていて、小さな乳首とプックリした腹が出ていた。ビーニー帽をかぶっていて、その天辺にはくだらないプラスチックのプロペラがついている。

顔はパンパンにふくらんでまん丸だが、表情は険しい。髪は着ているセーターのストライプのようなオレンジ色で、とうてい好きになれない色合いだ。それが横に出っ張った大きな耳の上まで吹きつけられている。鼻は小さな染みのようなもので、その上の目は真っ青で、爛々と輝いている。そんな目を、おれはそれまで見たことがなかった。口は不機嫌そうにキューピッドの弓の形をしていて、唇はあまりにも真っ赤なので、母親のリップスティックを塗っているように見えた。以来、おれは真っ赤な唇をした赤毛の人間を数多く見てきたが、その悪ガキほど真っ赤なやつはいない。

おれたちは立ち止まったまま、その子どもを凝視した。マーリーのおしゃべりがやんだ。彼女はピンク色のフレームのキャッツ・アイ眼鏡をかけていたが、その背後の目が見開かれて大きくなっていた。

ガキ――六歳か七歳以上ではありえなかった――は、真っ赤な唇を突き出して、キスをせがむような音をたてた。ついで両手を尻にあてると、こっちに向けてたたき始めた。

ジョージとマーリーは樹の上で！　お・マ・ン・コ・し・て・る！

ロバのいななきさながらのわめき声。おれたちはびっくりして見つめた。

チンコにカバーをつけたほうがいいぞ、ガキは真っ赤な唇でニヤニヤ笑いながら呼ばわった。彼女みたいなアホを大量生産したくなけりゃな。

だまれ、おれは言った。

さもないと？　やつは返した。

だまらせてやる、おれは言った。

本気だった。おれの父親は激怒しただろう。おれが自分より年下で小さな男の子をぶちのめすぞと脅かしたと知ったら。だが、そのガキはひどいことを口走っていたのだ。見た目は小さな子どもだが、言ってることは大人顔負けだ。

おれのチンコをなめやがれ、クソッタレ、とガキは言ってから、エノキの茂みにあとずさった。

そいつのところに行こうと思ったが、マーリーがおれの手を痛いほどギュッと握っていた。

あの男の子、いや、と彼女は言った。

ぼくもきらいだから、相手にしないよ、家に帰ろう、とおれは言った。

ところが、ふたたび歩き始めようとすると、ガキがエノキの茂みから姿を現した。手にマーリーの〈スティーヴ・オースティン〉ランチボックスを携えて。それを掲げて見せた。

なにかなくしたんじゃねえか、ウスノロ？　やつは言って笑った。大笑いしているせいで皺が寄ってブタ顔になった。ついでランチボックスの匂いを嗅ぎまわって言った。これはおまえのにちがいない、だってマンコみたいな匂いがするから。知恵遅れのマンコみたいな。

　返して、わたしのよ、マーリーが声を張りあげた。そしておれの手を放した。おれはつかもうとしたが、双方の手のひらが汗ばんでいたのですりぬけてしまった。

　取りに来いよ、と言って、やつはマーリーにランチボックスを差し出した。

　そしてどうなったかを話すまえに、ミセス・ペッカムのことを言っておかなければならない。彼女はメアリー・デイ小学校の一年生担当の先生だった。おれは教わったことはない。ニューメキシコで一年生を終えたからだが、タルボットのほとんどの子どもたちは彼女に教わり――マーリーも――みなが彼女を愛していた。おれも大好きだったが、ペッカム先生との接触は運動場でだけのことで、それも彼女が監視者の番のときだ。キックボールをやる場合、男の子対女の子でだが、いつもペッカム先生は女の子チームのピッチャーだった。ときどき背中越しにサッと投げることがあって、それがみんなを笑わせた。彼女は四十年経っても覚えられているたぐいの教師だった。優しくて陽気な女性というだけでなく、問題児たちにさえ一目置かれていたからだ。

　ペッカム先生は大きな旧型のビュイック・ロードマスターに乗っていた。おれたちがそのスカイブルーの車をポーキー・ペッカムと呼んでいたのは、彼女が時速五十キロ以上でぜったいに運転せず、いつも両目を細め背筋を伸ばしてハンドルしっかり握っていたからだ。もちろん、おれたちが彼女の運転ぶりを見かけたのは通学路界隈でだが、きっと国道78号を走行するときでも同じだったろう。高速道路上でさえも。彼女は慎重で用心深かった。けっして子どもを傷つけることはしなかった。故意には。

マーリーは道路に飛び出してランチボックスを取り戻そうとした。悪ガキは笑うと、それを向かってくる彼女めがけて投げつけた。ランチボックスは舗道にあたり、壊れて蓋が開いた。魔法瓶が落ちて転がった。スカイブルーのロードマスターがやってくるのが見えたので、おれはマーリーに気をつけろと叫んだが、ほんとうに心配したわけではなかった。その車はポーキー・ペッカムでしかありえなかったし、まだ一ブロック先を走っていて、例のごとくゆっくりとしたスピードだったからだ。

彼女の手を放したおまえのせいだ、悪ガキは言った。おれを見ながらニヤリとし、唇を吊り上げたので、小粒の歯並びがはっきりと見てとれた。やつは言った。おまえはなにひとつちゃんとつかまえておけないんだよ、ドジ野郎。そして舌を突き出し、おれに向かってべーっと口を鳴らしてから茂みの背後にあとずさった。

ペッカム先生の言い分によれば、アクセルが戻らなかったらしい。それを警察官が信じたかどうかわからない。わかっているのは、彼女がメアリー・デイ小学校の一年生を受け持つことは二度となかったということだけだ。

マーリーはかがんで魔法瓶を拾いあげて振った。カチャカチャ鳴る音が聞こえた。割れちゃった、と言って泣きだした。ふたたびしゃがんで、ランチボックスを拾った。そのとき、ペッカム先生のアクセルが戻らなくなったにちがいない。エンジンがうなり声をあげ、ビュイックが道路に躍り出てきたからだ。オオカミがウサギに飛びかかるように。マーリーは片手でランチボックスをしっかりと胸に抱き、もう一方の手に壊れた魔法瓶を持って立ちすくみ、車が突進してくるのを目にしたが、まったく身動きできなかった。

マーリーを道路から突き飛ばして救うことができたかもしれない。あるいは、道路に走って行ったりしたら、おれまで轢かれたかもしれない。わからない。おれもまた彼女と同じように凍りついていたからだ。ただその場に突っ立っていた。彼女が車にはねられたときでさえ動けなかった。首をめぐらせることさえだめだった。彼女が吹っ飛ばされ、かわいそうに中身のあまりつまっていない頭から道路に激突するのを目で追うだけだった。たちまち悲鳴が聞こえた。ペッカム先生が発したのだ。彼女は車から降りると転び、両膝から血をにじませながら立ちあがり、頭から血を流して道路に横たわっているマーリーを目指して走った。そこでようやくおれも駆け寄った。少し進んだところで、首をめぐらせた。その場所からなら、エノキの茂みのうしろをはっきりと見わたせた。そこにはだれもいなかった。

3

ハラスは口を閉じ、両手で顔をおおった。しばらくしてから顔をあげた。

「だいじょうぶか、ジョージ?」ブラッドリーはきいた。

「咽喉がかわいただけだ。長く話すことになれていないもんで。死刑囚監房でおしゃべりはふさわしくない」

わたしはマグレガーに手をふった。かれはイヤフォーンをはずして立ちあがった。「終わったのか、ジョージ？」

ハラスはかぶりをふった。「まだまだこれからだ」

ブラッドリーは言った。「依頼人が水を飲みたがっている、ミスター・マグレガー。もらえるか？」

マグレガーはドアのかたわらに設置されているインタフォーンで監視ステーションと手短に会話をかわした。そのあいだにブラッドリーはハラスに質問をした。メアリー・デイ小学校はどのぐらいの規模だったのかと。

ハラスは肩をすくめた。「小さな町の小さな学校さ。生徒は百五十人ぐらい。一年生から六年生まで全部あわせても」

監視室のドアが開いた。手が現れ、紙コップを持っている。マグレガーはそれを取ると、ハラスに手わたした。かれは水をむさぼるように飲み、礼を言った。

「どういたしまして」マグレガーは言った。そして自分の椅子に戻ると、ふたたびイヤフォーンを装着し、なにを聞いているにしろ、いま一度それにすっかりのめりこんだ。

「で、その子ども——悪ガキ——は赤毛だった？　ほんものの？」

「ネオンサインのような髪だ」

「じゃあ、その子が同じ学校にかよっていたのなら、わかったはずだ」

「ああ」

「でも、気づかなかったし、その子のこともわからなかった」

「そうだ。それまでそいつを見かけたことがなかったし、その後も二度と目にしなかった」

「じゃあ、その子はどうやってジェイコブス家の少女のランチボックスを手にいれたんだ？」

「わからない。だけど、もっとわからない疑問がある」

「なんだ、ジョージ？」

「どうやってエノキの茂みから逃げたんだ？　茂みの前も後ろも芝しかなかった。やつはただ消えたんだ」

「ジョージ？」

「うん？」

「子どもが実際にいたっていうのはたしかか？」

「彼女のランチボックスさ、ミスター・ブラッドリー。それが道路にあった」

それは疑わしいな、とブラッドリーはボールペンでリーガルパッドをたたきながら思った。彼女が初めからずっと持っていたから、そこにあったんだろう。

あるいは（これはゲスの勘繰りだが、それも当然で、なにしろ児童殺人者の与太話を聞いているのだから）、あんたが彼女のランチボックスを持っていたんじゃないのか、ジョージ。あんたがそれを彼女から取りあげ、からかうために道路に放り投げたのかもしれない。

ブラッドリーはリーガルパッドから顔をあげると、自分の考えがテロップになって額に流れていたらしいということが相手の表情から見てとれた。かれは顔が赤くなるのを感じた。

「残りの話を聞きたいか？　それとももういいか？」

「いや、まだまだ」ブラッドリーは言った。「つづけてくれ。頼む」

ハラスは紙コップの水を飲み干してから話を再開した。

4

五年かそれ以上のあいだ、赤毛でビーニー帽をかぶった悪ガキの夢を見たが、最終的に夢は消えた。けっきょく、あんたが思ったような考えにたどりついたのさ。あれはただの事故だった、ミセス・ペッカムのアクセルはときどき起こるように、ほんとうに戻らなくなったんだ、それにもし子どもがいて、マーリーをからかったとして……まあ、子どもにはありがちなことだ、そうだろ?

親父が〈グッド・ラック・カンパニー〉での仕事を終えたので、おれたちはケンタッキー東部に引っ越した。その地で親父はアラバマでと同じような仕事に就いた。ただ、大規模だった。知ってのとおり、世界中でもその地域は炭鉱が多い。おれたちはアイアンヴィルの町で暮らしたが、おれが高校を卒業するまでの長期滞在となった。高校二年のとき、面白半分で演劇部に入った。それを知ったら、みんな笑うだろう。おれは、中小企業の経営者や未亡人たちのための還付金の手続きをしてやって糊口をしのいだ小心者の内気な男だ。そんなやつが、サルトルの『出口なし』のようなものを演じるだと? ジェイムズ・サーバーの創造した人物ウォルター・ミッティーについて語るとは! でも、そうだったんだ。しかも、演技がうまかった。だれもがそう言った。おれは役者で飯が食えるかもしれないとさえ思った。ぜったいに主役をはれないということはわかっていたが、大統領の経済顧問を、あるいは悪いやつの右腕を、はたまた冒頭シーンで殺される職工を、だれかが演じなければならない。そんな役なら自分にもできるとわかったし、実際に抜擢されるかもしれないと思った。大学に行ったら演劇を専攻したい、と親父に言った。わかった、いいじゃないか、がんばれよ、ただし、なにか安全ネットは用意しておけ、と言われた。それでピッツバーグ大学にかよって演劇学を専攻し、副専攻として経営管理学を履修した。

おれが初めて役をもらったのはオリバー・ゴールドスミス作『負けるが勝ち』で、それでヴィッキー・アビントンと知り合った。おれはトニー・ランプキン、彼女はコンスタンス・ネヴィルだった。巻き毛がかったふさふさした金髪の美人だったが、かなりやせていて神経質だった。おれには美人すぎると思ったが、つまるところコーヒーを飲みに誘うぐらいの図太い神経があった。かくて交際が始まった。おれたちふたりはノーディーズ——大学構内にあるハンバーガー店——に何時間もいすわり、彼女はあらゆる悩みをぶちまけた。そのほとんどが彼女の専制的な母親のことや彼女自身の野心——演劇に関してで、とくにニューヨークでの文芸演劇についてだった。二十五年前には、まだそんなものがあったのさ。

おれはヴィッキーがノーデンバーグ健康センターで薬を入手しているのを知っていた——たぶん不安からか、あるいは鬱病か、その両方のせいかもしれない——が、彼女は野心家で創造力の持ち主であり、正真正銘の偉大な男優や女優のほとんどはそうした薬を服用しているからだろう。おそらくメリル・ストリープは薬を飲んでいる。ひょっとすると、映画『ディア・ハンター』で有名になる以前から。それに言っておくが、ヴィッキーはものすごくユーモアのセンスがあった。それって、多くの美人には欠けている要素だと思う。とくに神経を病んでいる場合は。彼女は自身を笑い者にすることができたし、しばしばそうした。彼女に言わせれば、自分を笑うことでかろうじて正気を保っていられるらしかった。

おれたちふたりは、『ヴァージニア・ウルフなんか怖くない』のニックとハニーに抜擢されて、主役のジョージとマーサを演じたやつらより好評を博した。それ以降、おれたちは単なるコーヒー友だちではなく、カップルになった。ユニオンの片隅の暗がりでいちゃつくこともあったが、そうした時間はだいたい彼女が泣き出して、自分には才能がない、母親が言うように役者として成功しない、といった否定的な言葉で終わった。ある夜——アイラ・レヴィン作『デストラップ・死の罠』の打ち上げパーティーのあと、大学三年生のとき——おれたちはセックスをした。そのとき一回かぎりだった。彼女は、よかった、素敵だった、と言ったが、おれはそんなことはないだろうと思った。とにかく、彼女にとっては。なぜなら彼女は二度としたがらなかったから。

一九九〇年の夏のこと、おれたちは大学から離れなかった。フリック・パークでミュージカル『ザ・ミュージック・マン』の夏季公演が予定されていたからだ。それはたいへんな出来事だった。ブロードウェイの名優マンディ・パティンキンが監督することになっていたからだ。ヴィッキーとおれはいっしょにオーディションを受けた。おれはまったく緊張しなかった。役がもらえるとは期待していなかったからだが、ヴィッキーの人生においては一大事業となっていた。スターダムへの最初の一歩になると語った。冗談めかした言い方だったが、実は本気だった。六人が呼ばれた。それぞれが自分のもっとも気にいっている配役の記されたカードを手にしていた。ヴィッキーは、おれたちがリハーサル・ホールの外で待機しているあいだ、木の葉のように震えていた。おれは片腕で彼女を抱き寄せた。それで彼女は落ち着いた。が、ほんの少しだった。血の気が失せて真っ白だった。そのせいで化粧が仮面をかぶっているように見えた。

おれはホールに入り、〈メイヤー・シン〉と記されたカードを手わたした。そのショーの中でたいして重要ではない配役だったからだ。そもそも自分が主役――ハロルド・ヒル、魅力的な詐欺師――を得ることは断じてありえない。ヴィッキーは司書でピアノ教師のマリアン・パルーを希望した。主演女優だ。ヴィッキーはセリフをうまくこなした、とおれは思った――素晴らしかったわけでも、彼女のベストでもなかったが、よかった。ついで歌の審査。

マリアンの有名な持ち歌だ。知らなければ、それは「グッドナイト、マイ・サムワン」というとても美しいメロディーのシンプルな歌だ。ヴィッキーはその歌をおれに――アカペラで――六回歌ってくれたことがあったが、完璧だった。甘く切なく、そして希望に満ちていた。あところが、リハーサル・ホールでのその日、ヴィッキーはしっちゃかめっちゃかだった。パテインキンがイラだっているのが見てとれた。出だしの音がつかめず、一度ならず二度も歌いなおした。娘はひどく固まってしまった。まだ六人の少女たちが待機していて、彼女たちのセリフまわしと歌を聞かなければならなかったからだ。伴奏者が目玉をぐるりとまわした。おれはそいつのマヌケな馬面を張り飛ばしてやりたかった。

ヴィッキーは歌い終わるころには全身で震えていた。ミスター・パティンキンは彼女に礼を言い、彼女は返礼した。それもすごく丁寧に。それから逃げるように走ってホールを出た。おれは建物から出ないうちに彼女に追いついて、ものすごくよかったよ、と言った。彼女は微笑み、礼を述べてから、わたしたちふたりともよくわかってる、と言った。ミスター・パティンキンがみんなの言うようにいい人なら、きみが緊張していたことには目をつむり、優れた女優だってことを見ているさ、とおれは言った。彼女はおれを抱きしめて、こう言った。あなたはわたしの一番の友だちだわ。それに、別の機会があるしね。この次はオーディションの前に精神安定剤を飲むわ。それで声が変わるのを恐れていたの。だって、薬にはそうなるものもあるって聞いていたから。ついで彼女は声に出して笑ってから言った。今日以上最悪なことなんてありえないでしょ? ノーディーズでアイスクリームを買ってあげるよ、とおれが言うと、彼女は、いいわね、と応え、そしておれたちはいっしょに建物をあとにした。

おれたちは歩道を歩いた。手をつないで。するとマーリー・ジェイコブズと手をつないでメアリー・デイ小学校にかよった日々を思い出した。その記憶がやつを召喚したなんて言いたくないが、そうではないとも言いたくない。わからない。独房でそのことを考えて眠れない夜があるってことしかわからない。

ヴィッキーは少し気を取り直したと思う。歩きながら、あなたがヒル教授を演じたら素晴らしいわよ、なんて話しだしたからだ。そのとき、だれかが道路の向こう側からおれたちにわめいた。人の声ではない。ロバのいななきだ。

ジョージとヴィッキーは樹の上で! お‐マ‐ン‐コ‐し‐て‐る!

やつだった。悪ガキ。同じ半ズボン、同じセーター、同じオレンジ色の髪にかぶっているのは、これまた同じプラスチック製のプロペラがてっぺんに装着されているビーニー帽。十年の歳月が経過しているのに、やつは一日も年を取っていない。昔に投げ返された気がした。ただし、おれが手をつないでいる相手はヴィッキー・アビントンであってマーリー・ジェイコブズではなく、ふたりがいるのはピッツバーグのレイノルド・ストリートであってアラバマ州タルボットの通学路ではなかった。

いったいなんなの？　ヴィッキーは言った。あの子を知ってるの、ジョージ？

まあ、そのう、なんて答えればよかったのか？　おれはなにも言わなかった。びっくりしすぎて口を開くことができなかった。

おまえの演技はクソで歌は最悪だった！　やつは叫んだ。カラスのほうがまだましさ！　それにおまえは醜い！　ブスなんだよ、おまえは！

ヴィッキーは両手で口を覆った。おれは覚えてる。彼女がどんなに両目を大きく見開き、その目にふたたび涙があふれてきた様子を。

チンコを吸ってやればいいのに！　やつはわめいた。そうするしかないんだよ、おまえみたいな女が役を手に入れるのには！

おれはガキに向かって行った。ただし、現実のこととは思えなかった。すべて夢の中の出来事のようだった。午後の遅い時間帯だったので、レイノルド・ストリートの交通量は多かったが、そんなことはおれの念頭にまったくなかった。しかし、ヴィッキーはちがった。彼女はおれの腕をつかんで引き戻した。彼女に命を救われたと思っている。大きなバスが一、二秒あとにクラクションをけたたましく鳴らしながら通過したからだ。

やめて、とヴィッキーは言った。相手にしないで、あの子がだれだろうと。

トラックがバスにつづいてやって来た。またもやおれたちのそばを通過した。子どもはでかいケツを揺すりながら道路の向かい側を走っていった。そして角までくると、そこをまがる前に半ズボンのうしろを引きずりおろして前かがみになり、尻をおれたちに見せた。

ヴィッキーはベンチに腰をおろし、おれはその横にすわった。彼女はもう一度、あの子はだれなのかとたずね、おれは知らないと答えた。

じゃあ、どうしてわたしたちの名前を知っていたの？　彼女はきいた。

知らない、とおれは繰り返した。

そうね、あの子はひとつだけ正しいことを言ったわ。『ザ・ミュージック・マン』に抜擢されたいなら、ホールに戻ってマンディ・パティンキンのナニをしゃぶってあげればいいのよ。ついでヴィッキーは笑った。今度は嘘偽りのない笑いだった。腹の底から出て来た笑い声。顔をのけぞらして罵倒した。あの小さくて不格好なケツを見た？　と彼女は言った。オーブンで焼かれるまえのふたつ並んだマフィンみたい！

それがおれの笑いのツボにはまった。ふたりは抱き合って頭を寄せ合い、頰と頰をくっつけて、ほんとうに大笑いした。おれたちはだいじょうぶだ、と思った。が、真実は——そのときにはぜったいにわからないもんだろ？——ふたりともヒステリー状態に陥っていたのだ。おれは、過ぎ去りし日々の同じガキのせいで。ヴィッキーは、ガキが言ったことを真実だと思ったせいで。彼女はだいじょうぶではなかった。たとえ平気だったとしても、それを表すことができるほどの強靱な神経を保っていられたわけではない。

ヴィッキーをファジー・エーカーまで送っていった。その大きくて古いアパートメントは、賃貸の対象をもっぱら若い女性たち――当時は女子学生と呼ばれていた――にしていた。彼女はおれを抱きしめてもう一度言った。あなたならハロルド・ヒルをみごとに演じるわよ。その言い方がなにやらおれを不安にさせたので、きみはほんとうにだいじょうぶか、とヴィッキーにきいた。もちろんよ、バカね、と答えて走り去った。それが彼女の生前最後の姿だった。

葬儀のあと、おれはカーラ・ウィンストンをコーヒーに誘った。彼女はファジー・エーカーに住んでいて、ヴィッキーが親しくしていた唯一の女性だったからだ。けっきょくおれは、コーヒーカップの中身をグラスに注ぐことになった。カーラの両手があまりにも震えていたので、やけどをするかもしれないと思ったのだ。彼女は悲嘆に暮れていただけではなかった。起こったことに対して自責の念にとらわれていた。マーリーに起こったことに対して自分を責めたミセス・ペッカムの場合と同じだ。

その日の午後、カーラは階下のラウンジにいたヴィッキーをたまたま見かけた。ヴィッキーはTVを見つめていた。ただし、TVのスイッチは入っていなかった。カーラによれば、ヴィッキーは心ここにあらずといった感じでうつろな表情だったらしい。彼女はそんな様子のヴィッキーを以前にも目にしたことがあった。薬を一度に多く飲んだり、順番をまちがえて飲んだりしたときだ。カーラはヴィッキーに健康センターに行って診察してもらいたいかどうかたずねた。ヴィッキーは、いいえ、だいじょうぶ、キツイ一日だったけど、じきによくなる、と答えた。

不愉快な子どもがいたの、ヴィッキーはカーラに言った。わたし、オーディションをだいなしにしちゃって、その子になじられたのよ。

それはさんざんだったわね、とカーラは言った。

ジョージはその子を知っていたの、とヴィッキーは言った。かれは知らないと言ったけど、わたしにはそうじゃないことはわかった。わたしの考えていることを知りたい?

カーラは、もちろん、と言った。そのときまでには、カーラは確信していた。ヴィッキーは薬の量をまちがえたか、マリファナかなにかを吸ったか、あるいはその両方だと。

ジョージがあの子をあそこに待機させておいたんだと思う、とヴィッキーは言った。からかうために。でも、わたしが動揺しているのを見て、かれは申し訳ないと思い、子どもの悪ふざけを止めようとした。ただし、その子はやめる気はなかった。

カーラは言った。それはおかしいわよ、ヴィック。ジョージは役のことであなたをぜったいにからかったりしない。あなたを好きだから。

ヴィッキーは言った。その子は正しいことを言ったけどね。わたし、役者の道をあきらめたほうがいいみたい。

カーラの話のその時点で、おれはそのガキとはまったく関係ないと口をはさんだ。カーラはこう言った。そんなことはヴィッキーに言うまでもなかったし、おれのことはいい人でどんなにヴィッキーのことを想っているか知っていると。そしてカーラは泣きだした。

わたしのせいなの、あなたじゃない、とカーラは言った。ヴィッキーが混乱しているのがわかったけど、わたしは傍観しているだけだった。で、ああいうことになったの。それもわたしのせい。だって、彼女は本気じゃなかったから。ぜったいにするつもりじゃなかったのよ。

カーラはヴィッキーをそのままにしておき、勉強するために階上に戻った。二時間後、階下のヴィッキーの部屋に行った。
果が切れていたら、ワインを飲みたいかもしれない、とカーラは思った。あるいは、薬の効
ンジを見てみたが、そこにもいなかった。女の子がふたり、TVを見ていた。そのうちのひと
りが、ちょっとまえにヴィッキーが階下に行くのを見たような気がする、たぶん洗濯じゃない
かな、と言った。

だって、シーツを何枚か持っていたから、と少女は言った。

それで心配になった。どうしてかは考えようとしなかったが。カーラは階下に行ったが、ランドリールームにはだれもいなかったし、洗濯機は一台も作動していなかった。隣の部屋は物置で、そこに女の子たちは自分の手荷物を保管していた。そこから物音が聞こえた。で、中に入ると、ヴィッキーがこちらに背中を向けているのが目に入った。彼女はいくつか重ねたスーツケースの上に立っていた。二枚のシーツが結ばれてロープ状になっていた。片方の端は輪になってヴィッキーの首にかかっていた。もう一方の端は頭上のパイプに結ばれていた。

だが問題は、カーラが言うには、スーツケースがみっつ重ねてあり、しかもシーツはかなりたるんでいたことだ。本気で首を吊ろうとしていたのなら、シーツは一枚だけにして、トランクをひとつ立ててその上に乗っただろう。つまりヴィッキーのしていたことは、演劇関係者の言うドレスリハーサルというものにすぎなかった。

それはどうかな、きみはヴィッキーが薬をどのぐらい服用したのか、そしてどんなに混乱していたのかわからなかったんだ、とおれは言った。

自分が目にしたことはわかっていた、とカーラは言った。ヴィッキーはその気になれば、スーツケースから簡単に降りて床に立つことができたのよ。シーツの輪が首に絞まることもなく。でも、そのときわたしはそうは思わなかった。気が動転していたから。ただ、彼女の名前を叫んだ。

背後からのわたしの喚き声がヴィッキーを驚かせ、スーツケースから静かに降りるかわりに、前方に勢いよくつんのめり、スーツケースを後方に蹴り飛ばす結果となった。彼女はコンクリート床にうつ伏せに倒れ込んだかもしれないが、カーラによれば、そこまでの長さの余裕は首に巻き付けたシーツにはなかった。二枚のシーツをひとつに繋いでいた結び目をほどけば、ヴィッキーはまだ生きていたかもしれないが、だめだった。落下のさいの重みが結び目を固くし、輪が首を絞めつけてヴィッキーの頭をぐいっと引きあげた。

首の骨がボキッと鳴るのが聞こえた、とカーラは言った。大きな音だった。わたしのせいだった。

それからカーラは泣いて、泣いて、泣きつづけた。

おれはカーラをコーヒーショップから連れ出して、角のバス待合所に行った。そこで、きみのせいじゃないよ、と何度も繰り返し言い聞かせると、しまいには泣きやんだ。少し微笑みさえした。

カーラは言った。あなたって、とっても説得力のある人ね、ジョージ。

おれが彼女に黙っていたことがある——言っても信じなかっただろうから。それは、おれの説得力はゆるぎない確信にもとづいていたということだ。

5

「悪ガキはおれが好意を寄せている相手のところに出てくる」ハラスは言った。

ブラッドリーはうなずいた。ハラスがそう信じているのは明白だった。この話を裁判のときに持ち出したら、ハラスは〈針の館〉での滞在ではなく終身刑を勝ち取ったかもしれない。陪審員たちがこの話を完全に受け入れることはありそうもなかったが、死刑判決を却下する言い訳にはなっただろう。いまでは後の祭りだ。悪ガキに関するハラスの話にもとづいた書面による死刑中止運動は、藁にもすがろうとしているように見えるだろう。おまえはハラスの眼前で、そのゆるぎない確信に満ちた表情を目にしなければならなかったのだ、かれの生の声で話を聴かなければならなかったのだ、とブラッドリーは思った。

かたや死刑囚の男は、いささか曇ったプレキシガラス越しに、薄笑いの痕跡を浮かべながら、ブラッドリーを見ていた。「その子どもは、ただの性悪じゃなかった。同様に強欲だった。やつにとっては、いつだって一石二鳥だ。ひとりは死に、もうひとりは罪の意識という暖かくて美味なソースをかけられる」

「あんたはカーラをうまく丸めこんだのにちがいない」ブラッドリーは言った。「けっきょく、彼女はあんたと結婚した」

「すっかり納得させたわけじゃない。彼女は悪ガキをまったく信じなかった。信じたのなら、裁判に出席しただろうし、離婚はしなかっただろう」ハラスは仕切り越しにブラッドリーを見つめた。その目は精彩を欠いていた。

部屋の隅の守衛――マグレガー――が腕時計を見てからイヤフォーンをはずして立ちあがった。「せかしたいわけじゃないが、弁護士さん、十一時半だから、もうすぐあんたの依頼人は独房に戻らなければならない。正午の点呼がある」

「この場で点呼すればいいだろ」ブラッドリーは言った……が、穏やかな口調で。どんな守衛も持っている意地悪な心性にふれないように。マグレガーはいい人間だが、意地悪なところがある、とブラッドリーは確信していた。それは重罪人を監視する責務を負っている人間にとっては必要なことだ。「そもそも目の前にいるんだし」

「規則は規則だ」そう言って、マグレガーは片手をあげた。まるでブラッドリーの機先を制するかのように。「あんたには死期の迫っているその男とできるだけ多くの面接時間を持てる権利があるのは知ってる。だから待っていれば、点呼のあとでまた連れてきてやる。かれは昼飯を食いそこねるだろうが。たぶん、あんたも」

ふたりはマグレガーが椅子に戻って、いま一度イヤフォーンをするのを眺めた。ハラスがプレキシガラスの仕切りに向き直ったとき、唇に笑みが先ほどよりも深く刻まれていた。「へっ、あんた、もう話の残りはうすうすわかってんじゃないか」

たしかに推測はついていたが、ブラッドリーは白紙のリーガルパッドの上で両手を組んで言った。「ともかく話してくれないか？」

6

　おれはハロルド・ヒルの役を辞退し、演劇部を退部した。演劇に興味を失った。ピッツバーグ大学での最終学年のあいだ、経営学にのめりこんだ。特に会計学に。そしてカーラ・ウィンストンに。卒業した年に結婚した。おれの父親が付添人だったが、その三年後に亡くなった。父親が責任者だった炭鉱のひとつは、ルイザの町にあった。そこはアイアンヴィルの少し南寄りにあり、あいかわらず父親は〝家政婦〟のノーナ・マッカーシー――ママ・ノーニー――と暮らしていた。炭鉱は〈正真正銘の深淵〉と呼ばれていた。ある日、そこの採掘区域で落盤事故があった。およそ地下六十メートルでの出来事だ。たいしたことはなかった。みな無事に脱出したが、父親は同僚をふたり連れてオフィスから地下に降りて行った。被害状況を観察し、現場を復興して作業再開までにどのぐらいの日数がかかるか算定しようとしたのだ。そして二度と戻らなかった。だれひとりとして。

　少年がしきりに電話をしてくる、とノーニーがあとになって言った。彼女は常にかわらず魅力的な女性だったが、父親が亡くなってから皺と喉のぜい肉が目立ち始めた。足を引きずるようになった。また、だれかが部屋に入ってくると、かならず背中を丸めた。まるでぶたれると思っているかのようだった。そうなったのは父親の死のせいではなかった。悪ガキが原因だった。

あの子がずっと電話をかけてくる。そしてわたしのことを尻軽の黒人女って呼ぶ。でも、そんなことは気にしない。もっとひどいことを言われてきたから。そんなもんは痛くも痒くもない。でも、わたしがあんたのとうさんにあげたプレゼントのことを言われたのはこたえた。ブーツだよ。そんなわけがないよね、ジョージ？　ほかのもののせいだったにちがいない。フェルト靴を履いていたのにちがいない。あんたのとうさんは、炭鉱の事故のあとは、たいしたことがなさそうだと思われても、フェルト靴を忘れたことはぜったいになかった。

おれはうなずいたが、疑念が彼女の内部を酸のように蝕んでいるのが見てとれた。

ブーツはトレイルマン・スペシャルズだった。彼女はそのブーツを誕生日プレゼントとして父親にわたした。〈正真正銘の深淵〉の落盤事故から二か月もさかのぼらない頃だ。少なくとも三百ドルの出費を彼女に強いたにちがいないが、とても価値のあるブーツだった。膝までの丈、革は絹のようにしなやかだが、頑丈だ。一生履くことができて、息子に譲りわたすことのできる類のブーツだ。底に鋲（びょう）を打ったブーツ、いいか、しかるべき路面を蹴れば火花を散らすことのできる鋲釘だ。火打ち石さながらに。

父親はネイルブーツをはいて炭鉱に行くことはけっしてなかった。メタンないしは爆発ガスがあるかもしれないからだ。父親と同僚のふたりが腰に防毒マスクを携帯し、酸素ボンベを背負っていたときに、うっかり忘れて底に鋲の打ってあるブーツを履いて行ったんだろうなんて言うなよ。たとえスペシャルズを履いていたとしても、ママ・ノーニーは正しかった——さらにその上からフェルト靴を履いていたからだ。おれに言ってもらうまでもなかった。彼女は父親がどんなに用心深いか知っていた。しかし、尋常ではない考えが心に宿ってしまうものだ。

ひとりぼっちで悲嘆に暮れているときに、そのことをだれかにくどくどと何度もくり返し言われつづけたなら。バカらしい考えは赤虫のように心の中でうごめき、卵を植え付け、すぐに脳全体がのたくる蛆虫（うじむし）であふれかえる。

おれは電話番号を変えるように言った。ママ・ノーニーはそうしたが、ガキは新しい番号を入手し、電話をかけつづけてきて、こう言った。なにを履いているのか忘れて、靴底の鋲釘で火花を散らし、1、2、3、ストライクでアウト、昔ながらの野球試合で、てな具合だね。

あのブーツをあげなければ、ぜったいに起こらなかったのに、アホな真っ黒メス豚。といったようなことを悪ガキは言った。だが、おそらく彼女はおれに最悪なことは黙っていた。

しまいにママ・ノーニーは電話を撤去してしまった。おれは彼女にひとり暮らしなんだから電話はないとだめだと言ったが、聞く耳を持たなかった。あいつはときどき夜中に電話してくるのよ、ジョージ、と彼女は言った。目覚めたまま横になりながら、呼び出し音を聞いていて、しかもあいつからだってわかっているときの気持ちが、あなたにはわからないわ。そんなことを子どもにさせておくなんて、いったいどんな親なの。

夜はコードを抜いておけばいい、おれは言った。

抜いたわよ、彼女は言った。でも、とにかくときどき鳴るの。

単なる気のせいさ、おれは彼女に言った。そう信じこませようとしたが、ぜんぜんだめだったよ、ミスター・ブラッドリー。その悪ガキはマーリーのランチボックスを手に入れることができ、ヴィッキーがオーディションに失敗してどんなに動転していたかを知ることができ、そしてトレイルマン・スペシャルズのことも知っていたなら——そして何年も年をとらずにいられるのなら——たしかに、コードが抜かれている電話を鳴らすこともできるだろう。聖書にこう記されている。悪魔は解き放たれて地上を歩き回り、神はそれをとどめることはできないだろう。その悪ガキが聖書の悪魔かどうかはわからないが、悪魔の眷属(けんぞく)であることはわかっていた。

また、救急車を呼んだところでママ・ノーニーが助かったかどうかはわからない。おれにわかっているのは、彼女が心臓発作に襲われたとき、電話がなかったので救急車を呼べなかったということだけだ。孤独死だった。キッチンで亡くなった。翌日、隣の家の婦人が発見した。カーラとおれは葬儀に参列し、ママ・ノーニーが埋葬されたあとで、おれの親父と彼女が同棲していた家で夜を過ごした。おれは悪い夢を見て目覚めた。夜明け直前のことだ。もう眠ることはできなかった。新聞がポーチに投げつけられた音を耳にしたので、それを取りに出て、郵便受けに旗が立っているのが見えた。ローブとスリッパの恰好で通りまで歩いて、郵便受けを開けた。プラスチック製のプロペラがてっぺんに付いているビーニー帽が入っていた。引き出すと、温かかった。熱っぽい人間が脱いだばかりの感じだった。触れていると汚染されるような気がしたが、ひっくり返して内側を見た。ポマードかなにか、もうほとんどだれも使っていないような古いヘアオイルで脂ぎっていた。オレンジ色の髪の毛が数本こびりついていた。メモもあった。いかにも子どもが書きましたといった、ひん曲がって傾いている汚い文字だった。こう記されていた。「とっておきな、おれにはもうひとつあるから」

その忌まわしいものを家の中に持っていき——親指と人差し指でつまんでだが、それ以上は触れたくなかった——キッチンの薪ストーブに突っ込んだ。マッチで火をつけると、そのビーニー帽はたちまち燃えあがった。ボッ。炎は緑がかっていた。カーラが三十分後に降りてきて、鼻をくんくんさせて言った。なに、このひどい匂いは？　ヘドロみたい。

　裏の腐敗槽が満タンになって汲み取る必要があるとこんな匂いがする、とおれは言ったが、実はもっとくわしく知っていた。それはメタンだった。たぶん、親父が嗅いだ最後の匂い。そのあとでなにかが火花を散らして、親父と同僚ふたりはあの世に吹き飛ばされた。

　そのころには、おれは会計事務所――中西部で最大の無所属系事務所――に職を得ていて、とんとん拍子で出世街道を歩んでいた。おれは、早く出社して遅く退社し、そのあいだ気をぬかずにいれば、昇進することに気づいた。カーラとおれは子どもが何人かほしかった。養う余裕はあったが、子宝に恵まれなかった。カーラには深紅色の訪問客が毎月やってきた。しかも時計のように正確に。ふたりでトピーカにある産科に行き、そこで通常の検査をすべて受けた。あなたたちにはなんの問題もない、不妊治療について話し合うには早すぎます、と医師は言った。家に帰り、リラックスしてセックスライフを楽しんでください。

　で、おれたちは言われたとおりにした。そして十一か月後、深紅色の訪問客の足がとだえた。カーラはカトリック信者として育てられていたが、大学時代は教会に行くのをやめていた。ところが、妊娠したと確信すると、ふたたび教会にかよいだし、おれを引っぱっていった。聖アンドレア教会に行った。どうでもよかった。彼女がお腹にいる赤ん坊のために神を称賛したいのなら、別にそれでかまわない。

　妊娠六か月で流産になった。事故のせいだ。が、ほんとうは事故じゃなかった。赤ん坊は数時間生きてから死んだ。女の子だった。名前が必要だったので、ヘレンと名付けた。カーラの祖母にちなんで。

事故は教会を出たあとで起こった。ミサが終わったのち、おれたちはダウンタウンでうまい昼飯を食ってから家に帰ることになっていた。自宅でおれはフットボールを観戦するつもりだった。カーラは楽な姿勢で横になって休み、妊娠していることを楽しむ。彼女は満喫していたんだよ、ミスター・ブラッドリー。妊娠している日々を、つわりがあった初期の状態でさえも。

おれが悪ガキを見たのは、教会を出てすぐだった。例の半ズボンにセーター、小さくて丸いオッパイとぽっこりとした腹。おれが郵便受けで見つけたビーニー帽は青色だったが、おれたちが教会から出てきたときに、そいつがかぶっていたのは緑色だった。しかし、プラスチック製のプロペラは同じだ。おれは少年から大人に成長し、髪に最初の白い筋がまじりだしていたが、その悪ガキはあいかわらず六歳のままだった。せいぜい七歳か。

やつは少し離れたところに立っていた。もうひとり別の子どもがやつのまえにいた。〝普通の〟子ども、大人への成長過程にある人間ということだ。その子は愕然としてこわがっているように見えた。片手になにか持っていた。ボロ・バウンサーに紐で装着されているボールのように見えた。おれが子どものころにママ・ノーニーからもらったやつだ。

やれよ、悪ガキは言った。おれがあげた五ドルを取り返されたくなかったら。

やりたくない、普通の子どもは言った。気が変わった。

カーラはその光景に気づいてなかった。階段の一番上に立って、パトリック神父に話しかけていた。今日の説教はすばらしかったです、とても考えさせられました、と言っていた。階段は花崗岩造りで、勾配が急だった。

おれはカーラを支えようと進み出た、と思う、が、そうじゃなかったかもしれない。ただその場に凍りついていたのかもしれない。『ザ・ミュージック・マン』のオーディションのあとで、落ち込んでいたヴィッキーとおれがその悪ガキを目にしたときと同じように。おれが身動きできないうちに、あるいは声をあげるより早く、悪ガキが進み出た。半ズボンのポケットに手を入れて、ライターをさっと取り出した。それを着火させる瞬間、火花が散るのが見えた。そのせいでおれは真実を知った。あの日の〈正真正銘の深淵〉炭鉱での出来事、およびそれが父親の靴底の鋲釘とはなんの関係もないということを。なにかがシューッと音をたて、普通の子どもが手にしている赤いボールの上で火花が散り始めた。その子どもは、それを持っていたくないので放り投げた。すると悪ガキが笑った。ただしそれはブタの鳴き声にも似た、悦に入った含み笑いだった——フガッ、フガッ、フガッ、といった感じだ。

それは階段の脇、鉄柵の下にあたって跳ね返ってから、耳をつんざく音と黄色い閃光を放った。それはただのファイアークラッカーでもチェリーボムでさえもなかった。違法の最強爆竹M-80だった。カーラは肝をつぶした。あの日、ファジー・エーカーの倉庫で彼女に驚かされたヴィッキーがそんな感じだったのにちがいない。おれはカーラをつかもうとしたが、彼女はパトリック神父の片手を両手で握っていたので、彼女の肘をかすっただけだった。カーラと神父はともに階段から転落した。神父は右腕と左脚を骨折した。カーラは足首を骨折し、脳震盪を起こした。そして赤ん坊を失った。ヘレンを失った。

M-80を実際に投げた子どもは、翌日、母親に連れられて警察に出頭し、潔く白状した。もちろん、その子はとほうにくれていて、子どもがいつも口走るようなこと、ほとんどつじつまの合わないことを言った。事故なんだよ、怪我をさせる気はなかった。投げるつもりさえなかったし、ただもうひとりの子が導火線に火をつけたんで、こわくなって指を離したんだ。うん、もうひとりの子には初めて会ったんだ。うん、名前さえ知らない。それからその子は、悪ガキからもらった五ドルを警察官にわたした。

カーラはその後、寝室で夫婦の営みをたいしてしなくなり、教会にも行かなくなった。おれはかよいつづけて、〈コンクエスト〉に従事した。なんだかわかるよな、ミスター・ブラッドリー、あんたがカトリックだからってわけじゃなく、国選弁護士だからさ。つまりボランティア活動。宗教的なことはどうでもよかった。それはパトリック神父にまかせた。でも、野球のコーチをしたりフットボール・チームと接したりするのは楽しかった。バーベキューやキャンプにはいつも参加した。中型運転免許を取得して、少年たちを水泳大会や遊園地、そして青年修養会に教会のバスに乗せていった。そして常に銃を携帯した。四十五口径を〈ワイズ・ポーン・アンド・ローン〉で購入した――知ってるよな、検察側の物証Aだ。その銃を五年間携帯した。自分の車のグローヴボックスや〈コンクエスト〉のバスのツールボックスに入れて。コーチをしているときは、自分のスポーツバッグにしまっておいた。

カーラは、おれが〈コンクエスト〉に協力するのが気にいらなくなった。それがおれの自由な時間を奪っているという。パトリック神父がボランティアを募ると、おれがいつだって真っ先に手をあげた。カーラは嫉妬していたのにちがいない。あなたはもう、週末はほとんど家にいないわね、彼女は言った。カーラは言った。最近のあなた、ちょっと変よ。

たぶん、実際そうだったらしい。特別な少年たちを迎えに行き、かれらに必要以上の関心を持っていたからだ。かれらと友だちになることで、かれらを助けていたんだ。たいへんじゃなかった。かれらの多くは低所得者家庭の出身だ。たいていが母子家庭で、母親は食卓に食べ物を並べるために安賃金の職をいくつか掛け持ちしていた。車があっても、それは母親が必要なので、おれの最新のお気にいり少年を〈木曜の夕べのコンクエスト集会〉のためによろこんで送迎した。それができない場合は、少年たちにバスの切符を買い与えた。しかし、現金はあげなかった――そうした家庭の少年たちにお金をわたすのはよくないことだと、はなから気づいていたからだ。

そうこうしているうちにいくつか成果をあげた。ある子ども――出会ったとき、たぶんかれの持っている服は、ズボンが二本とシャツは三枚だけだった――は数学の天才だった。そこでおれは私立学校で奨学金をもらえるようにしてやった。現在のかれは、カンザス州立大学の一年生で順風満帆だ。他の数人はドラッグに手を染めたが、少なくともそのうちのひとりはおれが更生させた、と思っている。たしかなことはぜったいにわからない。ほかのひとりは母親と口論して家を飛び出し、一か月後にオマハからおれに電話してきた。ちょうど母親が息子は死んだか永遠に帰ってこないのだとあきらめかけていたころだった。おれは出かけて、その少年を連れ戻した。

そうした〈コンクエスト〉の少年たちとかかわることで、デラウエア州で税金還付の手続きや税金逃れのための法人設立よりもっといいことをする機会を得た。だが、それが理由でボランティアをしていたわけではない。単なる副産物だ。ときどき、ミスター・ブラッドリー、特別にお気にいりの少年をディクソン・クリークに、あるいは大きな川に釣りに連れ出した。おれも釣りをしたが、鱒や鯉はからきしだった。長いあいだ、釣り糸にピクリとも手ごたえを感じなかった。そのときはロナルド・ギブスンがいっしょだった。

ロニーは十五歳だったが、それより年下に見えた。片目が不自由だったので、野球やフットボールはできなかったが、男の子たちが雨の日に室内でやるようなチェスやその手のボードゲームの名手だった。だれにもいじめられなかった。グループのマスコット的存在だった。父親はかれが九歳かそこいらのときに家族を捨てた。そのせいでロニーは、男性の愛情に飢えていた。じきにかれは自身のあらゆる悩みを抱えておれのところにやってきた。一番大きな悩みは、言わずと知れた、片目が悪いことだった。円錐角膜と呼ばれる先天的欠陥——異常角膜だった。角膜移植手術で治る可能性があると医者に言われたが、母親にはそのような高額の治療費を支払える余裕はなかった。

パトリック神父のところに行き、おれたち六人からなる〈ロニーに新たな視界を〉と称する基金募集運動を始めた。TVでも取りあげられた——チャンネル4のローカル・ニュースで。ロニーとおれがバーナム・パークをいっしょに歩いているシーンがあった。おれはかれの痩せた肩に腕をまわしていた。カーラはそれを見て鼻で笑った。あなたにその気がなくても、これを見た人は言うわよ、あんたはショタだってね、と彼女は言った。

人がなんと言おうとかまわなかった。そのニュースが放送されてまもなく、最初の釣り糸のあたりを得たからだ。ドンピシャリ。喰らいついたのは悪ガキだった。ついにやつの関心を引いたのだ。やつを感じることができた。

ロニーは手術を受けた。悪い片目に完全な視力を得ることはできなかったが、かなり見えるようになった。術後の最初の一年間、かれはまぶしい太陽光を暗くする特別なメガネをかけることになっていたが、いやがらなかった。それをかけると自分がちょっとクールに見える、とかれは言った。

術後ほどなくして、ロニーと母親は放課後、おれに会いに来た。そのときおれは聖アンドレア教会の地下にある〈コンクエスト〉のオフィスにいた。母親が言った。たいへんお世話になりました、わたしたちにできることならなんでもしますから、ミスター・ハラス、どうぞなんなりと言いつけてください。

おれはかれら親子に言った。そんな必要はない、こちらこそ力になれてうれしかった。ついで、その場でふとなにか思いついたふりをした。

そういえば、やってほしいことがある、おれは言った。ささいなことだよ。

なんですか、ミスター・H？　ロニーがきいた。

先月のある日、教会裏に駐車して、階段をなかばまで降りたとき、車のロックをかけ忘れたことを思いだした。戻ると、車の中に子どもがいて、あたりを引っかきまわして物色している。その子に怒鳴ると、小箱をもって飛び出した。グローヴボックスにしまっておいた通行料金用の小銭が入った箱だ。その子を追いかけたが、足が速すぎてだめだった。

やってほしいのは、その子を見つけて、言ってもらいたいんだ、とおれはロニーと母親に告げた。きみたち少年たちにおれが話していることを言ってほしい——盗みは奈落へ至る初めの一歩だと。

ロニーはおれにきいた。その子はどんな見た目かと。

チビでずんぐりむっくり、とおれは答えた。あざやかなオレンジ色の髪で、文字どおりニンジンのような赤毛だ。目撃したときには、灰色の半ズボンを穿いていて、髪の毛と同じ色のストライプの入った緑色のセーターを着ていた。

まあ、なんてこと、とミセス・ギブスンが言った。てっぺんにプロペラのついた帽子をかぶっていませんでした?

えっ、そうです、とおれは声を平静にたもちながら言った。いまあなたがおっしゃったその子です。

通りの向かい側にいるのを見たことがあるわ、母親は言った。そこでなにか活動に参加しているのかと思った。

きみは、ロニー? おれはたずねた。

ううん、とかれは答えた。ぜんぜん見たことない。

そうか、見かけたら、その子にはなにも言わないで。ただ、知らせてくれ。いいね?

ロニーはそうすると言った。で、おれは満足した。悪ガキが戻って来たことがわかったし、やつが行動を起こすときは、おれがそばにいることがわかったからだ。やつはおれに近くにいてほしいのだ。そこが肝心かなめのところだから。やつはおれを傷つけたいのだ。ほかのすべての人間——マーリー、ヴィッキー、おれの父親、ママ・ノーニー——は、単なる副次的なダメージだ。

一週間、ついで二週間が経過した。おれはやつがこっちの企みに勘づいたと思い始めた。やがて、ある日——その日だ、ミスター・ブラッドリー——少年のひとりが教会裏の運動場に駆け込んで来た。おれはそこで少年たちがバレーボールのネットを設置する手伝いをしていた。ロニーが殴り倒されてメガネをとられた！　その少年は声を張りあげた。殴った子は公園に逃げた！　ロニーは追いかけていった！

おれはぐずぐずせず、スポーツバッグ――特別お気にいりの少年たちと関係していた日々、どこへ行くにも持ち歩いていた――をつかんで、バーナム・パークのゲートを走りぬけた。ロニーのメガネを盗んだのは悪ガキじゃないことはわかっていた。それはやつの流儀ではない。メガネ盗人はM－80を投げた子と同じように〝普通〟の少年で、悪ガキの計画がなんであれ遂行されたあとで謝罪する役割だ。おれがその悪巧みをみすみす実行させた場合に。

ロニーは体育会系の少年ではなかったので、速く走れなかった。メガネを奪った子はそれに気づいたにちがいない。かれは公園の反対側で突然止まると、頭の上でメガネを振りまわしながら叫んだからだ。取りに来いよ、レイ・チャールズ！　取りに来な、スティーヴィー・ワンダー！

バーナム・ブールバードで車が行き交う音が聞こえていたので、おれには悪ガキがなにを企んでいるのか正確にわかった。かつて成功したことはもう一度うまくいくと考えたのだ。今回は〈スティーヴ・オースティン〉のランチボックスのかわりに特別製のサングラスだが、基本的なアイデアは変わらない。ロニーのメガネを盗んだ子はのちに、泣きながらこう言うだろう。どうなるか知らなかったし、単なる冗談か悪ふざけ、あるいはチビデブの赤毛の子がロニーに歩道に突き飛ばされた、その仕返しなのかもしれないと思った。

おれはロニーに簡単に追いつけただろうが、まずはそうしなかった。かれはおれのルアーだったし、すぐに引きあげたくなかった。ロニーが接近したとき、メガネを奪った子は悪ガキの企んだ卑劣な行為を遂行した。ロニーのメガネをあいかわらず頭上で振りながら、公園とバーナム・ブールバードとのあいだの石造りのアーチを脱兎のごとく走りぬけた。ロニーはその子を追いかけ、おれはそのあとにつづいた。おれは走りながらスポーツバッグのジッパーを開けた。ついでリボルバーを手にすると、バッグを捨てて猛ダッシュした。それ以上来るな！　さがってろ！　おれはロニーを追い越しながら叫んだ。

ロニーは言われたとおりにした、ありがたいことに。もしかれの身になにかあったなら、おれはここで注射針を待ち受けていなかったろうな、ミスター・ブラッドリー。自殺していたよ。アーチを通過すると、歩道で待っている悪ガキが見えた。いつもと同じ姿だった。大きな子どもが悪ガキにメガネを手わたすと、そいつは普通の子どもに紙幣を差し出した。そしておれがやってくるのを見ると、やつのおぞましい真っ赤な唇から初めて不快な笑みが消えた。想定外だったからだ。計画では、最初にロニー、ついでおれの登場の予定だった。ロニーが悪ガキを追って道路に飛び出し、トラックかバスに轢かれることになっていた。おれはあとからやって来て、事故を目撃するという算段だ。

赤毛小僧がバーナム・ブールバードに突進した。公園の外の道路がどんなぐあいか知ってるよな——少なくともそのはずだ、検察当局が法廷でビデオを三回見せたからな。上り下り各三車線。そのうち二車線は直進で一車線は右折左折のためで、コンクリートの中央分離帯がある。悪ガキは中央分離帯についたとき、背後を振り返り、さらに驚愕した。純粋な恐怖の表情。それを見て、おれはカーラが教会の階段を転げ落ちて以来初めて幸福感を味わった。

やつはおれを一瞥（いちべつ）するとすぐに、自分になにが迫っているのかチラリとも見ずに下り車線に飛び出した。同様に、おれは上り車線に突入した。車に轢かれるかもしれないと思ったが、かまわなかった。少なくともそれはほんとうの事故で、摩訶不思議なことに急にアクセルが戻らなくなったわけではないだろう。自殺行為とみなされるだろうが、そうじゃない。やつを逃がしたくない一心だった。この先二十年間はやつにお目にかかれないかもしれない。それまでにはおれは老人になっている。

自分がどれほど危機一髪の状況にあったのか知らないが、ブレーキの金切り声やタイヤの悲鳴がたくさん聞こえた。一台の車が悪ガキを避けるためにハンドルを切ったせいで、小型トラックと接触した。おれに向かって、バカ野郎！　と怒声が飛んだ。ほかのだれかは、なにやってんだ？　と叫んだ。それらはおれにとっては単なる背景雑音にすぎなかった。おれの全意識は悪ガキに注がれていた――片時も目をそらさなかった。

やつは全力疾走していたが、精神はどんなにひどいモンスターであろうと、肉体は短い脚と太ったケツの六歳児なので、逃げきることはぜったいにできなかった。おれが車に轢かれてしまうのを祈るしかなかったが、そうは問屋が卸さない。

やつは向こう側に到着し、歩道の縁石につまずいた。どこかの女性――髪を金髪に染めたかっぷくのいい婦人――が金切り声で叫んだ。その男は銃を持ってる！　ミセス・ジェーン・ハーレーだ。彼女が法廷で証言した。

悪ガキは立ちあがろうとした。これはマーリーのぶんだ、このチビくそ野郎、と言って、おれはやつの背中を撃った。それが一発目だ。

やつは四つん這いになって逃げだした。血が歩道に滴り落ちた。これはヴィッキーのぶん、と言って、もう一発背中にお見舞いした。それが二発目。これは親父とママ・ノーニーのぶん、と言って、おれはやつの両膝の裏、ちょうど灰色のバギーショーツ丈のところに一発ずつぶち込んだ。それが三発目と四発目だ。

そのときまでには大勢の人々が悲鳴をあげていた。ある男性はわめいていた。銃を取り上げろ、取り押さえろ！　だが、だれもそうしなかった。

悪ガキはゴロリと仰向(あおむ)けになって、おれを見た。その顔を見たとき、おれの心臓は止まりそうになった。もう六歳ないしは七歳には見えなかった。困惑して苦痛に苛(さいな)まれているそいつは、ほんの五歳に見えた。ビーニー帽は脱げて、その子の横に落ちていた。二枚あるプロペラの羽根の一枚がすっかり曲がっていた。嘘だろ、おれはなんの罪もない子どもを撃ったんだ。そしてその子はおれの足元に横たわって、致命傷を負っている。

そう、あやうく一杯食わされるところだった。見事な演技だったよ、ミスター・ブラッドリー、アカデミー賞もんだったが、やがて化けの皮がはがれた。傷つき苦しんでいる顔を装うことはほぼできたが、目は欺けなかった。〝それ〟は依然として目に潜んでいた。おれは止められないぜ、やつの目はそう言っていた。おまえにはできないよ、おれがおまえに決着をつけてやるまではな、そしておまえとの決着はまだこれからだ。

その人から銃を取りあげて、だれか！　女性がわめいた。その子が殺されないうちに！

大男が突進してきた――かれもまた証言をした、と思う――が、おれが銃を向けると、かれは両手をあげて、そそくさとあとずさった。

おれは悪ガキに向き直り、胸を撃ってから言った。これは赤ん坊へレンのためだ。それが五発目。そのときには血が口から顎へ流れ落ちた。おれの四十五口径は旧式の六連発だったので、あと一発しか残っていなかった。おれはやつの血だまりに片膝をついた。赤かったが、黒であるべきだった。毒虫を踏み潰したときに出てくる汚い粘液のような。そして銃口をやつの眉間に当てた。

この一発はおれのためだ、さあ、どこであれ元いた場所に帰りな、と言って、おれは引き金を引いた。それが六発目。だが、最後の一瞬、やつの緑色の目とおれの目が合った。

決着はついてない、やつの目は言った。終わってない、おまえが息の根を止めるまではな。そのときでさえ終わらないかも。たぶん、あちら側でもおまえを待ってるよ。

やつの頭がガクリとなった。片脚が痙攣してから静かになった。おれは銃をやつの体の横に置いて、両手をあげて、立ちあがり始めた。完全に起きあがらないうちにふたりの男につかまれた。ひとりがおれの鼠径部を膝で蹴りあげた。もうひとりには顔を殴られた。もう数人が加わった。ひとりはミセス・ハーレーだった。彼女からは少なくとも二発キツイのをいただいた。彼女はそのことを法廷では証言しなかった、だよな？

ミセス・ハーレーを非難してるわけじゃない、弁護士さん。だれも責めたりしないよ。あの日、かれらが目にした歩道に横たわっているものは、銃弾で二目と見られない姿になった小さな男の子だったんだ。実の母親でさえ我が子と認識できないほどに。

かりに本当に小さな男の子だったとしても。

7

マグレガーはブラッドリーの依頼人を昼の点呼のために、〈針の館〉の奥に連れて行ったが、あとで連れ戻すと約束した。

「スープとサンドイッチを持ってくるよ、ほしければ」マグレガーはブラッドリーに言った。「腹がへってるだろ」

へっていなかった。まったく。ブラッドリーはプレキシガラスの自分の側にすわったまま、なにも書いていないリーガルパッドの上に両手を組んで待っていた。そして、人生の滅失（めっしつ）についてじっくり考えていた。目下考察中のふたつのうち、ハラスの身の破滅はわかりやすい。あの男は明らかに狂っているからだ。かれが法廷で証言台に立って、この話をしたら――同じように筋の通った、どうしてわたしの言うことが疑わしいのかといった感じの口調で語ったら――いまごろかれは、州にふたつある重警備の精神病院のひとつに収監されていて、まず全身麻酔剤、ついで筋肉弛緩剤、そして最後に動物安楽死用の薬といったぐあいに投与していく注射――〈針の館〉の収容者たちに〈おやすみ、かあさん〉と呼ばれている死のカクテルの順番待ちをしていることはないだろう。

ハラスは、自身の子どもを失ったことで正気の一線を踏み越えたのだろうが、少なくとも人生の半分は生きてきた。明らかに不幸な人生で、偏執性幻覚と被害妄想とに悩まされたが――

「パン半分でもないよりまし」という格言をちょっとひねって――人生半分でもないよりまし。小さな男の子の場合はもっと悲惨だ。州の検死官によれば、まの悪いときにたまたまバーナム・ブールバードにいたその子は八歳未満、たぶん六、七歳ほどらしい。人生の舞台に立っていなかった。舞台の袖で出番を待っていたところだ。

マグレガーはハラスをふたたび連れてくると、椅子に鎖で繋ぎ、あとどのぐらい時間がかかりそうかとたずねた。「かれは昼飯をとりたがらなかったからだ。でも、ここでいくらか食べてもかまわんよ」

「長くない」ブラッドリーは言った。実際、質問はあとひとつだけだった。で、ハラスがいま一度着席したとき、かれはたずねた。

「なぜ、あんたなんだ？」

ハラスは眉を上げた。「なんだって？」

「その悪魔――あんたは悪ガキのことをそう思ってる――は、どうしてあんたに取り憑いたのかな？」

ハラスは笑ったが、唇を単に動かしただけだった。「それはいささか考えが甘いね、弁護士さん。どうしてロニー・ギブスンみたいに角膜異常で生まれてくる赤ん坊がいるんだ、そして同じ病院でつぎに生まれてきた五十人はどうして正常なんだ、とたずねているようなもんだよ。あるいはどうして、文化生活を主導している優秀な人間が三十歳で脳腫瘍にかかったり、強制収容所のガス室の管理を手伝った怪物が百歳まで生き長らえたりするんだと、きいたほうがましだ。あんたは、なぜ悪いことが善人に起こるのかとたずねているんだったら、来る場所をまちがえたね」

おまえは逃げ惑う子どもを六回撃ったんだぞ、ブラッドリーは思った。最後の三発か四発は至近距離で。いったいどの舌で自分のことを善人だなんて言えるんだ？

「あんたが帰るまえに」ハラスは言った。「質問させてくれ」

ブラッドリーは待った。

「まだ警察はあいつの身元を特定していないのか？」

ハラスは囚人らしいだらけた口調できいた。つまり、独房に戻る時間を少しでも引き延ばそうとして会話をしているといった感じだが、この長い期間にわたる面会で初めて、かれの目が本心からの関心で生き生きと輝いた。

「だと思う」ブラッドリーは慎重に答えた。

実のところかれは、まだ子どもの身元が判明していないことを知っていた。検察官事務所に情報源を持っていて、新聞が報道するより早く、マスコミがほしがる子どもの名前と履歴の詳細を入手していたのだ。被害者の身元不明少年はアメリカ全土に行きわたった三面記事を飾った。四か月かそこいらで人々の関心は薄れたが、ハラスの死刑執行にともなって、確実に再燃するだろう。

「その件に関して考えてもらいたいんだ」ハラスは言った。「でも、言うまでもないよな？あんたはこれまでずっと考えてきてるんだし。それでたぶん、夜も眠れなかったということはないだろうが、うん、そう、あんたはずっと考えてきた」

ブラッドリーは黙っていた。

ハラスは、今度はおざなりではないほんものの笑顔を見せた。「おれが話したことをあんたは一言も信じていないのはわかってるが、まあ、無理もない。だけど、ちょっとのあいだ、脳みそを働かせて考えてくれ。白人の子どもだった——白人の男の子にとりわけ価値を置くこの白人男性優位社会では熱望され大切にされる存在だ。近頃の子どもたちは、学校に入学する年頃になると、当然のことながら指紋を採取される。それが行方不明になったり、殺されたり、誘拐されたりした場合のID認識に役立っている。おれはそれが法で定められてさえいるとマジで思っているが、ちがうか?」

「まちがっていない」ブラッドリーは不承不承認めた。「でも、その件を大げさにとりあげるのはまちがってるよ、ジョージ。その子どもはたまたま情報網から漏れてしまったんだ。偶然だよ。情報システムはあてにならない」

ハラスの笑みがチェシャ猫のそれに変わった。「自分にそう言い聞かせていな、ミスター・ブラッドリー。そう思いこんでいればいいさ」と言うと、体の向きを変えて手をふった。するとマグレガーがイヤフォーンをはずして立ちあがった。

「終わったか?」

「ああ」ハラスは言った。そしてブラッドリーに向き直った。そのあいだにマグレガーは椅子につながれている鎖をかがんで解いた。ハラスの満面の笑み——ブラッドリーは初めて見た——はもともとなかったかのように消えていた。「来られるか? そのときに?」

「そのつもりだ」ブラッドリーは言った。

8

　ということで、かれはその場にいた。六日後、午前十一時五十二分に観察室のカーテンが引きあげられて、白いタイル床にY字型のテーブルのある死の部屋があらわになった。立会人はブラッドリーのほかにもうひとりいるだけだった。聖アンドレア教会のパトリック神父だった。ブラッドリーは神父といっしょに後列の席に陣取った。地方検事は胸のところで腕組みをした格好で最前列にすわり、窓の向こう側の死刑執行室から片時も目を離さなかった。

　死刑執行班（おぞましい用語だ、そんなものがあればだが、とブラッドリーは思った）が定位置についた。全部で五人。トーミー刑務所長とマグレガー、もうひとりの看守、そして白衣を着た医療関係者がふたり。このショーのスターはテーブルに横たわっていて、広げられた両腕はベルクロ・ストラップで固定されていたが、カーテンが開いたとき、ブラッドリーの視線はまず刑務所長に止まった。派手なブルーの開襟シャツを着ていて、ゴルフ場にこそふさわしい恰好をしていたからだ。

　腰にシートベルトを装着し、三点式安全ベルトを肩につけていたので、ジョージ・ハラスはこれから致死量の薬を注入されて死ぬというより、むしろスペースカプセルに乗って宇宙に飛び立とうとしているように見えた。かれの要求どおり、そこには聖職者はいなかったが、ブラッドリーとパトリック神父を目にすると、リスト・ストラップで固定されている片手をできるだけあげて、手振りで挨拶を送った。

パトリック神父も片手をあげてハラスに応えてから、ブラッドリーのほうを向いた。神父の顔は紙のように白かった。「これまでにこの手の立ち合いをしたことがありますか？」

ブラッドリーは首を横にふった。口がカラカラに乾いていたので、まともな声でしゃべることができるかどうか自信がなかった。

「わたしもです。動転しないでしっかりしていられるといいのですが。かれは……」パトリック神父は言葉を飲みこんだ。「かれはどんな子どもに対してもとても優しくていい人でした。子どもたちに愛されていました。信じられませんよ……いまでさえ、信じられません……」

ブラッドリーもまた、信じられなかった。しかし、ハラスは殺人を犯した。しなければならなかったのだ。

地方検事がかれらに振り向くと、腕組をしたモーセさながらに眉をひそめて言った。「口にチャックをしなさい、紳士諸君」

ハラスはこの世で自分が最後に身を置くことになる部屋をきょろきょろと見まわした。うろたえているようだ。まるで自分がどこに行くのか、あるいはこれから何が起こるのかよくわかっていないかのように。マグレガーが慰めて元気づけるような素振りで片手をハラスの胸にのせた。十一時五十八分だった。

白衣を着たひとり——静脈注射技師だ、とブラッドリーは推測した——がハラスの右前腕にゴム管をしっかり結んでから針を挿入してテープで留めた。針は静脈内ラインと接続していて、そのラインは壁のコンソールへとつづき、そこではみっつの赤いランプがみっつのスイッチの上で点灯している。二人目の白衣がコンソールへ移動して、両手を打ち鳴らした。いまや死の部屋でのなんらかの動きはジョージ・ハラスからのみ生じている。かれはめまぐるしくまばたきをしていた。

「執行されているのかな?」パトリック神父はきいた。「わからない」

「わたしもです」ブラッドリーは囁き返した。「たぶん、でも——」

大きなカチッという音がして、ふたりは飛びあがった(州の法定代理人は彫像のようにビクともしなかった)。刑務所長が言った。「そこにいる人たちに、わたしの声が聞こえますか?」

地方検事が親指を立ててから、ふたたび腕組みをした。

刑務所長はハラスに向いた。「ジョージ・ピーター・ハラス、陪審員によって死刑の判決が下され、その宣告はこの州の最高裁および合衆国最高裁判所で確認された。刑に処せられる前に言いたいことはあるか?」

ハラスはかぶりをふり始めて、気が変わったようだった。ガラス越しに観察室を覗きこんだ。

「こんにちは、ミスター・ブラッドリー。来てくれてうれしい。聞いてくれ、いいか? 気をつけるよ、おれがあんたなら。覚えておいてくれ、そいつは子どもの姿で現れる」

「それだけ?」刑務所長はきいた。愉快そうな口調だった。

ハラスは刑務所長を見つめた。「もうひと言いいかな。いったいぜんたい、そのシャツをどこで手に入れた?」

トーミー刑務所長は、不意に冷水を顔にはねかけられたかのように目をパチクリさせると、医師に向き直った。「用意はいいか?」

パネル脇に立っていた白衣の男がうなずいた。刑務所長は法律上のわけのわからない手続きを少し暗唱し、時計をチェックし、そして眉根を寄せた。午後十二時〇一分だったからだ。一分遅れた。かれは役者に合図を送る舞台監督さながらに白衣の男を指さした。白衣の男がスイッチを入れると、みっつの赤いランプが緑に変わった。

インターコムはまだ通話中になっていたので、ブラッドリーはハラスがパトリック神父の先ほどの言葉を別の表現で口にするのを聞いた。「始まってるのか?」

だれも答えなかった。どうでもよかった。ハラスの目が閉じられた。かれはいびきの音を立てた。一分経過。またもや長くて耳障りないびき音。そして二分経過。やがて四分。いびき音はない。身動きひとつなし。ブラッドリーはあたりを見まわした。パトリック神父がいなくなっていた。

9

ブラッドリーが〈針の館〉を出たときには、冷風が吹いていた。かれはコートのジッパーを引きあげると、立ったまま深呼吸をして、可能なかぎり冷気を内部に取り入れ、できるだけ素早く外部の寒さに適応しようとした。それ自体は死刑執行ではなかった。刑務所長の異様な青いシャツは別として、破傷風予防接種かワクチン注射と同じぐらい平凡でつまらないもののように見えた。それこそがほんとうに恐ろしい点だった。

なにかが目の片隅で動いた。死刑囚の運動場〈鶏囲い〉でのことだ。ただし、そこにはだれもいないはずだった。死刑執行の日は、運動時間はキャンセルされる。マグレガーから聞いて知っていた。案の定、首をめぐらせると、〈鶏囲い〉に人影はなかった。

ブラッドリーは思った。そいつは子どもの姿で現れる。

ブラッドリーは声をたてて笑った。自分自身に笑った。典型的な神経過敏症以外のなにものでもない。それを自身で証明するかのように、かれは寒さと恐ろしさで身震いした。

パトリック神父の旧式のボルボは、すでに帰ってしまった。〈針の館〉に隣接した来客用の小さな駐車場にはブラッドリーの車しかなかった。かれはその方向に足を数歩踏み出してから、突然、〈鶏囲い〉に向けてくるりと体を反転させた。その勢いにオーバーコートの裾が膝のあたりではためいた。だれもいなかった。当然だ、ったくもう。ジョージ・ハラスは狂っていたのだ。たとえかれの言う悪ガキが実際に存在したとしても、いまはもう死んでいる。四十五口径から発射された六発の銃弾のお墨付きだ。

ブラッドリーはふたたび歩きだしたが、自家用車のボンネットのところに来たとき、いま一度足を止めた。ひどい引っかき傷がフォードのフロント・バンパーから後部左側のテイルライトまでとぎれずについている。だれかがかれの車に傷をつけたのだ。厳重警備の刑務所内で、三か所の壁と同じ数の検問所を通過しなければならないのに、だれかがかれの車に傷跡を残した。

ブラッドリーの念頭に最初に浮かんだのは地方検事だった。胸のところで腕組みをして、タルムードの聖人ぶった男だ。しかし、それは論理的に無理がある。地方検事はけっきょく望むものを手に入れたのだから。つまり、ジョージ・ハラスの死を見届けた。

ブラッドリーは車のドアを開けた。ドアはあえてロックしていなかった——とのつまり刑務所にいるのだから。ついでかれは、しばらく棒立ちになった。外部の力によってコントロールされているかのように、かれの手がゆっくりと持ち上げられて口を覆った。プロペラのついたビーニー帽が運転席に置かれていたのだ。二枚の羽根のうち一枚が曲がっていた。

ようやくブラッドリーは前かがみになってビーニー帽を二本の指でつまみあげた。ちょうどハラスが以前そうしたように。かれは帽子をひっくり返した。内側にメモが押しこまれていた。いかにも子どもが書きましたといった、ひん曲がって傾いている汚い文字だった。

〈とっておきな、おれにはもうひとつあるから〉

ブラッドリーは、子どもの甲高くて陽気な笑い声を聞いた。〈鶏囲い〉のほうを見たが、あいかわらず人影はなかった。

かれはメモを裏返しにした。別の文章があった。より短い声明文。

〈じゃあ、近いうちに〉

ラス・ドーアに

(*Bad Little Kid*)

(風間賢二・訳)

死

著者の言葉

『ハロルド・ルーの髪』は、おそらくこれまで出版された書くことについての小説の最高傑作であり、作者のトマス・ウィリアムスが印象的なメタファーを提供しているので、物語誕生の経緯についての寓話でさえありえる。かれは小さな火が灯る暗い平原地帯を描きだす。ひとりまたひとり、人が闇から出てきて暖をとる。各自がちょっとした燃えるものを持ってきている。その結果、小さな火は燃え盛る炎となり、まわりを囲んで立っている人物たちの顔を煌々と照らし出し、各自それぞれの美しさをたたえる。

ある晩、横になってうとうとしかけていると、かなり小さな火——実際には、石油ランプだった——が見えた。そして、その明かりで新聞を読もうとしている男がいた。ほかの男たちがそれぞれランプを手にやってきた。さらなる明かりのおかげで、もの寂しい風景がダコタ準州であると判明する。

この種のヴィジョンをよく見る。不安な気持ちにかられるが。そうしたヴィジョンとともにストーリーがいつもいっしょに立ち現れるわけではない。火が消えてしまうことがある。このストーリーは語られなければならなかった。どんな言葉を使用したいのか正確にわかっていたからだ。飾りのない赤裸々な言い回し。わたしのいつもとは異なる文体だ。ストーリーがどこに向かって行くのかわからなかったが、言葉づかいが連れて行ってくれるものと強く感じた。で、そのとおりになった。

ジム・トラスデイルは父親の雑草だらけの牧場の西側に掘っ立て小屋を持っていた。バークレイ保安官と保安官代理を務める六人の町の住民がかれを発見したのは、まさにその場所だった。トラスデイルはひえきったストーブ脇の椅子に腰かけ、きたないバーンコートを着て、古い日付のブラック・ヒルズ・パイオニア日刊新聞をランタンの明かりで読んでいた。とにかく、眺めていた。

バークレイ保安官は戸口に立ち、ほぼそこをふさいでいた。手には自分のランタンを持っていた。「出てこい、ジム。両手をあげて。ピストルは抜いてない。抜きたくない」

トラスデイルは出てきた。両手をあげていたが、片手にはまだ新聞を持っていた。そして立ったまま精彩を欠いた灰色の目で保安官を見つめていた。保安官は見つめ返した。ほかの六人もそうした。四人は馬に乗ったままで、二人は古い四輪荷馬車のシートにすわっていたが。車体にはかすれた黄色い文字で〈ハインズ葬儀場〉と記されている。

「おれたちがどうしてここにいるのかきかないな」バークレイ保安官は言った。

「なぜいるんです、保安官？」

「あんたの帽子はどこだ、ジム？」

トラスデイルは新聞をもっていないほうの片手を頭にあてた。まるで帽子をかぶっているかのように。それは平たいつばの茶色いプレインズハットのはずだったが、そこにはなかった。

「小屋の中か？」保安官はきいた。冷たい風が足元から舞い起こり、馬のたてがみをなびかせ、草をなぎ倒して南にぬけていった。

「いや」とトラスデイル。「ないだろうな」

「じゃあ、どこだ？」

「なくしたのかもしれない」

「荷馬車のうしろに乗ってもらおう」保安官は言った。

「葬式用の馬車に乗りたくない」トラスデイルは言った。「縁起が悪い」

「もう手遅れだよ」保安官代理のひとりが言った。「あんた、まるで〝縁起が悪い〟を絵に描いたようだぞ。乗りな」

トラスデイルは四輪荷馬車の後部へ行ってのぼった。肌寒い風がふたたび吹きあがった。今度はさらに強く。かれはバーンコートの襟を立てた。

四輪荷馬車のシートにすわっていたふたりが降りて、左右それぞれの側に立った。ひとりは銃を抜き、もうひとりは抜いていない。トラスデイルはそのふたりの顔に見覚えがあったが、名前は知らなかった。町の住民だ。保安官と他の四人がかれの掘っ立て小屋に入った。四人のうちひとりはハインズ、葬儀屋だ。かれらはしばらくのあいだ中にいた。ストーブの扉まで開けて、寒い晩にもかかわらず火がついていなかったので、灰の中をかきまわした。しばらくしてようやく外に出てきた。

「帽子はない」バークレイ保安官は言った。「おれたちはよく知ってる。とてつもなくでかい帽子だ。それについてなにか言いたいことがあるか？」

「なくしちまったなんて最悪だ。親父にもらった帽子なんだ。まだ親父の頭がしっかりしているときに」

「なら、どこにある？」

「言っただろ、なくしたかもしれない。ひょっとして盗まれたとか。その可能性もある。そう、すぐに寝るつもりだった」

「寝るのはあきらめな。今日の午後、あんたは町にいたんじゃないのかな？」

「たしかに」保安官代理のひとりが言いながら、ふたたび荷馬車に搭乗した。「この目で見た。例の帽子もかぶっていた」

「黙ってろ、デイヴ」バークレイ保安官が言った。「あんた、町にいたのか、ジム？」

「ええ、いましたよ」トラスデイルは言った。

「〈チャック＝ア＝ラック〉に？」

「ええ、いましたよ。ここから歩いていき、一杯飲んでから、また歩いて帰ってきた。〈チャック＝ア＝ラック〉で帽子をなくしたのかな」

「それだけか？」

トラスデイルは十一月の暗い空を見上げた。「ほかに話すことはないな」

「おれの目を見ろ」

トラスデイルは保安官を見つめた。

「話はそれだけか？」

「言ったとおり、それだけさ」トラスデイルは保安官を見つめながら言った。

　バークレイ保安官はため息をついた。「よし、町へ行こう」

「なんで？」

「逮捕されたからだ」

「そいつのクソ頭に脳みそは入ってねえ」保安官代理のひとりが言った。「こいつの親父のほうがまだマシに見える」

　一行は町に戻った。六キロほどの道程だった。トラスデイルはコートの襟を立てて、葬儀屋の荷馬車の後部に乗っていた。手綱を握っていた男がふりむきもせずに言った。「彼女から金を盗んだだけじゃなく強姦もしたのか、女たらし野郎？」

「なんのことかわからない」トラスデイルは言った。

　残りの道行は沈黙のうちに行われたが、風だけはうめき声をあげていた。町では、住民が列をなしていた。最初はみな黙っていた。やがて、茶色のショールを肩にかけた年老いた女性が葬儀用の荷馬車に足を引きずるようにして駆け寄ると、トラスデイルに向かって唾を吐きかけた。狙いははずれたが、まばらな拍手を引き起こした。

　刑務所に着くと、バークレイ保安官はトラスデイルが荷馬車から降りるのに手を貸した。いまや風は勢いを増していて、雪の匂いがした。回転草が本通りを吹き飛ばされて、町の給水塔のほうに転がっていき、そこで行く手をフェンスに阻まれて積み重なり、カタカタと音を立てている。

「吊るせ、その少女殺しを！」男が叫び、だれかが石を投げた。その石はトラスデイルの頭と右肩のあいだを飛び越して、板張りの歩道で音を立てた。

バークレイ保安官はふりかえると、ランタンを掲げて、雑貨店の前に集まった群衆を見わたした。「よせ」かれは言った。「バカなまねはやめろ。まだ容疑者だ」

保安官はトラスデイルの上腕をつかみながら事務所を通過して拘置所に向かった。ふたつの監房があった。バークレイはトラスデイルを左側のほうに入れた。そこには寝台と腰かけと擦り切れた毛布があった。トラスデイルが腰かけにすわると、バークレイは言った。「だめだ。立ってろ」

保安官はあたりを見まわすと、戸口に武装した男たちが群がっているのが目に入った。「みんな、出ていけ」かれは言った。

「オーティス」デイヴという名の男が言った。「そいつに襲われたら?」

「組み伏せる。あんたが職務をまっとうしてくれていることには感謝するが、いまはすぐに出て行ってほしい」

武装した男たちがいなくなると、保安官は言った。「コートを脱いでこっちによこせ」

トラスデイルはバーンコートを脱ぐと震え始めた。肌着とコールテンのズボンしか身につけていなかった。しかもズボンはあまりにも擦り切れていたので、コールテンのうねがほとんどなくなっており、片方の膝が出ていた。バークレイ保安官はコートのポケットをくまなく調べて、J・W・シアーズのカタログのページに包まれた紙巻タバコと一ペソの換金ができる古い宝くじを見つけた。黒いビー玉も入っていた。

「おれの幸運のビー玉だ」トラスデイルは言った。「子どものころから持っている」

「ズボンのポケットを引っくり返せ」

トラスデイルはそうした。一セント銅貨一枚と五セント銅貨三枚、それとネバダのシルバーラッシュに関する折りたたまれた切り抜き記事が出てきたが、それはメキシコの宝くじと同じぐらい古そうだった。

「ブーツを脱げ」

トラスデイルは言われたとおりにした。バークレイはブーツを取りあげて中を手探りした。十セント硬貨ほどの穴がひとつ開いていた。

「こんどは靴下だ」

バークレイはそれを裏返して調べてから、脇に放り投げた。

「ズボンをおろせ」

「おろしたくない」

「なにか隠していないかどうか見るだけだ。とにかくおろせ」

トラスデイルはそうした。下着をはいていなかった。

「うしろをむいて、ケツぺたを広げろ」

トラスデイルは保安官に背中を向けると、左右の尻たぶをつかんで開いた。バークレイは顔をしかめ、ため息をつくと、指をトラスデイルの肛門に突っ込んだ。トラスデイルはうめいた。バークレイは指を動かし、抜いたときのスポッという音にふたたび顔をしかめると、汚れた指をトラスデイルの肌着で拭った。

「どこにある、ジム？」

「おれの帽子？」

「帽子を探すために肛門に指を突っ込んだと思ってるのか？　ストーブの灰をかきまわしたのもそれだと？　とぼけてるつもりか？」

トラスデイルはズボンを引き上げ、前立てのボタンをかけた。それから裸足で震えて立っていた。つい先ほどまで家にいて、新聞を読みながらストーブに火をいれようかと考えていたのが遠い昔のことのように思える。

「帽子ならおれの事務所にある」

「ならどうしてきいたんだ？」

「おまえの言うことの真偽を見るためだ。その帽子の件はすべて解決している。おれがほんとうに知りたいのは、おまえが少女の銀貨をどこにしまったのかということだ。おまえの家にはなかったし、ポケットにも、尻の穴にも。罪悪感から投げ捨てたのか？」

「銀貨なんて知らない。おれの帽子を返してくれないか？」

「だめだ。証拠だから。ジム・トラスデイル、レベッカ・クライン殺しの件で逮捕する。そのことでなにか言いたいことがあるか？」

「ええ、あります。おれはレベッカ・クラインなんて知らない」

保安官は監房を出てドアを閉じると、壁から鍵をはずして錠をかけた。タンブラーが回転して甲高い音を立てた。監房はほとんど酔っ払いを入れるために使用されていたので、錠がかけられるのはまれだった。かれはトラスデイルのいる監房を覗きこむようにして言った。「気の毒にな、ジム。あんなことをしでかす人間は、地獄に落としても飽きたらない」

「どんなことだ?」

保安官はなにも答えずに、重い足取りで歩き去った。

トラスデイルは監房に一週間収容された。そのあいだ、〈マザーズ・ベスト〉の食事を食べ、寝台で寝て、腰かけにすわり、バケツで用をたした。中身をからにしてもらえるのは二日おきだった。父親は面会に来なかった。八十代のときに痴呆症になり、九十代のいまではふたりのインディアン女——ひとりはスー族でもうひとりはラコタ族——にめんどうをみてもらっていたからだ。そのふたりはさびれた宿泊小屋のポーチに立ち、声を合わせて讃美歌を歌っていることがあった。かれの兄弟はネバダで銀脈を探しあてようとしていた。

子どもたちがやってきて、かれの監房の外側の路地に立ち、「絞首人、絞首人、こちらにいらっしゃい」を歌うこともあった。ときには男たちが同じ場所に立ち、おまえのナニをちょん切ってやると脅すことがあった。一度レベッカ・クラインの母親が来て、許されるなら、自分のこの手であんたの首をしめてやりたいと言った。「なんでわたしのベイビーを殺したの?」彼女は窓の柵越しにきいた。「十歳になったばかりだったのに、しかも誕生日に」

「奥さま」トラスデイルは寝台の上に立って言ったので、相手の上を向いている白い顔を見おろすことができた。「あなたのベイビーであろうがだれであろうが殺してはいません」

「嘘つき黒人」と言って、彼女は立ち去った。

町のほぼ全員が殺された女の子の葬儀に参列した。インディアン女たちも。〈チャック=ア=ラック〉で稼ぎまくっていたふたりの娼婦も。トラスデイルは監房の隅でバケツにかがんで大便をしているときに歌声を聞いた。

バークレイ保安官はフォート・ピエールに電信を送った。その結果、巡回裁判所の裁判官がやってきた。かれは若くて新米だった。しかも長いブロンドの髪をワイルド・ビル・ヒコックさながらに背中まで伸ばしている洒落者だった。名前はロジャー・ミゼル。小さな丸メガネをかけていて、〈チャック＝ア＝ラック〉と〈マザーズ・ベスト〉との双方で、ご婦人方に目がないことを証明した。結婚指輪をしていたが。

町にはトラスデイルの抗弁をしてくれる弁護士はいなかったので、ミゼルが雑貨店と宿屋、そして〈グッド・レスト・ホテル〉の所有者のジョージ・アンドリュースに依頼した。アンドリュースはオマハのビジネス・スクールで高等教育を二年間受けていた。かれはトラスデイルの弁護を引き受けてもいいが、クライン夫妻が承知したらの話だと言った。

「なら、ふたりに会いに行こう」ミゼルは言った。かれは床屋にいて、背もたれをうしろに傾けた椅子にふんぞりかえって髭をそってもらっていた。「ぐずぐずするな、尻に根が生えるぞ」

「うーん」ミスター・クラインは、アンドリュースが用件を述べたあとで言った。「質問がある。やつがだれかに自分を弁護させない場合、それでもやつを縛り首にできるのか？」

「それはアメリカの法に反する」ジョージ・アンドリュースは言った。「まだおれたちは合衆国に属していないが、じきにそうなるし」

「あいつは罪と罰をなんとかかわすことができるの？」ミセス・クラインがきいた。

「いや、奥さん」とアンドリュース。「それはないでしょうね」

「じゃあ、あなたの義務を果たしてください、そして神の御加護がありますように」ミセス・クラインは言った。

公判は、ある十一月の朝から午後半ばまでつづいた。公会堂で開かれた。その日は小雪がウエディング用レースのように繊細な舞を披露した。青みがかった濃灰色の雲が町に流れてきて、住民は大嵐の接近におびえた。ロジャー・ミゼルは、今回の事件をよく把握したうえで、裁判官と検察官の一人二役を務めた。
「銀行家が自分のところで借金をして、その利息を自分で払っているようなもんだ」陪審員のひとりが昼休み中に〈マザーズ・ベスト〉で言っているのが聞かれたが、だれもそれに異を唱えなかったし、あれはマズいと言う者もいなかった。つまるところ一石二鳥、ある意味安上りだったからだ。

検察官ミゼルは六人の証人を呼び出し、裁判官ミゼルはかれの質問する順番に一度も異議を唱えなかった。最初にミスター・クラインが証言して、最後はバークレイ保安官だった。そこから浮かびあがった話は単純だった。レベッカ・クラインが殺害された日の昼、ケーキとアイスクリームの用意されたお誕生会が開催された。レベッカの友だちが数人参加した。二時ごろ、少女たちが目隠しをしてロバの絵にシッポをつけるゲームと椅子取りゲームで遊んでいるときに、ジム・トラスデイルは〈チャック＝ア＝ラック〉に入って、ウィスキーを注文した。プレインズハットをかぶっていた。ゆっくりと時間をかけて一杯目のウィスキーを飲んでいたが、それがなくなると、二杯目を頼んだ。

かれはいつの時点で帽子をぬいだのか？　たぶん入ってくるときに、扉脇のフックにかけたのでは？　だれも思い出せなかった。
「かれがあの帽子をかぶっていないのをまったく目にしていない」バーテンダーのデール・ジ

エラードが言った。「かれはあの帽子の一部なんだ。もしぬいだとしたら、自分の目の前のバーに置いたと思う。かれは二杯目を飲んでから店を出た」

「そのとき帽子はカウンターの上にあったのか?」ミゼルがきいた。

「いえ、ありませんでした」

「夜間営業のために一時閉店にしたとき、帽子はフックにかかっていたのか?」

「いえ、ありませんでした」

その日の三時ごろ、レベッカ・クラインは町の南端にある自宅を出て、本通りにある雑貨店に向かった。誕生祝いのお小遣いでキャンディを買ってもいいと母親に言われたからだ。しかし、食べてはいけないとも言われた。もう一日分の糖分はじゅうぶん摂取していたから。五時になり、まだ彼女が帰宅していなかったので、ミスター・クラインとほかの数人の男たちで探しに出かけた。そして駅馬車の停留所と〈グッド・レスト〉のあいだのバーカーズ・アレイで彼女を発見した。絞殺されていた。小遣いとしてもらった銀貨がなくなっていた。嘆き悲しむ父親が娘を抱きかかえたときに初めて、他の男たちはトラスデイルの平たいつばの大きなレザーハットを目にした。それは少女のパーティドレスのスカートの中に隠されていた。

陪審員が昼食をとっているあいだ、事件現場から九十歩と離れていない駅馬車の停留所の背後でハンマーの音がしていた。絞首台が建てられていたのだ。その仕事を監督していたのは町一番の大工、名は体を表すがごとく、その名もミスター・ジョン・ハウス。大雪がやってくる。その結果、フォート・ピエールへの道は通行不能になる。たぶん一週間、ひょっとすると冬の間じゅう。トラスデイルを春まで地元の拘置所に入れておく案はなかった。そんな経済的な余裕はなかったのだ。

「絞首台を建てるなんてたいした仕事じゃない」ハウスは見物に来た住民に言った。「子どもだってできる」

ついでかれは、床の落とし戸の仕掛けや土壇場で引っかかったりしないための車軸のグリースの塗り方などを弁じた。「こういうことをしなければならないときには、初回ですっきりことを終わらせたいからな」とハウスは言った。

午後には、ジョージ・アンドリュースはトラスデイルを証人台に立たせた。傍聴席から不平不満の声があがった。これに対してミゼル裁判官は小槌を叩き、行いを慎めないようであれば、閉廷のおそれがあると言った。

「問題の日に〈チャック＝ア＝ラック〉酒場に行ったか？」法廷の秩序が回復されたところで、アンドリュースはきいた。

「だと思う」トラスデイルは言った。「じゃなければ、おれはここにいない」

この答弁に傍聴席から笑い声がいくつかあがったので、ミゼルがまた小槌を叩いた。とはいえ、かれ自身も笑みを浮かべていたので、二度目の警告は発しなかった。

「二杯注文した？」

「はい、そうしました。二杯分の金しかなかったので」

「だけど、すぐに新たに金を入手した、そうじゃないのか、鬼畜野郎?!」アベル・ハインズが大声を張りあげた。

ミゼルは小槌で最初にハインズを、ついで前列にすわっていたバークレイ保安官を指した。

「保安官、その男を外に連れ出し、治安擾乱行為の罪で罰していただきたい」

バークレイはハインズを連れ出したが、治安擾乱行為で逮捕はしなかった。そのかわりに、なんであんなことを叫んだのか問いただした。

「すまない、オーティス」ハインズは言った。「あいつがアホ面引っさげていけしゃあしゃあとしているのを見たせいだ」

「通りを下り、ジョン・ハウスが手助けを必要としているかどうか見てこい」バークレイは言った。「戻ってくるな、このやっかいな裁判が終わるまで」

「ハウスの人手はたりてる。それに雪が激しくなってきているし」

「吹き飛ばされることはあるまい。行け」

そのいっぽうで、トラスデイルは証言をつづけていた。そう、かれは帽子をかぶって〈チャック＝ア＝ラック〉を出なかったが、自宅に戻るまでそのことに気づかなかった。気づいたときには、かれの話では、へとへとに疲れていたので歩いて帽子を探しに町へ戻る気力がなかった。しかも、暗くなっていたし。

ミゼルが口を挟んだ。「帽子をかぶっていないことに気づかずに六キロも歩いたことを信じてくれと言うのか？」

「いつもかぶっていたので、当然頭の上にあるものと思いこんでいたのにちがいない」トラスデイルは言った。その抗弁がまたもやひとしきり笑いを生じさせた。

バークレイが戻って来て、デイヴ・フィッシャーの隣に陣取った。「なんでみんな笑ってる？」

「アホに絞首人はいらないな」フィッシャーが言った。「自分で自分の首を絞めるぜ。笑っちやいけないんだろうが、それでもやはりかなり滑稽だ」

「あの路地でレベッカ・クラインと出会ったか？」ジョージ・アンドリュースが大きな声でき いた。みんなに注目されたことで、これまで自己の内部に隠れていた演劇の才能を発見したの だ。「少女と出会い、彼女の誕生日のお小遣いを盗んだのか？」

「いえ、取ってません」トラスデイルは言った。

「彼女を殺害したのか？」

「いえ、殺してません。彼女がだれだったのかさえ知らなかった」

ミスター・クラインが席から立ちあがって叫んだ。「嘘つきゲス野郎！」

「嘘をついてません」トラスデイルは言った。まさにそのときだ、バークレイ保安官がかれの ことを信じたのは。

「質問は以上です」ジョージ・アンドリュースはそう言って、自分の席に歩いて戻った。

トラスデイルは立ちあがろうとしたが、ミゼルにおとなしくすわっているように、そしてま だもう少し質問に答えるようにと言われた。

「あなたはつぎのことを主張しますか、ミスター・トラスデイル？　すなわち、あなたが〈チ ャック＝ア＝ラック〉で飲んでいるあいだにだれかがあなたの帽子を盗み、それをかぶって路 地に行き、レベッカ・クラインを殺害し、帽子をそこに残していき、あなたに濡れ衣を着せた」

トラスデイルは黙っていた。

「質問に答えなさい、ミスター・トラスデイル」

「旦那、〝濡れ衣を着せる〟の意味がわかりません」

「だれかがあなたをこの凶悪殺人事件の犯人にしたてあげようとしたとわたしたちに信じてもらいたいのですか？」

トラスデイルは両手をからませながら熟考した。そしてようやく口を開いた。「だれかがまちがえてかぶっていって、あとで捨てたのかもしれない」

ミゼルは傍聴者たちを眺めわたした。「どなたかトラスデイルの帽子をまちがってかぶっていった人はここにいますか？」

法廷内が静まり返った。聞こえるのは風の音だけ。勢いを増してきている。もはや雪は舞っている状態ではない。冬季最初の大嵐が到来した。それを町の住民は〈狼の冬〉と呼ぶ。狼が群れをなして〈ブラック・ヒル〉から降りてきて残飯や生ごみを漁るからだ。

「質問は以上だ」ミゼルは言った。「悪天候のため、最終陳述は省く。陪審員は別室で評決を下すように。裁決はみっつ、紳士諸君――無罪、故殺罪、あるいは第一級殺人罪」

「故殺罪って子殺罪のことか？」だれかがダジャレをかました。

バークレイ保安官とデイヴ・フィッシャーは、〈チャック＝ア＝ラック〉に引っこんだ。アベル・ハインズは、コートの肩から雪を払い落としながらふたりに加わった。デール・ジェラードはかれらに店のおごりで瓶ビールを出した。

「ミゼルはもう問いただすことはなかったのかもしれないが」バークレイは言った。「おれにはひとつある。帽子はどうでもいい、トラスデイルが彼女を殺したとしたら、なんでおれたちは銀貨を発見できないんだ？」

「ビビって捨てちまったからさ」ハインズが言った。

「そうは思わない。やつは根っからのうすらバカだ。銀貨を手に入れたら、〈チャック＝ア＝ラック〉に戻って来て飲んじまっただろう」

「なに言ってんだ？」デイヴがきいた。「やつは白だってか？」

「おれが言ってるのは、一ドル銀貨を探し出したいってことだ」

「ポケットの穴から落としたのかもしれない」

「ポケットに穴はあいてなかった」バークレイは言った。「ブーツにあいていただけだ。しかもその穴は銀貨が通り抜けるほどの大きさではなかった」かれはビールを少し飲んだ。突風が吹き、回転草が本通りを吹き飛ばされていった。まるで雪の中でかすかに見える脳髄のようだった。

陪審員たちの協議は一時間半かかった。「一回目の投票で縛り首に決定した」ケルトン・フィッシャーがのちに言った。「が、妥当な結果だと思う」

ミゼルは、刑が執行される前になにか言いたいことがあるかどうか、トラスデイルにたずねた。「なにも思いつかない」トラスデイルは言った。「ただ、おれはその少女をぜったいに殺していない」

雪嵐は三日間つづいた。ジョン・ハウスは、トラスデイルの体重はどのぐらいだと思う、とバークレイにたずねた。六十キロぐらいだろう、とバークレイは答えた。ハウスは麻袋で代用品を作り、それに宿屋の秤の針が六十の目盛りをさすまで石を詰めた。ついでその代用品で絞首刑の予行演習をした。それを町の半分の住民が雪の吹き溜まりの中に突っ立って見物していた。実験は成功裏に終わった。

死刑執行の前夜、天候が回復した。バークレイ保安官はトラスデイルに言った。夕食は好きなものをなんでも食べることができると。トラスデイルはステーキと卵、グレービーソースをつけたフライドポテトを所望した。バークレイはそれらを自腹で購入し、自分のデスクにすわって爪をきれいにしながら、トラスデイルが中国製の皿の上でナイフとフォークを使う音を聞いていた。その音がやむと、バークレイは監房に入った。トラスデイルは寝台にすわっていた。皿がすっかりきれいになっていたので、犬のようにグレービーソースをあまさず舐めとったのにちがいないと思った。トラスデイルは泣いていた。

「あることが思い浮かんだ」トラスデイルは言った。

「なにを、ジム？」

「明日の朝、吊るされたら、おれは腹にステーキと卵を入れたまま墓に行くことになる。消化する暇がない」

しばらくバークレイはなにも言わなかった。ぞっとした。そのイメージのせいではなく、トラスデイルがそんなことを考えていたということに。「鼻をかめ」

トラスデイルはそうした。

「よく聞けよ、ジム、これが最後のチャンスだからだ。おまえは真昼にバーにいた。そのとき、そこには客は多くなかった。そうだな？」

「だと思う」

「なら、だれがおまえの帽子をとった？　目を閉じろ。ふりかえってみろ。見るんだ」

トラスデイルは目を閉じた。バークレイは待った。ようやくトラスデイルが目を開いた。泣きはらした目が真っ赤だった。「帽子をかぶっていたかどうかさえ思い出せない」

バークレイはため息をついた。「皿をよこせ、そのナイフは気をつけてわたせ」

トラスデイルは、ナイフとフォークを載せた皿を鉄格子越しに手わたし、できればビールを飲みたいと言った。バークレイはよく考えてから、分厚いコートを着て、ステットソン帽子をかぶり、〈チャック＝ア＝ラック〉に行き、そこでデール・ジェラードからビールを購入した。葬儀屋のハインズがちょうどグラスワインを飲みほしたところだった。かれは風が吹いて凍える外にバークレイのあとについて出てきた。

「明日は特別な日だな」バークレイは言った。「この十年、ここでは絞首刑はなかった。運がよければ、この先十年以上ないだろう。そのころまでには、おれは引退している。できることなら、いますぐにでも引退したい」

ハインズはかれを見つめた。「あんたほんとうに、やつが少女を殺したとは思わないのか？」

「やつが殺していないのなら」とバークレイ。「殺したやつがだれかはわからないが、そいつはまだのうのうと歩きまわっている」

絞首刑は翌朝の九時だった。当日は風が強くて底冷えしたが、町の住民のほとんどが見物に集まった。レイ・ロウルズ牧師がジョン・ハウスと並んで絞首台に立った。ふたりともコートに襟巻という恰好にもかかわらず震えていた。ロウルズ牧師の聖書のページがはためいた。ハウスのベルトにたくしこまれていたものもはためいていた。それは黒く染められた手織りの布のフードだった。

バークレイが後ろ手に手錠をされたトラスデイルを絞首台に連行した。トラスデイルは動じていなかったが、それも階段に到着するまでで、そこであとじさり、泣き始めた。

「やめてくれ」トラスデイルは言った。「お願いだから、おれにこんなことをしないでくれ。頼むから、痛いことしないで。どうか、殺さないで」

かれは小男のわりに強かった。バークレイはデイヴ・フィッシャーに手伝うように手招きした。かれらはふたりでトラスデイルを力ずくで体をねじあげるようにして、押したり突き飛ばしたりしながら十二段の階段をのぼらせた。一度など、トラスデイルが勢いよくうしろにそっくり返ったので、あやうく三人ともに転がり落ちそうになったし、またかれの両腕が自分を前に押しやるふたりをつかまえようとしてのばされたが、それはかなわなかった。

「じたばたしないで男らしく死ね！」だれかが叫んだ。

プラットフォームに着くと、トラスデイルは一瞬静かになったが、ロウルズ牧師が詩編五一編を読み始めると、金切り声をあげだした。

「オッパイを力いっぱい握られた女みたいだった」あとになって、〈チャック＝ア＝ラック〉でだれかが言った。

「神よ、わたしを憐れんでください、慈しみをもって」ロウルズ牧師は受刑者の声に負けないように声を張りあげながら言った。「深い憐れみをもって、背きの罪をぬぐってください」

トラスデイルはハウスがベルトから黒いフードを取り出すのを目にすると、犬のようにあえぎはじめた。そして頭を左右にふりたてながら、フードをかぶされるのを防ごうとした。髪が舞った。ハウスは、その頭の振り子運動に辛抱強くつきあった。さながら、臆病な馬に轡をしようとしているかのように。

「山を見させてくれ！」トラスデイルは怒鳴った。鼻水が垂れていた。「最後に一度だけ山を見させてくれれば、おとなしくする！」

しかしハウスはトラスデイルの頭にフードをかぶせて、震えている肩に引き下げた。ロウルズ牧師がダラダラと詩編を読みつづけているあいだ、トラスデイルは落とし戸から逃げ出そうとした。バークレイとデイヴ・フィッシャーがかれを押し戻した。絞首台の下で、だれかが叫んだ。「振り落とされるな、カウボーイ！」

「締めの言葉を」バークレイがロウルズ牧師に言った。「頼むから、早くきりあげてくれ」

「アーメン」そう言うと、ロウルズ牧師はしりぞきながら音をたてて聖書を閉じた。

バークレイはハウスにうなずいた。ハウスはレバーを引いた。油の塗られた梁が引っ込み、落とし戸が開いた。当然、トラスデイルは落下した。首の骨の折れる音がした。両脚が顎すれすれまで跳ねあがってから、だらりとさがった。黄色い液体がかれの足元の雪を汚した。

「ほら、鬼畜野郎」レベッカ・クラインの父親が声を張りあげた。「消火栓にションベンをひっかける犬みたいに垂れ流して死にやがった。ようこそ地獄へ」二、三人が拍手した。

見物人たちは、トラスデイルの死体が黒いフードをかぶせられたままの状態で、かれが町に連行されてきたときと同じ特急便馬車に横たえられるまで、その場に留まっていた。そんなかれらもしだいに一人、二人と帰宅していった。

バークレイは拘置所に戻り、トラスデイルが監禁されていた監房の中ですわった。十分間そうしていた。自分の息が白く見えるほど寒かった。かれは自分がなにを待っているのかわかっていたし、けっきょく、それはやってきた。かれは小さなバケツを手に取った。中にはトラスデイルが最後の晩餐に飲んだビールと吐瀉物が入っていた。やがてかれは事務所に戻って、ストーブを焚いた。

　バークレイは八時間たってもまだそこにいて、本を読もうとしていた。そのとき、アベル・ハインズがやってきて言った。「葬儀場にこいよ、オーティス。見せたいものがある」

「なんだ？」

「いや。自分の目でたしかめてくれ」

　ふたりは、〈ハインズ葬儀屋〉に出かけた。奥の部屋に、トラスデイルが冷却板に全裸で横たえられていた。化学薬品と糞の匂いがした。

「縊死の場合、だれもが糞を漏らす」ハインズが言った。「勇敢で堂々とした男でさえ。しょうがない。括約筋が開いちまうからな」

「で？」

「こっちにきてくれ。あんたは職業柄もっと不愉快なズボンを目にしてきたと思うけど」

　そのズボンはあらかた裏返しにされて床に置かれてあった。なにかが汚物の中で光った。バークレイは近寄ってかがみこむと、それが銀貨だとわかった。手を伸ばし、その銀貨を糞の山からつまみ出した。

「理解に苦しむ」ハインズは言った。「あの人でなしは一か月近く監禁されていたのに」

　部屋の隅に椅子があった。その椅子にバークレイはどさりとすわりこみ、低い唸り声をかすかにあげた。「やつは銀貨を飲みこんだのにちがいない。事件当日の晩におれたちのランタンが接近してくるのを目にしたときに。そして、排泄されるたびに、糞をぬぐってふたたび飲みこんだのだ」

ふたりの男たちは顔を見合わせた。

「あんたはやつの無実を信じていた」

「とんだ愚か者だった」

「たぶん、やつじゃなくてあんたがな」

「やつは最後の最後まで無実を主張しつづけた。神の御座(みざ)の前でも同じことを言いつづけるなんてことが、おおいにありえそうだ」

「そうだな」ハインズが言った。

「おれにはわからん。やつは縛り首になる予定だった。いずれにしろ、やつは縛り首になる予定だったんだ。なのに、どうして?」

「おれには太陽が昇る理由さえわからんよ。その銀貨をどうする? 少女の両親に返すか? そうしないほうがいいかもしれない、というのも……」ハインズは肩をすくめた。

というのも、クライン家は初めからずっと知っていたからだ。町のだれもが初めからずっと知っていた。バークレイ保安官だけが知らなかったのだ。とんだ愚か者だった。

「どうしたらいいのかわからん」バークレイは言った。

突風が吹いて、歌声を運んできた。教会から聞こえてきた。讃美歌の頌栄だった。

エルモア・レナードを偲んで

(*A Death*)

(風間賢二・訳)

骨の教会

著者の言葉

わたしが詩を書き始めたのは十二歳で、初恋を体験したとき（七年生）である。以来、数多くの詩を創作してきたが、たいていは紙きれや使いかけのノートブックに走り書きされたものにすぎず、これまでに半ダースぐらいしか活字になっていない。ほとんどの詩はあっちこっちの引き出しにしまいこまれていて、どこにあるかは神のみぞ知る——わたしは知らない。それには理由がある。わたしはたいした詩人ではないのだ。卑下しているわけではない。真実である。気に入ったものがかろうじて執筆できた場合、偶然の産物にすぎない。

この詩作を収録した論理的根拠は、叙情詩というよりむしろ物語詩だからだ。最初の草稿——のちに「マイル81」になった物語の原型のように、長らく行方知れずだった——は大学生時代に執筆され、ロバート・ブラウニングの「わたしの最後の公爵夫人」として知られる演劇的な独白（モノローグ）に多大な影響を受けている（ブラウニングの別の詩「童子ローランド、暗黒の塔に至る」は、わたしの忠実な読者諸氏はよくご存じのシリーズの基底となった）。ブラウニングを読んだことがあるなら、わたしの声よりかれのほうを多く聞くかもしれない。そうでなければ、それはそれでけっこう。これは他の作品とおなじく基本的に物語であり、ようするに解体（デコンストラクシヨン）・分析するというより楽しむものである。

わたしの友人のジミー・スミスが、件の失われた最初の草稿を一九六八年か六九年のある火曜日の午後、メイン州立大学の〈詩の時間〉で朗読したが、聴衆によく受け入れられた。当然だ。かれは気合を入れて、実際のところ、威勢のいい朗々とした声で詠いあげたのだから。ともあれ、人々はよくできた物語の虜になる。それが韻文であろうと散文であろうと。本作品は非常に出来がよく、ことにあたえられた形式のおかげで散文的な説明をすべてはぎとることができた。二〇〇八年の秋、ジミーの朗読について考える機会を得たのは、つぎのプロジェクトまでひと息つく時間ができたからだが、わたしは詩を創作しなおすことに決めた。ここに収録した作品がその成果である。原型をどのぐらいとどめているかは、自分でもほんとうにわからない。

ジミー、どこかでまだ元気にしていて、この詩をふと目にすることがあるといいのに。あの日、あんたは場をガッチリ盛りあがらせてくれたよ。

聞きたいなら、もう一杯おごれや。

（ああ、不味い、でもかまわん、だろ？）

おれたち三十二人連れだって、緑の修羅場(グリーンツアー)に踏み入って、
三十日密林(グリーン)で過ごし、三人だけが踏破した。

三人が密林を制覇し、三人が頂点までたどり着いた、
マニングとルヴォワとおれ。で、例の本ではなんて書いてある？

有名なやつか？「わたしだけが生き残り、あなたがたに語ります」

おれは酒に溺れベッドでくたばる運命、酒に取り憑かれたならず者たち同様に。

マニングに哀悼の意を表するかってか？ くだらねえ！ おれたちがあそこに行ったのは
やつの金のせい、そしてやつの意志の力がおれたちを駆り立てた、死から死へ。

だけど、やつはベッドで亡くなったのでは、ってか？ とんでもねえ！ 見たぜ、おれは！

いまややつはあの骨の教会で永久(とわ)に礼拝中。素晴らしきかな、人生！

（なんじゃこのカス酒は？ でも――もう一杯おごれや。二杯目を！

ウィスキーなら話すが、もしおれを
黙らせたいなら、シャンパンを。
おしゃべりは安くつく、沈黙は金なり、高くつく。
で、どこまで話した？）

二十九人が死んだのは列なして歩いているときのこと、ひとりは女。
見目麗しいオッパイで、ケツときたら雌馬なみ！
ある朝、うつ伏せになっていて、
その下の焚き火も彼女の命同様に消えていて、
灰かぶり娘の口と咽喉は煙で充満していた。

火傷の跡はまったくない。火は低温になっていたのにちがいない、彼女が覆いかぶさったと
きには。

長旅のあいだ彼女はご高説を垂れ流し、死ぬときはひと言も発しなかった。

人間性にすぐるものはなしってか？　あんた、そう言うの？

ちがう？　くたばっちまえ、あんたのおふくろも。

彼女が股間に玉を一揃いぶらさげてたら、ド臭い独裁者になってただろうよ。


人類学者、そうよ、と彼女は言った。だがそうは見えなかった

その人類学者を灰の中から引っ張り出したとき
頬には炭で黒くなった跡があり、白目は
煤で灰色に濁っていた。ほかにいっさい外傷なし。
ドーランスが、脳卒中だったのかもしれない、と言ったが
かれは一行の中でもっとも医者らしい人物だった、
つまり、薄汚いろくでなしだ。いいかげんウィスキーを持ってきてくれ、
それなしじゃ、人生は苦行！

密林は日ごとに一行を始末していった。カーソンが死んだのは
ブーツに入った小枝のせい。足がふくれあがり、ブーツの革を切り裂いて
脱がしたときには、足指は真っ黒になっていて、
さながら性悪マニングの腹の中と同じ色合いのインクをこぼしたよう。
レストンとポルゴイ、ふたりはクモに刺された、
あんたのこぶしぐらいあるやつに。アッカーマンはヘビに嚙まれた。
そいつは木から落ちてきたが、ご婦人の毛皮用肩掛けに引っかけられたような恰好で
枝にぶらさがっていたのさ。アッカーマンは鼻を嚙まれて毒を注入された。
どのぐらい痛くて苦しいのかってか？　こんなぐあいだよ。
やつは自分で鼻をきれいさっぱりとっちまった！　そうとも！　枝から腐った桃を
もぎとるようにして。そして死んだ。

自身の死にゆく顔に唾を吐きつけながら！　くそったれな人生、おれに言わせれば、笑えないとしても、とにかく笑ったほうがまし。

それがおれの不埒な基本姿勢、いままで貫きとおしてる。

この世は悲惨なわけじゃない、思慮分別を失くしちまえば。

で、どこまで話した？


ジャヴィアは板張りの橋から落下して、川から引きあげたときには、息ができない状態でドーランスが人工呼吸で蘇生させようとキスをしたところ咽喉からヒルを吸いだしてしまったが、その大きさときたら温室栽培のトマトぐらい。そいつが瓶からみるみる溢れるコルクよろしく飛び出てきて両者のあいだで二手に分かれた。そこで双方にぶっかけたのがクラレット、おれたちが常食としている赤ワイン（おれたちはみなアルコール依存症だが、そんなことはおれの指を見ればわかるよな）。

スペイン人が発狂して死んだとき、マニングが言った、ヒルが脳に達したと。おれにはそれに関するなんの所見もなかった。

おれが知っているのは、ジャヴィーの両目は閉じていられず、身体が冷たくなって一時間したあとでさえ、膨らんだり萎んだりしていたことだけ。

なにか腹をすかせたものがそこにいた、たしかに、ああ、そうさ、いたんだ!
そのあいだずっと、金剛インコがサルに金切り声をあげ、
サルは金剛インコにわめきちらし、そして双方は
見ることのかなわない青空を求めて叫び声を発した、
というのも、天蓋はいまいましい緑に覆われていたからだ。
このグラスの中身はウィスキーか、それとも下痢か?
フランス人のズボンにその手のものがあった――
もう言ったっけ? そいつがなにを食ったかわかる、だろ?

ドーランス自身だった、次の犠牲者は。おれたちは
そのときまでには行程は登りにかかっていたが、まだ緑に包まれていた。かれは渓谷に
落下し、おれたちはバキッという音を聞いた。首が折れたんだな、
二十六歳、婚約していたが、幕は閉じられた。
そうとも、人生は素適じゃないか? 人生はのどに詰まった汚物だ。
人生はだれもが落下する渓谷、人生はスープで
おれたちはつまるところ野菜なんだ。なあ、哲学者みたいじゃないか?
気にするな。ひとりひとりの死にざまを語り明かすには夜もかなりふけたし、
おれは酔っぱらってるし。最後にはおれたちはそこに着いた。
とだけ言っておく。

うだるような密林の高所につづく小道を
登りつづけるまえに、ロストイ、ティモンズ、テキサス人——名前は忘れた——そしてドーランスと
ほかのふたりを埋葬した。最後にはほとんどのやつが
得体の知れない熱病に倒れ、皮膚に腫れ物ができ、緑色になった。
結局、マニングとルヴォワとおれだけ。
おれたちも熱病にかかったが、やられるまえにやっつけた。
ただし、おれはけっしてほんとうにはよくなったわけじゃない。いまではウィスキーが
おれのキニーネだ。震えをおさめるために飲んでる。
だからもう一杯おごってくれ、おれがまだお行儀よくふるまって、
あんたの咽喉をかき切らないうちに。ひょっとしたら
咽喉から噴き出るものさえ飲んじまうかも。だから、賢くふるまいな、坊や、
とっとと注文しな、こんちくしょう。
おれたちは道に行きあたった。マニングでさえ、そうだと認めた。
幅がかなりあって、ゾウでも通れるほどだった。
ガソリンが格安だった時代に、象牙を狙った密猟者たちに密林と平原で
一掃されていなかったらの話だが。

その道は前方の上方へと延びていた。おれたちは突き進んだ
数百万年の歳月が〈母なる大地〉を揺るがしてはがした石の破片の傾斜を。
日なたのカエルのように石から石へ飛び跳ねながら。
ルヴォワはまだ熱にうかされていて、おれは――ああ、身も心も軽かった！
風に浮遊するトウワタの種子のよう。
おれはすべてを目撃した。そのときのおれの精神は清浄水のように澄んでいた、
現在のいまわしいおれと同じぐらい当時のおれは若かったのだ――そうとも、わかってる、
あんたがおれのことをどんなふうに見ているのか。でも、そんなに顔をしかめるな、
あんたがテーブルのこっち側に見ているのはあんた自身の未来なんだぜ。
鳥たちより高く登ったところで終着点になった。
石が舌となって天に突き出されていた。

マニングが突然走り出し、おれたちはそのあとを追った。
ルヴォワがかなりの距離を素早く走りぬけた、病気だったのに。
(だが、かれの病いは長つづきしなかった――ヒー！)
おれたちは見おろして、目に映ったものを見た。
マニングはその光景に顔が真っ赤になった、当然だろ？
貪欲熱のせい。
かれはおれのかつてはシャツだったボロ切れをつかんだ。

そしてこれは夢かどうかときいた。あんたの見ているものを
おれも見ている、と答えると、かれはルヴォワに向き直った。
しかしルヴォワがええともちがうとも答えるよりさきに、雷鳴が
おれたちのあとにしてきた緑の天蓋から近づいてきた。
まるで嵐が逆立ちしているような感じだった。というか、
地上のすべてがおれたちに忍び寄った熱病にかかり、
腹の調子が悪くなっている感じだ。おれはマニングになにが聞こえたかたずねたが、
マニングはなにも言わなかった。かれはその裂け目にうっとりしながら、
三百メートルある太古の空気を通して
その下にある教会を見ていた。百万年相当の骨と動物の牙や角、
漂白された永遠の地下墓地、逆立ちした尖塔、
目に映るのは地獄が空焚きになって大釜の鉱滓のようになったもの。

期待したのは、日当たりのよい墓地の太古の茨に
死体が串刺しになっている光景。そんなものはひとつもなかった。
が、雷鳴が接近してきた、空からではなく
大地を転がりながら。石がどよめく
おれたちの足元で、まるで密林から一気に解放されようとしているかのよう。
おれたちの多くはその緑にやられたのだ——ハーモニカが得意なロストイ、それに合わせて

歌ったドーランス、雌馬のようなケツをしていた人類学者、その他二十六人が。
やつらがやって来た、やつれた幽霊たちが。そしてやつらの足が緑の天蓋を
揺るがし、震える波動が生じた。ゾウが
時の緑色の揺り籠から足を踏み鳴らしての登場。
ゾウの群れのなかでひときわ聳え立つは(信じなくてもかまわんよ)
マンモスで、人のいない死の時代から現れた。
牙はらせん状に曲がっていて、
目は悲しみの鞭のように赤い。
皺の寄った両脚にからまっているのはジャングルのつる草。
一頭がやってきた――そう！――一輪の花を
胸の皮膚の襞に、まるでブートニエールのように挿して！

ルヴォワは悲鳴をあげ、片手で両目を覆った。
マニングは言った。「わしは見ていない」(その口調ときたら、
腹立たしい交通巡査に説明している男のようだった)
おれはふたりを脇に寄らせると、三人で
端近くにあった石の女陰によろめきながら入った。そこから
おれたちは行進を観察した。失明したいと願わせ、
同時に眼福ものでもある現実に直面させた潮流を。

ゾウやマンモスたちは隠れているおれたちを通り過ぎていった、まったく速度を落とさず、
うしろにいる一頭が前にいる一頭を駆り立て、
自殺への道程を高らかに吹聴しながら進み、
埃まみれの眼下一キロ半先にある忘却の骨に激突していく。
数時間つづいた、その果てしない転落死の因習は。
途絶えることなきトランペットのような鳴き声、ブラス・オーケストラは
しだいに消えてゆく。埃とかれらの排泄物の臭いで
おれたちは窒息しかけるが、とうとうルヴォワが発狂した。
立ちあがり、さっさと逃亡するのかゾウの群れに参加するのか
おれにはどっちなのかまったくわからなかったが、やつは群れに加わった。
真っ逆さまに、ブーツの底を空に向け、
すべてのネイルヘッドをきらめかせながら、落下した。
片腕が振られた。もういっぽうは……巨大な偏平足に
身体からもぎとられた。振られた片腕もそのあとを追った。指をうねらせながら。
「バイバイ！」そして「バイバイ！」そして「あばよ、おまえら！」
ハッハッ！

おれは身を乗りだして見た。やつが落下していくのを。その光景を思い出す。
やつが空中に吊るされている風車に突っ込んでぐしゃぐしゃになった様子を。

やつは消えたあと、ピンク色の血飛沫となって、
腐ったカーネーションの匂いのする風に運ばれて漂った。

やつの骨はいまでは、あの場所の一部ってわけだ、で、おれの酒はどこにある？

だけど——よく聞け、バカタレ！——真新しい骨はやつのだけ。

話をちゃんと聞いてるか？　なら、耳の穴をかっぽじって聞けや、アホンダラ。

やつの骨だけ、ほかに新品はなし。

巨獣の最後の一頭がおれたちを通り過ぎたあと、下のほうにはなにもなかった。

ただし骨の城だけは別で、本来の姿で建っていて、
赤い染みがついていた。ルヴォワの血だ。

それというのもあれは幽霊ないしは記憶の集団暴走だったから。

まあ、つまるところ幽霊も記憶も同じもんだろ？　マニングが震えながら
立ちあがって、こう言った。これでひと財産築いたな（まるで
初めて富を成すような口ぶり）。

「あんたがいま見たばかりのことは？」おれはきいた。

「おまえはほかのやつを連れてきて聖なる場所を見せてやるつもりか？

おいおい、つぎにおまえが見聞するのは法王自身が自分の聖水をぶちまけるところか！」

そしてマニングはただかぶりを振り、ニヤリと笑い、両手を差し出した。

そこに付着している塵ひとつ払わずに——といっても、それのせいで窒息しそうになってか
ら一分も経過していなかったし、

全身が塵と埃まみれだった。
かれに言わせれば、おれたちが目撃したのは
幻覚だった。熱病と腐った水のせいで引き起こされたのだ。
もう一度言った。ひと財産築いたな。そして高笑いを放った。
ゲス野郎、その笑いが破滅の証(あかし)だ。
おれにはやつが——それともおれが——狂っているのがわかったし、またどちらかひとりが
死ぬだろうということも。で、あんたはどちらが生き残ったかわかってる。
だって、いまここであんたの前にいるのはおれで、かつては真っ黒だった髪を
目に垂れかからせて酒を飲んでるからな。

やつは言った。「わからないのか、このバカ野郎——」
あとがつづかなかった。言葉が悲鳴にかわったからだ。
はい、それまでよ！
あんたのそのニヤけた顔も！

どうやって帰還したのか覚えていない。それは
黒い顔のいる緑の夢、
ついで白い顔のいる青い夢、
で、いまやおれはこの都市で夜に目覚める。

ここでは生の彼方にあるものを夢見るやつは
十人にひとりもいない――夢を見る目が閉じられているからだ。マニングの目が
最後までそうだった、地獄ないしはスイス（同じものかもしれない）の
すべての銀行預金口座が自分の命を救う役にたたないときに。
おれは肝臓のうめきで目を覚まし、闇の中で
大いなる幽霊たちが緑の天蓋から出現する轟きを聞く。
ついでおれは埃と排泄物の臭いを嗅ぎ、大群が
大地をかき乱すために解き放たれた嵐のよう。
かれらの破滅の元凶の空へ突進するとき、おれは見る、
かれらの扇状に広がる太古の耳や牙の鉤状突起を。
おれは見る、かれらの目、目、目。
いまある人生だけが人生じゃない。地図の中に地図があるように。

まだあそこに建っている、骨の教会は。だからおれは
戻って、もう一度見つけたい。そうすれば、身を投げ捨てて、
この不快な喜劇に幕を引けるだろう。さあ、そむけろよ、
おまえのそのヒツジ面を、おれがおまえに背を向けないうちに。
ああ、現実は宗教のない汚れた場所だ。
だから一杯おごれよ、こんちくしょう！

ふたりで乾杯しようや、一度も存在したことのないゾウたちに。

ジミー・スミスに

（*The Bone Church*）

（風間賢二・訳）

モラリティー

著者の言葉

倫理感（モラリティー）はあつかいにくい題材である。そのことに気づいたのは、大学に入ってからのことだ。メイン州立大学にかよったが、学費の基盤は少額の育英資金と政府支援の奨学金、そして夏休みのバイトなどの雑多な寄せ集めから成り立っていた。学生時代、わたしは〈ウエスト・コモンズ〉で皿洗いの仕事をした。金は常にたりなかった。わたしのシングル・マザーは、パインランド・トレーニング・センターと呼ばれる精神療養所の主任家政婦として働いていて、わたしに週十二ドルの仕送りをしてくれたが、焼け石に水だった。母が亡くなったのちに、母の姉妹のひとりから、母は月に一度の美容院に行くのをあきらめ、食費を切り詰め、日用雑貨品の購入を控えて、どうにかこうにかわたしに仕送りをしていたのだと聞かされた。また、火曜と木曜の昼食もぬいていたらしい。

ひとたびキャンパスを立ち去り、〈ウエスト・コモンズ〉から離れると、わたしはときおり我がダイエット生活を補うために、地元のスーパーマーケットでステーキないしはハンバーガーを万引きした。それは金曜日に遂行されなければならない。店内がマジで混んでいるからだ。一度チキンに手を出したことがあったが、クソでかすぎてコートの下に隠しきれなかった。

論文が書けずに苦境に陥っている学生の代わりに、わたしが執筆してやるといった噂を広めた。この代筆業の代金はスライド制だった。評価Aを取得したら、代金は二十ドル。Bなら、十ドル。Cは差し引きゼロで、代金は不要。DやFだった場合は、逆に二十ドル支払うと約束した。だが、こちらが支払うことはぜったいにないと確信していた。そんな金銭的余裕はなかったからだ。それにわたしはずる賢かった(こんなことを言うなんて恥ずかしいかぎりだが、ほんとうだ)。困っている学生が自分自身で書いた論文を少なくとも一ページ提出してくれないと、その学生の文体を模倣できないので、わたしは代筆にかかろうとしなかった。けっきょく、この論文代筆業にはたいして手を染めなかったが、必要にかられた場合――金欠で、学生会館内の〈ベアーズ・デン〉のハンバーガーとフライドポテトがなければ飢え死にしそうなとき――は、やった。

で、三年生のとき、自分がきわめてまれな血液型の持ち主であることを知った。A型Rhマイナス、人口の六パーセントの確率だ。バンゴアに診療所があって、A型Rhマイナスを一パイント二十五ドルで買い取ってくれる。素晴らしい取引だと思った。二か月かそのぐらいおきに一度、我がおんぼろステーションワゴンでオロノからルート2を走り(故障しているときは、ほとんどがその状態だったが、ヒッチハイクで)、それから袖をまくりあげた。A-DS以前の時代は、書類の記入手続きは単純だった。血液バッグに採血されたあと、オレンジジュースかウィスキーかいずれかの飲み物を選ばせてもらえた。当時はまだアルコール修業中だったが、いつもウィスキーを選択した。

そうした血液提供をしたあとで大学に戻りながら、こんなことを考えた。売春とは金のために自身を売ることであるなら、わたしは売春をしていることになる。英語のエッセイや社会学の期末レポートを代筆することも売春行為だ。わたしは厳格なメソジストの家庭で育てられたので、善と悪についてははっきりと理解していたが、残念ながら、まあこういうことだ。つまり、わたしは売春を犯していたのであり、ケツを差し出して稼ぐかわりに血液や文才を売りさばいていたのである。

この認識がモラリティーに関する問題を喚起した。それは今日にいたるまでわたしの頭を悩ましている。それはゴムのように弾力性のある概念ではないだろうか？ 比類なき伸縮自在性。ところが、伸ばしすぎると、ちぎれてしまう。今日では、わたしは血液を売るのではなく無償で提供しているが、学生時代に喚起され、いまだに真実のように思われることがある。しかるべき状況下においては、だれもが何かを売るものだ。

そして、そのことを後悔しながら生きる。

I

　チャドは家に入るとすぐに、なにかが起きていることがわかった。ノラはすでに帰宅していた。彼女の勤務時間は十一時から五時まで、週に六日。たいていはそういうぐあいで、かれは四時に学校から戻ると、彼女が帰ってくる六時ごろに夕食をとった。

　ノラは非常階段に腰かけていた。そこにチャドは喫煙をしにきたのだが、彼女は書類を手にしていた。かれは冷蔵庫をすでに見て、プリントアウトされてマグネットで留められていたEメールがなくなっていることに気づいていた。そのメールは四か月近くそこに貼られたままだったのだが。

「ねえ、あなた」ノラは言った。「ここに来て」そこで一拍置いた。「吸いかけのモクを持ってね、そうしたければ」

　チャドは一週間ひと箱にまで本数を減らしたが、彼女に喫煙習慣を認定されるまでにはいたっていない。好きになれない理由のひとつとして健康上の問題があるが、価格の問題がより深刻だった。すべてのタバコ一本は四十セントを灰と煙に変えてしまう。

チャドは彼女のそばでタバコを吸いたくなかった。たとえ外ででも。しかし、食器乾燥機の下の引き出しからチョロまかしたひと箱がポケットに入れてある。彼女のまじめくさった顔には、そのひと箱を吸いたくてたまらくなくさせるような表情がうかがえた。

チャドは窓から降りて、ノラの横にすわった。すでに彼女はジーンズに穿き替え、着古したシャツを着ていた。そのせいで、ずっと家にいたかのように見える。ますます様子が変だ。

ふたりはしばらくのあいだものを言わずに、自分たちの暮らす都会の一部を見わたしていた。チャドがノラにキスをする。彼女はうわの空で微笑んだ。手にはエージェントからのメールを持っている。〈赤と黒〉と大文字で記されたファイルフォルダーも持っていた。かれのちょっとした冗談だが、たいしておもしろくない。ファイルにはかれら夫妻の財政面のもの――銀行とクレジットカードの明細書、公共料金、保険料――が入っていて、収支決算は赤字で、黒字ではなかった。最近のアメリカン・ストーリーだ、とかれは思った。たりないのだ。二年前、ふたりは子どもを産むことについて話し合った。いまはもうしない。いま討議しているのは、どうやってやりくりをしていくかで、ひょっとすると借金取りたちに追いたてられずに町を去ることができるかもしれなかった。ニューイングランド北部へ。だが、まだその潮時ではない。少なくともふたりはこの街で働いていた。

「学校はどう？」ノラがきいた。

「いいよ」

実際、その仕事は申し分なかった。しかし、アニタ・ビダーマンが産休から戻ってきたあとでは、どうなることやら。ＰＳ３２１での新たな仕事はないだろう。チャドは非正規教員リストの上位に載っていたが、正規教員名簿が満杯で欠員がなければ、なんの意味もない。

「帰りが早かったな」チャドは言った。「ウィニーが亡くなったなんて言うなよ」

ノラは驚いた顔をしてから、ふたたび微笑んだ。だが、ふたりは四年の同棲生活を経てから結婚して六年、つまり十年間いっしょに暮らしてきたので、チャドは妻のその笑みをこれまで目にしたことがあった。嵐の前の静けさのようなものだ。

「ノラ？」

「早退させられたの。考えてくれって。考えることがたくさんあるのよ。わたしは……」彼女はかぶりを振った。

チャドは妻の肩に手をかけ、自分に振り向かせた。「きみがどうした？　ウィニーとうまくいってないのか？」

「いい質問ね。さあ、火をつけなさいよ。吸ってもいいわ」

「話してくれ、何があったのか」

かつてノラは連邦議会記念病院の職員だったが、二年前の〝再編成〟のときに解雇された。チャド・アンド・ノラ・コーポレーションにとって幸いなことに、彼女は難を逃れた。訪問看護の仕事を得たのは大当たりだった。脳卒中から回復中の引退した牧師を週三十六時間看護するのだが、それ相応の賃金をいただいた。ノラはチャドより実入りがよかった。それもかなり。ふたりの収入でまあまあの生活ができた。少なくともアニタ・ビダーマンが復帰するまでは。

「まず、これについて話をさせて」ノラはエージェントからのメールを差し出した。「どのぐらい本気なの？」

「えっ、できるかってこと？　マジで思ってる。ほぼ確信している。つまり、時間があればだけど。残りの部分は……」チャドは肩をすくめた。「そこに記されているとおりだ。保証はない」

現在、市内の学校で事実上採用凍結の状態で、代理教員がチャドのできる最善の職だった。かれはすべてのリストに登録していたが、近日中に四年生ないしは五年生の担任として採用される可能性はなかった。その道が開けたとしても、給料はたいしてよくならない――少しましになるていどだ。非正規なので、かれは何週間も自宅で待機していることがある。

二年前しばらくのあいだ、一時解雇状態が三か月続いたことがあり、かれらはアパートメントを追い出されそうになった。それはクレジットカードの使用停止として始まった。

ノラがウィンストン牧師のところに行っているあいだのぽっかりあいた一人きりの時間を埋めるために、またやけくそな気持ちから、チャドは本を執筆し始めた。タイトルは、『動物たちと生きる　フォー・シティー・スクールの代理教員の人生』。そうやすやすと言葉は出てこなかった。まったく出てこない日もあったが、聖セイバー校に二年生を教えるように呼ばれた（ミスター・カーデリが自動車事故で脚を骨折したのだ）ときまでには、三章まで書き終えていた。ノラはその原稿を困ったような笑みを浮かべて受け取った。女性は実生活において、男性にこんなことは言いたくないものだ。あなた、時間を無駄にしたわね。

チャドの場合はそうではなかった。かれの語る代理教員の人生は素敵で、愉快で、ときに感動的だった――ディナーやベッドをともにしているときにかれから聞かされたどんな話よりもおもしろかった。

エージェントへの問い合わせの手紙の大半は無視された。何社かはご丁寧にも返信してくれた。「申し訳ありませんが、余裕がありません」といったお定まりのメモと共に。だが結局、古くて調子の悪いノートパソコンからなんとか絞り出した八十ページの原稿を少なくとも見てみようという奇特なエージェントが一社見つかった。

そのエージェントの名前はサーカスを想起させた。すなわち、エドワード・リングリング。チャドの原稿に関するエージェントの反応は長い称賛と手短な約束で構成されていた。「この原稿と残りの部分のアウトラインに基づいて出版契約をかわしてもよろしい」とリングリングは書いて寄越した。「ですが、かなり少額の契約になります。現在のあなたが得ている教員としての報酬を下回るでしょうし、いまより財政難に陥ることになるかもしれません——ばかげている、ということは承知していますが、今日の出版市場はかなり厳しいのです。

あと七章か八章、できるなら最後まで書きあげてしまいましょう。完成すれば、わたしがオークションにかけて差しあげられるでしょうし、もっとよい条件で契約できるかもしれません」

理にかなっている、とチャドは思った。マンハッタンの快適なオフィスから文学界を監督しているのであれば。ニューヨーク市の五つの区を跳びまわって、一週間はここで、三日間はあそこでと教えながら、請求書の支払いにまにあうようにあくせくしているのでなければ。リングリングの手紙は五月に届いた。いまは九月。チャドは比較的いい夏期講座を受け持ったけれど（アホたちに神のお恵みを、とチャドは思うことがある）、原稿は一ページも進まなかった。怠けていたのではない。教えることは、単なる代理教員であっても、自分の脳の重要な部分にブースターケーブルを接続するようなものだ。子どもたちがその部分からパワーを吸収できるのはよいことだが、与える側にはほとんどなにも残らない。自身にできるもっとも創造的なことは、『失踪家族』で知られるベストセラー作家リンウッド・バークレイの最新作を数章読むことだけ、といった晩が何日もあった。

あと二、三か月仕事がなければ、事情は変わったかもしれない……ただし、妻の給料だけで数か月生活すれば、ふたりは破産するだろう。それに創作活動のさいには不安は役立たない。

「どのぐらいで仕上がるの？」ノラがきいた。「フルタイムで執筆した場合？」

チャドはタバコを一本取り出して火をつけた。楽観的な見通しを与えたいと猛烈に思ったが、その衝動をぐっと抑えた。彼女になにがあったのかさっぱりわからなかったが、真摯に知らせておくべきだと思った。

「八か月、少なくとも。一年ぐらいと言ったほうがいいかも」

「ミスター・リングリングがオークションにかけてくれた場合、いくらぐらいで売れると思う？」

リングリングは金額に関しては言ってなかったが、チャドは下調べをしていた。「アドバンスは十万ドルぐらいじゃないかな」

バーモント州で新規まき直し、それが計画だった。それがベッドで語るふたりの寝物語だった。スモールタウン、ノースイースト・キングダムあたりの。彼女は地元の病院で、あるいは新たな訪問看護の職につけるだろう。かれは正規の教員として雇ってもらえるだろう。あるいは、新作を創作する。

「ノラ、どういうことだ？」

「話すのがこわい」ノラは言った。「でも、話すわ。頭が変であろうとなかろうと、話すわよ、だってウィニーが提示した数字は十万ドル以上だったから。ただし、ひとつ条件がある。わたしが仕事をやめないということ。かれが言うには、わたしたちがどう決めようが、わたしはそれを続けられるし、わたしたちにはその仕事が必要らしいのよ」

チャドは窓敷居の下に押し込んであるアルミニウム製の灰皿に手を伸ばし、タバコをもみ消した。ついでノラの手を取った。「話してくれ」

かれは驚きながら耳を傾けた。信じられなかったわけではない。だが、信じたくない気はした。そして信じないわけにはいかなかった。

その日より前にたずねられたら、ノラはこう答えただろう。自分はジョージ・ウィンストン牧師のことをほとんど知らないし、かれもまたわたしのことなんかなにも知らないも同然だと。ウィンストン牧師の提案を考慮してみると、実際にはかれにいろいろとかなり話していたことに気づいた。一例をあげると、生活のためにつづけている単調で終わりのない仕事について。ほかにも、ひょっとしたらチャドの執筆中の本がそんな仕事から解放してくれるかもしれないこととか。

では、ノラはウィニーについて実際のところなにを知っているだろうか？　かれは生涯独身で、パーク・スロープの第二長老派教会（そこの教会の石板には名誉牧師としてかれの名前がまだ刻まれている）を引退して三年経過し、脳梗塞（こうそく）にかかった後遺症で右半身が麻痺している。そんな状態のときに、ノラはウィニーの人生に登場した。

いまやウィニーは、バスルームまで歩くことができる（それに調子のよい日には、フロントポーチにある自分のロッカーまで行ける）が、それは悪いほうの膝がまがってくずれないようにしておくプラスチック製の支持具の助けをかりての話だ。しかもふたたびちゃんとしゃべることができたが、「舌が寝ぼけている」とノラが表現する症状に、いぜんとして苦労することもある。これまでにもノラは、脳梗塞にかかった患者を受け持ったことがあった（そのために今回の訪問看護の仕事にありつけた）し、彼女はウィニーが短期間のうちにかなりよくなったことを大いに評価していた。

ウィニーが法外な提案を口にしたその日まで、ノラはかれのことを金持ちだとは夢にも思わなかった……とはいえ、かれの住んでいる家が手掛かりを提示していたのだが。ノラはそれでなにか勘ぐったとしても、家は教区の贈り物であり、自分に支払われる介護費用の出どころもそうだと思っていた。

ノラの仕事は、前世紀には「実践的介護（プラクティカル・ケア）」と呼ばれていた。薬を飲ませたり、血圧の検査をしたりといった看護の仕事のほかにも理学療法士として働いた。同時に言語療法士でありマッサージ師であり、ときおり――ウィニーが手紙を書かなければならないときは――秘書でもあった。使い走りをしたり、読み聞かせをしたりすることもある。そしてまた、家政婦のミセス・グランガーが来ない日は、簡単な家事以上のこともした。そうした日は、昼食にサンドイッチかオムレツを作った。ウィニーがノラの暮らしぶりの細部を聞き出したのは、そうした昼食のときにかわされた会話――ノラにまったく気づかれないように細心の注意が払われ、なにげなさを装われていた――からだろう。

「自分のしゃべったことをひとつ思い出した」ノラはチャドに言った。「というのも、たぶんウィニーが今日そのことに触れたからだわ。わたしはこんなことを言ったの。わたしたち夫婦は救いがたいほどひどい貧乏暮らしをしているわけじゃないし、つらいとさえ感じていないけど……貧困状態を恐れる気持ちがわたしを滅入らせると」

チャドは最後の言葉に対して微笑んだ。「きみとぼくとのふたりをね」

その朝、ウィニーは濡れたタオルで体を拭いてもらうのもマッサージも拒絶した。そのかわりに膝の添え木を装着してもらい、書斎まで付き添ってもらいたいと言った。書斎はかれにとっては比較的長旅であり、たしかにポーチ・ロッカーより遠かった。どうにかたどり着いたが、デスクの椅子に倒れこむように腰かけたときには、顔を真っ赤にして息をきらしていた。ノラはグラス一杯のオレンジジュースを取りに行った。そのあいだにウィニーが息をつくことができるように。ジュースを持ってくると、かれは一気に半分ほど飲んだ。

「ありがとう、ノラ。いまあんたと話がしたい。とてもたいせつなことだ」

ウィニーは彼女の懸念を見て取ったのにちがいない。微笑んで、振り払うような手の仕草をしたからだ。「あんたの仕事のことじゃない。いまのこの職を失うことはない。あんたがそう望むなら。やめたいのであれば、すばらしい推薦状を書いてやろう」

それはご親切なことだが、現職のような仕事は近辺界隈にはなかった。

「ドキドキさせないでください、ウィニー」ノラは言った。

「なあ、二十万ドル手に入ったらどうする？」

ノラはウィニーをぽかんとした表情で見つめた。両側では、知的な書物が並ぶ丈のある書棚が睥睨（へいげい）している。通りから聞こえる音はくぐもっていた。ふたりはどこか他の田舎にいるのかもしれない。ブルックリンより静かな田舎に。

「セックスに関することだと思っているなら、そうではないと断言しよう。少なくとも、わたしはそうではないと思う。表層の下にあるものを見るなら、フロイトを読んだことがあるなら、思うに、どんな異常な行為もすべて性的な根拠があることになる。が、わからない、わたし自身は。神学校以来フロイトは学んでいないし、当時でさえ、ざっと読んだだけだ。フロイトはわたしの感情をそこなう。かれは人間性の奥底で生じるいかなる連想も錯覚（まやかし）だと感じているようだ。かれが言っていることは、こんな感じだ。〝あなたが掘り抜き井戸だと思っているのは、実際は水たまりである〟。残念ながら、わたしは同意できない。人間性は底なしだ。奥深くて神秘的なこと神の御心（みこころ）のごとし」

ノラは立ちあがった。「失礼ですが、わたしは神を信じていません。しかもなにやらわたしの聞きたいような提案ではなさそうです」

「しかし、聞かなければ、知りようがない。で、ずっと気になるぞ」

ノラは相手を見つめながらたたずみ、どうふるまおうか、ないしはなんと言おうかまよった。で、こんなことを考えた——すわっているウィニーが前にしているデスクは数千ドルするにちがいない。お金と結びつけてかれのことを本気で考えたのは、そのときが初めてだった。

「現金で二十万ドル、それがわたしの提案だ。未払い金を全部返済できるし、ご主人に著作を仕上げさせるのにも十分な額だ——おそらく、新生活を始めることさえできる……バーモントでだったかな？」

「ええ」ノラは返事をしながら、こう考えた。そのことを知っているなら、あなたはわたしが用心していた以上に注意深く耳を澄ましていたのね。

「税務署の関与もなしだ」ウィニーは面長で、真っ白な髪は羊毛のようだった。そのために羊に似ている、とノラは以前から思っていた。「そういう面で現金はいい。しかも、人の口座にゆっくりと流れ込んでも問題なし。また、ひとたびご主人の本が売れて、あなたたちがニューイングランドに腰を落ち着けたら、わたしたちは二度と会う必要はない」かれはそこで一息ついた。「あんたが留任しないことに決めた場合だが、後任の看護師があなたほど有能であるかどうかは疑わしいと思う。頼む。すわってくれ。見上げていると首が痛い」

ノラは言われたとおりにした。現金で二十万ドルという想いが彼女を室内にとどまらせていた。実際にそれを目にできることはわかっていた。紙幣がぎっしり詰まってパンパンにふくらんだ茶封筒が一通。あるいはおそらく、一通ではなく二通ないと入りきらないかも。

それは何ドル紙幣かによる、とノラは思った。

「少ししゃべらせてくれ」ウィニーは言った。「これまでわたしはたいして話をしなかった、そうだな？　たいがいは聞き役だった。今度はあんたが聞き手にまわる番だよ、ノラ。そうしてくれるね？」

「と思います」ノラは好奇心をそそられた。だれだって気になるだろうと思った。「で、だれを殺してほしいんですか？」

冗談のつもりだったが、その言葉が口から発せられたとたん、ほんとうだったらどうしようと思った。冗談のように聞こえなかったからだ。かれの羊じみた顔についている目はもはや羊の目には見えなかった。

ほっとしたことに、ウィニーは声を立てて笑った。ついでこう言った。「殺しはなしだ。そこまでやる必要はない」

ウィニー牧師は語った。これまで一度も話したことがなかったかのように。だれにも、おそらくは。

「わたしはロングアイランドの富裕の家庭で育った——父親が株式市場で儲けたのだ。信心深い家庭だった。牧師への道を選んだとき、家業に関して両親からの嘆息は漏れ聞こえなかった。それどころか、両親はよろこんだ。とくに母親は。おおかたの母親は幸せなんだと思う。息子が神によって召し出されて天職を発見したときは。

わたしはニューヨーク州北部の神学校に入った。その後、配属——副牧師として——されたのがアイダホ州の教会だった。わたしは何も望まなかった。長老派は赤貧生活の誓いを立てないし、わたしの両親は、わたしがその誓いを立てたような暮らしを送る必要がぜったいないようにしてくれた。父は母を亡くしたのち五年しか生きなかったが、わたしにけっこうな金額を残してくれた。大半は有価証券だった。以来数年にわたって、その利益を現金に変換してきた。一度に少しずつ。将来のための預金ではない。そうしたものはまったく必要なかったからだが、わたしは資金と称していた。マンハッタンの貸金庫に入れてある。それがあんたに提供できる現金だよ、ノラ。実際には二十万と四千ドル近くなっているかもしれないが、こまかい金額についてあれこれ言いあうのはよさないか？

わたしは数年、田舎を転々としたあとでブルックリンとセカンド・プレスボに戻ってきた。副牧師を五年務めたのち主任牧師になった。その役割を果たした。汚点ひとつ残さず立派に、二〇〇六年まで。わたしの人生は――自慢するわけでも残念に思うわけでもないが――なんの変哲もない奉仕に費やされた。わたしは教会を貧しい人々を救済するように導いてきた。ここから遠く離れた地方でもこの地域でも。地元の禁酒会のための公共施設はわたしの案だ。薬物中毒者やアルコール依存症の人を数多く助けた。病人の心を癒し、死者を埋葬してきた。もっと明るく楽しいことでは、一千以上のカップルの結婚式を司った。それと生活に余裕のない家庭の少年や少女たちを大学にかよわせるために奨学資金を開設した。その奨学金制度を受けた少女たちのひとりは、一九九九年度〈全米図書賞〉を受賞した。

しかし、唯一心残りなことがある。我が人生において、わたしが一度も犯していない罪がある。それは生涯を通じていろいろな信徒たちに警告してきた罪のひとつだ。わたしは好色な人間ではない。一度も結婚をしたことがないし、姦淫をしたこともけっしてない。生まれつき貪欲ではないのだ。素晴らしいものを好ましいと思うが、けっして欲が深かったり強欲であったりしたことはない。父が十五万ドルを残してくれたとき、どうしてそうならなかったのか？ わたしは仕事に精を出し、怒りを抑制し、だれにも嫉妬せず――たぶんマザー・テレサは別だが――自分の財産や地位を奢り高ぶることは少しもなかった。

自分には罪がないと言い張っているわけじゃない。とんでもない。罪深き言動を一度もしたことがないと言いきる人たちは（何人かいそうだが）、罪深きことを考えたことはないと言えるだろうか？ 教会は抜け目なく周到だ。天国を差し出しておいて、人々にそこに到達するのはわれわれの助力なくしては望みがないことを理解させる……というのも、罪のない人間はいないし、その応報は死だからだ。

わたしは不信心者のように聞こえるだろうが、信心深い家庭で育ったわたしには、不信仰は空中浮遊なみに不可能なことだ。それでも、駆け引きの詐欺的性質や信仰を繁栄させるために用いる信者たちの心理的トリックは理解している。ローマ教皇の素晴らしい帽子は神からではなく、神学上の恐喝を受けて金品を支払っている男女から授与されたのだ。

落ち着かないようだね、では、要点に入ろう。わたしは大罪を犯してから死にたいのだ。考えたり口にしたりではなく、実際に行いたい。そのことが気になっていた——しだいに念頭から離れなくなった——脳卒中で倒れる以前から。だが、それは一過性の乱心だろうと思った。いまはわかる、そうじゃないと。というのも、この三年間、ずっとそのことを想いつづけてきたからだ。しかし、車椅子に釘付け状態の老人に、いったいどんな大罪を犯せる？　わたしは自らに問うた。たしかにとてつもない犯罪はだめだ。少なくとも捕まらずにはできない。逮捕はされたくない。罪と赦しのような重大事項は人間と神とのあいだの問題として残しておくべきだ。

あなたがご主人の著作のことや家計状態を話しているのを聞きながら、罪を委託して犯すことができると思った。事実、わたしの罪の比率を二倍にできる。あなたを従犯人にすることで」

ノラは口内がカラカラに乾いた状態で言った。「たしかにこの世に悪行はあります。でも、ウィニー、わたしは宗教上の罪は信じていません」

ウィニー牧師は微笑んだ。慈愛に満ちた笑みだった。同時に意地が悪かった。羊の唇に狼の牙。「別にいい。でも、罪はあなたを信じている」

「あなたがそう考えるのはわかります……が、どうして？　正道を踏みはずしています！」

牧師の笑みが広がった。「そう！　それが理由なのだ！　自分の性質とまったくちがうことをするのがどんな感じなのか知りたいのです。行為とそれ以上のことに対する赦しへの欲求。二重の罪を知っているかい、ノラ？」

「いえ、教会に行っていないので」

「二重の罪というのは、自分にこう言うことだ。〝これをしても、あとで赦しを乞うことができるし〟。こちらをたてればあちらがたたず、ではなく、こちらもあちらも両方たててしまおう、と言うこと。つまり、ふたつあるもののいいとこ取り、おいしいところだけ食べてしまおう、と。わたしは罪の底にあるものがどんなものか知りたい。罪にふけりたいのではない。自分の力ではどうにもならない状況に巻き込まれたいのだ」

「で、わたしも巻き込みたいと！」ノラは心底憤慨して言った。

「ああ、でも、あなたは宗教上の罪を信じていない、ノラ。そう言ったばかりだ。あなたの観点に立てば、わたしが望んでいるのは、あなたにちょっと手を汚してほしいだけ。で、逮捕される危険性は、思うに、少ないはずだ。その報酬として二十万ドル支払う。それ以上を」

ノラの顔と両手は麻痺していた。あたかも冷気の中を長いあいだ散歩して帰ってきたばかりのように。もちろん彼女はそんなことはしない。するとしたら、この家から外に出て、新鮮な空気を吸うことだ。だが、彼女はその場から離れようとしなかった。あるいは少なくとも、いますぐには。仕事が必要だったからだ。でも、立ち去るだろう。職場放棄ということで馘にす

るなら、すればいい。だがその前に話を最後まで聞きたかった。自分が誘惑にかられていると
は思いたくなかった。でも、好奇心には？　そう、ノラは好奇心旺盛だった。

「わたしになにをしてもらいたいんです？」

チャドはもう一本タバコに火をつけた。ノラは指で合図した。「吸わせて」

「ノリー、きみはこの五年、吸っては――」

「吸わせてって言ってるの」

チャドはタバコをわたした。ノラは深く吸いこみ、肺から煙を吐き出した。それからつづき
を語った。


その晩、ノラは遅くまで、真夜中過ぎまで目を覚ましていた。チャドは寝ていた。当然だ。

彼女はすでに決意していた。ウィニーには断りを入れて、二度とその案件は口にしないでほし
いと言うつもりだった。心は決まった。眠ろう。

それでも、チャドが寝返りをうって彼女に向き直ってこう言っても、まったく驚かなかった。

「例の一件を考えずにはいられない」

ノラも同様だった。「引き受けるわ。わたしたちのために。もし……」

いまやふたりは面と向き合っていた。たがいの息が嗅げるほどの距離だ。夜中の二時だった。

陰謀の時間だ、もしそういう呼び方があるとしたら、とノラは思った。

「もし？」

「もし、それがわたしたちの生活を汚さなければ。汚れのなかには世間に知れわたらないものもある」

「それは議論の余地があるな、ノラ。もうおれたちは決めたんだ。きみは保守派のサラ・ペイリンを演じて、こう言うんだ。〝ありがとうございます、でも、無駄な橋はけっこうです〟と。おれは、ウィニーの風変わりな助成金なしで本を仕上げる方法を見つけるよ」

「いつ？　つぎの無給休暇に？　そうは思えないわ」

「決定。かれは頭のおかしい老人だ。以上」チャドは寝返りをうってノラに背中を向けた。

沈黙が降りた。階上で、ミセス・レストン――彼女の写真は辞書の〈不眠症〉の項目に載っている――が行ったり来たりしている。どこかで、たぶんゴワンスの最も暗い奥底で、サイレンがむせび泣いている。

十五分過ぎたところで、チャドがナイトテーブルに向かって話しかけた。テーブルの上のデジタル時計はいまや2:17と表示されていた。「金のためにウィニー牧師を信頼しなければならないけど、余生でひとつ残された野心が罪を犯すことだという男なんて信頼できないよ」

「でも、わたしはかれをすごく信頼している」ノラは言った。「むしろわたし自身が信頼できないの。寝なさいよ、チャド。この問題はおしまい」

「よし」かれは言った。「わかった」

時計の表示が2:26のときに、ノラは言った。「できるかもしれない。確信しているの。髪を染めて、帽子をかぶり、サングラスをかけてね、もちろん。まあ、太陽のまぶしいときじゃないとだめだけど。逃亡ルートも用意しておかないと」

「本気で――」

「わからない！　二十万ドルなのよ！　その金額って三年は働かないと稼げないし、しかも政府と銀行に濡れ手で粟みたいなことをされたあとには、雀の涙ていどしか残らない。そんな仕組はだれもが知ってる」

ノラはしばらく黙ったまま天井を見つめていた。そこではミセス・レストンの果てしない巡礼が行なわれていた。

「それに保険金！　どのぐらいもらえるか知ってる？　ゼロよ！」

「健康保険に入ってるよ」

「そうね、でもかぎりなくゼロに近い。あなたが交通事故にあったら？　わたしが卵巣嚢胞だとわかったら？」

「保険の担保範囲内でだいじょうぶさ」

「みんなそういうのよ、でも、みんなにはわかってる。くそっ、コケにされたぜ、しょうがねえな！　ってことがね。でも、今回のことを利用すれば、確実に大金を手に入れられる。そのことなの、わたしが考えつづけてるのは。わたしたちは……確実に……大金を……手に入れられる！」

「二十万ドルは、著作に対するおれの金銭上の見込みをささやかなものにしてるみたいだな、そう思わないか？」

「一度かぎりのことだから。そして本を仕上げられるから」

「仕上がる？　その二十万ドルのおかげで本を書き上げることができると思ってるのか？」チ

ャドは寝返りをうって妻と対峙した。かれの下半身が硬くなっていた。たぶん、この話の一部はセックスについてだったからだ。少なくとも、この交渉が終われば。

「ウィニーのようないい条件の仕事にまたつけると思う?」ノラは怒っていた。チャドと自分のどちらに対してだかわからなかったが。別にどっちでもよかった。「わたし、十二月で三十六になるのよ。誕生日にはディナーに連れて行ってもらうけど、その一週間後には正真正銘のプレゼントをもらうことになる。車のローンの支払い期限経過通告書を」

「おれをそのことで責めて――?」

「ちがうわ。わたしたちやわたしたちみたいな人たちを立ち泳ぎさせつづけている体制さえ非難しているわけじゃない。非難は非生産的。それにわたしはウィニーに本音を言った。宗教上の罪を信じていない、と。でも、刑務所には行きたくない」ノラは涙があふれてくるのを感じた。「それに、だれにも危害を加えたくないし。とくに――」

「きみはそんなことをしないよ」

チャドは背中を向け始めたが、ノラに肩をつかまれた。

「わたしたちがそうしたら――わたしがそうしたら――今後いっさいそのことは口にしないこと。一度たりとも」

「そうだな」

ノラはチャドに手を伸ばした。結婚において、交渉ごとは握手で一件落着とはいかない。そのことをふたりとも承知していた。

時計は2：58AMを表示していた。チャドがまどろみだしたとき、ノラがこう言った。「ビデオカメラを持っている人をだれか知らない？　というのも、かれが――」

「うん」かれは答えた。「チャーリー・グリーン」

そのあとは静寂。ミセス・レストンがかれらの頭上で、ゆっくりと往来する足音だけが聞こえた。ノラはイメージを――夢うつつ状態で――思い浮かべた。パジャマのズボンのウエストに万歩計を装着しているミセス・レストンの姿を。そうやって彼女は自身と夜明けまでの何マイルもの距離を辛抱強く歩いているのだ。

ノラは眠りに落ちた。


翌日、ウィニー牧師の書斎にて。

「それで？」かれはたずねた。

母親はけっして教会に行く人ではなかったが、ノラ自身は毎年、夏期休暇聖書学校に参加した。ゲームや歌、フランネルグラフ聖書レッスンがあったので楽しかった。そしていま、彼女はそうした聖書レッスンのひとつを思い出した。この数年、そのことを考えたことはなかったが。

「実際に人を……傷つける……お金のために……なんてことにはならないでしょ？」ノラは言った。「そこをはっきりさせておきたいわ」

「それはない、が、血が流れるのは見たい。そのことははっきりさせておく。拳をふるってもらいたいが、唇を切るか鼻血をださせるかぐらいでじゅうぶん」

聖書学校での話のひとつで、教師がフランネルボードに山を置いた。ついで、イエスと角の生えている男を。教師は語った。悪魔はイエスを山頂に連れて行き、地上のすべての都市を見せた。〝これらの都市をおまえのものにできる〟、と悪魔は言った。〝あらゆる宝を。ひれ伏しておれを崇拝するだけで〟。しかし、イエスはやつに反抗した。そしてこう言った。〝立ち去れ、サタン〟。

「それで?」ウィニーはもう一度きいた。

「罪」ノラは熟考しながらぼそっと言った。「それがあなたの念頭にあること」

「罪のための罪。用意周到に計画されて遂行される。ワクワクする考えだろ?」

「いいえ」ノラは言いながら、険しい絶壁のような書棚を見上げた。

ウィニーはいくらか時が経過するにまかせてから、三度目のセリフを口にした。「それで?」

「わたしが逮捕されたとしても、お金はもらえるのですか?」

「同意したことに従って行動したなら――そして言うまでもなく、わたしを巻き添えにしなければ――確実に報酬はもらえる。それに逮捕されたとしても、最悪の場合でも執行猶予だろう」

「それと裁判所の命令による精神鑑定」とノラ。「この提案を検討するさいにもそれは必要」

ウィニーは言った。「そんな調子で話をつづけるなら、あなたは結婚コンサルタントを必要とするだろうね、控えめに言っても。わたしが聖職者だったとき、数多くの配偶者たちの相談にのったが、常に金銭面での心配が夫婦間の問題の根本的な原因であったわけではないものの、多くの場合、それが問題だった。そして、金がすべてだった」

「貴重な体験談をありがとうございます、ウィニー」

牧師はその言葉に対してなにも返さなかった。

「あなたは狂ってる、ですよね」

そう言われても、かれは黙っていた。

ノラは書棚の本をもう少し眺めた。ほとんどが宗教書だった。ようやく彼女は視線をウィニーに戻した。「わたしが頼まれたことをやったあとで、あなたにハメられたとわかったら、ひどい目にあわせてやる」

ウィニーは彼女の言葉遣いに当惑した表情を示さなかった。「不渡り手形はださない。それはたしかだ」

「あなたのしゃべりはいま、ほぼ完璧ですね。舌がもつれることさえない、疲れていなければ」

ウィニーは肩をすくめた。「わたしといっしょにいることで耳が慣れたのだ。新しい言語を学ぶようなものだと思う」

ノラは視線を書棚に並ぶ書籍に戻した。それらの一冊に『善と悪の問題』というタイトルがあった。『モラリティーの基準』という題もあり、それは大部な一冊だった。ホールでは、標準時計が規則正しく時を刻んでいる。ようやくウィニーがふたたび言った。「それで？」

「この件をわたしに提案するだけで、あなたを満足させるほどじゅうぶん罪深いのじゃないですか？　あなたはわたしたち双方を誘惑し、ふたりともに誘惑について熟考している。それでじゅうぶんでは？」

「それは考えたり口にしたりする罪にすぎない。それではわたしの好奇心は満たされない」

標準時計が時を刻んだ。牧師を見ずに、ノラは言った。「〝それで？〟ともう一度言われたら、わたしはこの場を立ち去りますよ」

ウィニーは〝それで？〟もほかのなにも口にしなかった。ノラは、自分の膝の上で縒り合わせている両手を見下ろした。もっとも恐ろしい点。それは自分の一部があいかわらず好奇心を抱いていることだ。その好奇心は相手が望んでいることに関してではない。その点はすでにあきらかだ。自分が望んでいることについてだった。

ついにノラは顔をあげて返答した。

「すばらしい」ウィニー牧師は言った。


心を決めたとはいえ、ふたりとも案件を実際に行動に移したくなかった。それは暗雲のように頭上に重く垂れこめていた。そこでふたりはクィーンズのフォレスト・パークを実行場所に選んだ。チャドはチャーリー・グリーンのビデオカメラを借りて使い方を覚えた。ふたりは前もってパークに二度出かけた（ほとんど人気のない雨の日に）。チャドは事前に決めた場所をビデオ撮影した。ふたりはその期間に何度もセックスをした——緊張したセックス、ぎこちないセックス、ティーンエイジャーが車の後部座席でするようなセックスだったが、たいていは心地よいセックスだった。興奮した、少なくとも。ノラは自分のほかの欲求が減少していくことに気づいた。ウィニーの提案を承諾した日から契約内容を実行する日の朝までの十日間のうちに、彼女は四キロ痩せた。チャドによれば、妻の見た目はふたたび女子大生のようになり始めていた。

十月初旬の晴れた日、チャドは自家用車の古いフォードをジュエル・アヴェニューに駐車させた。ノラはかれの横にすわっていた。髪を赤く染めて、肩まで垂らし、ロングスカートにみっともない茶色のスモックといった格好は、実にノラらしくない。さらにサングラスをかけ、野球帽をかぶっていた。ノラは落ち着いているように見えるが、チャドが手を伸ばして触れようとすると、その手を避けた。

「ノラ、なあ――」

「タクシー代持ってきた？」

「ああ」

「それとビデオカメラを入れるバッグは？」

「うん、もちろん」

「なら、車のキーをちょうだい。またあとでアパートメントでね」

「ほんとうに運転できるのか？　きみのようすはまるで――」

「だいじょうぶ。キーをかして。ここで十五分待ってて。まずいことになったら……なにかヤバそうだと感じただけでも……戻ってくるから。そうじゃない場合は、選んでおいた場所に行って。覚えてるでしょ？」

「もちろん、覚えてるとも！」

少なくとも、ノラは微笑んだ――歯とえくぼを見せて。「よし、その意気よ」と言って、彼女は去った。

死ぬほどつらく長い十五分だったが、チャドは耐えぬいて待った。クラムシェルヘルメットをかぶった子どもたちが自転車に乗ってだらだらと通り過ぎる。女性たちがペアでそぞろ歩いていく。その多くがショッピングバッグを手にしていた。年老いた婦人が難儀して通りを横断するのが見えた。シュールな一瞬、その老婆をミセス・レストンだと思ったが、老婆が通りすぎたとき、そうではないことがわかった。その婦人はミセス・レストンよりはるかに年老いていた。

十五分が経過する直前に、チャドはこんなことを——まっとうかつ合理的に——思いついた。おれはこの一件をとっとと車を出して去ることで止められるだろう。公園でノラはあたりを見まわすが、おれの姿がない。そこでタクシーを拾ってブルックリンに戻る。帰宅しておれに感謝し、こう言うだろう。あなたはわたしをわたし自身から救ってくれた。

で、そのあとは？　一か月の休暇。臨時教師の職はなし。著作を仕上げることに全力を注ぐ。無鉄砲きわまりない。

立ち去るかわりに、かれは車から出て、チャーリー・グリーンのビデオカメラを片手に公園に向かった。あとでビデオカメラを収納するための紙袋はウィンドブレイカーのポケットに押しこまれていた。カメラの緑色のランプがちゃんと点灯しているかどうか三度確認した。すべてが行われたあとで、カメラの電源を入れていなかったことが判明するなんて恐ろしすぎる。あるいは、レンズのキャップをはずしていなかったとか。

チャドはそれもう一度確認した。

ノラは公園のベンチに腰かけていた。チャドの姿を目にすると、左頬にかかった髪をかきあげた。それが合図だった。行動開始。

ノラの背後は遊び場だった――ブランコ、回転遊具、シーソー、スプリング遊具、といったものが設置されている。その時間、数人の子どもしか遊んでいなかった。母親たちは遠くでひとかたまりになってしゃべったり笑ったりしていて、子どもたちに注意を払っていない。

ノラはベンチから立ち上がった。

二十万ドルだ、と思って、チャドはカメラをかまえて片目にあてた。もはや幕は切って落とされた、彼は落ち着いていた。

そしてプロさながらに一部始終を撮った。

Ⅱ

自分たちの建物に戻り、チャドは階段を駆け上った。ノラはそこにいないだろうと確信していた。かれは妻が疾風のごとく全速力で走り去っていくのを目撃していた。母親たちはほとんど彼女に目もくれなかった――母親たちはノラがターゲットに選んだ子ども、たぶん四歳の男の子に向かって集まっていった――が、チャドはそれでもノラは戻っていないだろうし、あなたの奥さんは警察署にいますという電話がかかってくるだろうと確信していた。妻はそこでなにもかも自白して、夫が共犯者だということも打ち明けていることだろう。最悪な場合、ウィニー牧師も関係していることをバラして、すべてを水の泡と帰しているかもしれない。

手がひどく震えるので、キーを鍵穴に差しこむことができなかった。キーは鍵座のまわりで狂ったようにカチャカチャ音を立てるばかりで鍵穴にかすりもしない。ビデオカメラが入っている紙袋（いまやしわくちゃだ）を下に置こうと思った。そうすれば、左手で右手を固定させられる。そのとき、ドアが開いた。

すでにノラは膝のあたりで切ったジーンズにシェルトップという恰好だった。ロングスカートとスモックの下に着こんでいた服装だ。自動車で逃げるまえに、車内で着替える計画だった。電光石火の早業で着替えられると言っていたが、実際そのとおりだったようだ。

チャドは両腕を差し伸べて、彼女をあまりにもきつく抱き寄せたので、その体が自分に衝突する音が聞こえたほどだった——必ずしもロマンチックな抱擁とは言えない。

ノラはこれにしばらく耐えてから言った。「中に入って。いつまでも廊下にいないで」外の世界とつながるドアが閉ざされるとすぐに、彼女は言った。「やった？　やったと言って。ここで三十分近く待ってたのよ、真夜中のミセス・レストンのように歩き回りながら……ミセス・レストンが速足で歩けたらだけど。あのことが……気がかりで——」

「おれも心配だった」チャドは額にかかった髪を払いのけた。そこの皮膚は熱っぽかった。

「ノリー、死ぬほどこわかった」

ノラは紙袋をひったくって中を覗いてから、チャドをにらみつけた。彼女はすでにサングラスを捨てていた。青い目が光っている。「ちゃんとやったと言って」

「うん。撮った、と思う。まちがいない。まだ見ていないけど」

ノラの目つきがさらにきつくなった。チャドは思った。気をつけろよ、ノラ、目玉が火を噴くぞ、そんなにギラつかせていると。

「見なさいよ、見てよ。わたしは歩き回っていなかったときは、トイレにいたのよ。ずっとお腹が痛かった――」ノラは窓のところに行って外を見た。チャドは彼女の傍らに行った。そして彼女だけが知っているなにかがあるのではないかと不安になった。しかし、外は普通の歩行者が往来しているだけだった。

ノラはふたたびチャドと向き合い、今回はかれの両腕をつかんだ。彼女の手のひらは死者のように冷たかった。「だいじょうぶかしら？　あの子は？　たいしたことがなかったかどうか見た？」

「男の子は無事だよ」チャドは答えた。

「嘘をついてる？」ノラは噛みつかんばかりの剣幕で言った。「正直に言って！　あの子はだいじょうぶだった？」

「無事だ。自分で立ちあがったよ、母親たちが駆けつけるより早くね。めちゃくちゃ泣き叫んでいたけど、おれなんてあの年頃のときにはもっとひどい目にあってる。揺れてるブランコに後頭部を直撃されたんだ。で、病院の救急処置室に運ばれて、五針も――」

「思いのほか強く殴ってしまったのよ。手加減してしまうのがこわかったから……手加減したことがバレたら……ウィニーは支払いをしてくれないと思って。それにアドレナリンのせい……ったくもう！　不思議、あの子の頭を吹っ飛ばさなかったのが！　どうしてあんなことをしたのかしら？」だが、ノラは泣いていなかったし、後悔しているようにも見えなかった。激怒しているようだった。「どうしてわたしにさせたのよ？」

「おれはけっして――」

「あの子はぜったいだいじょうぶなの？　ほんとうに見たの、起きあがるところを？　だって、わたしは思わず強く殴ったし……」ノラはチャドから離れて壁のところに行き、そこに額を打ちつけてから振り向いた。「わたしは遊び場に行き、いたいけない四歳児の口を殴ったのよ！　お金ほしさに！」

そこでチャドは閃いた。「テープに映ってると思う。あの子が自分で立ちあがるところが。自分の目で見てごらん」

ノラは飛ぶように部屋を横切って戻った。「ＴＶにセットして！　見たい！」

チャドはチャーリーがわたしてくれたＶＳＳケーブルをつないだ。ついでちょっと手間取ってから、テープ映像をＴＶ画面に映し出した。実際にチャドは、男の子が自分の脚でふたたび立ち上がるところを記録していて、その直後にカメラのスイッチを切って歩き去ったのだ。子どもは当惑しているようで、もちろん泣いていたが、その他の点では問題はないように見える。唇は血だらけだが、鼻血は少ししか出ていない。たぶん、転倒したときに鼻を打ったのだろう。遊び場での些末な事故と大差ない、とチャドは思った。日常茶飯の出来事。

「なっ？」チャドはノラにきいた。「あの子はだいじょ――」

「もう一度見せて」

チャドはそうした。しかも、ノラに三回、四回、五回と繰り返すように言われたときも、そうした。ある時点で、気づいた。彼女はもはや、男の子が立ちあがる場面を見ていないことを。かれもまた見ていなかった。ふたりは男の子が倒れるところを見ていた。そして殴られるところを。拳がサングラスをかけた赤毛の狂った女からくりだされるのを。その女が歩み寄って来て、暴行を働き、脱兎のごとく走り去るのを。

ノラは言った。「歯を折ったかもしれないね」

チャドは肩をすくめた。「それはよろこぶぞ、歯の妖精が」

五回目を見たあとで、ノラは言った。「赤髪を元に戻したい。この色、きらい」

「いいよ――」

「そのまえに、寝室に連れて行って。なにも言わないで、ただそうして」

ノラはもっと激しくして、と言いつづけた。そして腰をグイグイ突きあげる。まるで、チャドを振り落としたいかのように。しかし、ふたりはしっかりとひとつにつながっていた。

「ぶって」ノラは言った。

チャドはそうした。理性を失っていた。

「もっとちゃんとぶって。殴ってよ！」

チャドは妻をさらに強くぶった。ノラの下唇が切れた。彼女は指で血に軽く触れた。そして指に血を塗りたくっているうちにイッた。

「見せてもらおう」ウィニーが言った。翌日のことである。かれらはウィニーの書斎にいた。

「カネを見せて」有名なセリフだ。ノラはなにからの引用だか思い出せなかったが。

「ビデオを見てからだ」

まだカメラはくしゃくしゃの紙袋の中に入っていた。彼女はそれを取り出した。ケーブルもいっしょに。ウィニーは書斎に小型TVを所持していたので、彼女はそれにケーブルを接続してプレイボタンを押した。ふたりは、公園のベンチにすわっている野球帽をかぶった女性を見た。彼女の背後で数人の子どもたちが遊んでいる。その背後では母親たちが井戸端会議をしている。ボディラップ、すでに見たかこれから見る予定の芝居、新車、次の休暇について。ぺちゃくちゃぺちゃくちゃ。

女がベンチから立ちあがった。ビデオカメラが急にぐっとズームインする。画像が少しブレてから固定される。

そこでノラがポーズボタンを押した。それはチャドのアイデアだったが、彼女もそうしたほうがいいと思った。彼女はウィニーを信用していたが、その時点までだった。

「お金を見せてちょうだい」

ウィニーは着ていたカーディガンのポケットからキーを取り出した。デスク中央の引き出しを開けるさい、なかば麻痺して言うことをきかない右手から左手にキーを持ち替えた。

封筒ではなかった。中型のフェデックスボックスだった。彼女が中を覗くと、百ドル紙幣の束がいくつも目に入った。それぞれゴムバンドでくくられている。

ウィニーは言った。「全額入っている。それとプラスアルファ」

「いいわ。あなたが購入したものを見て。プレイボタンを押すだけよ。わたしはキッチンにいる」

「いっしょに鑑賞したくないのかね?」

「ええ」

「ノラ？　ちょっと事故にあったようだね」かれは自分の唇の端を、まだわずかに下がったままの側を、そっとたたいた。

　ウィニー牧師が羊のような顔をしているだって？　なんてバカだったんだろう。よく見ていないのにもほどがある。狼の顔にも似ていない、あまり。それらの中間。犬の顔、たぶん。嚙みついて逃げるような類の犬。

「ドアにぶつけたの」

「なるほど」

「いいわよ、いっしょに見ましょう」ノラは腰をおろした。そして自分でプレイボタンを押した。

　ふたりはビデオを二回見た。まったく口をきかずに。映像は三十秒ほど。一秒あたりおよそ六万六百ドル換算になる。ノラはすでにチャドと鑑賞しているあいだに計算していた。

　二度見終わったところで、ウィニーはストップボタンを押した。ノラは小さなビデオカセットをどのようにして取り出すのかやって見せた。「これはあなたのものです。カメラは主人の友人から借りたので返します」

「わかった」ウィニーの目は輝いていた。支払額に相当するものを得たといった感じだった。望んだものを。素晴らしい。「ミセス・グランガーに頼んでビデオカメラを買ってきてもらおう。将来ふたたび鑑賞するために。あるいは、あんたに買ってきてもらおうか」

「いいえ。もうあなたとの雇用関係は終わっています」

「ああ」ウィニーは驚かなかった。「なるほど。しかし……提案させてもらえば……あんたは新たな職に就いたほうがいい。そうすればだれも奇妙だと思わない。たまっている請求書があっというまに支払われたときに。あんたの安泰だけだよ、わたしが思っているのは」

「でしょうね」ノラはケーブルをはずし、カメラといっしょに紙袋にしまった。

「それに、わたしだったらすぐにはバーモント州に出発しない」

「あなたのアドバイスはいりません。いますごくむかついてます。あなたのせいで」

「だろうな。だが、あんたは逮捕されることはないし、だれにも知られないだろう」口の右端は引き下がっていたが、左端は笑っているかのように引きあげられていた。その結果、鉤鼻の下が蛇行形状のSになっている。今日のかれの話しぶりはとてもはっきりしていた。そのことを記憶にとどめ、じっくり考えるだろう。まるで、かれが罪と呼んだものが心理療法だったと判明したような感じだ。「それにノラ……むかつくことは必ずしも悪いことではあるまい?」

これにはなんと答えてよいかわからなかった。その問い自体が答えになっている、とノラは思った。

「わたしが頼んだのは」ウィニーは言った。「もう一度ビデオをあんたに流してもらったのは、実は映像ではなくあんたを観察するためだった」

ノラはチャーリー・グリーンのビデオカメラが入った紙袋をひったくるように拾いあげると、ドアに向かって歩いた。「楽しい余生を、ウィニー。次回は本物の心理療法士を雇いなさいよ、看護師といっしょに。あなたの父親は両方雇えるぐらいの金銭は残してくれたでしょ。そのテープを大切に保管してください。おたがいのために」

「あの女性があんただとはわからない。たとえ正体がバレても、どうということもなかろう？」ウィニーは肩をすくめた。「レイプや殺人場面が映っているわけではない、けっきょくのところ」

ノラは戸口で立ち止まった。立ち去りたかったが、好奇心が勝った。あいかわらず知りたくてたまらなかった。

「ウィニー、どのようにして今回の一件を神の意にかなえさせるんです？　どのぐらい長いあいだ祈りを捧げるつもり？」

ウィニーは含み笑いをした。「シモン・ペテロのようなひどい罪人がカソリック教会を創建できたぐらいだから、わたしもだいじょうぶだろう」

「ええ、でも、シモン・ペテロはたいせつにビデオテープを保管しておき、それを鑑賞しながら寒い冬の夜を過ごしました？」

これにはついにかれも沈黙させられた。ノラが部屋から立ち去るまで、かれがふたたび声を取り戻すことはなかった。小さな勝利だったが、それを彼女はしっかりつかんで離さなかった。

一週間後、ウィニーはアパートメントに電話をして、ノラにこう伝えた。職場に復帰してほしい、少なくともチャドとバーモントへ転居するまでは。これまで彼女以外の看護師を雇ったことがなかった。だから、ひょっとして彼女が心変わりをする場合を考慮して、いまのところは新たな看護師は雇わないでいるつもりだ。

「あんたがいなくて寂しいよ、ノラ」

彼女はなにも言わなかった。

ウィニーの声が低くなった。「その気があればもう一度いっしょに見ることができるぞ。そうしたくないかね？　もう一度鑑賞したいのではないか、少なくとも一回は？」

「いいえ」と言って、ノラは通話を切った。そしてキッチンに行ってお茶をいれようと思ったが、不意にめまいに襲われた。居間の隅にへたりこみ、立てた両膝に頭を乗せた。めまいがおさまるのを待った。最後にはそうなった。

ノラはミセス・レストンの世話をする職を得た。わずかに週二十時間の勤務なので、給料は聖職者ウィンストンの看護師として働いていたときとくらべるまでもないが、もはや金銭面は問題ではなかったし、それに通勤が楽だった――職場は一階上なので。なによりもまず、ミセス・レストンは糖尿病と軽い心臓病を患っていたが、頭が幼児並みで可愛らしかった。とはいえ、ときには――ことに夫についてのいつ終わるともしれない長談義のあいだに――ノラの手は彼女を引っぱたきたくってウズウズすることがある。

チャドは自分の名前をサブリストに掲載しつづけていたが、勤務時間を短くした。そのおかげで新たに見出された六時間を週末に蓄えておき、それを『動物と暮らす』の執筆時間にあてた。かくて原稿枚数は増えていった。

一度か二度、チャドは自問した。週末に書いた原稿は素晴らしい――あるいは精彩に富んでいる――かどうか。例のビデオカメラ撮影の日より以前に執筆した原稿と同じように。ついでこう自分に言い聞かせた。そんな問いかけが浮かんだのは、因果応報といった古くて誤った考えが頭に巣くっているせいだ。奥歯に挟まって気になるポップコーンのかけらのように。

公園での出来事から十二日後、アパートメントのドアがノックされた。ノラがドアを開けると、警察官が立っていた。

「はい、なんでしょう?」

「ノラ・キャラハンですか?」

彼女は冷静に考えた。わたしはなにもかも打ち明けてしまうだろう。そのあとで、当局はかれらにできることをなんでもわたしにさせて、わたしはあの少年の母親のところに行き、顔を突き出して、こう言うだろう。「思いきり殴ってください、奥さま。わたしたち夫婦に安らぎを与えてください」

「はい、そうです」

「奥さん、わたしは、ブルックリン公立図書館のウォルト・ホイットマン分館の要請でうかがいました。四冊の貸し出し本の返却期限が二か月近くも過ぎています。そのうちの一冊は非常に貴重なものです。アート・ブック、ですよね? 限定本です」

ノラは警察官を唖然とした表情で見てから、突然笑い出した。「あなたは図書館警察官?」

相手はまじめくさった顔を保とうとしたが、つられて笑った。「今日は、そんな感じですね。該当の書籍はお持ちですか?」

「ええ。すっかり忘れていました。ご婦人が図書館へ出かけるお供をしていただけますか、巡査――」ノラはかれのネームタグを見た。「アブロモウィッツさん?」

「よろこんで。小切手帳を持ってきてください」

「ヴィザ・カードでもだいじょうぶかも」ノラは答えた。

警察官は微笑んで、「たぶんね」と言った。

その晩、ベッドにて。

「ぶって！」ノラの頭の中では、これは愛の営みではなく悪夢の脅迫ゲームだった。

「いやだ」

ノラはチャドの上になった。そのほうが手をのばしてかれに平手打ちをくらわしやすい。夫の頬に炸裂したピンタの音は空気銃の発射音のようだった。

「ぶって、って言ってるでしょ！　わたしをぶっ――」

チャドは思わずノラの背中をピシャリとやった。彼女は泣き始めたが、自分の下で夫のナニが硬くなった。すばらしい。

「さあ、やってよ」

チャドは彼女をぶった。外では、だれかの車の盗難防止警報機が突然止まった。

かれら夫婦は一月にバーモント州に行った。汽車で移動した。まるで絵はがきのようで、素敵だった。モンペリエから三十キロほどの郊外に、ふたりがともに気に入った売り家を見学に行った。物件を探して、わずか三軒目だった。

不動産仲介者の名前はジョディー・エンダース。とても感じのいい女性だったが、ノラの右目をずっと見ていた。ついにノラは、当惑気味の笑顔で言った。「タクシーに乗ろうとしたときに、地面が凍っていたせいで滑って転んだの。先週お会いできればよかった。わたし、なんだか配偶者虐待の広告みたいよね」

「ぜんぜんわからないですよ」ジョディー・エンダースは言った。そして、ちょっと恥ずかしそうにつづけた。「奥さん、美人です」

チャドがノラの肩に腕をまわした。「ぼくもそう思う」

「ご職業はなにを、ミスター・キャラハン？」

「作家です」

かれら夫婦は家の頭金を支払った。住宅ローン契約書に、ノラは、「自己資金」にチェックを入れた。ついで「詳細」の欄には簡単に記入した。〝貯金〟と。


二月のある日、引っ越しのための荷造りをするいっぽうで、チャドはマンハッタンに行ってアンジェリカ・フィルム・センターで映画を見てからエージェントと食事をした。アブロモウイッツ巡査はノラに名刺を渡していた。ノラはかれに電話をした。巡査はやって来て、ふたりはがらんとした寝室でセックスをした。よかった。ぶってもらえたらもっとよかっただろうが。彼女はそうしてくれと頼んだのだが、巡査は応じようとしなかった。

「きみってご婦人は、トチ狂ってんのか？」アブロモウィッツ巡査は、人が冗談半分に話すさいに使う声音でたずねた。

「どうかしら」とノラ。「答えを探してる最中」

バーモントには二月二十九日に引っ越す予定だった。その前日——通常の年なら、その月の最後の日——電話が鳴った。ミセス・グランガーからだった。ウィンストン牧師の家政婦だ。その女性の静かな口調から、電話をかけてきた理由がわかった。そこでとっさにこう思った。あのテープはどうした、ゲス野郎？

「死亡記事に腎不全と発表されるでしょう」ミセス・グランガーは死者の囁き声のような声音で言った。「でも、わたしは牧師のバスルームに入ったんです。ぜんぶの薬瓶が出されていて、入っていた薬もほとんどなくなっています。自殺したんだと思います」

「たぶんそれはないでしょう」ノラは言った。至極静かで、確信に満ちていて、もっとも看護師らしい口調で述べた。「可能性として大いにありうるのは、かれは混乱状態に陥って服用量がわからなくなったのよ。また脳卒中を起こしたのかもしれない。程度の軽いのを」

「ほんとうにそう思う？」

「ええ、もちろん」ノラは言った。そして、新品のビデオカメラを部屋のどこかで見かけたかどうかを、ミセス・グランガーにたずねたい気持ちを懸命に抑えた。ウィニーのTVに接続されている可能性が一番ありそうだ。そのようなことをたずねるのは狂気の沙汰だろう。にもかかわらず、あやうくたずねそうになった。

「それをきいて安堵しました」ミセス・グランガーは言った。

「よかった」ノラは言った。


その晩、ベッドで。ふたりの最後のブルックリンの夜。

「心配するのはよせ」とチャド。「だれかがあのテープを見つけたとしても、たぶん中身を見やしないよ。見たとしても、きみと関連付ける可能性はかぎりなく少ない。それにたぶん、いまでは子どももあの一件を忘れてる。母親もね」

「母親はその場にいたのよ、頭のおかしな女が自分の息子を殴って逃げたときに」ノラは言った。「ぜったいに母親はそのことを忘れたりしない」

「そうかい」チャドは言ったが、彼女にキン蹴りをされそうな穏やかな口調だった。

「ミセス・グランガーが家のあとかたづけをするのを手伝ったほうがいいかも」

チャドは彼女を見つめた。気でもちがったのかといわんばかりに。

「わたし、疑われたいのかもしれない」と言って、ノラはかれに薄ら笑いを浮かべた。それを彼女自身はそそられる笑みと思っていたが。

チャドは彼女を見つめてから、くるりと背中を向けた。

「こっち向いてよ。ねえ、チャド」

「いやだ」

「どういうことよ、いや？　どうして？」

「あれをするときのきみの考えがわかってるから」

ノラはかれの首をぶった。うなじでいい音が炸裂した。「なんにもわかってないくせに」

チャドは向き直って、拳を振りあげた。「これはやらないよ、ノラ」

「つづけなさいよ」ノラは言いながら顔を突き出した。「やりたいんでしょ」

チャドはもう少しで殴りそうになった。拳が引きつっている。やがてかれは拳をおろし、握った指を開いた。「二度とごめんだ」

ノラはなにも言わなかったが、思った。それがあなたの考えね。

ノラは眠れず、デジタル時計を眺めていた。1：41AMまでには、こう思った。わたしたちの結婚生活は危機的状況を迎えている。やがて1：41が1：42になると、こう思った。いや、そうじゃない、もう終わってる。

しかし、まだそれから七か月は継続した。

ノラはジョージ・ウィンストン牧師との関係を一切合切断ちたいわけではなかったが、新居の見栄えをよくするのに忙しかったので（庭はひとつではなく、ふたつ作り、ひとつは園芸用でもうひとつは家庭菜園用にするつもりだった）、ウィニーのことをまったく想わない日が何日かあった。ベッドでの殴打もなくなった。おおむねは。

やがて、四月のある日、ウィニーから絵はがきを受け取った。衝撃的だった。それは米国郵政公社の封筒に入っていたが、というのも、はがき自体に転送情報を記す余白がなくなったからだ。はがきは各地をたらいまわしにされていた。ブルックリン、メイン州、アイダホ州モントピーリア、そしてインディアナ州といったぐあいに。どうしてニューヨークにいたときに届かなかったのかさっぱりわからなかったし、そのはがきの旅程を考えるに、けっきょく自分のところに届いたのが不思議だった。日付の消印はかれの亡くなる前日になっている。かれの死亡者略歴をオンラインで調べたので、それは確かだ。

フロイト的なものがあるのかもしれない、つまるところ。はがきにはこう記されていた。元気ですか？

元気よ、ノラは思った。とっても順調。

新居のキッチンには薪ストーブがあった。彼女は絵はがきをくしゃくしゃに丸めてストーブの中に投げ入れ、マッチで火をつけた。はい、おしまい。


チャドは六月に、『動物と暮らす』を完成させた。最後の五十ページは一気呵成(いっきかせい)に九日で仕上げた。それをエージェントに送った。まずメールが送られてきて、ついで電話がかかってきた。チャドに言わせれば、リングリングは熱狂的だったらしい。であるならば、かれはその熱意のおおかたを電話で話すときのためにとっておいたにちがいない、とノラは思った。彼女が読んだ二通のメールの内容は、ひいき目に見ても慎重さを要する楽観論だったから。

八月、リングリングの要請にしたがって、チャドは原稿を何カ所か書き直した。仕事のこの部分に関して、かれは寡黙だった。特にうまくいきそうもない兆候だ。だが、かれは頑張った。ノラはほとんど気づかなかった。自分の庭づくりで忙殺されていたからだ。

九月、チャドはニューヨークに行き、リングリングが原稿を送った七つの出版社に電話をかけているうちに、ひょっとして何社かの反応が良好で著者と会いたいと言った場合にそなえ、かれのオフィスで待機していたいと言い張った。ノラは、モントピーリアのバーに行って男を引っかけよう――そしてモーテル６にしけこもう――と思ったが、やめておいた。労多くして益少なし。そのかわり庭造りにいそしんだ。

そうしていてよかった。チャドがニューヨークで一泊する予定を切りあげて、その晩に帰宅したからだ。酔っていた。喜んでいるように見せかけていた。素晴らしい出版社と契約したらしい。その出版社の名前が告げられた。ノラのまったく聞いたこともない社名だった。

「いくら?」

「そんなことはどうでもいいさ、カワイ子ちゃん」〝どうでも〟が〝じょうでも〟と発音され、しかもチャドが彼女のことを〝カワイ子ちゃん〟と呼ぶのは酔っぱらっているときだけだ。

「かれらは本を愛している。それだよ、たいせつなのは」〝たいしぇつ〟。彼女は気づいた。チャドは酔っぱらうと、脳溢血で倒れたのちの最初の数か月のウィニーのようなしゃべり方にかなり似ている。

「いくらなのよ?」

「四万ドル」〝ドリュ〟。

ノラは声をあげて笑った。「わたしはもっと多くの金額を契約したわよ、ベンチを離れて遊び場に足を踏み入れる以前にね。そのことがわかったのは、ふたりで最初に見た――」

一撃が見えなかったし、それを実際にくらった感じもしなかった。頭の中でガツンと音がした、それだけだった。ついでキッチンの床に横たわって、口で息をしていた。口で息をせざるを得なかった。チャドに鼻の骨を折られたのだ。

「このあばずれが!」と言って、チャドは泣きだした。

ノラは上半身を起こした。目の焦点があうまで、酔っぱらったときみたいにキッチンがぐるぐる回転していた。血がリノリウムの床にポタポタと滴った。痛みを感じながら、驚き、高揚し、恥辱と歓喜に満たされた。

殴られるなんてマジでわからなかった、とノラは思った。

「上等よ、責めればいいでしょ」ノラは言った。声はくぐもっていたが非難めいている。「そうやってわたしをいたぶって、あんたのブタみたいな目玉を泣きつぶせばいい」

チャドは顔をあげたが、まるで彼女の言うことを聞いていなかったよう――あるいは、耳にしたことが信じられないといった様子――で、拳を作ってうしろに引いた。

ノラは自分の顔をあげると、いまやひんまがった鼻を突き出した。鼻血が顎髭のように垂れている。「やりなさいよ。あんたが多少とも上手なのは殴ることぐらいなんだから」

「何人の男と寝たんだ、あの一件以来？　言えよ！」

「だれとも寝てない。一ダースの男とヤッただけ」実際には嘘だ。警察官、それとチャドが町に出かけたさいに修理に来た電気工だけだ。「さあ、かかってくるがいい、マクダフ」

その挑発にのらずに、チャドは拳を開いて、腕を脇にだらりとさげた。「本はすばらしいできになっただろうよ、おまえがいなければ」かれは頭をふった。まるでハッキリさせようとするかのように。「正確にはそういうことじゃないが、おれの言いたいことはわかるよな」

「あんた、酔っ払ってる」

「おまえを捨てて、別の作品を書く。もっといいやつを」

「負け犬の遠吠え」

「覚えてろ」チャドは言った。「いまに見てろよ」校庭で取っ組み合いをして負けた少年みたいにベソをかいていて、実に大人気ない。

「あんた、酔ってる。もう寝なさいよ」

「毒婦め」

チャドは言いたいことを吐露したので、うなだれながらベッドに退散した。その歩き方まで脳卒中で倒れたあとのウィニーに似ていた。

ノラは骨折した鼻の外来治療に行こうかと思ったが、疲れすぎていて、もっともらしい話を考える気力がなかった。内心——看護師としての内心——では、虚偽の話はつうじないとわかっていた。いかによくできた話でも医療関係者にはお見通しだ。この種のことになると、救急救命士が常に見破る。

ノラはコットンを鼻に詰めて、鎮痛剤といっしょに解熱剤を飲んだ。それから外に出て、暗くて見えなくなるまで庭の雑草を除去した。外に出たとき、チャドはベッドで鼾をかいていた。シャツは脱いでいたが、ズボンははいたままだった。その姿を見て、バカみたいだ、と思った。そのせいで泣きたい気分になったが、泣かなかった。

チャドはノラを置いてニューヨークに戻った。そしてたまにメールを送った。彼女から返信されることもあった。かれは残金の半分をよこせとは言わなかった。当然だ。彼女が手渡すはずもない。彼女はその金のために働いてきたし、いまだにその金で働き、少しずつ銀行に入れながら家のローンを返済している。チャドは、また代理教師をやりながら週末に原稿を執筆している、とメールに書いた。ノラは、代理教師に関してはともかく、執筆のことは信じなかった。チャドのメールは力なく、疲れきっている感じで、ひょっとしたら創作意欲が残っていないことがほのめかされていた。彼女は以前からずっと思っていた。あの人はどのみち一発屋だと。

ノラは自分で離婚の手続きをした。必要事項はすべてインターネットで見つかった。夫のサインが必要な用紙が何枚かあった。チャドはそれらにサインした。用紙は、一言も添えられずに送り返された。

翌年の夏――素晴らしい夏で、ノラは地元の病院にフルタイムで勤めていて、自宅の庭は多種多彩の花々でごった返していた――彼女はある日、古本屋で立ち読みをしていて、ウィニーの書斎で目にした書物をたまたま見つけた。『モラリティーの基準』だ。かなり読みこまれていてひどい状態の版だった。おかげで、その本を二ドル（税別）で家に持ち帰ることができた。

ノラは夏の残りと秋の大半を費やして、その本を端から端まで読みこんだ。結果として、落胆した。『モラリティーの基準』にはほんのわずかしか、ないしはまったくといっていいほど、自分のまだ知らないことは記されていなかった。

ジム・スプローズへ

（*Morality*）

（風間賢二・訳）

アフターライフ

著者の言葉

おおかたの人は年齢を重ねるにしたがって、〈来世〉について深く考えるようになるらしい。わたしは現在、六十代後半なので、その点に関しては語る資格があるだろう。すでに自作短編のいくつかと少なくとも長編一作（『心霊電流』）は、この問題に取り組んでいる。「解決した」とは言えないのは、ある種の結論をほのめかしているだけだからだ。そもそも、いったいだれが解答を引き出せる？　これまでだれひとりとして死の国から携帯で撮った動画を送ってこない。当然、信仰はある（〝天国は実在する〟本が実に氾濫（はんらん）している）が、信仰とは、その語の定義によれば、証明のいらない信念である。

煎じ詰めれば、二者択一。そこにはなにかあるか、なにもないかのいずれかだ。後者の場合、話はそこで終わる。前者の場合、無数の可能性がある。天国、地獄、煉獄、そしてアフターライフ・ヒットパレードでもっとも人気のある輪廻転生（りんねてんしょう）。あるいは、自分が行くだろうと常に信じているところに行くことになるかもしれない。それとも脳には他のすべてが停止するのと同時に始動する脱出プログラムが実装されていて、人は終電に乗り遅れないように走り出すのかもしれない。わたしにとっては、臨死体験談がこの考えを裏書きするのに役立つ。

わたしが望んでいるのは――思うに――もう一度やり直すチャンスだ。夢中になれる映画のように、わたしは素晴らしいひとときと適切な判断を堪能したい。我が妻と結婚をし、三人目の子どもを授かったようなことを。もちろん同様に、誤った判断を後悔しなければならないが（人並みに過ちを犯してきた）、素敵なファースト・キスを再体験、あるいは緊張のあまり記憶のあやふやな結婚式をリラックスして心底楽しむことのできるチャンスをもう一度得たいと思わない人がいるだろうか？

この物語はそのようなやり直しについてではない――必ずしもそうというわけでもない――が、その可能性について深く考えたがために、ある男の死後の生について創作することになった。ファンタジー小説が活力を維持しつづけ、かつ必要なジャンルである理由は、そのようなことについてリアリズム小説ができない方法で語らせてくれるからだ。

ウィリアム・アンドリュースは、ゴールドマン・サックスの証券引受業者で、二〇一二年九月二十三日の午後に亡くなる。予定どおりの死。かれの妻と成人している子どもたちがベッド脇に集まっている。その晩、たえまなく訪れる親族や弔問客から離れて、ようやくひとりきりになったリン・アンドリュースは、あいかわらずミルウォーキーに住んでいるもっとも古い友人に電話をする。そのサリー・フリーマンにビルを紹介されたので、彼女の結婚生活三十六年間の最後の六十秒について知って当然の相手がいるとしたら、それはサリーをおいてほかにいない。

「かれは先週のほとんど意識のない状態だった――ドラッグのせいで――けれど、最後には意識が戻った。目を開いて、わたしを見たの。微笑んだわ。わたしが手を取ると、少し握り返してきた。わたしはかがんで頰にキスをした。そして上体をふたたび起こしたときには、かれは逝っていた」リン・アンドリュースはこれを言うのを何時間も待っていたので、口にしたとたん、涙がどっと溢れ出る。

リンは自分に対する夫の最後の笑みは自然なものだったと思いこんでいるが、それはまちがいだ。ビルは妻と自分の子どもたちを見あげているとき——かれらはとほうもなく高いところにいて、いま自分が出立しようとしている健康な世界に住んでいる天使のような生き物に見える——この十八か月のあいだかこっていた痛みが自分の肉体から立ち去るのを感じる。バケツの捨て水があけられていくような感じ。それでかれは微笑む。

痛みが消えていくにしたがって、ほとんど肉体が残っていない気がする。まるで綿毛のように軽い。妻が高みにある健康な世界から降りてきながら手を取る。かれはわずかな力をたくわえておいたが、いまそれを妻の指を握ることに費やす。妻がかがみこみ、キスをしようとする。

妻の唇が皮膚に触れるまえに、幻視の中央に穴が現れる。黒くはない。白い。穴は広がり、ビルの知っている唯一の世界を抹消していく。一九五六年にかれがネブラスカのヘミングフォード郡病院で産声をあげた世界を。昨年のあいだ、ビルは生から死への移行に関する文章を大量に読んでいた（コンピューターで閲覧していたのだが、常に履歴を抹消しておいたのは、妻のリンを心配させないためで、なにしろ彼女はいつだって信じられないほど元気なのだ）。話のおおかたは戯言（たわごと）のように感じたいっぽうで、いわゆる白い光現象は実にもっともらしく思えた。ひとつには、その現象はあらゆる文化で報告されていたからだ。また、少しは科学的信憑（しんぴょう）性もあった。かれが読んだある説によれば、白い光は脳への血流の突然の停止の結果である。ほかにも、もっと素敵な仮説があって、脳が死に匹敵する経験を見つけるために最後の包括的なスキャンを行っているらしい。

あるいは、単なる最後の感情の打ち上げ花火なのかもしれない。

原因はなんにせよ、ビル・アンドリュースはいまそれを体験している。白い光は、かれの家族やじきに葬儀屋がシーツに覆われた息をしていないかれの体を運び出す風通しのよい部屋を抹消する。調査するうちに、かれは頭文字ＮＤＥ、つまり臨死体験（ニア・デス・エクスペリエンス）に精通するようになる。そうした体験の多くにおいて、白い光はじきにトンネルに変化する。そして、その向こう端ですでに亡くなっている親族、それとも友人、あるいは天使、もしくはイエス、はたまた他の慈善心に富む神が手招きをして立っている。

ビルは接待係がいるとは思っていない。期待しているのは、忘却の闇にしだいに消えていく最後の打ち上げ花火だが、それは起こらない。光輝が薄らぐとき、かれは天国にも地獄にもいない。廊下にいる。煉獄にちがいない。インダストリアルグリーンに塗られた廊下とすれて傷ついた床と汚れたタイルは、煉獄のほかのなにものでもない。ただしそれがどこまでもつづいている場合にかぎられる。その廊下は六メートルほど先にドアがあり、「アイザック・ハリス支配人」と記されている。

ビルはいまいる場所にしばらくたたずみながら、自身の目録を作成している。かれは亡くなった（少なくとも自分は死んだと確信している）ときのパジャマを着ていて、裸足だが、まずはかれの肉体の味見をして、ついで骨と皮になるまでむさぼり食った癌の痕跡はない。体重が八十五キロほどに戻っているように見えるが、癌を患うまえのかれの適正な体形だ（腹がいささか出ているとしても）。尻と腰のくびれを感じる。床擦れが消えている。素晴らしい。深く息を吸い、咳きこまずに吐く。さらに素晴らしい。

少し廊下を進む。左側に消火器があり、その上に奇妙な落書きがある。「遅れてもやらないよりまし！」右側には掲示板がある。そこには何枚かの写真がピンで留められている。昔風の未裁断紙で端がギザギザしている。それらの上には手刷りのバナーがあって、こう読める。

「会社の野外親睦会1956！　とても楽しかった！」

ビルは写真を調べる。写っているのは重役たち、秘書たち、事務系従業員たち、そしてアイスクリームまみれになってはしゃぎまわっている子どもたち。バーベキューをしている男たちもいる（定番のバーベキュー用シェフハットをかぶっているやつがいる）、蹄鉄輪投げゲームをしている男性陣と女性陣、バレーボールをしている男たちと女の子たち、湖で泳いでいる男女たち。男たちのはいている水泳パンツは、二十一世紀人の目にはほとんどみだらでわいせつなほど小さくてピッチリしているが、太鼓腹のやつはほぼ見あたらない。みな五〇年代の肉体だ、とビルは思う。女の子たちはいまや流行遅れのエスター・ウィリアムズ風タンクスーツ水着を着ている。そのためにまるで尻がないように見え、背後から見た太腿の上はまっ平らだ。ホットドッグが消費されている。ビールが飲まれている。だれもかれもが大いに楽しんでいるようだ。

そうした写真の一枚に、かれはリッチー・ブラックモアの父親がアンマリー・ウィンクラーに焼いたマシュマロを手わたしている姿を見る。これはバカらしい。というのも、リッチーの父親はトラック運転手で、生涯一度も会社の野外親睦会に参加したことがないからだ。アンマリーはかれが大学時代にデートした女の子だ。ほかの一枚には、ボビー・ティスデイルが写っている。七〇年代初頭の大学時代のクラスメイト。ボビーは自分のことをティズ・ザ・ウィズと称していたが、まだ三十代なのに心臓発作で亡くなっている。かれは一九五六年にはこの世に存在していただろうが、幼稚園か小学一年生で、湖畔でビールを飲んだりしていない。写真のウィズは二十歳ぐらいに見えるが、ビルがかれのことを知っている年ごろだ。三枚目の写真では、エディー・スカーポニーの母親がバレーボールを磨いている。エディーはビルの親友だった。一家がネブラスカからパラマス、ニュージャージーに移動したときのことだ。そしてジーナ・スカーポニー——パティオで下着のパンツ一枚で日光浴している彼女の姿を一瞬垣間見たことがある——は、ビルがマスターベーションの仮免許中のお気に入りのオカズだった。

バーベキュー用のシェフハットをかぶっている男はロナルド・レーガンだ。

ビルは接近して見る。鼻が白黒写真に押しつけられそうなほど近くで。まちがいない。合衆国第四十代大統領が会社の野外親睦会でハンバーグをひょいと裏返しにしている。

けれど、いったいなんの会社だ？

そして正確には、いまわたしはどこにいる？

痛みを伴わず、ふたたび無傷であることの多幸感が薄れていく。それにかわって混乱と不安感がつのっていく。写真の中の見知った人々を見ても意味をなさないし、それらの大半が知人ではないという事実がせめてものかすかな慰めだ。背後を振り返ると、もうひとつ別のドアにつづいている上り階段が目に入る。表面には大きな赤いブロック体でこう記されている。「閉鎖」。となると、あとはミスター・アイザック・ハリスのオフィスに向かうしかない。ビルはそこに到着すると、しばしためらってからノックする。

「開いてる」

ビルは中に入る。散らかっているデスク脇に男が立っている。サスペンダーで固定した股上の深いだぼだぼのスーツズボンをはいている。ブラウンの髪を頭蓋骨にべったりなでつけ、真ん中で分けている。縁なしメガネをかけている。壁一面に納品書と古臭いピンナップ・ポスターが貼られていて、それらがリッチー・ブラックモアの父親が働いていたトラック運送会社を想起させる。その会社にリッチーといっしょに何回か行ったことがあり、発送事務所がこんな感じだった。

壁のカレンダーによれば、いまは一九一一年の三月で、一九五六年同様に意味不明だ。入ると、右手にドアがある。左側にも。窓はないが、天井からガラス管が出ていて、ダンダクス・ランドリー・バスケットの上に垂れ下がっている。バスケットは黄色い印刷物であふれているが、それらは送り状のようだ。あるいは、ただのメモか。ファイルがデスク前の椅子に山積みになっていて、六十センチほどの高さになっている。

「ビル・アンダースンだね？」男がデスクの背後にまわり、腰をおろす。挨拶の握手はなし。

「アンドリュースだ」

「なるほど、わたしはハリス。やれやれ、またかよ、アンドリュース」

ビルの死に関するすべての調査は与えられているので、このコメントは実際に意味がある。おかげでほっとする。フンコロガシやなにかとして戻らなくてもいいかぎりは。「では、輪廻転生？　本気か？」

アイザック・ハリスはため息をつく。「あんたはいつも同じことをたずね、わたしは常に同じ答えをする。まあ、そうでもないかな」

「わたしは死んだんじゃないのか？」

「死んでる気がするかね？」

「いや、でも、白い光を見た」

「そう、有名な白い光。あんたは、かつては向こう側にいて、いまはこちら側にいる。ちょっと待って、そのままで」

ハリスはデスクの上の紙を難なくかたづけるが、望みのものは見あたらないので、引き出しを開け始める。それらのひとつからもう少しフォルダーを取り出して、ひとつを選ぶ。それを開き、一、二ページめくってうなずく。

「さて、少し気をとりなおしたところで、あんたは証券引受業者だな？」

「ああ」

「妻と子どもが三人？　息子がふたりに娘がひとり？」

「そのとおり」

「申し訳ない。わたしは数百人ほどの巡礼者を受け持っていて、かれらを整理整頓しておくのは困難なのだ。これらのフォルダーをある順番に置いておくように心がけているのだが、そんなことは、実際は秘書の仕事なのに、かれらはぜんぜんひとりもわたしに……」

「かれらとは？」

「わからん。連絡事項はすべてガラス管からやってくる」ハリスはそれをたたく。ガラス管は揺れてから静止する。「圧搾(あっさく)空気で送られる。最新流行さ」

ビルはクライアントチェアーの上のフォルダーの束を持ち上げると、デスクの背後にすわっている男を見て眉を上げる。

「床に置いておけ」ハリスは言う。「いまはそれでいい。近日中に整理する。日があればだが。

たぶん——夜もあればだが——たしかなことはわからん。この部屋には窓がない。気づいているだろうが。それに時計もないし」

ビルはすわる。「どうしてわたしのことを巡礼者と呼ぶんだ、生まれ変わりではないのなら?」

ハリスは背もたれにふんぞり返り、首のうしろで両手を組む。そして気送管を見上げる。それはおそらくある時期の最新設備だったのだろう。およそ一九一一年ごろか。しかし、ビルはそのような装置は一九五六年でもまだ使用されていたかもしれないと推測する。

ハリスはかぶりをふって含み笑いをする。ほんとうにはおもしろがっている感じではない。

「あんた、自分がどんなにうんざりさせるやつになったかわかってさえいたらいいのに。ファイルによれば、あんたは十五回目の訪問だ」

「ここに来たのは初めてだ」ビルは言う。それを検討する。「別の人間として来た場合は除いて。そうだろ? これはわたしの来世だ」

「実際には、わたしのだ。あんたは巡礼者で、わたしはちがう。あんたや他の愚か者どもがここを出たり入ったりしている。あんたらはいくつもあるドアのひとつを使って出ていき、わたしはとどまる。ここにバスルームはない。というのも、わたしはもはや排泄行為をする必要がないからだ。寝室もない。もはや眠る必要がないからだ。ここにすわって、あんたら能無しどもの訪問を受けるだけだ。あんたらは入って来て、毎回同じ質問をして、わたしは同じ答えをする。それがわたしの来世だ。おもしろそうか?」

ビルは、最後の研究計画のあいだにあらゆる神学上の一部始終に遭遇していたので、まだ廊下にいたあいだに正しい判断をしたのだと思う。「あんたは煉獄のことを話しているんだな」

「ああ、そのとおりだ。わたしの抱いている唯一の問いは、自分はどのぐらいここにとどまることになるのかだ。移動できないのであれば、最後には気が狂うだろうと言いたいが、糞をするか少し寝る以外のことができるとは思えない。わたしの名前があんたにはなんら意味をなさないことはわかってるが、わたしたちは以前このことを議論した——あんたが現れるたびにではないが、何度か」そう言って、かれは腕をふる。壁に留めてある納品書をはためかせるほど勢いがある。「これがいまの——ないしは過去の、実際にはどちらなのかたしかなことはわからない——わたしのこの世のオフィスだ」

「一九一一年の？」

「まったくそのとおり。シャツウエストのことを知っているかどうかたずねたいが、ビル、すでにおまえが知らないことを承知しているので、教えてやる。女性用ブラウスだ。世紀の変わり目に、わたしとパートナーのマックス・ブランクは共同で〈トライアングル・シャツウエスト工場〉を経営していた。もうかっていたが、従業員の女性たちには手を焼かせられた。たえず、タバコを吸いにこっそりと外に出たり——さらにひどいことに——製品を盗んだりしていた。バッグにしまいこむかスカートの中にたくしこむかして。だから勤務中は出入りできないようにドアをロックし、シフトが終わって職場を離れるときには身体検査をした。手短に言うと、ある日、そのしょうもない職場で火災が起こった。マックスとわたしは屋上に脱出して、そこから非常階段で避難した。ほとんどの女性従業員たちはそんな幸運には恵まれなかった。正直に言って、責任逃れだと非難されて当然だとは思うが、それにしても、工場内での喫煙は

〝厳禁〟だったが、数多くの彼女たちはおかまいなしに吸っていたし、出火原因はタバコの火の不始末だった。消防部長がそう言った。マックスとわたしは故殺罪に問われたが、無罪になった」

ビルは廊下に置かれてあった消火器を思い出す。その上に「遅れてもやらないよりまし！」と書かれていたことも。かれは思う。あんたは再審で有罪判決を受けたんだな、ミスター・ハリス、でなければ、ここにはいないはずだ。「何人の女性が亡くなった？」

「百四十六人」とハリス。「その全員に申し訳なかったと思っているよ、ミスター・アンダースン」

名前をまちがえていることをビルはわざわざ相手に指摘しない。かれは二十分前に自分のベッドで死んだ。いまはこの昔の火災事件に惹きつけられている。生前に一度も耳にしたことのない話だ。とにかく覚えているかぎりでは。

「マックスとわたしが非常階段を下りてからほどなくして、女性たちがその階段にひしめいた。階段は重量に耐え切れず、こわれて二ダースの女性たちを三十メートルほど下の舗装道路にこぼれ落とした。彼女たちは全員死んだ。さらに四十人ほどが九階と十階の窓から飛び降りた。中にとどまった者は焼かれた。彼女たちもまたみな死んだ。私設消防隊が救助ネットを広げたが、飛び降りた女性たちはネットを突き破って、血で満杯の紙袋さながらに道路で破裂した。凄惨な光景だった、ミスター・アンダースン、おぞましかった。エレベーター・シャフトを飛び降りた女性たちもいたが、ほとんどが……結局……焼死した」

「小規模の9・11事件のようだ」

「あんたはいつもそう言う」

「そして、あんたはここにいる」

「まさにそのとおり。何人の男たちがこのようなオフィスにすわっているのだろうかと考えることがある。同様に女たちも。ぜったいに女性もいると思う。わたしはこれまで常に前向きな考え方をしてきて、女性が下級管理職につけない理由がわからない、立派に仕事をこなしているのに。わたしたちみなが同じ質問に答え、同じ巡礼者たちに時間を費やしている。あんたはこう思うだろうな、ここに来る連中のひとりが右手のドアを使おうと決心するたびに少しは負荷が減るんじゃないかと、こっち側のではなくって」――と言って、かれは左側を指さす――

「ところが、そうは問屋が卸さない。だめだ。新しい小さな缶が管で送られてくる――ビューン――で、わたしは古いのに代わって新入りのダサい男を受け入れることになる。ときには二人も」かれは体を乗り出して力説する。「不愉快な仕事だよ、ミスター・アンダースン！」

「アンドリュースだ」ビルは言う。「それに、いいですか、あんたがそんな風に感じているのは気の毒だが、ったく、少しは自分の行動に責任を持てよ、おい！　百四十六人の女性だぞ！　あんたがドアをロックしたんだ」

　ハリスはデスクを打ちつける。「彼女たちはこっちの知らないうちに盗みを働いているんだ！」かれはフォルダーを取りあげ、ビルに向かってふりたてる。「よく言うよ！　はっ！　目糞鼻糞を笑う！　ゴールドマン・サックス！　証券詐欺！　利益隠し、粉飾決算！　卑劣な億万長者！　〝住宅バブル〟に聞き覚えがあるだろ？　おまえは何人の顧客の信頼を裏切った？　おまえの貪欲さと近視眼的先見の明のおかげで、いったいどのぐらいの人たちが生活資金を失った?」

ビルはハリスの言っていることを知っているが、そうした狡猾なごまかし（まあ……全部ではないが）がかれの給与に反映されるわけではない。かれの感じた驚きは、まさにヴォネガットがたとえたように、排泄物が扇風機に投げつけられて散らばるのを見た人にも劣らぬものだった。そこでかれは、無一文になるのと生きたまま焼かれるのとでは大ちがいだと抗弁しようとしたが、傷口に塩をすりこんでどうする？ と思う。それにたぶん独善的に聞こえるだろう。

「やめよう」ビルは言う。「わたしに必要な情報を持っているなら、わたしてくれ。わたしに関する最新の取引条項を提供してくれ、そうすればとっとと退散する」

「わたしが喫煙したんじゃない」ハリスは低くて陰鬱な口調で言う。「わたしがマッチを落としたんじゃない」

「ミスター・ハリス?」ビルは壁が迫ってくるのを感じる。永遠にここにとどまらなければならないのなら、自分の頭を撃ち抜いてやる、と思う。ミスター・ハリスの言うことが本当の場合にかぎり、かれは望まないだろう、トイレに行く以外のことは。

「わかった、いいだろう」ハリスは唇を振動させて音をたてる。いくぶん意にそぐわないといった感じ。「取引成立。左側のドアから立ち去れば、もう一度同じ人生に到達する。なにからなにまで。初めから終わりまで。右側のドアを通れば、すべて消える。パッと。ロウソクに息を吹きかけるように」

ビルは最初、これに対してなにも言わない。しゃべることができないし、自分の耳を信じていいのかどうかもわからない。出来すぎた話だ。まず弟のマイクのことを、そしてマイクが八歳の時に起こった事故のことを想う。つきに、ビルが十七歳のときにしでかしたバカな万引きのことを。それはたんなる悪ふざけだったが、父親が介入して適任者と話をつけてくれなかったなら、かれは大学に行けなかったかもしれない。大学の友愛会館でのアンマリーとの出来事……それはいまだにちょっとしたときに思い浮かぶ。かなりの歳月が過ぎ去ったあとでも。そして言うまでもなく、大きな出来事は――

ハリスは微笑んでいる。が、その笑みは感じがよくない。「なにを考えているか知ってるよ。以前あんたからすでに聞いたから。あんたと弟は子どものときに、鬼ごっこをして、弟を部屋から閉め出そうとしてドアを勢いよく閉めたが、そのせいで弟の小指の先を切断してしまった。万引きの衝動、その品物は腕時計だったが、あんたを救い出すために父親が裏でどんなに苦労したことか――」

「そのとおり。記録はない。父親をのぞけば。かれはそのことをわたしにけっして忘れさせようとはしない」

「それと友愛会館の女子大生」ハリスはファイルを持ちあげる。「彼女の名前はここのどこかに記されている、と思うが、ファイルを新しくしておくように最善をつくしている――それを見つけることができるときには――が、ちょいと記憶をよみがえらせてほしい」

「アンマリー・ウィンクラー」ビルは頬が熱を帯びていくのを感じる。「あれはデート・レイプではなかった。勘違いしないでくれ。わたしが上になったとき、彼女はわたしの腰に両脚をからめてきたし、それが同意を意味しないとしたら、わたしにはどういうことなのかわからない」

「彼女はそのあとの二人の腰にも両脚をからめたのかね？」

いや。そしてビルはこう答えたい気になる。でも、わたしたちは彼女を火にくべたりしなかった。

だが、黙っている。

かれは、七番グリーンでパットを決めようと慎重に構えているつもり、あるいは自分のウッドショップで働いているつもり、もしくは自分の娘（現在、彼女自身が大学生だ）に卒業論文について話をしているつもり、そしてアンマリーはいまどこにいるのだろうと思う。どうしているのだろう？　あの夜のことをどんなふうに覚えているのだろうか？

ハリスの笑みが得意げなニヤニヤ笑いになる。不愉快でつまらない仕事かもしれないが、かれは明らかにいくらか楽しんでいる。「それはあんたが答えたくない質問だというのはわかるよ。じゃあ、先に進もうか。あんたは、つぎのとほうもないメリーゴーランドに乗っているあいだに、変えるつもりのすべてのことを考えるだろう。今度はドアをきつく閉めて弟の指を挟んだりしない、あるいはパラマスのショッピングモールで腕時計を万引きしない――」

「ニュージャージー州のモールだった。あんたのファイルのどこかに記されているはずだ」

ハリスはハエを追い払うかのようにビルのファイルをパタパタとふり、先をつづけた。「半ば昏睡状態の彼女を友愛会館地下のソファーに寝かせて一発ヤるのはやめにして、そして――大きな出来事！――結腸内視鏡検査を先延ばしにしないで、ほんとうに予約し、こう決心する――まちがっていたら申し訳ない――カメラをケツに突っ込まれる屈辱的な体験は直腸癌で死ぬことにくらべればたいしたことではない」

ビルは言う。「友愛会館での一件をリンに何度も話しそうになった。が、すっかり打ち明ける勇気はなかった」

「けれど、その機会は与えられる、それを修繕する気があれば」

「もちろんだ――チャンスをくれ、工場のドアを開けてくれるか？」

「いいとも、ロックをはずしてやる、が、チャンスは一度きりだ。がっかりさせて申し訳ないが」

　ハリスはすまなそうな表情をしていない。うんざりしているように見える。あきあきしているようだ。ドヤ顔にも見える。かれはビルの左側にあるドアを指さす。

「それを使え――これまで毎回そうしてきたように――そして、すべてをやり直し始めるんだ。三千グラムの男の赤ん坊として母親の胎内から医者の手の中に滑り出る。おくるみに包まれて、ネブラスカ中心部の農場に連れて行かれるだろう。父親が一九六四年に農場を売却し、おまえたち一家はニュージャージー州に引っ越す。そこでおまえは、暗闇での鬼ごっこをしている最中に弟の小指の先を切断する。これまでと同じ高校に通い、同じ教科課程を専攻し、同じ成績を取得する。ボストン大学に進学して、同じ友愛会館の地下室で同じ半レイプ的な行為をしでかす。ついで同じふたりの仲間がアンマリー・ウィンクラーを犯すのを見て、止めようとするが、そのような道徳的強靱さを奮い起こすことはまったくできない。その三年後にリン・デザルボと出会い、二年後にふたりは結婚する。同じキャリアをたどり、同じ友人を作り、会社のビジネス手法に関して深刻な悩みを抱く……が、同じく沈黙を保つ。五十歳を過ぎたところで、同じ医師に結腸内視鏡検査を受けるように勧告され、おまえは約束する――いつもと同じように――たいしたことじゃないので自分で処理しますと。だが、検査を受けないので、同じ癌で死ぬ」

ハリスの笑みは、かれが乱雑なデスクにファイルを無造作に落としたときには大きく広がり、ほとんど左右の耳たぶにまで達するかと思われる。

「で、ここに来て、われわれは同じ話し合いをすることになる。わたしのアドバイスは、もうひとつのドアを使用して、終わりにしてしまえ、ってことだが、もちろん、あんたが選択することだ」

ビルは、この短い説教をしだいにろうばいしながら耳にしている。「わたしはなにも覚えておけないのか？　なにひとつ？」

「完全にというわけでもない」ハリスは言う。「廊下に貼ってあるいくつかの写真に気づいたんじゃないかな」

「会社の野外親睦会」

「そう。ここを訪れるどの顧客もあれらの写真を自分の生まれた年に撮られたものとして見て、見知らぬ人物たちのなかにおなじみの顔があることに気づく。あんたは自分の人生をもう一度生きるとき、ミスター・アンダース――そう決心していると推定するが――あれらの人々を目にするとき、デジャヴの感覚にとらわれるだろう。すべてはすでに生きて体験してきたような感覚。もちろん、そのとおり。もっとあるのだ……いわゆる人生には、概して存在には、これまで信じていた以上のものが、といった一種の、ほとんど確信にも似た感覚を抱くだろう。だが、やがてそんな想いは消え去る」

「すべて同じで、改善の余地がないのなら、どうしてわれわれはここにいる？」

ハリスは拳を握ると、ランドリーバスケットの上に垂れている気送管の端をたたいて揺らす。

「顧客が知りたがっているぞ、われわれがここにいる理由を！　いったいこれになんの意味があるのかを！」

ハリスは待つ。なにも起きない。そして両手をデスクの上で組む。

「ヨブが理由を知りたくなったとき、ミスター・アンダース、神はヨブにたずねた。おまえは、わたし――神――が宇宙を創造したとき、その場に居合わせたかどうか。おまえは、返答するに値しないとみなされてるんだろう。じゃあ、中断されている問題をじっくり考えようか。で、どうする？　ドアを選べ」

ビルは癌のことを考えている。癌の痛み。あれをまたもう一度すべて体験する……ただし、すでに一度体験していることは覚えていない。そういうことだ。アイザック・ハリスが真実を語っていると想定すると。

「まったく記憶なし？　なんの変化もない？　ほんとうか？　どうしてあんたにわかる？」

「いつも同じ会話をかわしているからだよ、ミスター・アンダースン。毎回、あんたたちみんなと」

「アンドリュースだ！」ビルは怒鳴り、ふたりともに驚く。声を小さくして、かれは言う。「もしやってみたら、本気で試してみたら、しっかり記憶にとどめておけると思う。たとえそれがマイクの指に起こったような小さな事件であっても……ひとつの変化で十分だろう……よくわからないが……」

たとえばアンマリーをひどいビールパーティではなく映画に連れていく、とか?

ハリスは言う。「こんな民話がある。誕生する前は、どの人間の魂も生と死および宇宙の秘密をあますところなく知っている。ところが、やがて誕生間際になって、天使がやってきて新生児の唇に指をあてて囁く。『シーッ』と」ハリスは自分の人中に触れる。「その話によれば、これは天使が触れた指の跡らしい。すべての人間にこれがある」

「これまで天使を見たことがあるのか、ミスター・ハリス?」

「ない、が、一度ラクダを見た。ブロンクス動物園で。ドアを選べ」

じっくり考えながら、ビルは中学生のときに必読だった短編を思い出す。フランク・ストックトンの「女か虎か」。この決断はそれとはくらべものにならないほどむずかしい。ひとつだけはしっかり覚えておかなければならない。自分に言い聞かせながら、生に戻るドアを開ける。ただひとつだけ。

再生の白い光がかれを包む。

医師は、共和党を脱党して、秋にアドレー・スティーヴンスンに投票するつもりだが(妻のまったく知らないことである)、トレイを差し出すウェイターさながらの前かがみ状態で裸の赤ん坊の踵をつかみながらやってくる。ついでその尻をピシャリとたたくと、鳴き声がはじまる。

「元気な男の子ですよ、ミセス・アンドリュース」医師は言う。「約三千グラムです。おめでとうございます」

ミセス・アンドリュースは赤ん坊を受け取る。そして湿っている頬と眉にキスをする。両親はその男の子をウィリアムと名づける。母方の祖父にちなんで。二十一世紀になっても、かれはまだ四十代だろう。そう考えただけでめまいがする。彼女は自分の腕に新生児ばかりか可能性の宇宙を抱いているのだ。これに勝るほど素晴らしいものはない、と彼女は思う。

スレンドラ・パテルを想って

（*Afterlife*）

（風間賢二・訳）

U
R

著者の言葉

ラルフ・ヴィチナンザは親友であり、わたしの多くの作品の翻訳権を世界各国に売ってくれた人物でもあるが、同時にこれ以外ないという絶妙のタイミングで――つまりわたしがひと仕事をおえ、次のひと仕事にまだかかっていないときを狙ったように――興味深いアイデアをもたらす習慣をそなえてもいる人物だ。わたしはいまどんな仕事をしているかを他人の前でめったに明かさないので、ラルフには特殊なレーダーがそなわっていると見てまずまちがいない。かつてラルフは、チャールズ・ディケンズ風の連載長篇小説を手がけてもいいのではないかと提案してきた――その提案は、やがて『グリーン・マイル』という作品に結実した。

そんなラルフから電話があったのは長篇『リーシーの物語』の第一稿を書きあげて、内容が落ち着くように原稿を寝かせていたとき（いいかえれば〝なにもしていないとき〟）だった。ラルフの話は、近々アマゾンが第二世代のキンドルを発売するにあたり、押しも押されもしないベストセラー作家たちにキンドルをプロットの要素に組みこんだ作品を書いてもらうことで、ＰＲ部門に力を貸してほしがっている――というものだった（これくらいの分量のフィクションやノンフィクション作品は、のちに〝キンドル・シングル〟の名で知られるようになる）。わたしはラルフに礼を述べつつ、ふたつの理由から興味がないと答えた。ひとつは、注文内容にあわせて小説を書いたことがこれまで一回もないこと。もうひとつは、かつてアメリカン・エキスプレスの広告に出演したとき以外、企業の宣伝活動には一度も名前を貸していないことだった。いやはや、あのときはさんざんな目にあった。わたしはタキシード姿で腕に鴉(からす)のぬいぐるみを載せ、隙間風がはいりこみそうな城でポーズをとらされた。ある友人からは、鳥フェチ趣味のブラックジャック・ディーラーみたいだった、と評された。「ラルフ」わたしはいった。「たしかにキンドルには楽しませてもらってる。でも、だからといってアマゾンの宣伝のお先棒かつぎはしたくないな」

しかし、このアイデアが頭から消えることはなかった。ひとつには、かねがね新しいテクノロジーに目がないからだ——読書や執筆に関係するものならなおさらだ。ラルフの電話から間もないある日、毎日恒例の朝の散歩のおりに、この作品のアイデアが頭に降ってきた。書かずにすませるのが考えられないほどクールなアイデアだった。そのことはラルフには話さなかったが、完成した作品を送って、アマゾンがこの作品を気にいったなら発売キャンペーンにつかうことを歓迎するという言葉を添えた。さらにわたしはイベントに出席し、一部を朗読しさえした。

これについては文学界のそこかしこから、わたしが企業サイドに身売りをしたというような文句が寄せられたが、ミュージシャンのジョン・リー・フッカーの言葉を借りれば「そんなのはどうってことない」だ。わたしの立場からすればアマゾンは小説を売りこむ市場のひとつにすぎず、さらにいえばこの長さの小説を買ってくれる数少ない媒体のひとつでもある。前払金(アドヴァンス)はなかったが、販売数に応じて(お好みなら〝ダウンロード数に応じて〟といいかえてもいい）印税が支払われたし、現在も支払われている。わたしは喜んで小切手を換金した――「働く者が報酬を受けるのは当然だからである」という古くからの言葉があるが、これは真実だと思う。わたしが小説を書く動機は愛だが、あいにく愛は請求書の支払いをしてくれない。

ただし、特別なプレゼントがあった――世界に一台しかない特製のピンクのキンドルだ。ラルフは大喜びしたし、わたしも楽しい気分になった。そしてこれが、わたしたちの最高にクールな最後の仕事になった――わが親友ラルフは五年前、睡眠中に急死したのだ。その死を思うといまも胸が痛む。

本書に収録するにあたっては本文にかなり手を入れたが、それでもまだ電子書籍リーダーが比較的目新しかった時代にしっかり根をおろした作品であることはおわかりになるだろう。それにしても、そんな時代がもうずいぶん昔に感じられないだろうか？　またギリアドのローランドのファンのみなさんには、〈ダークタワー〉シリーズへの言及を見つけるというボーナスも用意してある。

I　新しいテクノロジーの実験

同僚たちから、その機械仕掛け(ガジェット)で（そう、同僚たちはみなガジェットと呼んだ）なにをしているのかと質問されるたびに——嫌味っぽく眉を吊りあげて質問してくる同僚さえいた——ウェズリー・スミスは新しいテクノロジーの実験中だ、と答えた。しかし、これは事実ではなかった。ウェズリーがキンドルを買ったのは、意趣返しをしたかったからだ。

《はたしてアマゾンの市場アナリストたちは、製品調査の購買動機欄に〝意趣返し〟という選択肢を入れているだろうか》ウェズリーは思い、入れていないだろうと推測した。そう思うと多少は満足感を得られたが、新しく買ったこの品をもっている自分を見たときのエレン・シルヴァーマンの驚き具合から得られるはずの満足感に匹敵するとは思えなかった。その機会はまだ訪れていないが、いずれは訪れるはずだ。なんといってもキャンパスは狭く、ウェズリーがこの新しいおもちゃ（少なくとも最初のうちはキンドルを〝新しいおもちゃ〟と呼んでいた）を入手してからまだ一週間しかたっていなかった。

ウェズリーはケンタッキー州ムーアにあるムーア・カレッジの英文学科の講師だった。英文学講師の例に洩れず、自分のなかには一冊の長篇小説が眠っていて、いずれ書きあげられるはずだと考えていた。ムーア・カレッジは世間の人々が〝とてもいい学校〟と評するタイプの学校だ。英文学科でウェズリーのたったひとりの友人、ドン・オールマンがその言葉の本当の意味を教えてくれた。

「〝とてもいい学校〟というのはね」ドンはいった。「半径五十キロから先では、だれも名前をきいたことがない学校という意味だよ。世間がそういう学校を〝とてもいい学校〟と呼ぶのは、その逆だという証拠が特にないからだし、たいていの人が口では否定しながらも、現実には楽観主義者だからだ。だいたい自分で自分を現実主義者だという手合いにかぎって、これ以上はない楽観主義者だということは珍しくないね」

「つまり、きみは現実主義者だということになる？」ウェズリーはそうドンにたずねたことがある。

「この世界にいる人間の大多数はクソ馬鹿じゃないかな」ドン・オールマンはそう応じた。「そういう大前提で考えないと」

ムーア・カレッジは決していい学校ではなかったが、わるい学校ともいえなかった。全国大学ランキングという巨大な階層にあてはめれば、中程度よりも若干下というあたり。約三千人の学生の大半はきちんと学費を納め、多くが卒業後に就職する——ただしそれ以上の学位を取得する学生は（取得しようとする学生も）ほとんどいなかった。飲酒をする学生は珍しくなかったし、パーティーも数多くひらかれていたが、全国大学パーティー度ランキングという巨大な階層のなかでは、ムーアは中程度よりも若干上にすぎなかった。政治家になった卒業生もいないではなかったが、いずれも〝井のなかの蛙〟タイプの政治家で、彼らが起こす汚職や詐欺といった事件でさえおなじことがいえた。一九七八年には卒業生のひとりが選挙で連邦下院議員に選出されたが、就任後わずか四カ月で心臓発作を起こして急死した。補欠選挙で選ばれたのはベイラー大学の出身者だった。

このカレッジで例外的という形容を得られたのは、ディヴィジョン3のフットボール・チームと、おなじくディヴィジョン3の女子バスケットボール・チームのふたつだけだった。フットボール・チーム（ムーア・ミーアキャッツ）はアメリカ最底辺チームのひとつで、過去十年のあいだに試合で勝ったのはわずか七回だった。チーム解散の噂が絶えなかった。現在の監督はドラッグ依存症で、他人をつかまえては、自分は映画〈レスラー〉を十二回見たが、主演のミッキー・ロークが離婚で縁遠くなった娘に、「おれはぼろぼろのクズ男にすぎない」と告げるシーンのたびに決まって泣く、と好んで話す男だった。

しかし女子バスケットボール・チームは、いい意味で例外的だった。とりわけ選手たちの大半は身長がせいぜい百六十七、八センチどまりで、卒業後の職業であるマーケティング責任者や商品の仕入れ担当者、あるいは（幸運に恵まれた学生の場合だが）大立者の個人秘書になるための訓練を積んでいる最中であることを思えばなおさらだ。いっておけば現監督はウェズリー・ミーアキャッツは過去十年で八回の大会優勝を勝ちえている。レディ・ミーアキャッツは過去〝元〟の字がついたのは一カ月前だ。その元恋人エレン・シルヴァーマンこそ、ウェズリーに意趣返し目当てでキンドルを買わせた原因だった。いや、はっきりいえば……エレンと、ウェズリーの〈現代アメリカ文学への招待〉という授業をとっているヘンダースンという学生のせいだった。

　ドン・オールマンはまた、ムーア・カレッジの教授団も中程度だと話していた。フットボール・チームのように箸にも棒にもかからないわけではないが――それならそれで、おもしろかっただろうが――まぎれもなく中程度だ、といった。

「だったら、ぼくやきみはどうなんだ?」ウェズリーはたずねた。このときふたりは、共同でつかっている研究室にいた。もし学生が相談にあらわれたら、学生の目的ではないほうの講師が研究室を出る決まりだった。秋学期と春学期のあいだ、この件が問題になることはほとんどなかった。というのも学年末試験の直前までは、相談にやってくる学生もいなかったからだ。その時期にあらわれる学生といっても、それこそ小学生のころから成績目当てで教師にごまをすりつづけて、すっかり揉み手が板についたベテランのおべっかつかいだけだった。ドン・オールマンは、ふるいつきたくなるような女子大生が《AのためならHもOK》と胸に書いてあるTシャツを着て姿をあらわす場面を夢想したが、現実にはそんなことは一度もなかったと話していた。

「おれたちのことがどうかって?」ドンはいった。「とにかく、おれたちを見ればわかるだろ、兄弟(ブロー)」

「そいつはきみの話だろう?」ウェズリーはいった。「ま、こっちは小説を書くつもりだ」

　ただし、そんなふうに口に出すだけでも気持ちが暗くなった。いや、エレンが出ていってからというもの、ほぼすべてが気持ちを暗くした。暗い気分でなければ腹立たしい気分だった。

「そりゃいい！　で、オバマ大統領はおれを議会図書館の詩歌顧問に指名するってわけだ！」ドン・オールマンは大声をあげ、それからウェズリーの乱雑なデスクの上を指さした。キンドルはいま、ウェズリーが講義〈現代アメリカ文学序論〉の教科書につかっている『アメリカン・ドリーム』の上に載っていた。「あのちび助マシンはきみの役に立ってるのかい？」

「ああ、立派にね」

「いずれはあれが書物に取って替わるかな？」

「それはないね」ウェズリーはいった。しかし内心では、そうなるかもしれないと思いはじめてもいた。

「てっきり、売っているのは白だけかと思っていたよ」ドン・オールマンはいった。

学部の教授会で正式にキンドルが人前にデビューしたあのとき、ウェズリーはまわりから高慢に見くだす視線をむけられたものだが、今度は当のウェズリーがあのときに負けないほど高慢な目つきでドンを見つめていた。

「どんなものでも白だけで世に出ることはないよ」ウェズリーはいった。「ここはアメリカだ」

ドン・オールマンはこの言葉に考えをめぐらせる顔を見せ、おもむろにこう返してきた。

「そういや、エレンと別れたんだってな？」

ウェズリーはため息をついた。

四週間前まで、エレンはカレッジでのもうひとりの友人だった——セックスフレンドという意味での友人（フレンド）だ。もちろん英文学科所属ではなかった。英文学科の教員と寝ることを思うだけで――たとえ多少は見られるご面相のスザンヌ・モンタナロだったとしても――ウェズリーはぞっとして怖気をふるった。エレンは身長が百六十センチにわずかに欠けるくらい（青い瞳！）、体はスリムで、カールした短めのもじゃもじゃの黒髪のせいで、どこからどう見ても小妖精(エルフィン)そのものだった。脱げば抜群のプロポーション、キスをすれば踊り狂うイスラム熱狂派(ダーウィッシュ)の修道僧そのまま（ダーウィッシュとのキスの経験はなかったが想像はできた）。ふたりでベッドにいるときにエレンのエネルギーが衰えることはなかった。

あるときウェズリーは精も根も尽きはてて仰向けになったまま、こういった。「ベッドでできみと互角にわたりあえる日は来そうもないな」

「これからもそうやって自分を卑下しつづけるのなら、ベッドでわたしの相手ができる日もこの先そう長くないと思ってね。あなたは文句なしよ、ウェス」

しかし、それは事実ではないとウェズリーは思った。自分はしょせん……中程度なのではないか、と。

しかし、ふたりの関係に終止符を打ったのは、アスリート・レベルにはとうてい及ばないウェズリーの性的能力ではなかった。エレンが感謝祭にも七面鳥ではなく豆腐(トウフ)料理を食べる厳格な菜食主義者(ヴィーガン)だったからでもない。またセックス後のベッドで、バスケットボールのピック&ロールやギブ&ゴーといったプレーの話や、選手のショーナ・ディースンにはエレンのいう〝古い庭園の門(オールド・ガーデンズ・ゲイト)〟というテクニックをつかう能力がないという話をエレンがえんえんとするからでもなかった。

それどころかエレンのその手のひとり語り(モノローグ)をきいていると、ウェズリーはいつもよりもずっと深く心地よい眠りに、体力も気力も充分に回復できるような眠りにつくことができた。それをウェズリーは、エレンの穏やかな声の効能だと思っていた——その声は、ふたりのセックス中にエレンがしじゅうあげている金切り声での猥褻な鼓舞とは、あまりにも調子がちがっていた。しかもエレンのセックス中の金切り声は、バスケットボールの試合中に本人がサイドラインを右に左に駆けながら選手たちに指示を叫びかける声——「ボールをまわして!」「ドリブルで抜け!」——に気味わるいほど似通っていた。それればかりかウェズリーは、エレンがサイドラインでよく叫ぶ言葉のひとつ——「穴に突っこめ!」——を、寝室でおりおりにきかされていたくらいだった。

お似あいのふたりだった——少なくとも短期間にかぎっては。エレンは熔鉱炉から出てきたばかりの灼熱の鉄。そしてウェズリーは——本で埋めつくされたアパートメントにいるときには——エレンがみずからの熱を冷ます水だといえた。

問題は本だった。本と、あるとき激昂したウェズリーがエレンを無教養なクソ女呼ばわりしたという事実だった。生まれてから女性をそんなふうに呼んだことは一度もなかったが、エレンは、ウェズリーから本人が驚くほどの激烈な怒りを引きだした——自分のなかに、そこまでの怒りが存在するとは思ってもいなかった。なるほど、自分はドン・オールマンの指摘どおり中程度の講師かもしれないし、あたためている長篇小説が形をなすことは永遠にないのかもしれない(決して生えてこない親不知のようなものだ。生えなければ虫歯や感染症の危険を避けられるし、高額な——いうまでもなく苦痛に満ちてもいる——歯科治療を避けられる)。しかし、書物のことは愛していた。書物は〝アキレスのかかと〟に匹敵する弱点だった。

あのときアパートメントにやってきたエレンは、頭から湯気を噴きあげていた。これ自体はいつものことだったが、同時にエレンは人格の根底から動揺していた――エレンがそんな状態になった前例がなかったせいで、ウェズリーはこの点を見逃してしまった。しかもそのときはジェイムズ・ディッキーの『救い出される』を再読中で、作者ディッキーが詩的感受性を小説の叙述に――少なくともこの作品においては――どれほど巧みに利用しているかという点にあらためて感歎しており、おまけに再読もちょうど終幕にさしかかっていた。不幸なカヌー乗りたちが自分たちがやってしまったことと、自分たちがやられてきたこと双方を隠そうとする場面。ウェズリーはエレンがショーナ・ディースンをやむなくチームから追いだしてきたばかりだとも知らず、エレンとショーナが体育館でチーム全員が見ている前で怒鳴りあいの大喧嘩をしてきたばかりだとも知らなかった。いや、女子チームだけではなく、中程度の動きを練習するために場所があくのを待っていた男子チームの目の前でもあった。それだけではなく、体育館から外へ出たショーナ・ディースンがエレンの愛車であるボルボのフロントガラスに大きな石を投げつけたことも知らなかった――そんなことをしでかしたとあっては、ショーナは停学まちがいなしだった。さらにエレンがこのときにはもう自分を責め、〝本来なら自分が大人の対応をしなくてはならなかった〟のだからと苦々しい気分になっていることにも、とんと気づかなかった。

ウェズリーはその部分を耳にして――「わたし、大人の対応をしなくちゃならなかったわけ」――五回めか六回めになる「うん・うん」という生返事を口にした。これで、エレン・シルヴァーマンが我慢できる生返事の回数の限界を超えた。エレンはウェズリーの手から『救い出される』をひったくって部屋の反対側の壁に投げつけ、そのあと孤独なひと月のあいだウェズリーの頭にこびりついて離れなくなった言葉を口にした。「ほかのみんなみたいにコンピューターで文章を読めばいいのに、なんでそんなこともできないの？」

「エレンが本当にそんなことをいったのか？」ドン・オールマンがそうたずね、その質問の声にウェズリーは夢から目を覚ましたような気分になった。それでようやく、自分が別離の一部始終を、おなじ研究室をつかっている講師仲間に打ち明けていたことに気がついた。そんなつもりはなかったのに打ち明けていた。いまさら悔やんでももう遅い。

「ああ、いったよ。で、こっちもいってやった。『それはぼくが父から譲られた初版本だぞ、この無教養なクソ女(ビッチ)』」

ドン・オールマンは絶句していた。

「で、エレンは出ていったわけだ」ウェズリーはみじめな気持ちでいった。「それ以来エレンとは会っていないし、話もしてない」

会おうとしたし話をしようともしたが、つながったのはエレンの携帯の留守電サービスだけだった。エレンがカレッジから借りている家をたずねることも考えないではなかったが、エレンから顔に——あるいは肉体のほかの部位に——フォークを突き立てられるのではないかと思ってあきらめた。さらにいうなら、今回の出来事は完全に自分だけの責任だとは思っていなかった。まずエレンはウェズリーにチャンスのひとつも与えなかった。それに……エレンが無教養なのはまぎれもない事実ではないか。以前ベッドのなかで、エレンがこう打ち明けた。ムーア・カレッジに着任してから楽しみのために読んだ本はたった一冊、テネシー大学の女子バスケット・チームのテネシー・ヴォルズの監督だったパット・サミットの『頂点(サミット)を目指せ――目の前のプロジェクトを絶対成功に導く十二のシステム』だけだ、と。エレンはテレビを見ていたし(もっぱらスポーツ)、もっと深く知りたいニュースがあれば、大手ニュースサイト〈ドラッジ・レポート〉にアクセスした。コンピューターについては無教養どころではないことは確かだった。ムーア・カレッジの学内Wi‐Fiシステムを絶賛し(中程度どころか最高水準に達するもの)、どこへ行くにもノートパソコンを肩にかけて出かけていた。パソコンのボディには、プロバスケットボール選手タミカ・キャッチングスの写真が貼ってあった。それもひたいの傷から血を流している写真で、《**女らしいプレーがモットー**》というキャッチフレーズ入りだ。

ドン・オールマンはしばし黙ったまま、痩せた胸を指先でとんとん叩いているだけだった。ふたりの研究室の窓の外では、ムーア・カレッジの中庭で十一月の枯葉ががさごそと音をたてていた。ついでドンは口をひらいた。

「エレンがきみのもとから出ていった件だけど、そいつとはなにか関係があるのか?」そういってあごを動かし、キンドルを示す。「ああ、あるだろうな。ほかのみんなみたいに、コンピューターをつかって本を読んでやると思い立った、と。なんのために? エレンへの意趣返しか?」

「いや、ちがう」ウェズリーはそう答えた。真実を口にしたくなかったからだ。ある意味で――といっても具体的にどういう意味か、われながら理解がおよんでいなかったが――これを買ったのはエレンへの反撃のつもりだった。あるいはエレンを笑いものにするためだった。あるいは……なにかだ。「そんなことはぜんぜん関係ない。ぼくはただ新しいテクノロジーの実験をしているだけだ」

「なるほどね」ドン・オールマンはいった。「だったらおれは詩人のロバート・フロスト、降りしきる雪の夜、クソったれな森のわきで足をとめている——てことになる」


車はA駐車場に置いてあったが、三キロちょっと離れたアパートメントまで徒歩で帰ることに決めた。考えたいことがあるとき、こうして歩いて帰るのも珍しくない。ウェズリーは重い足を引きずってムーア・アヴェニューを歩いた。まず学生寮の前を、つづいてアパートメントハウス群の前を通る。このあたりではあらゆる窓が開けはなたれて、ロックやラップが外にまで響いていた。そのあとはバーやテイクアウト専門店がならぶ一画を通る。このあたりは、アメリカじゅうのあらゆる小規模カレッジにとって生命維持装置とでもいうべき界隈だ。教科書の古本と半額処分になっている一年前のベストセラー本だけを扱っている書店もある。この書店は埃っぽく陰気で、めったに客の姿を見かけなかった。

なぜなら、いまどきはだれもが家にあるコンピューターで本を読むからだ——ウェズリーは思った。

足もとで茶色い落葉が風に吹かれて舞っていた。ブリーフケースが片方の膝にぶつかる。ケースのなかには教科書やいま娯楽のために読んでいる本（ロベルト・ボラーニョの『2666』）、それから大理石模様の堅表紙がついている製本されたノートが一冊おさまっていた。エレンから誕生日に贈られたプレゼントの品だ。

「ほら、小説のアイデアを書きとめればいいと思って」エレンはそういった。

あれはまだ七月、ふたりの関係はまさに順風満帆、ふたりがキャンパスをわがもの顔で闊歩していたころ。ノートは二百ページ以上の厚みがあったが、ウェズリーの大きくて偏平な走り書きが記されているのは最初の一ページだけだった。

ページのいちばん上には（ブロック体で）こう書いてあった――《**長篇小説のアイデア集！**》。

その一行下には――《主人公の少年は、父親と母親の両方ともが浮気をしていることをを知ってしまい》

さらに――

《生まれながらにして盲目の少年が誘拐される。犯人は正気をうしなっている少年の祖父。この祖父は》

さらに――

《主人公のティーンエイジャーは親友の母親と恋に落ちて》

その下には最後のアイデアが書きつけてあった。書いたのはエレンが『救い出される』を部屋の反対側に投げつけて、ウェズリーの人生から出ていった直後のことだ。

《内気だがひたむきな心をもつ小さなカレッジの講師と、スポーツ能力はあるもののおおむね無教養なその恋人の関係が破局を迎える。そのきっかけは》

いちばん見込みがあるのは最後のアイデアだろう――その道の専門家は異口同音に、〝知っていることを書け〟とアドバイスしているではないか――が、単純にウェズリーにはとりかかることができなかった。ドンに一部始終を打ち明けるだけでもひと苦労だった。しかもあのあときでさえ、なにもかも正直に打ち明けられたわけではない。たとえば、自分がどれほどエレンに帰ってきてほしいと思っているのかは言葉にできなかった。

ウェズリーが〝わが家〟と呼んでいる三部屋のフラットに近づくと同時に——そういえばドンはこのフラットをおりおりに〝独身プレイボーイ用ねぐら〟と呼ぶ——思いはヘンダースンという学生のことにむかった。ファーストネームはリチャードだったか、ロバートだったか。ウェズリーの脳内にはこの点の記憶をはばむブロックがあった。長篇小説用のアイデアの断片をいざ肉づけしようとすると、それをはばむブロックも頭のなかに存在していたが、それとは種類がちがう。いや、関係しているのかもしれない。かねがね、この手のブロックはいずれもヒステリー反応由来ではないかと思っていた。頭脳がウェズリーの内面に悪辣なけだものの存在を探知し（あるいは探知したと思いこみ）、そのけだものを鋼鉄の扉がある独房に閉じこめたためのブロックだ、と。近づく者がいれば嚙みつく狂犬病の洗い熊のように、けだものが壁や天井に体当たりしている音はきこえても、姿はまったく見えない。

ヘンダースンという学生はフットボール・チームの一員で——ノーズバックだかポイントガードだか、その手のポジションだ——ほかの選手とおなじくフィールド内での動きは目もあてられなかったが、教室では気だてのいい若者で、それなりに優秀な学生だった。ウェズリーはこの若者のことが気にいっていた。それでもなお、講義に出てきたヘンダースンがPDAか最新の携帯電話のように見える品を手にしているのを見つけたときには、この学生の頭を引きちぎることも辞さないくらいの気分になった。エレンが出ていった直後だった。エレンと別れてまもないころ、ウェズリーはしじゅう夜中の三時に目覚めてしまい、心の平和をもたらす文学の食べ物を書棚から摂取していた――定番はジャック・オーブリーとスティーヴン・マチュリンのふたりが活躍する、パトリック・オブライエンの海洋冒険小説シリーズだった。しかし彼らの物語をもってしても、エレンが自分の人生から――おそらくは永遠に――出ていくとき、力まかせに閉めていったドアの残響をともなう音を忘れることはできなかった。

そんな次第でヘンダースンに近づいていくときのウェズリーはいつにもまして不機嫌であり、相手の口答えも十二分に予測している状態だった。「そいつをしまえ。ここは文学の教室だ。インターネットのチャットルームじゃない」

ヘンダースンはウェズリーを見あげ、無邪気な笑みをのぞかせた。この笑みでウェズリーの不機嫌な気分が晴れはしなかったが、怒りがたちまち分解していったのは事実だった。いちばん大きな理由は、ウェズリーが生来怒るタイプではなかったことにある。自分ではむしろふさぎこむタイプであり、ひょっとしたら強迫神経症の気があるのではないかと思っていた。かねてから、エレン・シルヴァーマンのような女性は自分にはもったいないと訝（いぶか）しんでいたのではなかったか？　そもそもふたりの最初の出会いの瞬間から――退屈な学部教授団のパーティーで、エレンと話しこんで夜を過ごしたあのときから――いずれはドアが閉まる大きな音をきかされると、心の奥底で予見していたのでは？　エレンは女のようにプレーする――そしてウェズリーは弱虫（ウィンプ）文系男のようにプレーする。そもそも講義中の教室でポケットコンピューター〈だか〈ゲームボーイ〉だかなんだか知らないが〉をいじくっている学生相手に怒りつづけることさえできないときている。

「これは課題書ですよ、スミス先生」学生ヘンダースンはいった（ひたいには、ミーアキャッツの青いユニフォームで出場した最近の試合でつくった、大きな紫色の痣があった）。「『ポールの場合』です。見てください」

ヘンダースンはガジェットをぐるっとまわし、ウェズリーにも見えるようにした。長方形のひらべったいパネルで、厚みは一センチもない。いちばん上に、《アマゾン・キンドル》という文字とスマイルマークをかたどったロゴがはいっていた。このロゴならウェズリーもよく知っている――まったくのコンピューター音痴ではないし、アマゾンで本を注文したことは何度もある（毎回まず街の本屋をさがすことにしているが、これはひとつには憐れみの気分からだ――なにせ、日がな一日ショーウィンドウで昼寝をしている猫でさえ栄養失調をきたしているように見える本屋だからだ）。

この学生がもっていたガジェットの興味深い点は、最上部のロゴでも下部にそなわっているやたらに小さなキーボードでもなかった。スクリーンだった。スクリーンに映っているのは、筋骨たくましい若い男女が廃墟と化したニューヨークでゾンビたちを殺しまわるビデオゲームの一シーンではなく、破壊衝動をかかえこんだ孤独な少年を描いたウィラ・キャザーの小説の一ページだった。

ウェズリーはそれに手を伸ばしかけ、手をとめた。「見てもいいかな？」

「ええ、どうぞ」学生ヘンダースン――リチャードかロバートか――は答えた。「じつによくできてますよ。どこにいても本をネット経由でダウンロードできて、文字の大きさも好きに変えられます。おまけに紙も装幀もないんで、普通の本よりも安く買えるんです」

その言葉をきいて、ウェズリーの全身にわずかな寒気が駆け抜けた。ついで〈現代アメリカ文学序論〉の受講生の大半から視線をむけられていることに気づき、ウェズリーは思った——学生たちからすれば、現在三十五歳のぼくがどっちなのか判断しにくいだろうな。旧時代人(その代表がスリーピースのスーツを着ている鰐(わに)のような超高齢のウェンス博士)のひとりなのか、はたまた新時代人(その代表がスザンヌ・モンタナロだ——この女性講師は〈現代演劇序論〉の講義では好んでアヴリル・ラヴィーンの〈ガールフレンド〉をかけていた)なのか。ヘンダースンのキンドルにぼくがどう反応するかを見ていれば、学生たちがぼくを分類するのも楽になりそうだ。

「ヘンダースンくん」ウェズリーはいった。「これからも書物はずっと存在しつづけるよ。つまり、紙も装幀もずっと存在しつづける。いいかね、書物は手で触れる現実の物体だ。書物は友人だよ」

「そのとおりです——しかし!」ヘンダースンはそう答えた。無邪気だったその笑みが、いまではわずかに悪賢さをうかがわせていた。

「しかし……?」

「書物は思想と感情でもありますよ。先生ご自身が第一回めの講義でおっしゃいました」

「おやおや」ウェズリーはいった。「一本とられたな。しかし、書物は思想のみでできているものではない。たとえば……本にはにおいがある。歳月を重ねれば重ねるほど、その香りは馥郁(ふくいく)たるものになる。きみのガジェットにはそういった香りがあるかな?」

「いいえ」ヘンダースンは答えた。「においはまったくありません。でもページをめくるたびに……ここ、このボタンを押すと……本物の本をめくっているみたいな小さな音がします。またスリープモードにはいると、有名な作家の肖像画が表示されます。バッテリーは長持ちしますし——」

「コンピューターか」ウェズリーはいった。「きみはコンピューターで本を読むわけだ」

ヘンダースンは自分のキンドルをとりかえした。「それでも『ポールの場合』に変わりはありません」

「まさか、先生はキンドルの話をきいたこともなかったんですか?」ジョージー・クインが質問した。思いやりのある文化人類学者がパプアニューギニアのコムバイ族にむかって、電気ストーブやシークレットシューズの話をきいたことがあるかとたずねるときの口調だった。

「ないね」ウェズリーはそう答えた。ただし、事実だからそう答えたのではない——アマゾンで本を買っているときに、《キンドル・ストアで購入》というような文字を目にしたことはあった。ないと答えたのは、学生たちから旧時代人に見られたかったからだ。新時代人というのは、どことなく……中程度にしか思えなかった。

「先生もこいつを買えばいいのに」ヘンダースンがいい、ウェズリーが——ほとんどなにも考えずに——「それもわるくない」と答えるなり、教室から拍手喝采があがった。エレンが家を出ていってから初めて、ウェズリーはわずかながら明るい気分を感じた。ひとつには学生たちから読書ガジェットを買うようにうながされたからであり、もうひとつは学生たちから、、、旧時代人と見られていることが、いまの拍手喝采から明らかになったからだ。それも啓蒙できる旧時代人として。

ただしウェズリーが本気でキンドル購入を考えるようになったのは、それからさらに二週間後だった（本物の旧時代人だったら紙の書物一択のはずだ）。そしてある日、カレッジから自宅へむかうあいだに、キンドルを操作している自分の姿をエレンが目にする場面がふと脳裡に浮かんできた。想像のウェズリーは中庭をのんびり横切りながら、《次ページ》と書いてある小さなボタンを指でぽちぽちと押していた。

《いったいなにをしているの？》エレンはそうたずねる。別れて以来、初めて口をきいてくれるわけだ。

《コンピューターでものを読んでるんだよ》そう答えてやろう。《ほかのみんなとおなじさ》

意趣返し！

しかし——学生のヘンダースンならこういうかもしれないが——それってわるいことかな？ふっと、恋人たちのあいだではこうした意趣返しもドラッグ中毒治療用の代用薬(メタドン)みたいなものだ、という思いが頭をかすめた。いきなり禁断症状に襲われるよりもずっとましだ。

自宅に帰りつくと、ウェズリーはデルのデスクトップマシンを起動させ（ノートパソコンをもっていないことが誇りだった）、アマゾンのサイトを訪問した。これまでは例のガジェットが四百ドルほどだろうと勝手に思っていたし、キャデラック級のモデルがあれば、もっと高価格だろうと予想していたので、それよりだいぶ低価格だったことが驚きだった。そのあと（これまで長いこと、首尾よく無視しつづけてこられた）〈キンドル・ストア〉をたずねると、ヘンダースンの言葉が正しかったことがわかった。どの本も笑いだしたくなるほど安価だった。ハードカバー（カバーがどこにある？）の長篇小説は、ウェズリーが最近買った大判(トレード)ペーパーバックよりも安い。どれだけ本代がかさんでいるかを思えば、キンドルを買っても元がとれそうだ。同僚たちの反応も――みんな眉をぴくんぴくんと吊りあげるだろうが――楽しみに思えてきた。そこから人間の性質について興味深いことが判明した――いや、少なくとも大学人の性質といったほうがいい。その種の人間は学生たちからは旧時代人と見られたがり、同僚からは新時代人と思われたがる。

《いまは新しいテクノロジーの実験中なんだよ》そう答えている自分を想像した。

その言葉の響きが気にいった。とことん新時代人らしい響きだ。

いうまでもなく、エレンの反応を予想するのも楽しかった。いまではエレンの電話にメッセージを残すこともやめていたし、エレンと出くわしそうな場所――〈ピットショップ〉や〈ハリーズ・ピザ〉――は避けていたが、それも変わる。そう、《コンピューターでものを読んでいるんだよ。ほかのみんなとおなじさ》という科白(せりふ)は、お蔵入りにするにはもったいないほど出来がいい。

《なんとしょぼい》ウェズリーはコンピューターの前にすわり、キンドルの写真を見ながら自分を叱った。《そんなしょぼい意趣返しじゃ、生まれたての子猫だって死なずにぴんぴんしていることだろうさ》

いかにも！　しかしその程度の意趣返しですむ悪意しか自分にないのなら、せいぜいそれで楽しませてもらおうではないか。

そこでウェズリーは《**キンドルを買う**》ボタンをクリックし、翌日にはキンドルがスマイルマークのロゴと《**翌日配達便**》の文字がある箱にはいって配達されてきた。翌日配達便オプションを指定した記憶はなかったので、もしマスターカードに請求されたら苦情を寄せてやろうとは思ったが、買ったばかりの品の梱包をほどきながらウェズリーは本物のうれしさを感じていた。本の箱をあけるときのうれしさに似ていたが、もっと鋭く胸に刺さるうれしさだ。キンドルが完全に書籍の代わりになると思っていたわけではないし、目先の新しいアイテム以上の存在になると思っていたわけでもなかった——数週間、ことによったら数カ月のあいだは人の注目をあつめもするだろう。しかしそれが過ぎれば存在を忘れられ、あとは居間のがらくた類を置いた棚で、ルービックキューブの隣あたりに置かれて埃をかぶっていくだけだろう。ヘンダースンのキンドルが白かったのに、送られてきたキンドルがピンク色だったことも、とりたてて奇妙だとは思わなかった。

最初のうちは。

Ⅱ　Ur機能

ウェズリーがドン・オールマンとの告解めいた会話をおえて帰宅すると、留守番電話にメッセージが録音されていることを示すライトが点滅していた。メッセージは二件。どうせ実家の母親からだ……関節炎の苦しみを訴え、ほかのうちの息子はひと月に二回以上は実家に電話をするらしいなどと話したいのだろう。そのあとの電話は地元新聞のムーア・エコー紙からの自動音声メッセージで、定期購読期間が切れていることを——これで十回以上も——教えてよこしたのだろうと思った。しかし、母親からの電話でも新聞社からの電話でもなかった。エレンの声がきこえてくると、ウェズリーはビールを求めていた手をぴたりととめ、冷蔵庫内部のひんやりした感じの光のなかに片手を伸ばしたまま電話に耳を近づけた。

「こんにちは、ウェス」そう切りだしたエレンの声は、ふだんとはまったく異なって心もとなさそうだった。そのあとは長い沈黙——無音があまりにも長くつづいたので、メッセージはこれでおわりかとウェズリーが思いかけたほどだった。電話の向こうから、うつろな響きの叫び声やボールが床にバウンドする音などがきこえた。エレンは体育館にいるか、あるいはメッセージを残した時点では体育館にいたようだ。「ずっと、わたしたちのことを考えてたの。やっぱり、ふたりでもう一度やりなおすべきかなって。あなたと会えなくなって寂しい」これを耳にするなりドアに駆け寄るウェズリーの姿が見えたかのように、エレンはこうつづけた。「でも、いますぐじゃない。あと少しだけ考える時間が必要だから……あなたが口にした言葉について」間。「あなたの本をあんなふうに投げたのはいけないことだったけど、あのときはついかっとなってしまって……」ここでもまた間をはさむ——それも、最初の〝こんにちは〟のあとの沈黙に匹敵する長さだった。「今度の週末、レキシントンでシーズン前のトーナメント試合がある。ほら、ブルーグラス大会という名前の。大事な大会。それがおわって帰ってきたら話しあいたい。お願いだから、それまで電話をかけてこないで。選手の女の子たちに集中してなくちゃいけないから。ディフェンスはお粗末そのものだし、ペリメーターからシュートを決められる選手はひとりしかいないし……それに……わからないけど……これって大きなまちがいだったかも」

「ちがうよ」ウェズリーは留守番電話に語りかけた。心臓が激しい鼓動を刻んでいる。いまもあいかわらず、扉がひらいたままの冷蔵庫に手を伸ばし、あふれだしてくる冷気がやけに火照って熱くなっている顔にあたるのを感じていた。「ぼくを信じろ、まちがいなんかじゃない」

「このあいだスザンヌ・モンタナロとランチをとったら、あなたが電子本を読むためのマシンをもち歩いてるって教えてくれたわ。わたしには、なんだかそれが……どういえばいいかな……ふたりでやりなおしてみるべきだっていうお告げに思えて」エレンは笑い声をあげたかと思うと、ウェズリーが思わず跳びあがったほどの大声で怒鳴った。「はぐれたボールをすぐ追いかけるの！　ぼけっとしてないで走りなさい！」それから――「ごめんなさい。もう行かないと。また電話する。どっちにしてもね。ブルーグラス大会のあとで。あなたの電話から逃げてばかりでごめんね……でも、あなたはわたしの気持ちを傷つけた。スポーツの監督にだって感情はあるの。わたし――」

ピーという音がエレンの言葉をさえぎった。メッセージ録音時間が限界をむかえたのだ。ウェズリーは、かつてノーマン・メイラーが長篇『裸者と死者』でつかおうとしたものの版元から拒絶された四文字の単語を思わず口走っていた。

それから二件めのメッセージが再生され、ふたたびエレンの声がきこえた。「英文科の先生たちにも感情があるんでしょうね。スザンヌは、わたしとあなたが釣りあわないと話してた。関心のある分野がかけ離れてるから、って。でも……中間地点だってあるかもしれない。だから……そのことを考える時間も必要。電話はかけてこないで。まだ心の準備ができてない。じゃや」

ウェズリーはビールを手にとった。顔がほろこんでいた。そのとき、過去一カ月のあいだ胸に住みついていた意趣返しをしたいという気持ちが思い出されて、体の動きがとまった。壁のカレンダーに近づき、土曜と日曜の二日分のスペースに《**シーズン前トーナメント**》と書きこむ。いったん手をとめ、翌日の月曜からのウィークデイ全部に横棒を引いて、その上に《**エレン？？？**》と書き入れた。

それをおえるとウェズリーはお気に入りの椅子に腰をおろしてビールを飲み、『２６６』を読もうとした。いかれた小説だが、それなりにおもしろかった。

はたして〈キンドル・ストア〉でも、この長篇小説が買えるのだろうか？

その夜ウェズリーはエレンの留守電メッセージを三回再生したのち、デルのデスクトップを立ちあげてカレッジの運動部公式ウェブサイトを訪問し、ブルーグラス選抜トーナメント大会の詳細をチェックした。大会の場に姿をあらわすのがまずいのはわかっていたし、そもそもそんなつもりはなかったが、ミーアキャッツがどこと対戦し、エレンがいつこちらへ帰ってくるのかは知っておきたかった。

まず八チームが出場するとわかった――そのうち七チームがディヴィジョン2所属で、ディヴィジョン3所属チームはわずか一校だけ――ムーア・カレッジのレディ・ミーアキャッツだ。これを見てウェズリーはエレンのことが誇らしく感じられ、意趣返しをしようと思った自分がまたしても恥ずかしくなった……とりあえず（幸運にも！）、そんな思いを抱いていたことはエレンに知られていない。それどころかエレンは、ウェズリーがキンドルを買ったのはメッセージを送るための手段だと考えているらしい——《きみのいうとおりかもしれないね。ぼくは変われるのかも。いや、ぼくたちふたりとも変われるかもしれないよ》というメッセージを。もろもろ上首尾に運べば、そのうちエレンの思いこみどおりだったと認められる日が来るかもしれない。

いま見ているウェブサイトによれば、チームは来たる金曜日の正午にバスでレキシントンへむけて出発の予定だった。その夜はラップ・アリーナで練習し、土曜の午前中に最初の試合。相手は、インディアナ州立トルーマン大学のチームだった。トーナメント試合はダブル・エリミネーション方式でおこなわれる。一敗しても敗者復活戦に出場でき、二敗した時点で脱落するため、結果はどうあれチームがこちらへむかって帰ってくるのは日曜の夜以降だ。ということは、この次エレンの声を耳にできるのは早くても来週の月曜日ということか。

ずいぶん長い一週間になりそうだった。

「それにね」ウェズリーはコンピューター（すぐれた聞き手だ！）に話しかけた。「エレンが、やっぱりやりなおすための努力はやめようと決める可能性もある。だから、そっちの心がまえもしておかないと」

そう、その方向で努力することはできる。あのクソ女のスザンヌ・モンタナロに電話をかけて、誤解の余地のないストレートな表現で、ぼくを標的にしたネガティブキャンペーンをいますぐやめろと申しわたすこともできる。だいたいなんでスザンヌはあんな真似をはじめた？勘弁してくれ……スザンヌは同僚ではないか！

ただしスザンヌにそう申しわたしたところで、どうせ友人のエレン（友人？だれが知っていた？　薄々気づいていた人さえいないのでは？）にすかさずご注進におよぶはずだ。だったら、この件は放置しておくのがいちばんだろう。意趣返しをしたい気分が胸から完全に消えたわけではないにしろ、消えているように感じられた。というのも、いまやその気分の矛先がスザンヌ・モンタナロにむけられていたからだ。

「まあ、いいじゃないか」ウェズリーはコンピューターに話した。「ジョージ・ハーバートはまちがっていた。優雅な生活だけじゃ最高の復讐にならない――優雅な愛情生活こそだ」

それからコンピューターをシャットダウンさせようとしたが、そこでドン・オールマンがウェズリーのキンドルについていった言葉を思い出した。《てっきり、売っているのは白だけかと思っていたよ》。たしかにヘンダースンという学生のキンドルは白かった。しかし――どういう諺だったか？――そう、燕が一羽飛んだだけでは夏といえない、だ。空ぶりが数回つづいたあとで、ようやくグーグル（どっさり情報をもってはいるが、基本的には郵便ポストなみの馬鹿）はウェズリーをキンドルのファンサイトへと案内した。見つかったのは〈キンドル・カンドル〉というサイトだった。トップページに配されていたのは、クェーカー教徒の衣服を身につけた女性がキャンドルライトで（いや、カンドルライトかも）キンドルを読んでいるという珍妙な写真。このサイトでウェズリーは、キンドルのボディカラーが一色しかないことにまつわる投稿を――おおむねは苦言を――いくつか読んだ。あるブロガーは、〝昔ながらの汚れやすさ抜群の白〟と形容していた。この投稿の下には、苦情屋さんが今後も汚い指でキンドルをつかうつもりなら、ぜひ専用カバーを買うべきだ、というリプライがぶらさがっていた。「文句を垂れる「カバーなら好きな色を選べるし」リプライを寄せた女性はそう書いていた。

だけじゃなくて創意工夫できる大人になればいいのに！」

ウェズリーはコンピューターの電源を切り、キッチンへ行ってビールをまた一本手にとると、ブリーフケースから自分のキンドルをとりだした。ピンクのキンドル。このボディカラーさえのぞけば、見た目はいま〈キンドル・カンドル〉のサイトで見たほかの人のキンドルとまったくおなじだった。

「キンドル・カンドル、ビビディバビデブー」ウェズリーはいった。「どうせプラスティックの品質管理の不具合かなにかだな」

そうかもしれない。しかし、指定していなかったにもかかわらず、オプションの翌日配達便がつかわれていたのはなぜだろう？　まさかキンドル工場のだれかさんが、ピンクの不良品を手っとりばやく処分したかったから？　そんな馬鹿な。不良品とわかっていたら、そのまま廃棄すればいい。珍しくもない品質管理の犠牲がまたひとつ。

そういえばキンドルでインターネットにアクセスできるのだろうか？　知らなかった。その疑問をきっかけにして、自分のキンドルに奇妙な点があることを思い出した――マニュアルの小冊子が付属していない。〈キンドル・カンドル〉を再訪してインターネットがらみの質問への答えを調べてみようと思い、思うそばからやめた。暇つぶしをしているだけじゃないか――今夜から、エレンからまた連絡があるかもしれない月曜日までの時間をうまくつぶすという仕事にとりかかったところだ。

「きみが恋しいよ」ウェズリーはそう口に出し、言葉がわなわなと震えていることに我ながら驚かされていた。本気でエレンが恋しかった。現実にエレンの声を電話できいてはじめて、自分がどれほど恋しく思っているかに気づかされた。それまでは自分の傷ついたエゴに閉じこもっているばかりでわからなかった。いうまでもなく、あの汗くさいうえにケチくさい意趣返し気分のせいでもある。

《ウェズリーのキンドル》と題されたメニュー画面が出てきた。画面にはこれまで購入したキンドル本がならんでいる——リチャード・イエーツ『家族の終わりに』、アーネスト・ヘミングウェイ『老人と海』。このガジェットには『新オックスフォード・アメリカ語辞典』が最初から収録してあった。知りたい単語をキーボードで打てば、キンドルが代わりに調べてくれる。TiVo（ティーヴォ）というハードディスク内蔵のビデオレコーダーがあったが、キンドルは読書マニアむけのTiVo（ティーヴォ）だ。

しかし、インターネットにはアクセスできるのか？

メニュー・ボタンを押すと、いくつもの選択肢が示された。いちばん上は（もちろん）**《キンドル・ストアでのショッピング》**にウェズリーを誘っていた。しかし、いちばん下近くに**《実験的機能》**という文字があった。なかなかおもしろそうな雰囲気だ。カーソルを移動させて**《実験的機能》**をひらき、スクリーン上部の文章に目を通す。**《現在開発中の実験的機能です。お役に立ちましたか？》**

「なんともいえないな」ウェズリーは答えた。「で、どんな機能があるんだい？」

いちばん最初の実験的機能は**《ベーシック・ウェブ》**だった。これで先ほどのインターネットに接続可能かという疑問の答えがイエスだとわかった。それ以外の実験的機能に目を走らせていく。音楽のダウンロード機能（大歓声ものだ）があり、テキスト読みあげ機能（テキスト・トゥ・スピーチ）（目が不自由なら実にありがたい機能だ）があった。これ以外にも実験的機能があるのだろうかと思いながら、ウェズリーは次ページのボタンを押した。機能がひとつだけ表示されていた――《Ｕｒ機能》。

おやおや、いったいこれはなんだ？　〝Ｕｒ〟という二文字の単語には、ウェズリーの知るかぎりふたつの意味しかない。まず旧約聖書に出てくるウルという都市の名前。もうひとつは、〝原初の〟〝原始の〟という意味の接頭辞だ。だが、スクリーンは助けてくれなかった。ほかの実験的機能についでは説明があるのに、ここにはなにも書いていない。とはいえ、どんなものかを知る方法がひとつある。ウェズリーは《Ｕｒ機能》にカーソルを移動させて文字を反転させ、決定ボタンを押した。

新しいメニューが表示された。選択肢は三つあった。Ｕｒブックス。Ｕｒニュース・アーカイブ。そして、Ｕｒローカル（工事中）。

「ほう」ウェズリーはいった。「これはこれは、いったい……」

ウェズリーはＵｒブックスを反転させ、指先を決定ボタンに載せて……ためらった。いきなり全身の皮膚が冷えた――先ほどビールをとろうと冷蔵庫のなかに手を伸ばしたとき、エレンの留守電メッセージが流れだしたあの瞬間とおなじだ。あとあとウェズリーはこのときのことを、こうふりかえることになる――《あれはぼく自身のＵｒのせいだった。ぼくの内部の奥深くに潜んでいる原初的なもの、原始的なもの。それがぼくにボタンを押すなといってよこしたんだ》と。

しかし、自分は現代に生きる人間ではなかったか？　コンピューターでものを読む人間ではなかったか？

いかにも。いかにも。それゆえ、ウェズリーはボタンを押した。

スクリーンが真っ白になり、つづいて最上部に《**URブックスへようこそ**》という文字が表示された……赤い字で！　どうやらファンサイトにつどうカンドラー諸氏は、テクノロジーの発展にずいぶん遅れをとっているようだ——キンドルはカラー表示もできると見える。このウエルカムメッセージの下に絵が表示されていた——チャールズ・ディケンズやユードラ・ウェルティの肖像画ではなく、巨大な黒い塔の絵だ。なにがなし不気味な雰囲気の絵だった。その下には、やはり赤字で《著者をえらんでください（ご要望に応じかねる場合もあります）》という誘い文句が表示され、その下でカーソルが点滅していた。

「こりゃなんだ……」ウェズリーはだれもいない部屋にむかっていった。いきなり乾いてしまった唇を舐めて湿らせ、《**アーネスト・ヘミングウェイ**》と打ちこんだ。

スクリーンが空白になった。この機能は——本来の動き方はわからないが——うまく働いていないらしい。十秒ばかり待ってから、ウェズリーはキンドルの電源を落とそうと手を伸ばした。しかしスライドスイッチで電源を切る前に、ようやくスクリーンに新しいメッセージが表示された。

一〇四三八七二一のUR内を検索
見つかったアーネスト・ヘミングウェイ作品は一七八九四件
タイトル不明の場合はURを選択するか

UR機能メニューにもどってください
あなたの現URでの選択項目は表示されない場合があります

「おいおい、いったいこりゃなんだ？」ウェズリーは無人の部屋に問いかけた。このメッセージの下でカーソルが点滅していた。またメッセージよりも上には小さな文字で（それも赤ではなく黒い字で）、別の指示が表示されていた。**《入力は数字のみ。コンマやダッシュは使用不可。あなたの現URは11758６号です》**

ピンクのキンドルの電源をいますぐ切って、そのままナイフやフォーク類の抽斗に投げこんでしまいたいという強烈な衝動（原初的な衝動）が突きあげてきた。いや、投げこむ先はアイスクリームやスタウファー社の冷凍食品がはいっているフリーザーのほうがいい。しかしウェズリーはそんなことをせず、ちっちゃなちっちゃなキーで生年月日を打ちこんだ。71９74にかぎらず、どんな数字でもいいのだろう。ここでもまたためらったのち、人差し指の先端で決定ボタンを押す。今回スクリーンが白くなったときには、すわっていたキッチンチェアから立ちあがってテーブルから離れたいという気持ちを抑えなくてはならなかった。突拍子もない確信がウェズリーをとらえていた。キンドルの灰色っぽいスクリーンからなにものかの手が——あるいはおそらく鉤爪が——いきなり飛びだしてきて、喉笛をつかみ、そのまま自分をキンドル内へ引きずりこむにちがいない。そしてそのあと自分は、コンピューター化された灰色の空間で永遠に存在する……マイクロチップのまわりを浮かび、無数のUr世界のあいだをただよいながら。

ついでスクリーンに文字が出てきた。それも昔ながらの簡素なフォントだ。それを見ると、迷信じみた恐怖はたちまち消えた。ウェズリーはキンドルのスクリーン（一般のペーパーバックほどの大きさ）に食い入るような目を走らせたが、なにを探しているのかは自分でも判然としなかった。

最上部には作家のフルネーム——アーネスト・ミラー・ヘミングウェイ——と、作家の生没年月日が表示されていた。そのあとに刊行された作品の長いリストがつづいていた……が、どうもようすがおかしい。『日はまた昇る』はある……『誰がために鐘は鳴る』……あれこれの短篇作品……そしてもちろん『老人と海』……しかし、ウェズリーにもまったく見覚えのないタイトルが三、四はあった——いわせてもらえばウェズリーは、マイナーな数篇のエッセイをのぞき、かなりの数になるヘミングウェイの作品をあらかた読破している。

あらためて生没年の表示を確かめると、没年月日がまちがっていた。ヘミングウェイが猟銃で自殺を遂げたのは一九六一年七月二日だ。しかし手もとのスクリーンによれば、この作家が天空の偉大な図書館へ昇天したのは一九六四年八月十九日だという。

「生年のデータもまちがってるぞ」ウェズリーはつぶやいた。空いているほうの手は髪をかきむしり、見たこともない珍奇なヘアスタイルをつくりつつあった。「ああ、断言したっていい。ここには一八九七年とあるが一八九九年のはずだ」

それからウェズリーは、自分の知らない題名にカーソルを移動させた——『コートランドの犬たち』。どこぞの頭がおかしいコンピュータープログラマーにとっては、これが笑えるジョークに思えているのだろうが、少なくとも題名だけは、ヘミングウェイっぽい響きがある。ウエズリーは決定ボタンを押した。
スクリーンがいったん空白になってから、本のカバーが表示された。モノクロのカバー画像は、一体の案山子(かかし)を囲んで吠えている犬たちを描いたものだった。背景には、疲れのせいなのか打ちひしがれているのか(あるいはその両方か)、力なく肩を落として銃を手にしている狩人が描かれている。題名になっているコートランドだろう。
《ミシガン州北部の森に暮らすジェイムズ・コートランドは、妻の不貞と迫りくるおのれの寿命の両方を相手にしている。そして由緒あるコートランド農場に三人の危険な犯罪者があらわれたとき、〝パパ・ヘミングウェイ〟のもっとも有名な主人公コートランドは恐るべき選択を強いられる。波瀾万丈のストーリーと豊饒なシンボリズムに満ちた巨匠アーネスト・ヘミングウェイ最後の長篇である本書は、作者逝去の直後にピュリツァー賞を受賞した。七ドル五十セント》
サムネイルの下から、キンドルがたずねていた。**《この本を買う Y N》**
「嘘っぱちもいいかげんにしろよ」ウェズリーは小声でいいながら、イエスをあらわすYをカーソルで反転させ、決定ボタンを押した。
スクリーンがまた空白になったのち、新しいメッセージが表示された。**《Ur小説はいずれも準拠するパラドックス関連法の定めるところにより再配布や頒布は禁じられています。同意しますか？ Y N》**
ウェズリーは笑みを——ジョークだということはわかっていて、調子をあわせている者にふさわしい笑みを——のぞかせつつ、決定ボタンを押した。スクリーンが空白になり、新たな情報が表示された。

ありがとうございます、ウェズリーさん！
UR小説の注文が完了しました
代金七ドル五十セントはあなたのアカウントに請求されます
UR小説のダウンロードには通常よりも時間がかかります
二分ないし四分ほどお待ちください

ウェズリーは《ウェズリーのキンドル》と表示されている画面にもどった。先ほどとおなじアイテムがならんでいた——『家族の終わりに』と『老人と海』と『新オックスフォード・アメリカ語辞典』。このラインナップは変わらないだろう。『コートランドの犬たち』というヘミングウェイの長篇は——この世でもあの世でも——存在しないからだ。それにもかかわらず、ウェズリーは椅子から立ちあがって電話に近づいた。相手は最初の呼出音で電話に出た。

「ドン・オールマンだ」研究室を共用している講師は名乗ってから、オールマン・ブラザーズ・バンドのヒット曲にひっかけた軽口を飛ばした。「そうさ、おいらは生まれついての流れ者（ランブリン・マン）」

この電話の背景からは体育館のうつろな反響をともなう音はひとつもきこえず、三人いるドンの息子たちの蛮族じみたきんきん声がきこえるだけだった。声だけきくと、息子たちがオールマン家の建物の羽目板を一枚ずつ剝がす解体工事を進めているとしか思えない。

「やあ、ドン。ウェズリーだ」

「ああ、ウェズリーか！　これはこれは、お珍しや……なんとまあ、三時間ぶりじゃないか！」かねがねウェズリーは、同僚ドンが精神に変調をきたした人々用の施設に家族ともども住んでいるのではないかと疑っていたが、いまその施設の奥深くから断末魔の絶叫めいた大声があがった。「ジェイスン、弟にそんなものを投げるな。頼むから、ちっちゃくていい子の邪鬼（トロール）になって、〈スポンジ・ボブ〉を見ていなさい」それから、今度はウェズリーにむけて、「用件はなんだ？　愛情生活にアドバイスが欲しい？　セックスのテクニック向上と精力増強のヒントが欲しい？　それとも執筆中の長篇の題名にアイデアが欲しい？」

「執筆中の長篇なんかないし、そのことはきみだって知ってるはずだぞ」ウェズリーはいいかえした。「ただ、話したいのは長篇小説のことだ。きみはヘミングウェイの作品（ウーヴル）に知識があるだろう？」

「ああ、きみがフランス語のいやらしい言葉を口にするのが大好きだよ」

「知ってるのか、知らないのか？」

「もちろん知ってる。ただ、きみほど詳しくないと思うよ。きみは二十世紀アメリカ文学の男だ。一方ぼくの専門は、作家たちがかつらをかぶって、嗅ぎタバコをたしなみ、驚いたときには慎みぶかく〝あれまあ（イーコッド）〟なんていってた時代だ。で、なにが知りたい？」

「きみが知っている範囲でいいんだが、ヘミングウェイは犬が出てくる小説を書いていたかな？」

　ドンが考えているあいだに、さっきとはちがう幼児が甲高く絶叫した。ついでドンがたずねた。「ウェス、具合でもわるいのか？　なんだか口調が――」

「いいから質問に答えてくれ。書いていたか、いなかったかを」いいかえれば《YかNのいずれかをカーソルで反転させてください》だな――ウェズリーは思った。

「わかった」ドンはいった。「わが信頼できるコンピューターに頼らない範囲での答えになるが、そんな作品は書いてないね。ただ、バティスタ政権の支持者たちにペットの愛犬を殴り殺されたとどこかで主張していた記憶はある――疑わしき事実というやつかな？　ほら、あの作家がキューバにいたときの話だよ。ヘミングウェイはその事件を、妻メアリーとともにフロリダへ帰ったほうがいいというサインだと解釈して帰国した――それも大急ぎで」

「もしや、その犬の名前を覚えていたりはしないかな？」

「覚えてる。インターネットでダブルチェックしたいところだが、ネグリータという名前だ。うん、そんなような名前だ。いささか人種差別っぽい響きはあるが……まあ、おれがなにを知っているというんだい？」

「ありがとう、ドン」ウェズリーの唇は痺れたようになっていた。「じゃ、またあした」

「ウェス、ほんとに大丈夫なのか――**フランキー、そいつをいますぐ下に置け！　やめろ**――」なにかが派手に壊れる音。「くそ。あれはたしかデルフト焼の陶器だったな。もう切らないと。じゃ、またあした」

「ああ、わかった」

ウェズリーはキッチンテーブルに引き返した。キンドルを見ると、目次ページに新しいコンテンツが追加されていた。『コートランドの犬たち』という題名の長篇小説（かないにか）がダウンロードされていた——はたしてどこから……。

そう、正確にどこからダウンロードされたのか？ Ｕｒ（あるいは大文字だけでＵＲと綴るのかもしれない）７１９１９７４号と名づけられた、こことは別次元の世界から？

いまはもうそんな考えを馬鹿らしいと一蹴するだけの気力もなかったが、冷蔵庫まで歩いていってビールをとってくる体力はあった。いまのウェズリーにはビールが必要だった。栓を抜き、ごくごくと時間をかけて五口で半分飲みきって、げっぷをする。それで多少は気分も晴れ、ウェズリーは椅子に腰をおろした。それから新規購入本の題名をカーソルで反転させると（七ドル五十セントは、文豪ヘミングウェイの未発見作品にしては破格の安値といえるだろう）、タイトルページがあらわれた。次のページは献辞だ——《サイに、そしてメアリーに、愛をこめて》。その次は——

第一章

男の一生は犬五頭分だとコートランドは信じていた。最初の一頭の犬には教えてもらう。二頭めの犬には教える。三頭めと四頭めの犬とは仕事をする。最後の犬は自分よりも長生きする。それが冬の犬だ。コートランドの冬の犬はネグリータといったが、本人はかかしの犬とだけ考えていた……

ウェズリーののどに液体がこみあげてきた。あわててシンクに駆け寄って身をかがめながら、なんとかビールを押しとどめようとする。やがて胃が落ち着くと、蛇口をひねって水を出し――といっても、シンクに吐いたげろを洗い流すためではない――流れる水を両手で受けて、じっとり汗をかいた顔に浴びせかけた。気分がましになった。

それからキンドルのもとにもどり、じっと見おろした。

《男の一生は犬五頭分だとコートランドは信じていた》

どこかに――ケンタッキー州のムーア・カレッジよりも、ずっと野心にあふれたどこかのカレッジに――小説作品を読みこんで、文体上の特徴から作者をあてるようにプログラムされたコンピューターがあるという。文体というのは指紋や雪の結晶のように、どれもが唯一無二のものだとされていた。ウェズリーはそのコンピューターが、匿名(アノニマス)名義で刊行された『プライマリー・カラーズ』という大統領選挙の内幕暴露小説の真の作者を突きとめるために利用されたことを漠然と思い出した。コンピューターは数時間だか数日間かけて数千人の作家の文章を読みこんだうえ、ジョー・クラインというニュース雑誌のコラムニストが作者だと結論づけた。のちにクラインは自分が作者だと認めた。

もし『コートランドの犬たち』をそのコンピューターに読ませたら、作者名としてアーネスト・ヘミングウェイの名前を出してくるのではないか――ウェズリーは思った。いや、もっといえば、コンピューターは必要ないとまで感じていた。

ウェズリーは、いまではひどく震えている両手でキンドルをもちあげると、「おまえはなにものなんだ?」とたずねかけた。

Ⅲ ウェズリー、正気をなくすことを拒む

《魂の真の闇夜においては》スコット・フィッツジェラルドかく語りき。《来る日も来る日も、時刻はとこしえに夜中の三時である》

この火曜日の午前三時、ウェズリーは眠れないまま横たわり、熱っぽい気分のまま、自分ははたしてこのまま崩壊してしまうのだろうかと考えていた。自分に鞭打つようにピンクのキンドルの電源を切ってブリーフケースにしまいこんだのが、もう一時間前だ。しかしキンドルはいまもまだ――Ur本メニューに深く没頭していた午前零時ごろといささかも変わらず――しっかりとウェズリーをとらえて離さなかった。

キンドル内にあるという一千万以上のUrのうち二十ばかりでアーネスト・ヘミングウェイを検索した結果、見たこともきいたこともない長篇小説が少なくとも二十作は見つかっていた。そのうちひとつのUrでは（たまたま6201949だった）、ヘミングウェイは犯罪小説作家だったらしい。このときだ――これは母親の生年月日だった。ついに耐えきれなくなったのはウェズリーは『こいつは血だぞ、マイ・ダーリン！』という作品をダウンロードした。中身は典型的な大衆小説だった……しかし歯切れよくパンチの効いた文章は、どこで目にしても作者をあてられるものだった。

そう、ヘ、ミ、ン、グ、ウ、ェ、イ、印の文章だ。

しかも犯罪小説家になっていても、ヘミングウェイはギャングの抗争や裏切り、流血沙汰に血を騒がせる不良少女たちから離れたあいだに、『武器よさらば』を書いていた。それどころかヘミングウェイは、いつでもどこでも『武器よさらば』を書いているように思えた。ほかの作品はＵｒによって存在したりしなかったりだったが、『武器よさらば』はいつでもどこでも存在していたし、『老人と海』もつねにあった。

ウェズリーはフォークナーを試してみた。

フォークナーは、どこのＵｒでもまったく存在していなかった。

一般的なメニューから調べたところ、フォークナー作品がたくさん見つかった。しかし存在するのは、この世界だけらしい。

わけがわからなくなった。

ウェズリーは『２６６６』の著者、ロベルト・ボラーニョを調べてみた。『２６６６』は通常のキンドルメニューからは購入できなかったが、あちこちのＵｒ本のサブメニューからは入手可能だった。それ以外のボラーニョ作品も見つかった。そのうち一冊は（Ｕｒ１０１号で見つかったのだが）『マリリン、フィデルを吹き飛ばす』というなかなか派手な題名だった。ウェズリーはこの作品をダウンロードしかけ、寸前で思いとどまった。作家はあまりにも多く、またＵｒも数多く、時間は少ないのだ。

ウェズリーの精神の一部——ぼんやりとではあったが、まぎれもない恐怖を感じている部分——はしつこく、これはどこかのいかれたコンピュータープログラマーの想像力から生まれた、手のこんだジョークにちがいないとしつこく主張していた。しかし、長い夜が更けるにつれて積み重なってきた証拠の数々は、その主張と反対を示唆していた。

たとえばジェイムズ・ケイン。ウェズリーがチェックしたあるUrでは、ケインはかなり若くして死去し、残した作品も二作だけだった――『夜来たる』（新しい作品）と『ミルドレッド・ピアース』（以前からある作品）だ。さすがに『郵便配達は二度ベルを鳴らす』はケイン作品としては定番――いわばケインの代表的Ur小説――だろうと思ったが、そうではなかった。ざっと十あまりのUrでケイン作品を検索したが、『郵便配達は二度ベルを鳴らす』が見つかったのはそのうちひとつだけ。一方、ウェズリーが二流以下のケイン作品とみなす『ミルドレッド・ピアース』は、ほぼあらゆるところで見つかった。『武器よさらば』のように。

ウェズリーは自分の名前を調べてもみた。その結果は、かねてから恐れていたとおりだった。あちこちのUrで多くのウェズリー・スミスがいるにはいたが（ひとりは西部小説の作家で、もうひとりは『ピッツバーグ・パンティ・パーティー』のようなポルノ小説の作家）、どれひとりとして自分ではないようだった。もちろん百パーセントの断言はできないが、一千四十万ほどの多元宇宙をよろよろ歩いてみたかぎり、ウェズリーはそのすべての世界において小説を出せずじまいの負け犬だった。

ぱっちり目を覚ましたままベッドに横たわり、どこか遠くで吠えている犬の声をきいているうちに体が震えはじめた。いまこの瞬間、自分の文学的な野心などちっぽけなものにしか思えなかった。それ以上に大きく思えていたのは――自身の人生と正気に上からのしかかるように思えていたのは――薄っぺらいピンクのプラスティックのパネルのあいだに隠された豊饒な富だ。ウェズリーは、これまで自分が死を悼んできた数々の作家を思い起こした。ノーマン・メイラーやソール・ベロウにはじまり、ドナルド・ウェストレイクやエヴァン・ハンターにいたるまでの作家たち。死の神（タナトス）はひとりまたひとりと作家たちの魔法の声を封じこめ、彼らは二度と声を出さなくなった。

しかし、いまはそういった作家たちが声を出せる。

作家たちがふたたびウェズリーに話しかけてくれる。

ウェズリーはベッドの上がけをはねあげた。キンドルが呼んでいた——といっても、人間の声で呼んでいたのではない。むしろ心臓の鼓動めいた音だった。ポーの描いた告げ口心臓のようなその音は、床板の下からではなくウェズリーのブリーフケースからきこえてきて——

ポー！

しまった、ポー作品の検索を忘れていた！

ブリーフケースはお気に入りの椅子の横という定位置に置いてあった。急いで駆け寄ってひらき、キンドルをつかみだすと、充電ケーブルをコンセントに接続する（これでバッテリー切れの心配をせずともよくなった）。それから心せくまま《UR本》のメニューをひらいて、ポーの名前で検索をかける。最初にひらいたUr——25567 6号——では、一八四九年に四十歳で死んだはずのポーが一八七五年まで生きていた。しかもこのバージョンのポーは、長篇を発表していた！　計六作も！　あわてて題名に目を走らせるうちにも、ウェズリーの心臓は貪欲さに満たされてきた。

そのうち一冊は『恥辱の館、あるいは堕落の代償』なる題名だった。ウェズリーはこの本をダウンロードして——代金はわずか四ドル九十五セントだった——夜明けまで読みふけった。

それからキンドルの電源を切り、キッチンテーブルにすわったまま両腕に頭を載せて二時間ばかり仮眠した。

眠りながら夢を見た。映像がいっさい存在しない、言葉だけの夢だった。本の題名！　果てしなくつづく本の題名のリストは、ほぼすべてが未発見の傑作だった。その数は満天の星にも匹敵するほどだった。

火曜日と水曜日は――どうにかこうにか――やりすごしたが、木曜日の〈アメリカ文学序論〉の講義中にいよいよ睡眠不足と昂奮過多のつけがまわってきた。いうまでもなく、現実の把握がだんだんおろそかになってもいた。いつもなら説得力たっぷりに進めることができる〝ミシシッピ講義〟――ヘミングウェイがいかにしてトウェインの下流として生まれ、二十世紀のほぼすべてのアメリカ作家がどうやってヘミングウェイの下流から出てきたのかを解き明かす講義――の途中、ふと気がつくとウェズリーは学生たちの前で、パパ・ヘミングウェイは犬を題材にした傑作をあいにく一篇も残さなかったが、もし長生きしていれば書いたはずだ、などと口走っていた。

「書いていれば、〈マーリー　世界一おバカな犬が教えてくれたこと〉なんて映画よりは内容のある作品になっていただろうね」ウェズリーはそういうと、不気味なほど快活な笑い声をあげた。

ついで黒板からふりかえると、二十二対の目がそれぞれ程度の異なる懸念や困惑や愉快な気持ちをたたえて、ウェズリーをじっと見つめていた。ささやき声が耳をついた――ほんの小さな声だったが、ポー作品の正気をなくした語り手の耳に届く老人の心臓の鼓動なみにはっきりききとれた。「スミシーのやつ、頭がイッちゃってるぞ」

いや、スミシーは頭がイッたりなんかしていない――少なくともいまのところは。しかし、頭がイッちゃう危険に直面していることは疑いない。

《拒否だ》ウェズリーは思った。《拒否してやる、断固拒否してやる》そう思うそばから、小さな声でひとりごちていたことに気づいて背すじが寒くなった。

最前列にすわっていた例のヘンダースンという学生がウェズリーのひとりごとをききつけ、「スミス先生？」と声をかけてきた。一瞬のためらい。「先生？　あの……大丈夫ですか？」

「大丈夫だよ」ウェズリーはいった。「いや、大丈夫じゃない。変な虫にでも刺されたかな」いっているそばから《ああ、ポーの黄金虫だ》という思いが浮かび、突然いかれきった高笑いをあげそうになる自分をすんでのところで抑えた。「きょうの授業はおわりだ。さあ、みんな教室から出ていきたまえ」

そのあと学生たちがぞろぞろとドアを目指すあいだ、ウェズリーはふっと我に返って大声でいい添えた。

「来週はレイモンド・カーヴァーだ！　忘れるな！　作品は『ぼくが電話をかけている場所』だぞ！」

いいおわるなり、ウェズリーは考えた。《数多いUr世界には、レイモンド・カーヴァーの作品がほかにいくつあるんだろう？　ひょっとしたら、あの作家がすっぱり禁煙して七十歳まで生き延び、さらに半ダースほどの本を刊行したような世界がひとつは――あるいは十ばかり、

あるいは千ばかり——あるだろうか？》
　ウェズリーは教卓の椅子に腰をおろし、ピンクのキンドルをおさめてあるブリーフケースに手を伸ばし……手を引っこめた。もう一度手を伸ばし、今回も自分で動きをとめ、うめき声をあげた。まるでドラッグだ。あるいは性的妄執の対象だ。そこから連想がはたらいて、エレン・シルヴァーマンのことを思い出した——キンドルの隠しメニューを発見して以来、エレンのことを考えたのは初めてだった。エレンが部屋のドアから出ていって以来、エレンをすっぽりと忘れていたのも初めてだった。
《ずいぶんな皮肉もあったもんだな。ほら、ぼくはいまコンピューターで本を読んでいるんだよ、エレン。おまけにやめられないときてる》
「このあと一日じゅう、あれを見つめて過ごすなんて拒否してやる」ウェズリーは声に出していった。「正気をなくすのも拒否だ。見るのも拒否、正気をなくすのも拒否。見るか、正気をなくすか。どっちも拒否だ。ぼくは——」
　しかし、ピンクのキンドルがもう手のなかにあった！　このキンドルが自分におよぼす力を否定する言葉を口にしていながら、いつのまにやらブリーフケースからとりだしていたとは！いったいぼくはどうした？　だいたい、だれもいない教室にひとりぽつねんとすわって、こいつを漫然とながめて過ごすつもりだったのか？
「スミス先生？」
　その声に胆をつぶすほど驚いたせいで、ウェズリーはキンドルをデスクに落としてしまった。すぐさま手にとり、もしや壊れてしまったのではないかと恐怖を感じながら確かめる。壊れてはいなかった。ああ、よかった。

「すいません、驚かすつもりはなかったんです」声の主はヘンダースンだった。気づかわしげな顔で、教室のひらいたドアのところに立っている。その表情を見てもウェズリーはあまり意外に思わなかった。《いまこの瞬間のぼくを見たら、ぼくだってやっぱり心配になるだろうし》

「いや、きみの声で驚いたわけじゃないよ」ウェズリーはいい、この見え透いた嘘がいきなり愉快に思えて含み笑いを洩らしかけた。あわてて片手を口もとにあてがって笑いを押さえこむ。

「どうしたんです?」ヘンダースンはいった。「ただのウイルスじゃないみたいですよ。顔色がかなりわるいし。なにかわるいニュースでも飛びこんできたとか?」

ウェズリーは思わず、他人の話にくちばしを突っこむな、お節介はやめろ、邪魔をするくらいなら静かに出ていけとヘンダースンにいいかけた。しかし、これまで脳味噌のずっと奥の片隅に縮こまっていた恐怖を感じている部分——ピンクのキンドルはたちのわるいいたずらか、手のこんだ詐欺の最初の一種だと主張している部分——が、もう隠れるのをやめて行動を起こすべきときだ、と思い立ってくれた。

《もし本気で正気をなくすのを拒否するのなら、なんとか手を打つべきだぞ》と、怯えている部分がいった。《で、どうする?》

「そういえば、ヘンダースンくん、きみのファーストネームはなんだったたっけ? うっかり度忘れしてね」

若者は微笑んだ。愛想のいい笑みだったが、目にはまだ気づかわしげな色が残っていた。

「ロバートです。みんなはロビーと呼んできます」

「では、ロビー。ぼくはウェスだ。じつは、きみに見てほしい品がある。きみになにも見えなければ――その場合ぼくは幻覚を見ていて、おそらくは精神崩壊に直面していることになる。その逆で、きみにもなにかが見えれば、きみは見たものにびっくり仰天するはずだ。どうかな、研究室へ来てもらえるかい？」

ムーア・カレッジの中程度の中庭を横切って歩くあいだ、ヘンダースンはあれこれ質問してきた。ウェズリーは質問をことごとくふり払っていったが、ロビー・ヘンダースンが教室にもどってきてくれたことにも、精神の奥で怯えている部分が主導権を握って発言してくれたことにも、胸のうちで感謝していた。あの隠しメニューを見つけて以来、例のキンドルのことでこれほど気分が軽くなったことは――これほど安心したことは――ないほどだった。これが小説なら、ロビー・ヘンダースンの目にはなにも見えず、主人公は自分の正気がうしなわれつつあると――あるいは、すでにうしなわれてしまったと――思いこむという展開になるところだ。ウェズリーのなかには、いっそそんな展開を望む部分もあった。というのも……。

《あれが幻覚であってほしいと思っているからだ。もしあれが幻覚であり、この若者の助けを借りて幻覚だということを正面から認められれば、ぼくだって正気をうしなわずにすむかもしれない。正気をうしなうのは断固拒否だ》

「ひとりごとをいってますよ、スミス先生」ロビー・ヘンダースンはいった。「いや……ウェスでしたね」

「わるかった」

「先生のことがちょっと怖くなってます」

「ぼくもぼくのことがちょっと怖いよ」

研究室にはドン・オールマンがいた。ヘッドフォンをつけて試験の採点をしながら、ウシガエルのジェレマイアにまつわる歌をがなっている——といっても声は調子っぱずれもいいところ、はずれて飛んでいった先は忌まわしいとしか形容できない未踏の大地だ。ウェズリーの姿を目にとめると、ドンはｉＰｏｄを切った。

「おや、まだ講義かと思っていたのに」

「途中で切りあげたんだ。こちらはロバート・ヘンダースン——ぼくの〈アメリカ文学序論〉の受講生だよ」

「ロビーです」ヘンダースンはいいながら片手を差しだした。

「やあ、ロビー。おれはドン・オールマン。オールマン・ブラザーズ・バンドのなかでも無名のメンバーでね。担当楽器はお下劣チューバ」

ロビー・ヘンダースンはお義理で笑い、ドン・オールマンと握手をした。この瞬間までウェズリーは、ドンに座をはずしてもらうよう頼むつもりだった。自分の精神崩壊を確かめる証人ならひとりで充分だからだ。しかし、ひょっとしたら今回ばかりは人数が多ければそれだけ楽しくなる稀有な機会かもしれない。

「きみたちふたりだけのほうがいいかな？」ドンがたずねた。

「いいや」ウェズリーは答えた。「残ってくれ。きみたちふたりに見てほしいものがある。きみたちにはなにも見えず、ぼくだけになにかが見えるとしたら、喜んで州立中央病院に自分からチェックインするよ」

　そういってブリーフケースをひらく。

「わあお！」ロビーが歓声をあげた。「ピンクのキンドル！　かわいいな、これ！　っていうか、こんなの見たこともありませんよ！」

「これからきみが見たこともないものを、ほかにも見せてあげよう」ウェズリーはいった。

「少なくともぼくはそのつもりだ」

　ウェズリーはキンドルをコンセントにつないで、電源を入れた。


　ドン・オールマンを心底納得させたのは、Ｕｒ１７００号からダウンロードした『ウィリアム・シェイクスピア作品集』だった。これをドンのリクエストで――この特定のＵｒではシェイクスピアは一六一六年ではなく、一六二〇年に死亡したことになっていたからだが――ダウンロードしたところ、研究室にいた三人の男たちは二篇の新しい戯曲を発見した。まずひとつは、『ジュリアス・シーザー』の直後に書かれたとおぼしき喜劇の『ハンプシャーの二婦人』。もう一篇は一六一九年に書かれた悲劇『ロンドンの黒き者』。ウェズリーは後者をひらくと、（多少のためらいを感じつつも）キンドルをドンに手わたした。

　ドン・オールマンはふだんは血色のいい顔でよく笑みをのぞかせる男だが、『ロンドンの黒き者』の第一幕と第二幕を読み進めるうちに、笑みも血色もうしなわれてきていた。ウェズリーとロビーがすわったまま、無言でドンを見まもるうちに二十分が経過したのち、ドンはウェズリーにキンドルを返してよこした。返すときには、本音では触りたくないのか、キンドルを指先だけでつまむようにしていた。

「それで？」ウェズリーはたずねた。「きみの結論は？」

「贋作にちがいないね」ドンはいった。「しかし、シェイクスピア作品を書いたのはシェイクスピアではないと主張する学者たちは昔からいた。クリストファー・マーロウ説を支持する者がいて……フランシス・ベーコンだと主張する一派もいれば……ダービー伯爵だという者さえいた……」

「ああ、『マクベス』の作者はジェイムズ・フライだしな」ウェズリーは軽口を叩いた。「それで、きみの考えは？」

「まぎれもなくウィリアムの作品だと思う」ドンはいった。いまにも泣きだしそうな声だった。いや、笑いだすところか。両方いっしょかもしれない。「ジョークで片づけるには手がこみすぎてる。ぺてんだとしたら、どんな仕組みかもわからない」いいながら一本だけ伸ばした指でキンドルを軽くつつき、すぐ指を引っこめた。「もっと確実に判断するのなら、手もとに参考書を用意して二本の戯曲をさらに綿密に精読する必要がある。でも……さっきの作品にはあの劇作家ならではの陽気なリズムがあるんだよ！」

ロビー・ヘンダースンは、ジョン・D・マクドナルドのミステリーやサスペンスの大多数を読破していることが明らかになった。調べると、Ur2171753号のマクドナルド著作リストに、〝デイヴ・ヒギンズ・シリーズ〟として十七冊の本がリストアップされていた。どの作品の題名にも、色をあらわす単語がはいっていた。

「それはいいんです」ロビーはいった。「でも題名がぜんぶちがう。それにジョン・Dのシリーズキャラクターはデイヴ・ヒギンズじゃなくて、トラヴィス・マッギーっていうんです」

ウェズリーはまたしてもクレジットカードで四ドル五十セントを支払って、『青碧の嘆き』という題名の作品をダウンロードした。増える一方の《ウェズリーのキンドル》の蔵書リストにこの本が追加されるのを待ってから、キンドルをロビーにむけて押しだす。ロビーが中身を読んでいるあいだ――最初は冒頭から読みはじめ、やがてあちこちを拾い読みしていた――ドンが階下のメインオフィスへ行って、三人分のコーヒーをもってきた。そのあとデスクの椅子に腰を落ち着ける前に、ドンはめったにつかわれないプレート――**《会議中　入室ご遠慮ください》**――をドアの外側にかけた。

ロビーが顔をあげた。その顔は、先ほどドンが〝書かれることのなかったシェイクスピアの戯曲〟――鎖で縛られてロンドンに連れてこられたアフリカの王子にまつわる物語――に没頭していたあとで見せた顔にも負けないほど青ざめていた。

「これは、『薄灰色に汚れた罪』っていうトラヴィス・マッギーものにそっくりです」ロビーはいった。「ただトラヴィス・マッギーはフロリダのフォートローダーデイルに住んでいるんですが、こっちのヒギンズという主人公はおなじフロリダでもサラソタ住まいです。マッギーにはメイヤーという親友がいます――男の親友が。ヒギンズのほうにはセーラという友人がいて……」話しながらロビーは一瞬キンドルに顔を寄せて――「セーラ・メイヤーでした」それからウェズリーを見つめるロビーの目は、瞳をとりまく白目の部分がやけに広くなったように見えていた。「たまげました。これが……こういったいろんな世界が……一千万もあるんですか？」

「《**UR本**》のメニュー画面によれば、一千万と四十万ばかりの世界があるらしい」ウェズリーはいった。「ひとりの作家のすべてを調べつくすとなったら、これからきみが死ぬまでの時間をかけてもまだ足りないだろうね」

「ぼくはきょう死んじゃうかも」ロビー・ヘンダースンは低い声でいった。「あんなものを見せられたら、カスな心臓発作を起こしても当然ですって」

それからいきなりコーヒーがはいった発泡スチロールのコップをつかみ、まだ湯気の出ているコーヒーをひと息であらかた飲み干した。

一方ウェズリーは、ほぼ人心地がついたような状態だった。ただし正気をうしなっているのでないかという恐怖が除去されても、大量の疑問が洪水となって流れこんできていた。そのなかで純粋にいま大事に思える疑問はひとつだけだった。

「それで、ぼくはどうすればいい？」

「まずひとつは――」ドンはいった。「こいつをなにがなんでも、おれたち三人だけの秘密にしておくことだ」そういってロビーにむきなおり、「きみは秘密を守れるかな？　答えがノーだったら、おれはきみを殺すほかない」

「ぼくなら守れますよ。でも、これを先生のところへ送ってきた人たちはどうなんです？　その人たちも秘密を守れますか？　守る気になりますか？」

「どんな人たちかもわからないのに、そこまでわかるわけがないじゃないか」ウェズリーはいった。

「このちっこいピンクのキンドルを注文するときには、どこのクレジットカードをつかいましたか？」

「マスターカード。最近じゃ、それ以外のカードはつかってない」

ロビーは、ウェズリーとドンが共用している英文科備品のコンピューターを指さした。「いますぐネットにつないで、クレジットカードのアカウント情報を参照したらどうです？　もし、あの……Ｕｒ本が……アマゾンからダウンロードされたものだったら、ぼくは心底驚きますよ」

「そうはいっても、アマゾン以外のどこか、から、ダウンロードされるっていうんだ？」ウェズリーはたずねた。「あれはアマゾンの製品だし、アマゾンはそれ専用の電子本を売ってる。それに、アマゾンの段ボール箱で配達されてきたんだ。あのスマイルマークが描いてある箱で」

「アマゾンでは、コンサートで振るサイリウムなみに派手なピンクのキンドルを売ってます？」

「いや……売ってないな」

「だったら、まずはクレジットカードのアカウントを調べましょう」

研究室にある旧型のパソコンが考えこんでいるあいだ、ウェズリーはドンのマイティマウスのマウスパッドを指でいらいらと叩きながら待っていた。ついで結果が表示されると背中をまっすぐ伸ばして読みはじめた。

「どうだった？」ドンがたずねた。「教えてくれ」

「これによれば」ウェズリーはいった。「いちばん最近ぼくがマスターカードをつかったのは、〈メンズウェアハウス〉でブレザーを買ったときだ。一週間前だね。本をダウンロード購入した履歴はないな」

「普通のルートで購入した本の履歴も？　『老人と海』と『家族の終わりに』もないのかい？」

「ああ、ない」

ロビーが質問した。「キンドルそのものの購入履歴は？」

ウェズリーはスクロールでリストをさかのぼった。「ない……ない……ない――いや、待てよ、これは――」ウェズリーは鼻の頭がスクリーンにくっつくくらい顔を近づけて、「はあ？そんな馬鹿な」

「どうした？」ドンとロビーが同時にいった。

「このリストによれば、カード支払いが非承認あつかいになってる。ここには《カード番号相違》と理由が書いてある」ウェズリーは考えこんだ。「そうであっても不思議はない。特定のふたつの数字を入れ替えて打ちこんでしまう癖があるんだよ。軽度の識字障害（ディスクレシア）なんだ」

「しかし、それでもなぜか注文は通ったんだろう？」ドンが考え考えいった。「なぜか通った……なにものかのところに注文が届いた。どこにいるとも知れない相手に。キンドルは、いまおれたちがどこのＵｒにいるといってた？　あらためて教えてくれ」

ウェズリーは関係する画面を出して、数字を読みあげた――１１５８６号。「ただしこのＵｒを選択するなら、数字の途中にカンマを入れてはいけないんだ」

ドンがいった。「このキンドルは、そこのＵｒから来たにちがいないよ。そこのＵｒでは、きみがまちがって入力したマスターカードの番号が、その世界のウェズリー・スミスがつかっている正規のカード番号だったんだ」

「でも、そんなことが起こる確率ってどのくらい小さいんだろう？」ロビーがいった。

「見当もつかないな」ドンはいった。「でも、一〇四〇万分の一よりも小さいことだけはいえるかな」

　ウェズリーは口をひらいて話そうとしたが、ドアに立てつづけに響いたノックの音でさえぎられた。三人ともぎくりとした。ドン・オールマンにいたっては、小さな悲鳴をあげさえした。

「だれだ?」ウェズリーはそうたずねながらキンドルをつかむと、保護するかのように胸もとへ引き寄せた。

「管理人です」ドアの反対にいる人物がいった。「みなさん、そろそろお帰りになりますか? もうじき七時になりますんでね、建物の戸締まりをしたいんですよ」

Ⅳ　ニュース・アーカイブ

　やるべきことは残っていた。なくなったはずはなかった。まだ、いまは。とりわけウェズリーはさらに調査を進めたがっていた。ここ数日間は一回に三時間以上の睡眠をとっていなかったにもかかわらず、目が冴えわたって全身にエネルギーが満ちていた。ウェズリーはロビーをともなって自宅アパートメントに帰った。一方ドンはいったん自宅へ帰り、妻といっしょに息子たちを寝かしつけることになった。それを首尾よくすませたら、ウェズリーたちに合流して、自由討論会の第二部をはじめる予定だった。ウェズリーは出前の料理を注文しておく、といった。

「そりゃいい」ドンはいった。「ただし気をつけろよ。Ｕｒの中華料理はこっちとは味がちがうだろうし、ドイツ風中華料理の噂はおまえも知ってるな？　食後一時間ばかりで、たまらなく権力が欲しくなるんだよ」

驚いたことに、ウェズリーは笑い声をあげている自分に気がついた。

「なるほど、英文学講師のアパートメントというのはこういう部屋なんですね」ロビーはきょろきょろ見まわしながらいった。「本をかたっぱしから読みたくなります」

「いいとも」ウェズリーは答えた。「貸すよ。ただし、ちゃんと返してくれる相手にかぎる。それを忘れないでくれればいい」

「わかりました。うちの両親は……その……どっちもあんまり本を読まないんです。雑誌をあれこれ読み、ダイエット関係の本をたまに読むほか、自己啓発本あたりも読んでますが……それだけです。先生と出会わなければ、ぼくもおなじようになってしまうところでした。フットボールのフィールドで脳味噌をがんがんぶっ叩かれて過ごし、卒業後の将来といえば、ジャイルズ郡あたりの体育教師になるのが関の山。テネシー州の郡です。やっほー、てなもんです」

ウェズリーはこの言葉に胸を打たれた。おそらく、このところ感情がジェットコースターなみに激しく上下していたからだろう。「ありがとう。でも、嘘いつわりのない大声の〝やっほー〟には、わるい点などひとつもないことは忘れないでくれ。それもまた、きみという人間の一部だ。どちらの部分もひとしく大切なんだよ」

ウェズリーはエレンのことを――『救い出される』をウェズリーの手からひったくって部屋の反対の壁に投げつけたエレンのことを――思った。なぜあんなことをした？　エレンが本を憎んでいたから？ いや、そうではない。エレンは話をきいてほしいと切実に思っていたのに、ウェズリーがきいていなかったからだ。書物は「学者の愛人」だといったのは、たしか偉大なる幻視家にしてSF作家のフリッツ・ライバーではなかったか。エレンから必要とされていたあのとき、ウェズリーはほかの恋人の腕に抱かれていたのでは？ それもウェズリーになにを要求するでもなく（ウェズリーの語彙力を求めることこそあるが）、それでいていつもかならずウェズリーを虜にする恋人の腕に。

「ウェス？ 例の**《UR機能》**メニューにあったほかの項目はなんだったんですか？」

最初のうちは、この若者がなにを話しているのかもわからなかった。一拍おいて、そのメニューにはほかにふたつの項目があったことを思い出した。**《本》**というサブメニューの中身にすっかり夢中になっていて、ほかのふたつの機能のことを忘れていた。

「よし、見てみよう」ウェズリーはそういってキンドルの電源を入れた。こんなふうにキンドルを起動させるたびに、**《実験的機能》**メニューや**《UR機能》**メニューがいつのまにか消えているのではないかと思った。〈トワイライトゾーン〉のエピソードで起こりそうなことだ。しかし、メニューはあいかわらずそこに存在した。

「Urニュース・アーカイブとUrローカル」ロビーはいった。「へえ。Urローカルはまだ工事中なんだね。気をつけたほうがいいよ。工事区間で交通違反すると罰金が倍になる」

「なに？」

「なんでもない。ふざけただけ。ニュース・アーカイブを試してみましょう」

ウェズリーはその機能を選択した。スクリーンが空白になった。ややあって、こんなメッセージが表示された。

ニュース・アーカイブへようこそ！
現在ご利用可能なのはニューヨーク・タイムズだけです
ご利用代金は
四ダウンロード＝一ドル
五十ダウンロード＝十ドル
八百ダウンロード＝百ドル
カーソルで選択ののち決定　代金はあなたのアカウントに請求されます

ウェズリーが目をむけると、ロビーは肩をすくめてこういった。「どうすればいいかなんて、ぼくにはいえません。でも、カードをつかっても――まあ、この世界では――代金を請求されないとなったら、ぼくなら百ドル分を買いますね」

ほかの世界にいるウェズリー（もしそんなウェズリーがいるのなら）が次のマスターカードの利用明細書を見たときにどう思うだろうか……という思いが頭をかすめたものの、ロビーの主張にも一理あるように思えた。ウェズリーは八百ダウンロードで百ドルと表示されている行を選択して反転表示させ、決定ボタンを押した。今回はパラドックス関連法についての注意は表示されず、代わってウェズリーをこう誘うメッセージが出てきた。

《希望する年月日とURを指定してください。入力は適切なフィールドにお願いします》

「この先はきみに頼む」ウェズリーはそういって、キッチンテーブルの反対にいるロビーへむけてキンドルを滑らせた。だんだん気軽にキンドルを他人にゆだねられるようになってきて、ウェズリーはほっとしていた。キンドルを自分の手におさめておきたいという強迫観念は――そう思うのも無理からぬことだが――やはり事態を紛糾させるだけの邪魔ものだ。

ロビーはちょっと考えこみ、《二〇〇九年一月二十一日》と入力した。つづけてUrを選択するところでは100000000号をえらぶ。

「Ur百万号。いいですよね？」そういってボタンを押す。

スクリーンが空白になったのち、《**お買いあげのコンテンツをお楽しみください！**》というメッセージが表示され、一拍はさんでからニューヨーク・タイムズの一面が表示された。ふたりがスクリーンの上で顔を寄せて無言で中身に目を通していると、やがてドアにノックの音がした。

「たぶんドンだな」ウェズリーはいった。「いまドアをあけてくる」

ロビー・ヘンダースンは答えなかった。そのくらい記事に夢中になっていた。

「外はずいぶん冷えこんできたぞ」ドンは部屋にはいりながらいった。「風が木々の枝から枯葉をすっかり吹き散らし――」と、ここでウェズリーの顔をまじまじと見つめ、「なにがあった？　いや、今度はなにがあったか、とたずねるべきかな」

「こっちへ来て見るといい」ウェズリーはいった。

ドンは周囲の壁が書棚になっているウェズリーの居間兼書斎に足を踏み入れた。ロビーがあいかわらず、キンドルのスクリーンに顔を近づけていた。それからロビーは顔をあげ、キンドルをまわしてドンにも中身が読めるようにした。本来の紙面では写真が掲載されていた箇所が黒塗りになって、そのひとつひとつに《**画像は表示できません**》とあったが、見出しは黒々と大きく表示されていた。《**いよいよ彼女の番がきた**》とあり、その下に《**ヒラリー・クリントン、宣誓のうえ第44代大統領に就任**》というサブの見出しがあった。

「ヒラリー、とうとうやってのけたんだな」ウェズリーはいった。「ま、少なくともUr１０００００号の世界では」

「だれに代わって大統領になったのかを見てください」ロビーはそういうと画面の名前を指さした。そこにはアルバート・アーノルド・ゴアとあった。

一時間後にドアベルが鳴ったとき、三人の男たちは驚きに飛びあがったりはせず、夢から覚めた人のように周囲を見わたしていただけだった。ウェズリーは下へおりていき、〈ハリーズ〉の具をたっぷり載せたピザと〈ペプシ〉の六缶パックを運んできた配達係に代金を支払った。三人はキッチンテーブルを囲み、キンドルに顔を寄せたまま食事をした。ウェズリーは自分がなにを食べているのかも意識しないうちに、たちまち三切れ食べていた——自己ベスト更新だ。

八百ダウンロード分の代金を支払いはしたが、それだけの権利をつかいきることはなかった——じっさいにダウンロードした記事は八百の足もとにも及ばなかった。しかし四時間のあいだに三人は、さまざまなUrから落とした新聞記事に頭が痛くなるほどたくさん目を通した。ウェズリーには、自分の精神そのものがずきずき痛むように感じられた。ほかのふたりの顔にもほとんど同一の表情がのぞいていたので——血の気をなくした頬、まわりに隈ができた熱っぽい目、乱れきった髪——そう感じているのが自分だけでないことが察せられた。多元宇宙をのぞくのは、たったひとつの別世界だけでも、心身に大きな負担がかかる——それなのに、目の前にある多元宇宙は一千万以上だ。大多数は似通っている世界だとはいえ、同一の世界はひとつとして存在しない。

アメリカ合衆国第四十四代大統領就任式の記事は、その一例にすぎなかったが、強力な一例でもあった。三人は約二十のＵｒにおける就任式の記事を調べ、そのあたりで飽きてほかのことを調べはじめた。三人は十七本あった。そのうち十四本の記事では、ニューメキシコ選出のビル・リチャードスンが副大統領だった。二〇〇九年一月二十一日の朝刊のうち、ヒラリー・クリントンを新大統領としている記事は十七本あった。そのうち十四本の記事では、ニューメキシコ選出のビル・リチャードスンが副大統領だった。ジョー・バイデンが副大統領だと報じているのは二本。また、三人のだれも名前をきいたことのない人物を副大統領として報じた記事も一本だけあった——ニュージャージー州選出のリンウッド・スペックという人物だった。

「選挙でほかの人間がトップに選ばれた場合、あの人はいつでもどこでも副大統領の椅子にノーといっているわけか」ドンがいった。

「あの人というのは？」ロビーがたずねた。「オバマ？」

「いかにも。オバマはどこの世界でも副大統領職を打診され、例外なく断わってる」

「そういう性格なんだな」ウェズリーはいった。「世界ごとに起こる出来事は変わっても、人物の性格は変わらないわけか」

「いや、そうきっぱりは断言できんぞ」ドンがいった。「おれたちの手もとにあるのは、ごくごくわずかなサンプルにすぎない……あくまでも比較だが……」いいながら弱々しく笑う。「そう、すべてと比較した場合には。およそすべてのUr世界とくらべたら、ごくわずかなサンプルだよ」

バラク・オバマ自身は六つのUr世界で大統領に選出されていた。ミット・ロムニーがジョン・マケインを副大統領候補として出馬し、大統領に選出されている世界もひとつあった。このUrでロムニーの対抗馬だったのはオバマだった——選挙戦も終盤にさしかかったころ、ヘリコプターの墜落事故でヒラリー・クリントンが死亡し、急遽オバマが立候補を打診されての結果だった。

サラ・ペイリンの名前は一回も見かけなかった。ウェズリーには意外ではなかった。もし三人のだれかがどこかでペイリンの名前に行きあたったとしても、それは確率の問題ではなく、純粋に偶然の産物だろうとウェズリーは考えていた。たしかに共和党候補者としてはミット・ロムニーの名前がジョン・マケインよりもひんぱんに出てきたが、ペイリンの名前がない理由はそれだけではない。ペイリンは以前から員数外の存在であり、勝ち目のなさそうな人物であり、そもそもだれからも期待ひとつ寄せられていなかった。

ロビーがレッドソックスのことを調べたいといいだした。ウェズリーは時間の無駄だと思ったが、ドンがロビーに賛成したのでウェズリーも同意した。つづいてふたりは十の異なるUr世界における一九一八年から二〇〇九年のあいだの十月から適当に日付をえらんで、スポーツ欄を調べていった。

「なんだか気が滅入ってきました」十回も調べていくと、ロビーがそんなことをいいはじめた。

ドン・オールマンはうなずいた。

「どうして？」ウェズリーはたずねた。「レッドソックスは何度も何度もワールドシリーズで勝ってるのに」

「勝ってるというのは〝呪い〟がないってことだ」ドンがいった。「で、呪いが存在しないのは、まあ、退屈なことでね」

「その呪いというのは？」ウェズリーは狐につままれた思いだった。

ドンは口をひらいて説明しかけたが、すぐにため息をついた。「いや、気にするな。説明すればうんざりするほど長くなるし、説明したからって、きみにわかるとは思えない」

「明るい面を見ましょう」ロビーがいった。「ブロンクス・ボンバーズことヤンキースもいつも出場してますよ。だから、かならずしも幸運だけってことじゃない」

「そうだな」ドンがむっつりといった。「ヤンキースなんぞクソくらえ。あいつらはスポーツの世界における軍産複合体だ」

「お話し中失礼。ピザの最後のひと切れを食べたい人はいるかな？」

ドンもウェズリーもかぶりをふった。質問をしたロビーが残ったピザをがつがつ食べてこういった。「あとひとつだけ調べましょう。Ｕｒ４１２１９８９号です。ぼくの誕生日です。きっと幸運な世界でしょうね」

ところが、いざ調べるとその正反対だった。ウェズリーがそのＵｒを選択して年月日を——完全に無作為というわけではなかったが——一九七三年一月二十日と入力して決定ボタンを押しても、これまでのように**《お買いあげのコンテンツをお楽しみください！》**とは表示されなかった。今回出てきたのは《**このURでは一九六二年十一月二十日以降のタイムズは存在していません**》という文句だった。

ウェズリーは思わず片手をぴしゃりと口もとにあてがった。「うわ。そういうことか、大変だ、まいった」

「どういうことなんです？」ロビーがたずねた。「なぜこんなことに？」

「その答えならわかる気がするな」ドンがいい、ピンクのキンドルを自分の手にとろうとした。

ウェズリーは——いま自分は恐怖に青ざめた顔をしているだろうと思いつつ（しかしじっさいには、それだけでは足りないほどの恐怖を感じていた）——ドンの手に手を重ねた。「やめてくれ。きっとぼくには耐えられない」

「耐えられないって、なにに耐えられないんです？」ロビーは叫ばんばかりだった。

「二十世紀アメリカ史の授業でキューバのミサイル危機について教わらなかったか？」ドンはたずねた。「いや、まだそこまで単元が進んでいないのかな」

「ミサイル危機ってなんです？　カストロに関係したことですか？」

ドンはウェズリーに目をむけた。「おれだって見たくはないさ。ただ、いまはっきりと確かめておかないことには、今夜は眠れそうにないんでね」

「わかった」ウェズリーはそう答え、人間精神の真の害悪は怒りではなく、むしろ好奇心だ、と思った（が、そう思うのも初めてではなかった）。「ただし、調べる役はきみがやってくれ。ぼくの手は震えてて、つかいものにならない」

ドンは年月日欄に一九六二年十一月十九日と入力した。キンドルはドンに《**お買いあげのコ**

ンテンツをお楽しみください!》といったが、その中身はドンが楽しめるものではなかった。三人のだれも楽しめなかった。見出しは単刀直入で巨大だった——。

ニューヨーク・シティの死者六〇〇万以上に
放射能によりマンハッタン壊滅
ソ連完全消失か
ヨーロッパとアジアの被害は〝算定不可能〟
中国は四十発のICBMを発射

「電源を切りましょう」ロビーが吐き気をもよおしているかのように小さな声でいった。「まるであの歌そっくりだ——ぼくはこれ以上見たくない」

ドンがいった。「おふたりさん、明るい面を見ようじゃないか。おれたちが生きていることを含めて、大多数のUrではこの大惨事をうまくかわしているみたいじゃないか」そういいつつも、ドンの声はあまり安定していなかった。

「ロビーのいうとおりだよ」ウェズリーはいった。すでに、Ur4121989号で発行されていたニューヨーク・タイムズの最終号がわずか三ページしかなかったことや、掲載記事すべてが死にまつわるものだったことは読みとっていた。「こいつの電源を切ろう。そもそも最初から、こんなキンドルを目にしなければよかった」

「後悔先に立たずですよね」ロビーがいった。この言葉がどれほど正しかったことか。

三人はそろって下の階へ降り、そのあとウェズリーのアパートメントの前の歩道に立っていた。メイン・ストリートにはほとんど人影がなかった。強まりつつある風がうめき声とともに建物のまわりをめぐり、歩道の街路樹に残った十一月の枯葉をざわめかせていた。酔っ払った三人組の学生がガンズ&ローゼズの〈パラダイス・シティ〉とおぼしき歌を大声でがなりながら、おぼつかない足どりで学生寮通り(フラタニティ・ロウ)のほうへ引き返していった。

「まあ、おれはどうこうしろといえる立場じゃない――あれはきみが買ったガジェットだから。ただ、もしおれが買った品だったら処分しちまうよ」ドンはいった。「あれに取りこまれちまうぞ」

とっくに取りこまれてるよ――ウェズリーはそう答えようとして思いとどまった。「その話はまたあしただ」

「無理だな」ドンはいった。「あしたは女房と子どもたちを車に乗せて、フランクフォートまで行かなくちゃならない――女房の実家で過ごすすばらしき三日間の週末ってわけさ。授業のほうは、スーザン・モンタナロが代理を引き受けてくれてる。いっておけば、今夜のちょっとした勉強会(ゼミ)のあとだと、街を離れられるのがうれしいくらいだ。ロビー、都合のいいところまで送ろうか?」

「いえ、それにはおよびません。ほかの男子学生たちとアパートをシェアしてるんですが、それがここから二ブロックしか離れてないので。〈スーザンとナンの店〉の上です」

「おや、だったら少しうるさいんじゃないか」ウェズリーはたずねた。〈スーザンとナンの店〉は地元のカフェで開店は朝の六時、しかも年中無休だ。

「たいていの日は騒音にもめげずに寝てますよ」ロビーはにやりと笑った。「おまけに家賃がじつに手ごろなんです」

「そりゃよかった、じゃ、おやすみ」ドンは愛車のターセルのほうに歩きかけ、すぐに引き返してきた。「今夜はベッドにはいる前に、子供たちにキスをしようと思う。それで寝つきがよくなりそうな気がするよ。最後に読んだ記事——」頭を左右にふって、「できれば読まずにすませたかった。わるく思わないでくれよ、ロビー——でも、きみの誕生日なんかクソ食らえって気分だ」

ウェズリーとロビーはだんだん小さくなるテールライトを見送った。やがてロビーが考えをめぐらせる口調でいった。「他人から、おまえの誕生日なんかクソ食らえっていわれたことはありませんでした。いまのが初めてです」

「ドンも、あの言葉をきみへの個人攻撃だと受けとってほしくはないはずだよ。だいたい、あのキンドルへのドンの意見は正しいしね。たしかに魅力的だ——あまりにも魅力的だといえる。でも、実用上という観点から見れば無価値だね」

ロビーは驚きに目を見ひらいてウェズリーを見つめた。「偉大な小説の名匠たちの手になる数千もの未刊行作品を自在に読めるというのに、それを無価値というんですか？　たまげたな——あなたはなんという英文学の教師なんだろうか」

ウェズリーは言い返さなかった。なんといっても、このあとベッドにはいる前に——もう夜が遅いとか遅くないとかには関係なく——例の『コートランドの犬たち』をさらに読み進めることがわかっていたからだ。

「おまけに——」ロビーがまた口をひらいた。「まったくの無価値でもないかも。あの手の小説のひとつをえらんでタイプで打ちなおし、どこかの出版社に送ってみようとは考えなかったんですか？　そう、先生自身の名前で投稿するんです。きっと、次の大傑作になりますよ。先生はヴォネガットとかロスとか、そういう大作家の後継者と呼ばれるようになります」

実に魅力的なアイデアだった——ブリーフケースのなかにある役立たずの走り書きのことを思うと、なおさら魅力が増してきた。しかし、ウェズリーは頭を横にふった。「おそらくパラドックス関連法に違反することになるな……まあ、どんな法律なのかは知らないんだけど。それ以上に大事なのは、その手の行為が酸となってぼくを蝕むことだな。それも体の内側から」そこまで話したところで、ウェズリーは口ごもった。きれいごとはいいたくないが、話に出たような行為を避けたいと思っている本当の理由らしきものは、もっと明確な言葉にしておきたかった。「それに自分が恥ずかしくなると思ってね」

ロビーはにっこりと笑った。「先生はいい人ですね」

いまふたりはロビーのアパートメントの方向へと歩いていた。ふたりの足もとでは落葉がかさかさと音をたて、夜空では雲が風に吹かれているせいで、四分の一の月が逆に雲を突っ切って走っているように見えていた。

「それは本気の言葉かい？」

「ええ。いっておけば、シルヴァーマン監督のこともいい人だと思ってます」

ウェズリーは驚きに見舞われて思わず足をとめていた。「ぼくとエレン・シルヴァーマン監督のことを、なにか知ってるのかな?」

「個人的にってことですか?　それならなにも知りません。でも、先生ならチームのジョージーのことを知ってますよね。ほら、講義に出ているジョージー・クインです」

「ああ、ジョージーならもちろん知ってるよ」教室でキンドルについて話しあったときに、思いやりのある文化人類学者めいた口調で話していた女子学生だ。また、ジョージーがレディ・ミーアキャッツの選手であることも知っていた——ただし控えの選手であって、試合がまちがいなく完全勝利におわるという場面でなければ出場させてもらえない。

「ジョージーが話してましたよ——あなたと別れてから、監督はずっとふさぎこんでいたと。それだけじゃなくて、ずっと不機嫌になってもいたって。練習ではやたらにみんなを走らせてばかりだし、ひとりの選手をチームから問答無用で蹴りだしたとか」

「ディースンという選手のことなら、監督がチームから追いだしたのはぼくたちが別れる前だぞ」そういいながらも、《ある意味では、それがぼくたちの別離の理由かも》と思う。「じゃあ……ええと……チーム全体がぼくたちのことを知っているのかい?」

ロビー・ヘンダースンは頭のおかしな人を見る目でウェズリーを見つめた。「ジョージーが知ってるなら、みんな知ってますよ」

「どうして?」ウェズリーはいった。エレンが自分から選手たちに話したはずがない——チームを前にして私的な愛情生活についてのブリーフィングをおこなうのは、スポーツチームの監督らしからぬ行動だ。

「女たちがどうやってその手のことを知るのか……ということですか?」ロビーがたずねた。

「自然に知るとしかいえません」

「きみとジョージー・クインはつきあってるのかい？」

「ふたりともおなじ方向を目指しているとはいえます。おやすみなさい、ウェス。あしたはゆっくり寝坊します——金曜日は講義を入れてないんで。でも、もし先生が〈スーザンとナンの店〉にランチをとりにきたら、上のフロアに来て、ぼくの部屋のドアをノックしてください」

「そうさせてもらうかも」ウェズリーは答えた。「おやすみ、ロビー。三馬鹿大将のひとりになってくれてありがとう」

「いえいえ、ぼくこそ楽しませてもらいました——と答えたいところですが、やっぱり考えさせてください」

アパートメントに帰ったウェズリーはUr版ヘミングウェイを読む代わりに、キンドルをブリーフケースに押しこめた。それから、まだ大半のページが空白のまま残っている製本されたノートをとりだし、美しい堅表紙に手をすべらせた。《ほら、小説のアイデアをこれに書きとめればいいと思って》エレンはそういった。ずいぶんと高価なプレゼントだったにちがいない。このまま無駄にしてしまうのはあまりにも惜しかった。
《いまだってまだ本を書けるんだぞ》ウェズリーは思った。《ほかのUrのどこでだって、ぼくが一冊も本を書いていないからといって、この世界でも書けないという決まりはないじゃないか》
そのとおりだ。自分はアメリカ文学界のサラ・ペイリンになれるかもしれない。どんなに勝ち目がなくても、成功をおさめることがないとはいえない。

それが吉とでるか凶と出るかに関係なく。

服を脱いで歯を磨いてから、英文学科の事務室に電話をかけ、午前中ひとコマだけの講義を臨時休講にしてくれという秘書あてのメッセージを残す。「恩に着るよ、マリリン。面倒をきみに押しつけるのは心苦しいが、どうやらインフルエンザで寝こんでしまいそうでね」つづけて、いかにも嘘くさい空咳を添えて電話を切る。

いざ横になるまでは、何時間もまんじりともせずにベッドに横になったまま、ほかのあらゆる世界のことをあれこれ考えてしまうにちがいないと思っていた。しかし部屋を暗くすると、数多くのほかの世界はどれもこれも映画のスクリーンで見た俳優たちのようなものだと思えてきた。たしかにあそこでは巨大に見えるし、美しく見えることも珍しくはない──しかし、それでもやはり、光が投げかける影にすぎない。あまたのUr世界もおなじようなものかもしれなかった。

夜中の十二時をまわったいま、リアルに感じられるのは風の音だった──風はうるわしい音で、宵の口に身をおいていたテネシー州の物語をささやきかけてきた。その音にまどろみを誘われて、ウェズリーは眠りに落ちた──そして、ぐっすり長時間にわたって眠った。夢はひとつも見なかった。目が覚めたときには、明るい日ざしが洪水のように寝室にはいりこんでいた。午前十一時近くまでこんこんと眠りつづけていられたのは、学部生のころ以来だった。

V　Urローカル（工事中）

ウェズリーはゆっくり時間をとって熱いシャワーを浴び、ひげを剃って服を着ると、〈スーザンとナンの店〉まで足を運んで、遅い朝食か早めのランチをとろうと思いたった――どちらにするかは、メニューを見て旨そうなほうにすればいい。ロビーの部屋は上のフロアだが、あの若者は寝かせておいてやろう。どうせ午後になれば不運なフットボール・チームの面々といっしょの練習が待っているのだから、朝寝坊してもばちはあたるまい。ふと、こんな思いが頭をかすめた――窓ぎわのテーブルにすわれたら、女子選手たちを乗せて百三十キロばかり離れたブルーグラス招待試合の会場へむかうカレッジ運動部所有のバスを目にできるかもしれない。見かけたら手をふろう。エレンの目にはとまらないかもしれないが、ともかく手をふろう。

ウェズリーは、ことさら考えもせずにブリーフケースをつかみあげ、外へ出た。

ウェズリーは〝スーザン特製セクシー・スクランブル（オニオン、ピーマン、モツァレラチーズ）〟のベーコン添えを注文し、あわせてコーヒーとジュースを頼んだ。若いウェイトレスが料理を運んできたときには、キンドルをとりだして『コートランドの犬たち』を読み進めていた。まぎれもなくヘミングウェイの作品であるばかりか、すばらしい物語でもあった。

「それ、キンドルですよね？」ウェイトレスが声をかけてきた。「わたしもクリスマスにもらったんです。とっても気に入りました。いまはジョディ・ピコーの全作品を読もうとしているところです」

「おや、それでも全作品じゃないかもしれないぞ」

「えっ……？」

「ピコーなら、すでに新作を書きあげていてもおかしくない。それだけの意味だよ」

「だったら、ジェイムズ・パタースンは、きょうの朝起きてからいままでに長篇を一冊仕あげちゃったかも！」ウェイトレスはそういって、笑いながらテーブルから離れていった。

ウェイトレスと話しながら、ウェズリーはＵｒ版へミングウェイ作品を見られないようにキンドルのメインメニュー・ボタンを押していた。つまり……自分がこれを読んでいることにうしろめたさを感じているから？　ウェイトレスがこれを見たら、《それ、本物のへミングウェイの本じゃないでしょ？》とわめきだすかもしれないから？　馬鹿馬鹿しい。しかし、このピンクのキンドルをもっているだけで、すねに疵もつ身のような気分になるのも事実だった。つきつめて考えれば、これは自分が所有している機械とはいえないし、これをつかってダウンロードした本や記事も自分のものではない――そのいずれも、代金を支払ったのはウェズリーではない。

《だれも金を出していないのかも》ウェズリーは思ったが、本心から信じているわけではなかった。普遍的な人生の真実があるとすれば、この世界では遅かれ早かれ、だれかがかならず代償を払うということだ――ウェズリーはそう考えていた。

スクランブルエッグはとりたててセクシーではなかったが、おいしかった。ウェズリーはコートランドと冬の犬にはもどらず、URメニューにアクセスした。これまでのぞいていない機能はUrローカルだけだ。あいかわらず《工事中》と表示されている。ゆうべロビーはなんといっていたか？　そう、《工事区間で交通違反すると罰金が倍になる》だ。あの若者は鋭い頭脳をもっている。これからディヴィジョン3の無意味なフットボールで頭脳をがんがん叩きだされなければ、もっと鋭い頭脳をそなえるかもしれない。ウェズリーは口もとをほころばせながら《URローカル》を反転させ、決定ボタンを押した。こんなメッセージが出てきた。

現在のURローカルにアクセスしますか？　Y　N

ウェズリーはイエスを意味するYをえらんだ。キンドルはしばしの黙考ののち、新しいメッセージを表示した。

現在のURローカルのソースのムーア・エコー紙にアクセスしますか？

Y　N

ウェズリーは細長いベーコンを食べながら、この質問への答えを思案した。エコー紙はガレージセールと地元スポーツと街の政治を専門にあつかっている三流新聞だ。住民たちはその手の記事にざっと目を通すくらいはするだろう。しかし購読者の目当ては、おおかた死亡記事と警察の事件記録ではないかとウェズリーはにらんでいた。隣人のだれが死んで、だれが牢屋に叩きこまれたかは、だれもが知りたがる。一千四十万のＵｒのそれぞれに存在しているケンタッキー州ムーアのことを検索するのは考えただけでも退屈だが、それもいいではないか。自分はいま、選手を乗せたバスが通りかかるのをひと目見たいがために、わざと朝食をのろのろ食べて時間をつぶしているだけだ。

「悲しいけれど、それが真実」ウェズリーは声に出していいながら、Ｙを反転させて決定ボタンを押した。つづいて表示されたのは、以前にも目にしたものと似通ったメッセージだった。

《Ｕｒローカルのコンテンツは準拠するパラドックス関連法によって保護されています。同意しますか？　Ｙ　Ｎ》

おやおや、これは奇妙だ。パラドックス関連法がどんな法律かはともかく、ニューヨーク・タイムズのアーカイブは保護されていなかった。しかし、どうでもいい地元三流紙の記事は保護される？　筋の通らない話だが、人畜無害にも思える。ウェズリーは肩をすくめてやりすごし、Ｙを選択した。

エコー紙プレ・アーカイブへようこそ！
ご利用代金は
四ダウンロード＝四十ドル
十ダウンロード＝三百五十ドル
八百ダウンロード＝二千五百ドル

　ウェズリーはフォークを料理の皿に置き、眉を寄せてスクリーンをにらんだ。地元新聞はパラドックス関連法とやらに保護されているだけでなく、法外といえる値段の高さだ。どうして？　そもそもプレ・アーカイブとはなんだ？　〝過去の記録〟をあらわすアーカイブに、〝以前の〟とか〝あらかじめ〟を意味する接頭辞がついたこの表現自体がパラドックスに思えた。あるいはこれは、本来ならぶはずのない語を組み合わせて一定の効果を狙う撞着語法か。

「いやいや、ここはまだ工事中だ」ウェズリーはいった。「交通違反の罰金が倍になるのだから、ダウンロード代も高くなる。それで説明がつきそうだ。どのみち、金を払うのはぼくじゃないし」

　それはそのとおりだとしても、いずれは（〝いずれ〟はもう目前かも！）代金を支払わざるをえない立場へ追いこまれるのではないかという思いが頭にしつこく残っていることもあって、ウェズリーは中間をえらんだ。次のスクリーンは、タイムズ紙のアーカイブのものと似ていたが、完全におなじではなかった。こちらは年月日の入力をうながしているだけだった。これもウェズリーには、地元図書館でマイクロフィルムによって提供されている通常の新聞アーカイブと同等のものとしか思えなかった。もしそのとおりなら、なぜこれほど高額なのか？

　ウェズリーは肩をすくめ、《二〇〇八年七月五日》と入力して決定ボタンを押した。キンドルは即座に反応し、こんなメッセージを表示した。

入力できるのは未来の年月日だけです
本日は二〇〇九年十一月二十日です

一瞬、なにがなにやらわからなかった。ついで理解がおよぶと同時に、世界が一瞬にして目がつぶれそうなほどまばゆく、明るく輝きはじめた。まるで超越的な存在が昼間の日の光をコントロールする調光器のつまみを一気にまわしたかのようだった。そればかりかこのカフェ店内のあらゆるノイズ——フォークや皿がぶつかりあう音、一瞬も途切れずにつづく会話の声また声——が耐えがたいまでに大きく響いてきた。

「たまげたな」ウェズリーはつぶやいた。「それならあの値段も納得だ」

これは耐えられない。耐えられる範囲を大幅に超えている。ウェズリーがキンドルの電源を切ろうとして手を伸ばすのと同時に、外から歓声や声援がきこえてきた。顔をあげると、車体側面に《ムーア・カレッジ運動部》という文字がはいった黄色いバスが目に飛びこんできた。チアリーダーたちや選手たちがひらいた窓から身を乗りだし、手をふったり笑い声をあげたり、「がんがんいけ、ミーアキャッツ！」とか「わたしたちこそナンバーワン！」といった声を張りあげたりしていた。若い女のひとりにいたっては、発泡スチロール製の大きな〝ナンバーワンの指〟をぶんぶんふりまわしている。メイン・ストリートの通行人たちが笑みを誘われて手をふりかえしていた。

ウェズリーも手をあげて、力なくふった。バスの運転手がクラクションを鳴らした。バスの車体後部から、細長い横断幕がたなびいていた——横断幕にはスプレーペイントで《**ミーアキャッツがラップ・アリーナを揺るがせる**》とある。気がつくとカフェ店内の客がみんな拍手を送っていた。その騒ぎのすべてが、ウェズリーには別世界の出来事のように思えてならなかった。ほかのＵｒでの出来事に。

バスが出発したあとで、ウェズリーはまたピンクのキンドルに目を落とした。十回のダウンロード権のうち、少なくともひとつは利用してもいいだろう。地元住民はカレッジの学生全体にそれほど好意をいだいているとはいえないが——標準的な街の人たちと、学生というアカデミズムの住人の対立といえる——そんな地元の人もレディ・ミーアキャッツのことは愛している。勝者はだれからも好かれるからだ。となればトーナメント試合の結果は——プレシーズンだろうとそうでなかろうと——月曜日のエコー紙の第一面を飾る記事になっているだろう。もしミーアキャッツが勝っていれば、エレンに勝利を祝うプレゼントを用意しておこう。逆に負けていたら、エレンには慰めの残念賞のプレゼントを買おう。

「どっちにしても、ぼくは勝利をおさめるわけだ」ウェズリーはそういうと、月曜日の日付を入力した——二〇〇九年十一月二十三日。

キンドルは長いあいだ考えこんだあげく、新聞の一面を表示した。

日付はたしかに月曜日だった。

黒々と大きな見出しが踊っていた。

ウェズリーはコーヒーをこぼしてしまい、あわててキンドルを水濡れの危険から遠ざけた——生ぬるいコーヒーがまたぐらを濡らすのもかまわずに。

それから十五分後、ウェズリーはロビー・ヘンダースンのアパートメントの居間をうろうろと行きつもどりつしていた。一方ロビーは——ウェズリーが血相を変えてドアをがんがんノックしたときにはもう起きていたが、寝るときに身につけたTシャツとバスケットボール用のショートパンツ姿のままだった——キンドルのスクリーンをひたすら見つめていた。

「とにかくだれかに知らせないと」ウェズリーはいい、広げた手のひらに反対の手の拳を叩きつけた——それも肌が赤くなるほどの力をこめて。「警察に知らせるんだ。いや、待て！ アリーナだ。ラップ・アリーナに連絡をとってエレンにメッセージを伝えてもらおう——大至急こっちに電話をかけてほしい、とね。いや、それじゃだめだ！ 遅すぎる！ いまから直接エレンに電話しよう。それでこそ——」

「落ち着いてください、スミス先生——あ、ウェスって呼ぶつもりでした」

「落ち着けるわけはないだろうが。きみにはなにも見えていないのか？ その目はひょっとしてただのお飾りなのか？」

「いいえ。でも、やっぱり先生には落ち着いてもらわないと。下品な言い方を許してください——いまの先生はチビりそうなくらいうろたえてます。チビるほどうろたえてる人は、まともに考えられないと決まってます」

「でも——」

「まず深呼吸です。それから記事によれば、ぼくたちにはまだ六十時間の余裕があることを、あらためて思い起こしてください」

「きみがいうのは簡単だよ。きみのガールフレンドは、チームが向こうから帰ってくるときのバスに乗ってるわけじゃない——」

そこまでいいかけて、ウェズリーは口を閉ざした。これが事実ではないからだ。ジョージー・クインはチームの選手のひとりだし、ロビーはジョージーとつきあっているようだ。

「すまない」ウェズリーは詫びた。「見出しを見て、すっかりとり乱してしまった。カフェに朝食の代金も払わずに、ここまで駆けあがってきたくらいだよ。たしかに、本当にチビったみたいに見えるな。じっさい、洩らしかけたよ。きみのルームメイトたちが留守で助かった」

「ぼくだってとり乱しましたよ」ロビーはそう認め、ふたりは黙ったままスクリーンを見つめた。ウェズリーのキンドルによれば、月曜日のエコー紙は第一面を黒枠で囲み、最上段に黒々としたこんな見出しをかかげることになっていた。

恐怖のバス衝突事故で監督と選手七人が死亡
九人がいまなお危篤状態

記事はじっさいには記事でもなんでもなく、事実の羅列にすぎなかった。激しく動揺していても、記事がこうなった理由はわかった。事故が起こったのは——いや、この事故が起こることになっているのは——日曜日の夜、午後九時になろうかという時刻だ。詳細な事実を記事に盛りこむには時間が遅すぎた。しかし、ロビーのコンピューターを起動させてインターネットで調べれば——。

いや、ぼくはなにを考えてるんだ。インターネットは未来を予知しない。未来を予知できるのはピンクのキンドルだけだ、

ウェズリーの手は激しく震えていて、十一月二十四日という目的の日付を入力できなかった。

そこでキンドルをロビーに手わたして、「たのむ、きみが入力してくれ」
ロビーはなんとか入力をおえた――といっても、二回やりなおさなくてはならなかった。火曜日のエコー紙に掲載された記事はもっと詳細にわたってはいたが、見出しはさらに悲惨になっていた。

バス事故の死者は十人に
悲しみに包まれる街とカレッジ

「ジョージーは――」ウェズリーはいいかけた。
「ええ」ロビーは答えた。「事故では死なずにすんだのに、月曜日に死んだんです。ひどい話だ」

ミーアキャッツ・チアリーダーズのひとりで、日曜夜のバス衝突事故で奇跡的にわずかな切り傷と打撲だけですみ、命に別状のなかった幸運な〝トニ〟ことアントニア・バレルさんによれば、事故当時の車内ではまだお祝いがつづいていて、選手たちはブルーグラス優勝トロフィーをまわしていたという。「みんなで十二回めくらいになるクイーンの〈伝説のチャンピオン〉を歌っていました」生存者の大半が運びこまれたボウリンググリーンの病院で、ミズ・バレルはそう語った。「監督がうしろをふりかえって、みんなに少し静かにしろといい……そのとき事故が起こりました」

州警察のモーゼズ・アーデン警部によれば、バスはプリンストン・ロードこと州道一三九号線を走行しており、カーディスから西に約三キロのところでモンゴメリー在住のキャンディー・ライマーが運転するSUVに衝突されたとのこと。「ミズ・ライマーはかなりのスピードで国道八〇号線を西へむかっており、交差点でバスに衝突したのです」とアーデン警部は語る。

バスを運転していたムーア在住のハーバート・アリスン（五十八歳）は衝突寸前にミズ・ライマーの車を目にして、なんとか進路を変えようとしたらしい。急ハンドルを切ったことにくわえて衝突による衝撃でバスは側溝に落下して横転、爆発したものと見られる。


記事はまだつづいていたが、ふたりとももう読みたい気分ではなかった。

「オーケイ」ロビーがいった。「ちょっと考えましょう。まず……これを真実にちがいないと考えてもいいのかどうか」

「真実ではないかも」ウェズリーは答えた。「でも、ロビー……真実ではないほうに賭けるような余裕がぼくらにあるのかな？」

「ありません」ロビーは答えた。「ええ、そんな賭けはできない。できないに決まってる。でも警察に通報したって信じてもらえるはずはない。先生もわかってますよね？」

「そうだ、キンドルを見せればいい！　この記事を読んでもらうんだ！」しかし自分の耳にさえ、ウェズリーのこの言葉は力なく響いた。「オーケイ。では、こういう案はどうかな。ぼくからエレンに話す。話をすっかり信じなくても、バスの出発を十五分ばかり遅らせるとか、アリスンという運転手が予定していたルートを変更させるとか、そういったことに同意してくれるかもしれないし」

ロビーは考えこんだ。「ええ。やってみる価値はありますね」

ウェズリーはブリーフケースから携帯電話をとりだした。ロビーは例の記事をまた読み、ページめくりのボタンを押して、さらに先を読み進めていた。

向こうの電話が呼出音を二回鳴らし……それが三回になり……四回になって……。

ウェズリーが留守番電話サービスにメッセージを残そうという気持ちになったそのとき、エレンが電話に出てきた。「ウェズリー、いまあなたとは話せない。そのことはわかってもらってると思ってたのに——」

「エレン、話をきいてくれ——」

「——でも、わたしのメッセージをきいてくれたのなら、いずれはちゃんとふたりで話すってこともわかってるはずよね」エレンの背後から昂奮した若い女たちの騒々しいざわめきと——ジョージーもその一員にちがいない——大音量の音楽がきこえてきた。

「ああ、メッセージはちゃんときいた。でも、いまは話したいことがあって——」

「お断わり！」エレンはいった。「いまは話をしないい。この週末のあいだは、あなたの電話にはもう出ないし、あなたの留守電メッセージもきかないつもり」それから調子をやわらげて、「だって——あなたがメッセージをひとつ残せば、そのたびに面倒なことになるから。ええ、わたしたちふたりにとって」

「エレン、きみにはわかってない——」

「さよなら、ウェス。来週になったら話をしましょう。うちのチームに幸運を祈ってくれる？」

「エレン、お願いだ！」

「いまの言葉はイエスの意味だと受けとっておく」エレンはいった。「それからひとつ教えてあげる。いまでもあなたのことは好き――あなたがここまで鈍い男でもね」

それを最後にエレンは電話を切った。


ウェズリーはリダイヤル・ボタンの上で指をとめ、ボタンを押そうとする自分を引き止めた。いままた電話をかけても得るものはない。いまエレンは〝いやならけっこう、好きにしろ〟という態度を鮮明にしている。道理をはずれた態度だが、とにかくそういうことだ。

「エレンは自分で決めたスケジュールでしか、ぼくと話をしようとしないな。日曜日の夜から先は、そもそもエレンのスケジュール自体が存在しないってことがわかってない。ロビー、きみからミズ・クインに電話をかけてもらえるか？」いまの精神状態のせいだろう、女子学生のファーストネームを度忘れしてしまった。

「ジョージーに話しても、ぼくがからかっていると思われるのがおちですよ」ロビーは答えた。

「いや、こんな話をきかせたら、どんな女の子だってからかわれてると思うはずです」話しながらも、まだキンドルのスクリーンを見つめたままだ。「いいことを教えてあげましょうか？事故を起こした女――というか、事故を起こすことになっている女――は、ろくに怪我もしてません。先生の来学期の授業料を賭けてもいい、どうせこの女、ぐでんぐでんに酔っ払ってたに決まってます」

ウェズリーはロビーの言葉をろくにきいていなかった。「ジョージーに、エレンにはぼくの電話に出る必要があると伝えてくれ。ぼくたちのことを話しあいたいのではないと、ジョージーからエレンに伝えてほしいんだ。とにかく緊急事態だとエレンに――」

「ちょい待ち」ロビーはいった。「落ち着いて、ぼくの話をきいてください。きいてますか？」

ウェズリーはうなずいたが、耳にきこえてくるのはほぼ自分自身の心臓の鼓動だけだった。

「第一点――そんなふうに話したところで、やっぱりジョージーはぼくがからかっているだけだと思いそうです。第二点――ジョージーは、ぼくたちがふたりでからかっていると思いこむかもしれません。第三点――話したところで、最近の監督の状態を考えれば、ジョージーがシルヴァーマン監督に話をしにいくとは思えません……試合で遠征に出ているあいだに、監督の気分がさらに険悪になっていてもおかしくないとジョージーはいってます」ロビーはため息をついた。「どうかジョージーのことを理解してください。心やさしくて、頭の回転も速くて、おまけにめちゃくちゃセクシー――でも、鼠みたいに臆病で、おどおどしがちでもある。ぼくが好きなのはジョージーのそんなところなんですが」

「いまの発言は、きみが善人だということをあますところなく雄弁に物語っているね――でも、どうか大目に見てほしいんだが……いまこの瞬間、そんなことはぼくにはどうだっていい。きみは成功しそうもない案を話してくれたけど、どうかな、うまくいきそうな案に心あたりはあるかい？」

「それが第四点です。ちょっとした幸運さえあれば、この件をほかの人に話す必要さえなくなるかもしれません。いいことです――だって話したところで、どうせだれにも信じてもらえないんですから」

「詳説したまえ」

「はあ?」

「きみの考えを説明してくれ、という意味だよ」

「まず、エコー紙の記事をもうひとつダウンロードする必要があります」

ロビーはそういって二〇〇九年十一月二十五日の日付を指定した。バスの爆発で重度の火傷を負っていたチアリーダーのひとりが死亡し、死者数が十一人に増えていた。エコー紙の記事にははっきり書かれていなかったが、十一月の第四週がおわるまでにはさらに死者が増える見通しだった。

ロビーだけが紙面にざっと目を通した。さがしていたのは、一面の下半分に掲載されていた囲み記事だった。

キャンディス・ライマー容疑者、
複数の危険運転致死傷罪で起訴

記事の中央に灰色の四角形が配されていた――ライマー容疑者の写真が掲載されていたのだろうとウェズリーは思った。ピンクのキンドルは新聞写真を表示できないらしい。しかし、それも問題ではない――要点はもうあますところなくわかった。ふたりがとめなくてはならないのはバスではない――バスに衝突した車を運転していた女だ。

キャンディス・ライマーこそ、さっきの話の第四点だった。

VI キャンディー・ライマー

曇り空の日曜の午後――おなじ州のそれほど遠くないところで、レディ・ミーアキャッツがバスケットボールのゴールネットを記念品として切り落としているころ――ウェズリー・スミスとロビー・ヘンダースンの師弟はウェズリーの分相応なシボレー・マリブの車内にすわって、ケンタッキー州カーディスの北三十キロ強のところにあるエディヴィルの道路沿いの店のドアをひたすら見つめていた。駐車場の砂利は洩れたオイルで汚れ、ほかにとまっている車はないも同然。この〈壊れた風車亭(ザ・ブロークン・ウインドミル)〉の店内にもテレビくらいはあるだろうが、多少は味のわかるのんべえなら、自宅で酒を飲みながらNFLの試合を見たがるだろう――ウェズリーはそう思った。店内に足を踏み入れなくても、不潔な安酒場だとわかる。キャンディことキャンディス・ライマーが一軒めにはいった店もたいがいだったが、ここは輪をかけてひどい店だった。

駐車スペースに斜めにとまっているのは（ついでに火災時の非常口とおぼしき出入口の一部をふさいでいるのは）車体のあちこちが凹んだフォード・エクスプローラーだった。後部には二枚のバンパーステッカーが貼ってあった。一枚は《**わが子は州立少年院の優等生**》とある。もう一枚は、これ以上に所有者のことをよく語っていた――《**ジャックダニエルのためならブレーキ踏むぞ**》。

「ここで実行しちゃったほうがいいのかも」ロビーがいった。「ライマーがまだ店で酒を飲みながら、タイタンズの試合を見ているあいだに」

心そそられる提案だったが、ウェズリーはかぶりをふった。「いや、待とう。ライマーはあと一軒立ち寄るはずだ。ホプスンの町の店だ——覚えてるだろ？」

「でも、ここからは何キロも離れてます」

「たしかに」ウェズリーは答えた。「しかしつぶさなくてはいけない時間があるし、だったら時間をつぶしておこう」

「どうして？」

「これからぼくたちがやろうとしているのが未来を変えることだからだ。いや、少なくとも変えようとしている、とはいえる。未来を変えるのがどれほど困難か、ぼくたちはまだ知らない。だったらその瞬間を少しでも先に延ばしたほうが、成功の見込みも増えるんじゃないかな」

「先生、ぼくたちの相手は酔っ払った女ひとりですよ。セントラルシティで寄った最初のあの店を出てきたときには、もうあの女は酔っ払ってた。あそこに見えている店から出てくるときには、もっとひどく酔っ払ってるはずです。だったら、首尾よく車を修理させて、ここから六十キロ以上も離れたところで女子大生のスポーツチームを乗せたバスとランデブーなんて真似ができるわけありません。それに、最後の酒場にむかっているあの女を尾行している最中に、こっちの車が故障したらどうするんです？」

ウェズリーはその可能性を考えていなかった。いわれて初めて考える。「わが本能は待てといってる。でも、きみがここで実行するべきだと強く感じているのなら、実行しようじゃないか」

ロビーがすっと背を伸ばした。「手おくれです。ミス・アメリカが出てきました」

キャンディー・ライマーが千鳥足どころか、スキーの回転滑降競技のように左右に大きく揺れる足どりで〈壊れた風車亭〉から出てきた。手にしたハンドバッグを落とし、拾いあげようとして上体をかがめた拍子に、あやうくそのまま地面に倒れこみかけ、毒づき、バッグを拾い、ひとりで笑い声をあげ、片手でバッグを漁ってキーをさがしながら、自分のエクスプローラーをとめた場所へと歩いていった。顔はすっかりむくんでいたが、かつてはかなり美しかったらしく、その美の名残を隠しきれてはいなかった。おおむねブロンドだが、頭皮に近い部分では黒くなっている髪の毛は、だらしなくカールして左右の頰をとりまいている。さらに〈Kマート〉あたりで買ったらしいスモックの裾のすぐ下では、ウエストがゴムになっているジーンズから腹の肉がはみだしていた。

キャンディー・ライマーは、廃車寸前にしか見えないSUVに乗りこむと、エンジンをかけ（エンジンは、切実に整備を必要としていることを示す音を出した）、そのまま安酒場の非常口にむかってつんのめるように前進した。衝突音がした。ついで白いバックライトが点灯するなり、キャンディーが猛スピードで車をバックさせはじめた。あまりの勢いにウェズリーは――ほんの一瞬とはいえ――キャンディーのSUVが激突してマリブが走行不能になるのではないか、キャンディーがユダヤ教の物語にある〝サマッラでの死神との出会い〟へむけて走っていくというのに、こちらは徒歩で追いかけるしかなくなるのではないか、という吐き気を誘う思いが突きあげてきた。しかしキャンディーはきわどく車をとめ、左右をいっさい確かめないいまま幹線道路にエクスプローラーを進めていった。一瞬ののちには、ウェズリーもキャンディーを追って東のホプスン方面をめざしていた――ホプスンだけではなく、レディ・ミーアキャッツの面々を乗せたバスが四時間後に走るはずの交差点へとむかって。

　キャンディーがこれからどんな恐るべきことをしでかすのかを知っていてもなお、ウェズリーはキャンディーにいくばくかの憐れみを感じるのを抑えられなかった。ロビーもおなじように感じている雰囲気があった。というのも、あのあとふたりがエコー紙で読んだ続報記事には、陳腐でありながら胸糞わるくなることに変わりない物語が紹介されていたからだ。

　キャンディーという愛称で通っているキャンディス・ライマーは四十一歳、離婚していまは独身だった。子供は三人いるが、三人とも別れた夫が養育している。過去十二年ほどで、合計四カ所のアルコール依存症治療施設の世話になっていた――おおざっぱにいうと三年に一度は施設に収容されていた計算になる。知人の話によれば（知人はいても友人はひとりもいなかったようだ）、キャンディーは〈無名のアルコール依存症者たち（アルコホーリック・アノニマス）〉に顔を出しはしたものの、自分むきではないと決めてしまったという。宗教っぽい雰囲気が耐えられなかったらしい。酒酔い運転で五、六回の逮捕歴がある。うち最新の二回ではどちらの場合にも運転免許が取消処分になったが、二回とも再取得が許されている――二回めは特別申立てをした結果だった。ベインブリッジの肥料工場という職場に通うためには、運転免許証が必須だ――キャンディーはそうウォレンビー判事に訴えた。ただし、判事に伏せていた事実がある。半年前に工場を馘（くび）になっていたという事実だ。しかし、だれも確認ひとつしなかった。いってみればキャンディー・

ライマーは、いずれかならず爆発するアルコール爆弾であり、爆発の瞬間は目と鼻の先にまで迫っていた。

記事にはモンゴメリーにあるキャンディーの自宅住所までは書いていなかったが、その必要はなかった。ウェズリーが調査報道としてはそれなりにすばらしいと思った記事（エコー紙の記事であることを思えば、さらにすばらしく思える記事）に、キャンディーの最後の足どりが詳述されていたのだ。最初はセントラルシティの〈黄金の壺亭（ザ・ポット・オ・ゴールド）〉、次がエディヴィルの〈壊れた風車亭〉、最後の三軒めがホプスンの〈雄鶏亭（バンティーズ・バー）〉だった。三軒めの店では、バーテンダーがキャンディーから車のキーをとりあげようとして果たせなかった。そのあとキャンディーはこのバーテンダーに侮辱の中指を突き立て、店を出ながら顔をうしろにむけて大声で「こんなシケた酒場、こっちから願い下げだよ」と捨て科白を投げつける。これが午後七時。記事を書いた記者は、このあとキャンディーがどこかで——おそらく州道一二四号線ぞいで——短時間の仮眠をとってから、国道八〇号線へむかったのだろうと推測していた。八〇号線を少し進んだところで、キャンディーの車はとうとう永遠に停止することになる。炎に包まれて。

ひとたびロビーからその考えを吹きこまれると、ウェズリーはこれまでずっと信頼できていたシボレー・マリブが——バッテリーの不調のせいか、はたまたパラドックス関連法だかのせいかはいざ知らず——いまにも息絶えてしまい、そのあと二車線のアスファルト舗装道路の路肩まで惰性でたどりつく羽目になってもおかしくない、と思うようになった。そうなればキャンディー・ライマーの車のテールライトは見えなくなって、ふたりはそのあと数時間、無駄におわるはずの電話をがむしゃらにかけつづけ（といっても、南部のまんなかにある片田舎で携帯の電波が通じているという前提での話）、その気になればエディヴィルでチャンスがあったのに、キャンディーの車を壊さなかった自分たちを呪う羽目に陥るのだ。

しかしマリブは、一回も異音を出したり不調を訴えたりすることなく、これまでどおり実に快調に走りつづけていた。おかげでウェズリーはキャンディーの車の後方四、五百メートルの位置をずっと確保することができた。

「まったく、道幅いっぱいにふらふら蛇行してますよ」ロビーがいった。「あのざまじゃ、次の酒場に着く前に車を側溝にでも突っこませてしまうかも。そうなれば、こっちはタイヤをナイフで切り裂く手間が省けますけど」

「エコー紙の記事によれば、そういった事故は起こってないな」

「ええ。でも、未来が石に刻まれた文字のように不変ではないことも、ぼくたちは知ってますよね？　もしかしたら、ここは前とちがうＵｒだかなんだかなのかも」

Ｕｒローカルがそんな作用をはたらかせるものでないことには確信があったが、ウェズリーは黙っていた。いずれにしても、いまはすべてが遅すぎる。

キャンディー・ライマーは〈雄鶏亭〉にたどりついた——車を側溝にはまらせたり対向車線の車に衝突したりすることこそなかったが、どちらも現実になってもおかしくはなかった。きわどい瞬間が何度あったかは神のみぞ知る。反対車線を走っていた車が大きくカーブしてキャンディーの車をかわし、ウェズリーのマリブとすれちがって去っていき、ロビーがぽつりとこういった。「家族づれでしたよ。お父さんとお母さんがいて、後部座席で三人のちっちゃな子供が遊んでました」

キャンディー・ライマーへの憐れみの念がすっぱり消えて、ウェズリーが逆に怒りを感じはじめたのは、まさしくこの瞬間だった。怒りは純粋で熱い感情であり、エレンに感じていた苛立ちも怒りの前にはすっかり色褪せていた。

「あのクソ女め」ウェズリーはいった。ハンドルを握っている手に力がこもるあまり、関節が白くなっていた。「酔っ払いのクソ女、他人のこともおかまいなしのクソ女め。それしかあいつをとめる手だてがなければ、ぼくはあの女を殺したっていい」

「ぼくも手伝います」ロビーはそういったきり、唇が見えなくなるほどきっぱりと口を引き結んだ。


キャンディー・ライマーを殺す必要はなかった。またふたりはパラドックス関連法とやらにも行動を制限されなかったが、これは飲酒運転を禁じる法律があってもキャンディー・ライマーが行動を制限されず、ケンタッキー州南部のこれまで以上に救いがたい安居酒屋へ勝手気ままにむかっていったのとおなじようなものだった。

〈雄鶏亭〉の駐車場はいちおう舗装されていたが、穴だらけで崩れかけたコンクリートは、イスラエル軍によって空爆をうけたあとのガザに残された地面のようだった。見上げると、ネオンサインの雄鶏がじいじいと音を立てて点滅をくりかえしていた。雄鶏の片方の鉤爪には、側面に《XXX》という文字がある密造酒の陶器の瓶がひっかかっていた。

キャンディー・ライマーのエクスプローラーは、神話に出てくるようなこの鳥のネオンのほぼ真下にとめてあった。ウェズリーは鳥のネオンサインがはなつオレンジ色と赤のちかちか明滅する光を頼りに、この特定の目的のために持参してきた肉切り包丁で、ＳＵＶの古びた前輪のタイヤを切り裂いた。〝しゅううっ〟という音とともにタイヤから噴出してきた空気が顔をかすめるなり、途方もない安堵の念がこみあげてきて、そのせいでウェズリーはすぐには立ちあがれず、祈りを捧げる男のように地面に膝をついてかがみこんでいるばかりになっていた。こんなことなら、おなじことを〈壊れた風車亭〉ですませておくのだったと悔やまれてならなかった。

「今度はぼくの番です」ロビーがそういって後輪の二本のタイヤをパンクさせると、一瞬後にはエクスプローラーの車体がさらに沈みこんだ。さらに空気が抜ける音がきこえた。ロビーが念には念をいれて、スペアタイヤにも穴をあけたのだ。このころにはウェズリーは立ちあがれるようになっていた。

「車を店の横に移動させておきましょう」ロビーがいった。「やっぱりこの女の動きを見張っていたほうがいいでしょうね」

「ぼくはそれ以上のことをするつもりだ」ウェズリーはいった。

「落ち着いてください。なにを企んでるんです？」

「なにも企んじゃいない。なにか企む段階はもう通り過ぎたよ」しかしウェズリーの体を駆け抜けて震えを起こさせている激怒は、またちがう展開を示唆していた。

エコー紙によれば、キャンディーは〈雄鶏亭〉を去りぎわに投げつけた悪罵のなかで店を

〝こんなシケた酒場〟呼ばわりしたという。しかし、どうやらお茶の間で読まれる新聞が発言にお化粧をほどこしていたらしい。キャンディーが顔をうしろへむけて投げつけたのは、「こんなクソだめ、こっちから願い下げだよ！」だった。ただしこの時点で相当酒がまわっていたと見え、呂律(ろれつ)のまわらない口から出た罵倒の文句は〝クショらめ〟というふうにきこえた。

新聞記事が現実の光景になって展開していくようすに、すっかり目を奪われていたせいで、ロビーはキャンディーのほうへ大股で歩いていくウェズリーを引きとめようと体に手をかけることも忘れていた。ただし大声で呼び止めはした。「待って、待って！」

しかしウェズリーは待たなかった。キャンディー・ライマーの肩をつかんで、体をがくがく揺さぶりはじめていた。

キャンディー・ライマーは驚きに口をあんぐりとあけた。手にしていたキーホルダーが、ひび割れだらけのコンクリート舗装に落ちた。

「手を離しな、この変態！」

しかし、ウェズリーは手を離さなかった。そればかりか、キャンディーの下唇が裂けるほどの力で派手な平手打ちを食らわせ、つづけて反対の頬も打ちすえた。

「**酔いをさませ！**」ウェズリーは怯えたキャンディーの顔にむかって怒鳴った。「**酔いをさますんだよ、役立たずのクソ売女！　いいかげん真人間になって、他人に迷惑をかけないようにしろ！　このままだとおまえは人を殺すことになる！　わかってるのか？　このままだと、おまえはたくさんの人をぶっ殺すことになるんだ！**」

ウェズリーは三回めの平手打ちを食らわせた。拳銃の銃声なみに大きな音があがった。キャンディーは足をよろめかせてあとずさり、建物の壁にもたれ、すすり泣きながら顔をかばおうとして両手をかかげた。あごの先から血のしずくが垂れていた。ネオンの雄鶏が投げる光で、ふたりの影が引き延ばされたガントリークレーンの形になって、浮かんだり消えたりをくりかえしていた。

ウェズリーは四度めの平手打ちを食らわせようと、手をうしろへふりあげた――本音をいえば首をぐいぐい絞めあげてやりたかったが、それよりは平手打ちのほうがいい。しかしロビーがうしろから組みついてきて、ウェズリーを力ずくで女から引き離した。「やめてください！　とにかくやめるんです！　もう充分ですって！」

店の出入口を見ると、バーテンダーと間抜け面の客がふたりばかり、この光景を目を丸くしてながめていた。キャンディー・ライマーは壁にもたれたまますずるずる沈みこみ、いまでは地面に尻をついていた。腫れあがりはじめた顔に両手を押し当て、ヒステリックに泣きわめいていた。

「なんでみんながあたしを憎むの？」しゃくりあげながら、キャンディーはいった。「なんで、だれもかれも意地悪するのさ？」

ウェズリーはうつろな目つきでキャンディーを見おろした。もう怒りは消えていた。代わってこみあげてきたのは、絶望にも似た感情だった。少なくとも十一人が命を奪われた事故を起こした酒酔いドライバーなら、だれもが邪悪だと思うだろう。しかし、ここに邪悪な人物はいない。田舎道に面した居酒屋の駐車場で、ひび割れから雑草が生えているコンクリートの上にぺったりへたりこみ、惨めにおんおん泣いている酒びたりの女がいるだけだ。それも——しゃっくりのように点滅するネオンサインの光が嘘をついていなければ——お洩らしでパンツを濡らしている女が。

「個人なら首根っこを押さえられる。でも邪悪なものを押さえることはできない」ウェズリーはいった。その声はどこか別の場所から響いているようだった。「邪悪なものは、いつも決まって生き延びる。でっかい鳥のように飛びあがり、別の人間に舞いおりるだけだ。どうしようもなくひどい話だとは思わないか？」

「ええ。ついでにすごく哲学的な話だとも思いますよ。でも、もう行きましょう。あなたの車についているあなたのナンバープレートを、ここにいる人たちにしっかり見られないうちにね」

ロビーは先に立ってウェズリーをマリブまで引き立てていった。ウェズリーは子供のように素直についてきた。その体が震えていた。「邪悪なるものはつねに生き延びるんだよ、ロビー。あらゆるＵｒにおいてね。胆に銘じておけ」

「ええ、そりゃもうまちがいなく。キーを貸してください。ぼくが運転します」

「おい！」背後からだれかが大声で呼びかけてきた。「なんでこの女をぼこぼこに殴ったりした？　おまえたちになにかしたわけでもないのに！　いいからもどってこい！」

ロビーはウェズリーを助手席に押しこめると、ボンネットの前をまわって運転席に身を躍りこませ、すばやく駐車場から走り去った。アクセルを限界まで踏みっぱなしにしたまま走って、やがてしゃっくりのように点滅する雄鶏のネオンサインが見えなくなると、ようやく肩の力を抜いた。

ウェズリーは片手で目もとをごしごしこすっていた。「あんな真似をしてすまなかった。でも後悔はしてないよ。きみならわかってくれるだろうが」

「ええ」ロビーは応じた。「もちろん。シルヴァーマン監督のためですものね。それにジョージーのためでもある」そういって微笑む。「そう、ぼくのかわいい怖がり鼠の」

ウェズリーも微笑んだ。

「で、これからどこへ行きます？　帰りますか？」

「いや、まだ帰らない」ウェズリーはいった。

ふたりはカディスから西に約三キロのところにある州道一三九号線と国道八〇号線の交差点に近い、とうもろこし畑のへりに車をとめた。ここへは早めに到着したので、この時間を利用してウェズリーはピンクのキンドルを起動させた。それからＵｒローカルにアクセスしようとしたところ、意外ではなかったが、こんなメッセージに出迎えられた。

《本サービスはもうご利用いただけません》

「これがベストだろうな」ウェズリーはいった。

ロビーがウェズリーに顔をむけた。「なにかいいました？」

「いや。なんでもない」そう答えてキンドルをブリーフケースにしまう。

「ウェス？」

「なにかな、ロビー？」

「ぼくたちはパラドックス関連法に違反したんでしょうか？」

「まちがいないね」

あと五分で午後九時になるというとき、クラクションがきこえてライトが見えてきた。ふたりはマリブから外に降り立ち、車の前に立って待っていた。ふと見ると、ロビーが両方の手をぎゅっと握りしめていた——それを見てウェズリーは、いまでもまだキャンディー・ライマーがなぜか姿をあらわすのではないかと不安に思っているのが自分だけではないとわかって安心した。

ヘッドライトがいちばん手前の丘を越えた。バスのヘッドライトだった。そのうしろから、レディ・ミーアキャッツのサポーターたちを乗せた十台ほどの乗用車がつづく。どの車も大はしゃぎするようにクラクションを鳴らしたり、ハイビームとロービームをひんぱんに切り替えたりしていた。バスが目の前を通過していくと同時に若い女たちが歌う〈伝説のチャンピオン〉の楽しげな歌声が耳にとどき、ウェズリーの背中を悪寒が駆けあがって、うなじの毛が逆立った。

ウェズリーは片手をあげて手をふった。

隣に立っているロビーも手をふっていた。それからロビーは笑顔をウェズリーにむけた。

「さて、どうしますか、先生？　パレードに参加します？」

ウェズリーはロビーの肩をがっしりとつかんだ。「最高の名案じゃないか」

パレード最後尾の車が目の前を走ると、ロビーはマリブを車列にならばせた。そのあとムーアに帰りつくまでのあいだ、ロビーはほかの車にならってクラクションを鳴らしたり、ハイビームとロービームを切りかえたりしていた。

ウェズリーは気にもとめなかった。

Ⅶ　パラドックス警察

カフェ〈スーザンとナンの店〉の前でロビーを降ろすと（窓ガラスに書かれた《レディ・ミーアキャッツ最高》の文字は洗い落とされていた）、ウェズリーは声をかけた。「ちょっと待ってくれ」それからウェズリーは車の前をまわって、ロビーをハグした。「見事な働きぶりだったぞ」

ロビーはにやりと笑った。「じゃ、今学期はプレゼント代わりにAをもらえますか？」

「それは無理だ。ただアドバイスならあげられる。フットボールを辞めるんだ。フットボールで身を立てるのは無理だし、きみの頭のよさがもったいない」

「じっくり考えます」ロビーは答えた……そして、これが同意の発言ではないことは、ふたりともわかっていた。「次に先生と会うのは授業ですね？」

「ああ、火曜日だ」ウェズリーは答えた。しかし十五分後にはウェズリーは、自分がだれかと会うことはこの先ないのだと考える根拠を得ていた。もう二度とないのだ、と。

ウェズリーがマリブをカレッジのA駐車場にとめっぱなしにせずに走らせて帰宅したときに

いつも駐車する定位置に、今夜は別の車がとまっていた。その車のうしろにマリブをとめてもよかったが、ウェズリーは道の反対側をえらんだ。問題の車を見ていると、なにがなし不安をかきたてられたからだ。車はキャデラック――ナトリウムランプの街灯の真下にとめてあるこのキャデラックは、怪しいほど車体がまばゆく光って見えていた。真っ赤な塗装は《おれはここにいるぞ？　どうだ、おれが好きか？》と大声でわめいているかのようだった。

ウェズリーにはその車が好きになれなかった。スモークガラスの窓も、キャデラックの金色のエンブレムが輝く大きなホイールキャップも好きになれなかった。ドラッグディーラーの愛車のように見えた。もし事実なら、この車を乗りまわしているドラッグディーラーは同時に異常殺人鬼でもあるのだろう。

《おっと、なんでまたそんなふうに考えた？》

「きょう一日のストレスのせいだな」ウェズリーはいいながら、手にさげたブリーフケースを足にぶつけながら、人も車も見当たらない道路を横断した。それから上体をかがめる。車内に人影はなかった。というか、車内にだれかがいるかどうかも見えなかっただけだ。窓がすべて暗いスモークガラスになっているので、はっきりした確証が得られなかったのだ。

《パラドックス警察だ。ぼくを逮捕しにきたんだ》

この考えはよくいって馬鹿馬鹿しさのきわみ、わるくすれば妄念がつむいだ幻想といってもおかしくなかったが、なぜだかどちらにも思えなかった。それに、これまで自分の身にどんなことが起こったかを考えれば、妄念と切り捨てることもできないのではないか。

ウェズリーは手を伸ばしてキャデラックのドアに触れ……瞬時に手をひっこめた。ドアは金属のような感触だったが、生ぬるかった。そればかりか脈打っているかのようだった。金属だろうと金属でなかろうと、その車がまるで……生きているかのように。

《逃げろ》

その思いがあまりにも強かったせいだろう、いかにも声に出したように唇が動くのが感じられた。しかし、逃げるという選択肢が自分にないことも承知していた。逃げようとしたところで、このおぞましい赤い車に属している男（あるいは男たち）はウェズリーを見つけだすだろう。この事実は単純きわまりないがゆえに、公然と論理に挑戦していた。論理をするりと迂回していた。そこでウェズリーは逃げたりせず、アパートメントの道路に面したドアを鍵であけ、上のフロアにある自宅の部屋をめざした。階段をあがっていく足どりはのろかった――心臓の鼓動があまりにも激しく、両足はともすれば力をなくして折れそうだったからだ。

2Bのドアはあいたままで、そこから洩れている室内の明かりが階段のあがり口の床に細長い四角形をつくっていた。

「ああ、帰ってきたんだね」どこか人間のものとは思えない声がいった。「さあ、部屋にはいりたまえ、ケンタッキーのウェズリー」

彼らはふたりで来ていた。ひとりは若く、ひとりは年寄り。年寄りのほうはソファにすわっていた。そのソファでは、かつてエレン・シルヴァーマンと誘惑しあい、ともに大いに楽しんだ（そのうえオーガズムも得た）ものだ。若いほうはウェズリーお気に入りの椅子にすわっていた――夜も更けたころ、残り物のチーズケーキがおいしく、読みかけの本がおもしろいと、スタンドの光がちょうどいい具合にあたる場所のこの椅子に決まって体を落ち着ける。ふたりはどちらもマスタードっぽい色あいのコート——ダスターと呼ばれる種類のコート——を着ていた。自分がどうしてそう理解できたのかは見当もつかないながら、ウェズリーはふたりのコートが生きていることを理解していた。さらに、そんな生きているコートを着ているふたりの男たちが、じっさいには男でもなんでもないことも理解していた。ふたりの顔がたえまなく変化しつづけていたばかりか、そのすぐ下に爬虫類としか思えない皮膚があるとわかったからだ。あるいは鳥類っぽい皮膚。あるいはその両方か。

そしてふたりのコートの襟——西部劇映画に出てくる保安官がバッジをつけているところ——には、赤い目をかたどったバッジがついていた。ウェズリーには、そのバッジも生きているように思えた。あの目はどちらもぼくを見張っている、と。

「どうしてぼくだとわかった？」

「きみのにおいを嗅ぎつけた」年寄りのほうが答えた。この言葉の恐ろしさがどこにあったかといえば——とてもジョークにきこえなかったことだ。

「なにが目当てだ？」

「われわれがここへ来た理由なら、もうわかっているはずだぞ」若いほうがいった。ふたりのうち年寄りのほうは、このあと去りぎわまで、ひとことも話さなかった。とはいえ、ふたりの片方でも話し声をきかされるのは苦痛だった。咽頭（いんとう）に蟋蟀（こおろぎ）がぎっしりと詰まっている男の声をきかされているようなものだったからだ。

「わかっているような気がするよ」ウェズリーはいった。その声はしっかりしていた——まだいまのところは。「ぼくがパラドックス関連法を破ったからだ」

どうかこのふたりがロビーのことをつかんでいませんように――ウェズリーはそう祈りながら、ふたりには知られていないかもしれない、と思った。なんといっても、例のキンドルはウェズリー・スミスの名前で登録されているだけだ。

「きみは自分がなにをしでかしたのかもわかっていないようだね」黄色いコートの男は瞑想しているような口調でいった。「〈塔〉がぐらぐらと揺れている。多くの世界が、それぞれの進路で震えてもいる。それに、薔薇も寒さを感じている――まるで冬みたいに」

きわめて詩的な発言だ――しかし、それほど啓蒙的であるとはいえない。「〈塔〉とはなんだ？　薔薇とはなんだ？」

アパートメントは涼しくしておくのが好みだったが、気がつけばウェズリーはひたいに汗が噴きだしてくるのを感じていた。《こいつらのせいだ。こいつらが熱を発しているせいだ》

「それはどうでもいい」若いほうの訪問者がいった。「さて、説明してもらおう、ケンタッキーのウェズリー。ふたたび日の光を目にしたければ、きちんと説明をしたほうが身のためだぞ」

つかのま、ウェズリーにはなにもいえなかった。頭がたったひとつの思い――《ぼくはいま裁判にかけられているんだ》――に満たされてしまったからだ。ついでその思いを頭から押しだす。この面でウェズリーを助けたのは、復活してきた怒りの念だった――といっても、キャンディー・ライマーに感じていた怒りを薄めた模造品にすぎなかったが。

「あのままだと死人が出るところだった。十人を超える死人が。いや、もっと増えたかも。きみたちのような連中には意味がないかもしれないが、ぼくには大いに意味がある――なぜなら死者のひとりは、たまたまぼくが愛している女性だったからだ。それもこれも、すべて自分の問題に正面からむきあえない酔いどれ女ひとりのせいだ。いっておけば……」ウェズリーは〝ぼくたち〟といいかけ、土壇場で必要な軌道修正をすませた。「……ぼくはあの女を傷つけたわけじゃない。何度か平手打ちはしたが、それは自分を抑えられなかったからだ」

「きみたちはこれまで自分を抑えられたためしがないね」お気に入りの椅子――とはいえ、もう二度とお気に入りの椅子になりそうもない――に腰かけている人外の存在の金属的な声がいった。「衝動をろくに抑制もできないことが、きみたちの問題の九割の原因だ。ケンタッキーのウェズリー、パラドックス関連法が存在しているのにはそれなりの理由があるという思いは、その頭を一度としてよぎらなかったのか？」

「そんなことは考えも――」

相手は声を高めた。「そう、もちろんきみは考えもしなかった。きみが考えもしなかったことも、こっちにはわかっている。こうやってわれわれが来たのは、ひとえにきみが考えもしなかったからだ。あのバスの乗客のひとりが、のちのち連続殺人鬼になる可能性など、考えもしなかったのではないかな――殺人鬼になって何十人もの人々を殺すかもしれず、殺された被害者のなかには子供がいたかもしれず、その子は成人すれば癌やアルツハイマーの決定的な治療法を発見したかもしれないと、そんなことは考えもしかった。バスに乗っていた若い女が第二のヒトラーや第二のスターリンを産むかもしれず、そうやって生まれた人間の皮をかぶった怪物が〈塔〉のこのレベルで数百万もの人々を殺すような挙に出るかもしれないわけだが、そんなことは考えもしなかったのだろう。そう、きみは自前の頭ではとうてい理解がおよばないレベルの出来事にまで余計な手出しをしたわけだが、そんなことは考えもしなかった！」

いかにも、ウェズリーはその手のことをひとつとして考えなかった。ウェズリーが考えていたのはエレンのことだけだ。ロビーがジョージー・クインのことを考えていたように。そしてふたりはどちらも、ほかの面々のことを考えていた。悲鳴をあげる若者たち……彼らの皮膚が溶けた脂になって骨からしたたり落ちていく……およそ神が苦しみにあえぐ人間たちに科す死のなかでも最悪の死に方だ。

「これからそんなことが起こるのか？」ウェズリーは蚊の鳴くような声でたずねた。

「なにが起こるのかは、われわれにもわからないよ」黄色いコートを着た人外の存在はそういった。「それこそがいちばん肝心な点でね。きみが愚かにもアクセスした例の実験的プログラムは、六カ月先までは明瞭に見通せる……まあ、地理的範囲を狭く限定したうえでの話だが。六カ月を越えた先になると、予知のための視界が曇ってくる。さらに一年以上先は、ただ暗黒だ。だからきみにもわかると思うが、きみときみの若き友人がなにをしでかしたのかは、われわれにもわからない。それがわからないのだから、たとえ損害が発生するとしても、その損害をどうやって埋めあわせればいいのかもわからないわけだ」

　きみの若き友人。こいつらは最初からロビー・ヘンダースンのことを知っていたのだ。ウェズリーの心臓は重く沈んだ。

「こういったことすべてを仕切っている権力のようなものがどこかにあるのかな？　ああ、あるんじゃないかな？　最初にＵｒ本のメニューにアクセスしたとき、なにかの塔が見えたんだ」

「万物は〈塔〉に奉仕する」黄色いダスターコートを着た人外の存在はいい、コートにとめてある忌まわしいバッジに崇敬の念がこもっているようなしぐさで触れた。

「ぼくがその〈塔〉とやらに奉仕していないと、どうしてわかるんだ？」

ふたりは無言だった。肉食の猛禽類を思わせる黒い目で見つめているだけだった。

「わかってるだろうが、ぼくはあんなものを注文してない。つまり……たしかにキンドルを注文したことはした。でも、送られてきたようなキンドルは注文してない。勝手に送られてきたんだ」

それから長いあいだ沈黙がつづいた。ウェズリーは自分の命がこの静けさのなかで、ゆらゆらと不安定に揺れていることを察しとっていた。少なくとも、これまで自分が知っていたような命が。この二名の人外の存在の手で忌まわしい赤い車に押しこめられて連れていかれても、自分がなんらかの形態で存在しつづけることも考えられる——ただし、そうなれば闇の存在になるだろうし、おそらく幽閉された存在になる。そしてそうなれば、それほど長く正気をしっかりたもってはいられまい。

「それについては配送ミスがあったものと思われるな」やがて若いほうがいった。

「でも、断言はできないんだろう？　あのキンドルがどこの世界から来たのかがわからないからだ。ついでに、だれが送ったものなのかも」ウェズリーはいった。

またしても沈黙。それから年寄りのほうが、「万物は〈塔〉に奉仕する」と先ほどの文句をくりかえして立ちあがり、片手をさしだしてきた。手はちらちら揺れ動いて鉤爪に変わった。

それがまたちらちら揺れ動いて手になった。「あれをわたしてくれたまえ、ケンタッキーのウェズリー」

ケンタッキーのウェズリーは、二度も三度もいわれなくてもいい男だった。ただし両手があまりにも激しく震えていたので、ブリーフケースのバックルをあけようと奮闘しているうちに何時間もたったようにさえ感じてしまった。ようやくブリーフケースのトップ部分がぱちんとひらくと、ウェズリーはピンクのキンドルをとりだして年寄りのほうに差しだした。人外の存在がキンドルを見つめる物狂おしいほどの飢えをみなぎらせた目に、ウェズリーは悲鳴をあげたくなった。

「いずれにしても、もうまともに動かないと思うし――」

人外の存在がキンドルをいきなり引ったくった。ほんの一瞬だったが相手の皮膚に指が触れたおかげで、皮膚が独自の思考をそなえていることがわかった。雄叫びのような思考が、皮膚のなかの解明不可能な回路を駆け抜けていた。いよいよこのとき、ウェズリーは悲鳴をあげた……いや、悲鳴をあげようとした。しかし口から出てきたのは、低く苦しげなうめき声だけだった。

ふたりの人外の存在はドアへむかって歩いていた。コートの裾が、なにやら水っぽい含み笑いめいた忌むべき音をあげていた。まず年寄りのほうが、鉤爪の手でピンクのキンドルをもったまま外へ出ていった。もうひとりはしばし足をとめて室内にとどまり、顔をうしろにいるウェズリーにむけた。

「きみはお目こぼしされたんだ。そんな自分がどれほど幸運だったか、ちゃんとわかっているかね？」

「もちろん」ウェズリーは消え入りそうな声で答えた。

「だったら礼を口にすることだ」

「ありがとう」

相手はそれ以上なにもいわずに去った。


例のソファにすわる気にはなれなかったし、エレンと会う以前の日々には世界一の親友だと思っていたあの椅子に腰かける気にもなれなかった。仕方なくウェズリーはベッドに横になると、くりかえし全身を駆け抜けていく震えを押さえようと仰向けで腕を組んだ。部屋の明かりはつけたままだった。消しても意味がないからだ。これから数週間は眠れない日々がつづくにちがいないとわかっていた。眠りは二度と訪れないかもしれない。うとうとしかければ、きっとあの欲望もあらわな黒い目や、《自分がどれほど幸運だったか、ちゃんとわかっているかね？》という声がきこえてくるのだろう。

そう、ぼくはもう二度とぜったいに眠れない。

その思いを最後に、ふっと意識が途切れた。

Ⅷ　前途は洋々

ウェズリーはぐっすり眠り、翌朝九時にオルゴールが奏でるパッヘルベルの〈カノン・ニ長調〉のメロディーで目を覚ました。眠っているあいだに夢を（ピンクのキンドルの夢、幹線道路ぞいの安酒場の駐車場にいる酔っ払った女の夢、そして黄色いコートの下衆男（ロウメン）たちの夢を）見たのかもしれないが、ひとつも覚えていなかった。わかっているのは、だれかが携帯に電話をかけてきていることと、その人物が切実に自分と話したがっているということだけだった。ウェズリーは走って居間に行ったが、ブリーフケースから携帯をとりだす前に着信音が途切れた。フリップ式の携帯をひらくと、画面に《新着メッセージが一件あります》という表示があった。ウェズリーは留守電サービスにアクセスした。

「やあ」ドン・オールマンの声がきこえた。「朝刊のチェックをおすすめしておくよ」

メッセージはそれだけだった。

ウェズリーはもうエコー紙を購読していなかったが、下のフロアに住むミセス・リドパスがまだ購読していた。そこで階段を二段とびで降りていくと、はたしてミセス・リドパスの郵便受けから朝刊が突きだしていた。いったん手を伸ばしかけたところで、ためらいが生じた。ぐっすりと熟睡したのが自然なことではなかったら？　なんらかの麻酔のようなものをかけられて、別のＵｒへ——結局はバス衝突事故が起こった世界へ——叩きこまれたのだとしたら？

ドンがあんな電話をかけてきたのも、心の準備をさせようと思ってのことだったら？　朝刊をひらいたら、新聞の世界での喪服といえるあの黒枠が紙面を囲んでいたらどうすればいい？「お願いだ」自分が願いをむけている相手が神なのか、それとも謎めいたあの黒い塔(ダークタワー)なのかも判然としないまま、ウェズリーは小声でひとりごちた。「お願いだ……ここがまだぼく本来のＵｒでありますように」

　ウェズリーは感覚をうしなった手で新聞を抜きだし、ひらいてみた。たしかに紙面が──それも一面全体が特別な枠で囲まれていた。しかし、枠は黒ではなく青かった。

ミ、ー、ア、キ、ャ、ッ、ト・ブルーだ。

一面の写真は、これまでウェズリーがエコー紙で見たこともないほど大きなサイズだった。一面の半分を占める大きさの写真の上に、**《レディ・ミーアキャッツ、ブルーグラスで勝利、前途は洋々だ》**という見出しが躍っている。写真では、チームの面々がラップ・アリーナの硬木づくりのフロアに集合していた。選手の三人が、銀色に輝くトロフィーを高くかかげていた。また別の選手──ジョージーその人だった──が脚立の上に立ち、ゴールから切り落としたネットを頭の上でふりまわしていた。

　そしてチームの面々の前に、試合の日には例外なく身につけるぱりっとした青いスラックスと青いブレザーという服装のエレン・シルヴァーマンが立っていた。エレンは満面の笑みで、手製のメッセージプレートをかかげていた──そこには**《ウェズリー、愛してる》**の文字があった。

　ウェズリーは片手に新聞をもったまま、両手を高々と真上へ突きあげ、雄叫びをあげた。道の反対側にいたふたりの若者がなにごとかと周囲を見まわしたほどの大声だった。

「どうした？」ひとりが大きな声でたずねてきた。

「スポーツ・ファンなんだよ！」ウェズリーも大きな声で返事をしてから、階段を駆けあがった。電話をかけなくてはならなかった。


ラルフ・ヴィチナンザを思いながら。

（Ur）

（白石朗・訳）

文春文庫

定価はカバーに
表示してあります

マイル81
わるい夢（ゆめ）たちのバザールⅠ

2020年10月10日　第1刷

著　者　スティーヴン・キング
訳　者　風間賢二（かざまけんじ）・白石朗（しらいしろう）
発行者　花田朋子
発行所　株式会社　文藝春秋

東京都千代田区紀尾井町 3-23　〒102-8008
TEL　03・3265・1211㈹
文藝春秋ホームページ　http://www.bunshun.co.jp
落丁、乱丁本は、お手数ですが小社製作部宛お送り下さい。送料小社負担でお取替致します。

印刷製本・凸版印刷
Printed in Japan
ISBN978-4-16-791585-8